Gotthold Ephraim Lessing, Hugo Göring

Lessings sämtliche Werke in zwanzig Bänden

Dritter Band

Gotthold Ephraim Lessing, Hugo Göring

Lessings sämtliche Werke in zwanzig Bänden
Dritter Band

ISBN/EAN: 9783743653801

Hergestellt in Europa, USA, Kanada, Australien, Japan

Cover: Foto ©Andreas Hilbeck / pixelio.de

Weitere Bücher finden Sie auf **www.hansebooks.com**

Lessings

ämtliche Werke

in zwanzig Bänden.

Herausgegeben und mit Einleitungen versehen
von

Hugo Göring.

Dritter Band.

Inhalt:

Stuttgart.

J. G. Cotta'sche   Gebrüder Kröner,
Buchhandlung.   Verlagshandlung.

Druck von Gebrüder Kröner in Stuttgart.

Einleitung.

Die Juden.

Weit bedeutender als die früheren Jugenddramen Lessings ist sein einaktiges Lustspiel „Die Juden", welches 1749 geschrieben und 1754 im vierten Bande der „Schriften" gedruckt wurde. Wie die vorhergehenden dramatischen Versuche direkte Momente innerer Selbstbefreiung aufweisen, so tritt der Dichter in den „Juden" einem weitverbreiteten Vorurteile und dem naiven Rassenhasse ent-gegen, den er ursprünglich wohl ebenso in sich gefühlt hatte wie seine engherzige Umgebung. Diese innere Selbstbefreiung war das Er-gebnis reifen Nachdenkens und ernster Erfahrungen. Hatte er ja in Berlin Männer wie Mendelssohn und den jüdischen Arzt Dr. Gumperz so kennen und achten gelernt, daß er die Fähigkeit einzelner Indi-viduen erkannte, sich über die niederen Charakterzüge ihres Stammes zur Höhe des sittlichen Menschen zu erheben. — Aeußere Veranlassung zur dichterischen Darstellung seines Denkens mochte die Thatsache gegeben haben, daß selbst unter der Regierung des philosophischen Königs Friedrich II. die Juden unter hartem und menschenent-würdigendem Drucke lebten. Im Gegensatze zu der verachteten und sittlich tief stehenden Menschengattung zeichnet nun Lessing einen Juden, der durch Reichtum, umfassende, auf Reisen erworbene Lebens-erfahrung und gediegene Bildung zu einem so hohen Grade von Menschenliebe und religiöser Toleranz gelangt ist, daß er der Retter seiner Religionsfeinde wird.

Das Stück, dessen Fabel sehr einfach ist, rief einen litterarischen Briefwechsel zwischen Lessing, Mendelssohn und Michaelis, Professor der Philosophie in Göttingen, hervor. Den Zusammenhang der Verhandlungen, die auf einer Rezension der „Jenaer Zeitung" vom 24. August 1754 in den „Göttingischen Gelehrten Anzeigen" (70. St.) fußten, teilt Lessing selbst in den Bemerkungen über sein Lustspiel mit, die wir diesem Bande vorangestellt haben. Weitere

Aeußerungen des Dichters über dieses Stück finden sich in der Vor=
rede zu seinen „Schriften" von 1754, die wir dem zweiten Bande
unsrer Ausgabe beigefügt haben (Seite 16—20).

Der Schatz.

Die Vollendung des Lustspiels „Der Schatz" fällt in das Jahr 1749
oder 50, als Lessing in Berlin war. Es ist eine Modernisierung
des „Trinummus" von Plautus, jener Nachbildung des „Θησαυρός"
von Philemon, und bleibt wie sein Vorbild in der Mitte zwischen
Charakter= und Intriguenstück. Lessing verbessert die antike Komödie
durch Erweiterung der Handlung, durch Verkürzung des Ganzen
aus fünf Akten in einen, durch psychologisch feinere Begründung
und schärfere Individualisierung der Charaktere. In der Dra=
maturgie nennt er sein Stück geringschätzig eine „Posse", doch darf
man diese Bezeichnung nicht in modernem Sinne auffassen; ja was
die „Armseligkeiten" betrifft, die der Dichter dabei hervorhebt, so
stimmen wir dem bei, was E. Sierke in seiner Abhandlung „Lessing
als angehender Dramatiker, geschildert nach einer Vergleichung seines
‚Schatzes' mit dem Trinummus des Plautus" (Königsberg 1869,
S. 2) sagt: „Jeder, der das Stück ohne Vorurteil liest, wird schon
in dieser Jugendarbeit jenen urkräftigen und, wenn auch zuweilen
derben, so doch sprudelnden und ausgelassenen Humor erkennen,
der in der Folge sich so außerordentlich entwickelte und Lessing
in seinem späteren Leben besonders auszeichnete und vermöge dessen
er selbst für ganz trockene Gegenstände das Interesse des Lesers
zu wecken und auf die Dauer auch rege zu halten weiß. Das Stück
ist keineswegs eine von burlesken Einfällen und grotesken Sprüngen
übermütiger Laune illustrierte Farce, deren Stärke in der Kari=
katur zu suchen wäre, sondern es darf mit vollem Rechte als ein
bürgerliches Lustspiel bezeichnet werden, welches durch geschickte Hand=
habung des im gewöhnlichen Leben gangbaren Tones und der
Sprache aus dem antiken Boden mit Glück auf den modernen ver=
pflanzt ist und, wenn auch nicht durchweg, so doch in der Haupt=
sache ein Stück bürgerlichen Lebens widerspiegelt."

In demselben Sinne sagt Löbell in der „Entwickelung der
deutschen Poesie von Klopstock bis Goethe": Unter den Jugenddramen
Lessings sind zwei, die sich über die Mittelmäßigkeit erheben, den
feinen Geist spüren und den künftigen Dramatiker von Bedeutung
ahnen lassen: die Juden und der Schatz. Das zweite dieser Stücke
kann als Muster dienen, wie Lustspiele der Alten auf die moderne

Es ist eine freie Nachbildung, aber
... Original ist nicht größer, als nötig ist,
... nahe zu rücken und ihm das ohne Gelehrsam=
...rständliche zu nehmen. Die Denkungsart und die Sitten
... sind nicht in bestimmte moderne übertragen, sondern
...ne ganz allgemein menschliche Färbung, eine ideale kann
...sofern hier Charakter und Situation über die gemeine
...rhoben sind, ohne daß sie uns darum irgendwie fremd
...an muß bedauern, daß Lessing nicht mehr solche Nach=
...der Alten geschrieben hat. Das reale Theater hätte sie
...rauchen können.

...ltrömische Komödie „Trinummus" hat folgenden Inhalt:
...garonides, ein athenischer Bürger, hat erfahren, daß sein
...allikles, dem von einem befreundeten, augenblicklich schon
...ner Zeit auf Reisen befindlichen Kaufmann, namens
..., die Pflege und Verwandtschaft seiner beiden Kinder,
... und einer nicht mit Namen genannten Tochter, über=
...einer von Lesbonikus angeordneten Auktion das Haus
...ides für einen verhältnismäßig geringen Kaufpreis er=
..., und daß damit nicht nur dem Lesbonikus die Mittel
...nb gegeben sind, seinen bisherigen sehr leichtsinnigen
...el in der gewohnten Weise weiter fortzuführen, sondern
... damit eine Untreue von dem Käufer gegen den fernen
...gangen worden ist, dem er seine Habe auf unehrenhafte Weise
...dem er den Leichtsinn seines Pflegebefohlenen zu seinem
...rteil ausbeutete. Das üble Renommee, in welches Kallikles
... Verhalten bei seinen Mitbürgern geraten, veranlaßt
...es, dem Freunde darüber ernstliche Vorstellungen zu machen.
...egaronides auf dem Wege zu ihm befindet, begegnet er
...ber Straße und erfährt nach einem einigermaßen heftigen
...l, daß Kallikles zwar den Schein gegen sich habe, jedoch
... Lage der Dinge sich gezwungen erachte, lieber einem un=
...en Verdacht für eine Zeit lang sich auszusetzen, als die Pflicht
...rmides zu versäumen. Letzterer nämlich habe bei seiner Ab=
... ein Geheimnis anvertraut, welches er bisher treu bewahrt
... dessen Offenbarung an Megaronides er nur durch dessen
...de Anschuldigung veranlaßt werde. In dem verkauften
... nämlich ein Schatz verborgen, den Charmides für seine
...ur Aussteuer bestimmt habe, im Falle, daß sich während
...esenheit eine angemessene Partie für dieselbe fände. Da
...onikus die Auktion gerade in einer Zeit hätte bekannt
...en, in der Kallikles sich außerhalb der Stadt befunden,

so daß er die Vollziehung derselben später nicht mehr habe ver=
hindern können, so sei ihm nichts andres übrig geblieben, als, um
die Aussteuer zu retten, das Haus selbst zu kaufen. Bei der Rück=
kehr des Charmides jedoch werde er alles wieder in die Hände des
rechtmäßigen Besitzers zurückliefern. Diese Auseinandersetzung reicht
nun vollkommen hin, den habernden Megaronides von der Unrecht=
mäßigkeit seines Verdachtes zu überzeugen; die Freunde scheiden in
gutem Einvernehmen, Megaronides mit dem Versprechen, dem
Kallikles „mit Rat und That beistehen und ihm mitteilen zu wollen,
was dem Freunde hier obliege zu thun". — Lesbonikus ist durch
sein wüstes und leichtsinniges Leben in sehr zerrüttete Verhältnisse
gekommen, selbst die für den Verkauf des Hauses erlangte Summe
ist binnen kaum vierzehn Tagen, wie sich später herausstellt, fast
ganz vergeudet. Lysiteles, ein begüterter junger Mann, gleichfalls
der Sohn eines geachteten Atheners Philto, der den Verschwender
schon seit seiner Kindheit kennt und mit ihm auf freundlichem Fuße
steht, wird durch die trostlose Lage, in die sich Lesbonikus gestürzt,
so sehr von Mitleid erfüllt, daß er das lebhafte Bestreben fühlt,
demselben auf irgend eine Weise zu helfen und ihn in bessere Ver=
hältnisse zu versetzen. Der geeignetste Weg, dieses Vorhaben aus=
zuführen, scheint ihm der einer Heirat mit der Schwester des Les=
bonikus, einer schönen Jungfrau. Auf diese Art glaubt Lysiteles
dem Schwager am bequemsten und in der zartesten Form eine ehren=
hafte Unterstützung gewähren zu können, indem er ihn in sein Haus
nimmt. Lysiteles bespricht diesen Plan mit seinem Vater, stellt
ihm die Dankbarkeit des Lesbonikus in Aussicht, weist ihn auf den
seinem Hause erwachsenden Ruhm hin, der dieser uneigennützigen
Handlung folgen müsse, und bringt den Alten dadurch wirklich
dahin, daß er seinen Widerstand aufgibt und nicht nur seine Ein=
willigung erteilt, sondern auch noch verspricht, bei Lesbonikus selbst
für seinen Sohn zu werben. Auf dem Wege zu diesem begegnet
Philto jedoch demselben schon und zwar gerade in dem Augenblicke,
als Lesbonikus mit seinem Sklaven Stasimus über den Verbleib
seines Geldes hadert. Da Philto nicht bemerkt wird, tritt er zur
Seite und wohnt dem ganzen Disput als stummer Beobachter bei,
dann kommt er hervor und benachrichtigt Lesbonikus von dem
Zwecke seines Besuches. Es entspinnt sich hierbei ein Gespräch,
dessen Ausgang die Einwilligung des Lesbonikus zu dem Heirats=
antrage ist, jedoch mit dem ausdrücklichen Bemerken, daß er der
Schwester eine Mitgift geben werde, die er in einem ihm noch ver=
bliebenen Landgütchen besitze. Stasimus, der die Unterredung
angehört, ruft den Philto beiseite und teilt ihm mit, daß dieses

Gütchen sein **Unglück** sein würde, da dasselbe von bösem Zauber behaftet sei und **bisher** noch Jedem Unheil gebracht habe. Infolge dieser hinterlistigen Vorspiegelungen des Sklaven, welcher durch die Mitgabe des Gütchens seinem Herrn und dadurch auch sich selbst die letzten Subsistenz-Mittel entzogen wähnt, lehnt Philto das Anerbieten des Lesbonikus ab und stellt ihm anheim, über das weitere mit Lysiteles zu unterhandeln. — Nachdem Kallikles durch Stasimus von dem Vorgefallenen in Kenntnis gesetzt worden, geht er zu Megaronides, um sich über die in dieser Sache zu ergreifenden Maßregeln mit Letzterem zu beraten. Hierauf erscheint Lesbonikus mit Lysiteles im Gespräche darüber, daß Lesbonikus die Schwester nicht ohne Heiratsgut die Ehe eingehen lassen will, während Lysiteles gerade das Gegenteil verlangt. Als sich beide in das Haus des Lesbonikus begeben, um dort die Angelegenheit noch weiter zu besprechen, kommt Kallikles mit Megaronides auf die Szene; nachdem beide eine Zeitlang über die Mittel beraten, durch welche man die Braut ausstatten könnte, ohne dabei die Existenz des Schatzes zu verraten, anderseits aber auch dem bösen Leumund keinen Vorschub zu leisten, werden die beiden Männer über folgende List einig: es soll ein schlauer Bursche gewonnen werden, der in fremdländischer Tracht zwei Briefe, die Megaronides schreiben will, angeblich von Charmides zu überbringen hat und zwar den einen an Kallikles, den andern an Lesbonikus; durch letzteren soll dieser von einer Geldsendung an Kallikles zur Ausstattung der Tochter benachrichtigt werden. Auf diese Weise könnte die Tochter ausgestattet werden, ohne daß der wahre Sachverhalt verraten und anderseits auch die Uneigennützigkeit des Kallikles angetastet würde.

Der vierte Akt enthält die höchst ergötzliche Begegnung des Gauners mit dem mittlerweile angekommenen Charmides, in welcher der erstere im Sinne der ihm zugefallenen Rolle dem Charmides den Zweck seines Kommens auseinandersetzt, schließlich aber, als Charmides sich zu erkennen gibt, die Fassung verliert und sich eilig entfernt, um Megaronides und Kallikles von dem unerwarteten Zwischenfalle in Kenntnis zu setzen. — Durch den mittlerweile angekommenen Stasimus, der gleichfalls seinen Herrn anfangs nicht erkennt, erfährt Charmides das in seiner Familie Vorgefallene, worauf er in so laute Klage über die Nichtswürdigkeit seines vermeintlichen Freundes ausbricht, daß Kallikles, der das Haus des Charmides bewohnt, dadurch herausgelockt wird. Alles klärt sich bald auf; Kallikles und Charmides betreten versöhnt das Haus des letzteren. Voll Freude über die plötzliche Ankunft seines zukünftigen Schwiegervaters, eilt Lysiteles auf die Nachricht, die ihm

Stasimus überbracht, zu demselben und kommt gerade in das Haus des Charmides, als dieser mit Kallikles heraustritt und sich die Angelegenheit mit dem Gauner erklären läßt. Lysiteles wohnt als unbemerkter Zeuge der dabei gepflogenen Unterredung bei, tritt dann an die beiden Männer heran und gibt sich zu erkennen, worauf Charmides die Verlobung seiner Tochter durch seine Einwilligung sanktioniert. Schließlich verspricht auch Kallikles seine Tochter als Braut dem Lesbonikus, so daß das Stück mit einer Doppelheirat schließt, nachdem Lesbonikus, dem der Vater verziehen, sich mit der Verlobung einverstanden erklärt hat." (Sierke, 4—7.)

Inwieweit Lessing den vorhandenen Stoff umgebildet hat, zeigt am geeignetsten die erwähnte Arbeit von Sierke. Wesentliche Momente hebt in gleicher Weise K. Seldner in seiner Abhandlung „Lessings Verhältnis zur altrömischen Komödie" hervor. Mahrenholz („Lessings Jugenddramen in ihrer Beziehung zu Molière") weist noch auf gewisse Züge hin, die auf den Einfluß Molières deuten. So findet er in dem Dialoge zwischen Staleno und seinem Mündel Anklänge an das Zwiegespräch zwischen Arnolphe und dem Notaire in „Ecole des femmes" IV, 2. An den „Avare" erinnert es, daß Anselmo nach neunjähriger Abwesenheit plötzlich zurückkehrt und das Glück seines nächsten Angehörigen begründet. Beziehungen zu „Fourberie de Scapin" bieten sich in der Gestalt des schlauen Bedienten Maskarill mit seinem gemeinen Eigennutz, den er unter dem Heuchelscheine der Großmut verbirgt, wenn er seinem Herrn einen Teil des Gestohlenen leihweise zurückgibt. Andre Parallelismen dürften zu gesucht erscheinen.

Die Möglichkeit einer Bearbeitung des „Schatzes" für die moderne Bühne liegt nahe. Sierke verspricht „die Lösung dieser allerdings schwierigen, aber mit Rücksicht auf die Bedeutung des Dichters jedenfalls lohnenden und ehrenden Aufgabe zu versuchen". Ueber eine Aufführung desselben in der Aula der städtischen Realschule I.O. zu Posen berichtet der Direktor der Anstalt, Dr. Hermann Geist, in seiner mit anmutender Wärme und pädagogischer Frische abgefaßten Schrift: „Zwei Lessingfeste, gefeiert in der städtischen Realschule zu Posen an des Dichters 150jährigem Geburtstage und 100jährigem Todestage" (Posen 1881, Seite 39—46). Wir schließen uns seiner Ansicht an, daß der Schatz sich für eine Aufführung an Schulfesten höherer Lehranstalten ganz vorzüglich eignet, ja wegen der Einfachheit und Natürlichkeit der Charaktere, wegen der Klarheit und Folgerichtigkeit des heiteren Dialogs und der dramatischen Entwickelung, wegen des moralischen Gehalts, vor allem wegen der Anforderungen, welche gerade die Lessingschen Stücke an die energische freie Verarbeitung der Rollen stellen, um durch die Sprache der Mimik das zu ergänzen, was Lessing in den Worten der Redenden kaum andeutet, als ein höchst erwünschtes Mittel zur Weckung aller persönlichen Kräfte, als eine treffliche Schule gewandten, maßvollen Benehmens recht dringend zu empfehlen ist. (S. 44.)

Miß Sara Sampson.

Hatte Lessing in seinen bisherigen dramatischen Arbeiten in erster Linie französische Muster vor Augen, so folgt er in seiner „Miß Sara Sampson" dem Einflusse der Engländer. Diese hatten das Verdienst, die engen Schranken des Renaissance=Dramas zu durchbrechen, welches in strenger Abstufung die Formen der dramatischen Dichtung nach dem Unterschiede des sozialen Lebens gruppierte und der Tragödie nur Fürsten und Helden, der Komödie das Bürgertum, dem Schäferspiel den Bauernstand zuwies. Die neue Zeit, welche das Selbstbewußtsein des Bürgers weckte, forderte eine Umgestaltung der Tragödie, in welcher auch der Bürger große Leidenschaften entfalten durfte. „Die dramatische Poesie war standesgemäß, sie soll menschlich werden; der dritte Stand forderte seine Gleichberechtigung erst auf der Bühne, dann im Staat: die poetische Revolution war eine Vorläuferin der politischen" (G. E. Lessing als Reformator der deutschen Litteratur, dargestellt von Kuno Fischer. Stuttgart 1881, I, S. 75). Wie die Franzosen das Lustspiel in diesem Sinne umbildeten, so die Engländer die Tragödie. In Frankreich entsteht das „rührende Lustspiel", welches besonders Nivelle de la Chaussée ausbildet, in England „das bürgerliche Trauerspiel", welches in George Lillos 1731 zum ersten Male aufgeführtem „Kaufmann von London" sein Muster fand. Mit beiden Formen, die er in ihren Originalen vor Augen hatte, setzte sich Lessing 1754 in seiner Abhandlung von dem weinerlichen und rührenden Lustspiel auseinander. Sein Ziel war die Dichtung eines bürgerlichen Trauerspiels für die deutsche Bühne. Außer Lillos Tragödie schwebte ihm dabei noch der Roman „Clarissa" von Samuel Richardson, einem englischen Buchdrucker, vor, welcher die tragischen Konflikte in dem Rahmen des Familienlebens zur Darstellung bringt. Während „Der Kaufmann von London" das Schicksal eines jungen Kaufmanns schildert, der von einer Buhlerin umgarnt und zu Freveln verführt wird, die er als Dieb und Mörder mit dem Tode am Galgen büßen muß, erzählt Richardson das erschütternde Unglück, in welches ein junges Mädchen durch

einen nichtswürdigen, auf Zerstörung weiblicher Unschuld ausgehenden
Verführer gestürzt wird. Das bildet die Grundlage dessen, was
Lessing in seiner „Miß Sara Sampson" als Familientragödie dar-
geboten hat. Das Werk, welches die Reform des Dramas ein-
leitet, wurde in den ersten Monaten des Jahres 1755 in einem
Gartenhause zu Potsdam vollendet und den 10. Juli in Frankfurt a. d. O. mit großem Beifall in Lessings Gegenwart aufgeführt.
Noch ist es von einem nationalen Drama weit entfernt, wie ja
nicht nur die Figuren und Begebenheiten, sondern auch die Be-
handlung und Ausführung des Stoffes und die Zeichnung der
Charaktere die englischen Muster deutlich zeigen. Auch als Kunst-
werk ist es nicht vollkommen: „Man hat nicht Charaktere und wohl
motivierte Handlungen vor sich, die den Gang des Schicksals bestimmen, sondern Situationen und Empfindungsarten, deren Schilde-
rungen auf den raffinierten Effekt des Mitleids berechnet sind."
Saras Ermordung durch Marwood müßte eine That der Rache
sein, die aus der Eifersucht folgt, aber die Buhlerin ist nicht eifersüchtig, denn sie liebt den abtrünnigen Mann nicht, sondern will
ihn nur ausbeuten; sie wird auch nicht durch Habsucht getrieben,
denn eine Mörderin, die ihre Unthat rühmend eingesteht, hat nichts
zu gewinnen. Der tragische Ausgang ist unmotiviert. Ebenso un-
begründet erscheint, daß Mellefont die Buhlerin als seine Verwandte
der Sara zuführt, wodurch allein jenes tragische Ende der letzteren
ermöglicht wird. Diesen entscheidenden Schritt zu motivieren, hat
der Dichter nicht einmal den Schein eines Grundes aufgewendet.
In eine Lage gebracht, worin sie nur noch in Demut zu gehorchen
und nichts mehr zu fordern hat, wagt Marwood eine solche Bitte, und
Mellefont gewährt sie ohne weiteres, „nachdem er einen Augenblick
nachgedacht". Ich vermute den Inhalt seines verschwiegenen Mono-
logs. Ich muß es thun, denkt er, sonst kommt die Tragödie nicht
zustande. So aber macht sich nicht die Handlung, sondern — um
mit Lessing zu reden — der Rummel einer Tragödie! (Kuno
Fischer a. a. O. S. 78—79.)

Unter den Charakteren tritt keine besonders bemerkenswerte
Gestalt hervor. Miß Sara erscheint uns nicht als eine einheitlich
ausgeprägte Individualität, da sie einerseits eine sittlich ernste
Lebensauffassung verrät, anderseits zu schwach und unreif ist,
um den Verführungskünsten eines charakterlosen Wüstlings zu widerstehen, ja in diesem sogar das Ideal echter Männlichkeit erblickt
und ihm zuliebe ihren Vater verläßt, an dem sie mit kindlicher
Verehrung hängt. Mellefont, dessen Name an Congreves „Double
Dealer" erinnert, vertritt einen Typus charakterlosen Leichtsinns,

der im wirklichen Leben Ekel erregt, in der Dichtung aber am wenigsten das tragische Mitleid erwecken kann, da die Charakterlosigkeit an sich überhaupt keine Schicksale erlebt. Auch Marwood erhebt sich nicht über die Gewohnheitsmaske der schönen, klugen, raffiniert egoistischen Verführerinnen. Spricht sie auch von sich als von einer neuen Medea, so ist sie doch eine niedrige, an Gemeinheit streifende Natur, der selbst die gröberen elementaren Leidenschaften fehlen. Das Kind Arabella trägt das vollkommene Gepräge einer Rokoko=Figur, an der alles affektiert, nichts kindlich erscheint: eine Treibhauspflanze der Phantasie, die nur völlige Unkenntnis der Kindesnatur zeichnen konnte: in jeder Bewegung, jedem Wort erscheint sie abgerichtet, selbst die wenigen Regungen eigener Empfindung treten in unnatürlicher Form auf.

Die äußere Anlehnung unsrer Dichtung an den „Kaufmann von London" zeigt der darin vorkommende Name der Buhlerin, die bei Lillo „Millwood" heißt; und mit Recht bemerkt Danzel (G. E. Lessing u. s. w. Berlin 1880, I, S. 306), daß diese Namensähnlichkeit dem Dichter nicht infolge zufälliger Reminiszenz in die Feder geflossen, sondern von ihm absichtlich gesucht worden ist. So führt in Richardsons „Clarissa" die Schwester der Heldin den Namen „Arabella", ein der Clarissa bestimmter Bräutigam den Namen Solmes.

Endlich sei noch auf die Aehnlichkeit der Handlung in der Tragödie Lessings mit der Liebesgeschichte Swifts hingewiesen, auf die man neuerdings aufmerksam gemacht hat. Eine gute Analyse des Ganzen gibt Heinrich Düntzer in seiner Schrift „Lessing als Dramatiker und Dramaturg" (2. Aufl. Leipzig 1874, S. 26—36).

Bei der Aufführung der „Miß Sara Sampson" in Frankfurt a. d. O. fand das Stück eine so glänzende Aufnahme, daß, wie Lessing an Gleim schreibt, „die Zuschauer vier Stunden wie Statüen saßen und in Thränen zerflossen". Auch in Leipzig fand dieses Trauerspiel großen Beifall. Gottsched dämpfte seinen Aerger darüber durch die tröstende Erwägung, daß nichts weniger für ein Stück beweise als der Erfolg, den es durch seine Neuheit habe.

Philotas.

Hatte sich Lessing in Miß Sara Sampson an dem bürgerlichen Drama versucht, so wollte er in seinem „Philotas" eine Heldentragödie der einfachsten Art schaffen, welche in einem gerade dem Knabenalter entwachsenen Jünglinge die heldenhafte Vaterlandsliebe in höchster Verdichtung darstellen sollte. Am 18. März 1759 schickte er die bereits gedruckte Dichtung an Gleim, ohne sich als Verfasser zu nennen. Dieser wurde von dem Stoff so ergriffen, daß er sich bewogen fühlte, das Stück in fünffüßige Jamben um= zuarbeiten, obgleich Lessing selbst in seinen Briefen an Gleim an= gedeutet hatte, daß es ihm bei seinem Philotas auf höchste Ver= einfachung der Handlung und prunkloseste, einfach bezeichnende Darstellung angekommen sei. Lessing mochte dem Unternehmen seines Freundes nicht Einhalt thun, da er nicht voraussetzen konnte, daß durch so umfassende Veränderungen eine ganz neue, seinen Tendenzen widersprechende Arbeit entstehen würde; ja er hatte ge= hofft, Gleim würde durch seine Uebersetzung, welche zugleich die beste Kritik sein sollte, dem Stücke das bis jetzt noch mangelnde Muster einer edlen tragischen Sprache „ohne Schwulst und ohne die zierlichen kleinen Redensarten" verleihen, „die wohl das ganze Verdienst der französischen tragischen Poesie ausmachten." Als Gleim ihm seinen „geverschten Philotas" schickte, dankte der Dichter für die gute Absicht des begeisterten „Grenadiers", dessen Namen Gleim für seine Uebersetzung in Anspruch genommen hatte; doch hielt er auch mit seiner feinen Ironie nicht zurück, indem er die ver= blümte Erklärung gab, daß sein Stück dadurch verdorben worden sei: „Sie haben ihn zu dem Ihrigen gemacht, und der ungenannte prosaische Verfasser kann sich wenig oder nichts davon zueignen. Ich wußte es ja wohl voraus, daß der Grenadier nicht übersetzen könnte. Und er thut auch wohl daran, daß er es nicht kann. Auch das wußte ich einigermaßen voraus, daß er viel zu viel Dichter ist, als daß er sich zu der tragischen Einfalt ganz herablassen werde. Seine Sprache ist zu voll, seine Einbildungskraft zu hitzig, sein Ausdruck oft zu kühn und oft zu neu; der Affekt steht auf einmal bei ihm in voller Flamme; kurz er hat alles, um unser Aeschylus zu werden, und wir müssen zu unsrem ersten tragischen Muster keinen Aeschylus haben." Wie wenig Gleim Lessings Absicht ver= standen hatte, die höchste tragische Einfalt im Gegensatze zu der blühenden Rednerei der französischen Bühne einzuführen, ja die Ein= fachheit selbst zu dem Boden zu machen, auf welchem das deutsche Drama sich entwickeln mußte, sieht man an dem schlimmen Miß= griff, das Stück in Verse zu übertragen. Lessing war gutmütig genug, den Druck des neuen Philotas zu versprechen. Er schrieb an Gleim, er sei so stolz, zu glauben, daß daraus, woraus er so manches gelernt habe, noch hundert andere ebensoviel lernen könnten, nämlich in betreff der Würde des Stiles, des Nachdrucks, des Gebrauchs der Versart u. a. Er fügte hinzu, er werde sich in einem Vorberichte über verschiedene Punkte näher erklären, was ihm Gleim wohl gestatten werde, da er nichts als Schönheiten auszusetzen und zu kritisieren finde. Gleims Arbeit wurde 1760 gedruckt, jedoch ohne Vorrede: Lessing hatte jedenfalls aus liebens= würdiger Bescheidenheit darauf verzichtet, da er annehmen konnte, daß er durch eine unumwundene Kritik den Freund verletzen würde, der das Beste gewollt hatte, ohne Lessing selbst zu verstehen. Gleim hatte, wie er selbst sagt, Lessings Dichtung ins Kurze gezogen, auch viele Aenderungen vorgenommen; so sagt er, er habe den Charakter des Parmenio, den er für ziemlich komisch hielt, zu einem tragischen umgestaltet, viele, seiner Meinung nach unerhebliche Umstände ausgelassen, überhaupt die tragische Sprache und Horazens „Eile zu Ende" zu beobachten sich bemüht, zwei Momente, die in keiner unsrer Tragödien in Versen genug beobachtet seien; beson= ders am Schlusse, der ihm am wenigsten Lessing zu verraten schien, habe er gekürzt. (Vgl. Heinrich Düntzer: Lessings Leben, Leipzig 1882. S. 246 ff. und Lessing als Dramatiker und Drama= turg, Leipzig 1874. S. 52—60.)

Im „Philotas" kam es Lessing darauf an, die Handlung in raschem Fortschritte möglichst vollständig sich aus dem Charakter des Helden entwickeln und diesen selbst in anschaulichstem Bilde sich spiegeln zu lassen. Die kurze einaktige Tragödie steht in engem Zusammenhange mit seinem Plane eines „Kodros", in welchem sich die glühendste Vaterlandsliebe eines Helden darstellen sollte, der sich seinem Vaterlande opfert. Dieses Stück sollte im Dorischen Lager spielen und den Helden eine Rolle der Verstellung durch= führen lassen, die ihn zum Retter seines Vaterlandes machen sollte, ohne seinen streng sittlichen Charakter zu verletzen. Der Dichter hatte sich lange mit diesem Gegenstande beschäftigt, „und je größer die Heldenthaten waren, die er selbst erlebt hatte, um so mehr drängte es ihn, das Bild heldenhafter Vaterlandsliebe in einer möglichst kurzen und gespannten, den darzustellenden Charakter voll entfaltenden Handlung zur Anschauung zu bringen." (H. Düntzer, L. als Dramatiker u. s. w. S. 52.)

Die Namen hat Lessing frei gewählt: in Philotas benutzt er den Namen eines Feldherrn Alexanders des Großen; der Vater des geschichtlichen Philotas ist Parmenio, dessen Namen der Dichter ebenfalls beibehalten hat; den Namen des Königs Aridäus ent= lehnt er dem Halbbruder Alexanders des Großen, den des Straton jenem, in dessen Schwert sich Brutus gestürzt haben soll. Ohne weitere Beziehung sind die Namen Aristodem und Polytimet. Als Ortsbezeichnungen stehen der Fluß Lykus und die Ebene Methymna ohne historischen Zusammenhang da; ja der Widerspruch einer Ver=

mischung griechischer Personennamen und des auf Italien hin-
weisenden Ortsnamens Cäsena sowie der männlichen Toga scheinen
anzudeuten, daß der Dichtung keine bestimmte Geschichte oder Sage
zu Grunde liegt. Wir erfahren nicht einmal, welchem Lande der
König Aridäus angehört. (S. die Analyse des Stückes bei H.
Düntzer a. a. O. S. 53—58.)

Minna von Barnhelm.

Die größte Leistung, die Lessing vorbehalten war, beruhte für
jene Zeit, in welcher Deutschland das nationale Bewußtsein fehlte,
in der Begründung eines nationalen Dramas, ja gegenüber dem
Mangel an lebensvoll ergreifenden Stoffen, die der dichterischen
Gestaltung wert gewesen wären, mußte ein Vorbild gefunden
werden, an welchem sich die Poesie neu begeisterte. Fehlten ja der
deutschen Dichtung in solchem Maße die Stoffe, daß man zu mancher
Art abenteuerlicher Erfindungen greifen mußte, um dem hier und
da vorhandenen dichterischen Triebe zu genügen. Neuen Lebens-
gehalt konnte ein Dichter erst aus einer Neubelebung der ganzen
Nation gewinnen, deren ideales Bewußtsein durch das Unglück des
dreißigjährigen Krieges in brutaler Weise zerstört worden war.
Eine solche Erneuerung des nationalen Bewußtseins brachte der
siebenjährige Krieg und die frisch energische Individualität Friedrichs
des Großen herbei, der trotz seiner französischen Lebensformen doch
ein durchaus deutscher Charakter war. Die neue große Zeit, in deren
Vordergrunde dieser Heldenkönig handelt, verwandelte denn in der
That wie mit einem Schlage die bisherige schlaffe Haltlosigkeit der
Poesie in bewußte thatkräftige Begeisterung.

Der erste Ausdruck jenes belebenden Einflusses tritt in Gleims
Kriegsliedern hervor, in denen sich eine natürliche Siegesgewißheit
im Vertrauen auf den großen König spiegelt. Der „Schlachtgesang
eines preußischen Grenadiers nach dem Siege bei Lowositz" und das
„Siegeslied" nach der Schlacht bei Prag mit der Verherrlichung
Schwerins bewiesen, daß ein tändelnder Anakreontiker durch die
Macht eines imponierenden Vorbildes die Kraft gewann, sich zu
energischem Patriotismus aufzuschwingen. Lessing betonte diese
Umgestaltung, als er 1757 beide Lieder in einer Zeitschrift mit der
Bemerkung veröffentlichte, daß dieselben „weder poetischer noch
kriegerischer sein könnten, voll der erhabensten Gedanken in dem
einfältigsten Ausdruck". In seinem Vorberichte zu den Kriegsliedern des Grenadier hob er 1758 deren nationalen, ja individuell

preußischen Charakter im Gegensatze zu den früheren farblosen Nachahmungen griechischer und römischer Siegesgesänge hervor. Das interessante Spiegelbild, welches die Briefe über die neueste Litteratur von der litterarischen Strömung jener politisch neuen Zeit geben, sollte selbst mit den persönlichen Trägern der großen Ereignisse in unmittelbarem Zusammenhange stehen. Lessing, der 1759 und 1760 die bedeutendsten Beiträge zu denselben lieferte, hatte nämlich empfohlen, jene litterarischen Mitteilungen an einen preußischen Offizier zu richten, den man sich verwundet im Kriegslager dachte. Lessing selbst lag der Gedanke an seinen Freund Kleist nahe. „Wie leicht kann er verwundet werden: so sollen die Briefe an ihn gerichtet sein," sagte der Dichter. Und als der edle Freund den Heldentod starb, schrieb Lessing in tiefem Schmerze über den schweren Verlust: „Er wollte sterben." In Kleist hatte der Dichter das Vorbild eines Helden vor Augen, der ihm der poetischen Verherrlichung wert erschien. In diesem Sinne sagt Kuno Fischer (G. E. Lessing als Reformator der deutschen Litteratur. Stuttgart 1881, I, S. 88) in treffender Parallelisierung der Wirklichkeit mit der Dichtung: „Wenn ich mir Kleists Gemütsart vergegenwärtige, in der sich der Poet mit dem Helden vereinigte, seine Tapferkeit, sein Mitleid, seine Freigebigkeit, die sich auch gegen Lessing bewies, so zweifle ich nicht, daß dem letzteren das Bild dieses Freundes vorschwebte, als er den Charakter Tellheims dichtete."

Was Lessing in seinem berühmten siebzehnten Litteraturbriefe theoretisch gefordert hatte, das gewann eine plastische Gestalt in jenem glänzendsten Produkte der nationalen Erhebung, in „Minna von Barnhelm", dem ersten national-deutschen Lustspiele. Auch Lessing war durch die große Zeit belehrt worden, daß ein nationales, von aller fremdländischen Renaissance freies, echt deutsches Drama seinen individuellen Höhepunkt nicht in einer Faustdichtung finden konnte, auf die er hingewiesen, ja deren Ausführung er selbst begonnen hatte. Sein Ideal wuchs mit den größeren Zielen des neu erwachten öffentlichen Lebens. „Die Dichtung, welche die große Aufgabe lösen sollte, mußte sein wie die schicksalsvolle Zeit selbst und gegenwärtig wie der Tag." (Kuno Fischer, a. a. O. S. 88.)

Unmittelbar nach dem Frieden von Hubertsburg, 15. Febr. 1763, dichtete Lessing an einem heiteren Frühlingsmorgen den Entwurf zu „Minna von Barnhelm", führte das Stück in Berlin unter den Augen seines Freundes Ramler aus und veröffentlichte es 1767.

Lessings Dichtung ist in jeder Beziehung ein treues Abbild

jener vielbewegten, an großen Zügen von Mannestüchtigkeit reiche
Zeit. Selbst das Ereignis zwischen Tellheim und Minna soll sich, wie
Garves Mutter aus des Dichters eigenem Munde wissen wollte,
zu Breslau im Gasthofe zur goldenen Gans in der Junkerstraße
zugetragen haben. Die Freude, einen durchaus geeigneten Gegen
stand gefunden zu haben, das Bewußtsein, demselben ganz gewachsen
zu sein, und die Aussicht, ein Lustspiel von dauerndem Werte zu
schaffen, welches seiner und des deutschen Volkes würdig sei, be
geisterte ihn trotz seiner traurigen äußeren Lage. Er war von
der Bedeutung seiner dichterischen That vollkommen durchdrungen.
„Ich brenne vor Begierde," so schrieb er am 20. August 1764 an
Ramler, „die letzte Hand an meine „Minna von Barnhelm" zu
legen. Ich habe Ihnen von diesem Lustspiel nichts sagen können,
weil es wirklich eins von meinen letzten Projekten ist. Wenn es
nicht besser als alle meine bisherigen dramatischen Stücke wird, so
bin ich fest entschlossen, mich mit dem Theater gar nicht mehr
abzugeben."

Groß war der Eindruck, den die Dichtung auf die gebildeten
Zeitgenossen Lessings machte. Am treffendsten schildert diesen
Goethe im siebenten Buche von „Dichtung und Wahrheit".

In betreff der Analyse des Dramas verweisen wir auf das
erwähnte Werk Kuno Fischers (S. 80—140), in welchem die
Abschnitte „Die Fabel des Stückes" (S. 94—102), „Exposition"
(S. 103—112) und die „Charakteristik Minnas" (S. 116—127)
geradezu das Prädikat abgeschlossener, mit dichterischer Feinheit
ausgeführter Kunstwerke der Litteraturcharakteristik verdienen. Das
umfassendste Material zum Verständnis aller Einzelheiten bietet
Heinrich Düntzer in seinen „Erläuterungen zu den deutschen
Klassikern". (Nr. 32, Lessings M. v. B. 3. Aufl. Leipzig 1881.)
Ueber die neu erschienene Litteratur, die nur in geringem Maße
innerlich Neues darbietet, berichtet L. Geiger in seinen interessanten
Referaten (Allgemeine Zeitung, wiss. Beilage Jahrg. 1880—82).

Hugo Göring.

Ueber das Lustspiel „Die Juden".

(Zuerst gedruckt in Lessings „Theatralischer Bibliothek". Erstes Stück. Berlin, C. F. Voß, 1754, S. 279—291.)

Unter den Beifall, welchen die zwei Lustspiele in dem vierten Teile meiner Schriften gefunden haben, rechne ich mit Recht die Anmerkungen, deren man das eine, Die Juden, wert geschätzt hat. Ich bitte sehr, daß man es keiner Unleidlichkeit des Tadels zuschreibe, wenn ich mich eben itzt gefaßt mache, etwas darauf zu antworten. Daß ich sie nicht mit Stillschweigen übergehe, ist vielmehr ein Zeichen, daß sie mir nicht zuwider gewesen sind, daß ich sie überlegt habe und daß ich nichts mehr wünsche, als billige Urteile der Kunstrichter zu erfahren, die ich auch alsdenn, wenn sie mich unglücklicherweise nicht überzeugen sollten, mit Dank erkennen werde.

Es sind diese Anmerkungen in dem 70sten Stücke der „Göttingschen Anzeigen von gelehrten Sachen" dieses Jahres gemacht worden, und in den „Jenaischen gelehrten Zeitungen" hat man ihnen beigepflichtet. Ich muß sie notwendig hersetzen, wenn ich denjenigen von meinen Lesern, welchen sie nicht zu Gesichte gekommen sind, nicht undeutlich sein will. „Der Endzweck dieses Lustspiels," hat mein Hr. Gegner die Gütigkeit zu sagen, „ist eine sehr ernsthafte Sittenlehre, nämlich, die Thorheit und Unbilligkeit des Hasses und der Verachtung zu zeigen, womit wir den Juden meistenteils begegnen. Man kann daher dieses Lustspiel nicht lesen, ohne daß einem die mit gleichem Endzweck gedichtete Erzählung von einem ehrlichen Juden, die in Hrn. Gellerts ‚Schwedischer Gräfin' stehet, beifallen muß. Bei Lesung beider aber ist uns stets das Vergnügen, so wir reichlich empfunden haben, durch etwas unterbrochen worden, das wir entweder zu Hebung des

Zweifels oder zu künftiger Verbesserung der Erdichtungen dieser Art bekannt machen wollen. Der unbekannte Reisende ist in allen Stücken so vollkommen gut, so edelmütig, so besorgt, ob er auch etwan seinem Nächsten Unrecht thun und ihn durch ungegründeten Verdacht beleidigen möchte, gebildet, daß es zwar nicht unmöglich, aber doch allzu unwahrscheinlich ist, daß unter einem Volke von den Grundsätzen, Lebensart und Erziehung, das wirklich die üble Begegnung der Christen auch zu sehr mit Feindschaft oder wenigstens mit Kaltsinnigkeit gegen die Christen erfüllen muß, ein solches edles Gemüt sich gleichsam selbst bilden könne. Diese Unwahrscheinlichkeit stört unser Vergnügen desto mehr, je mehr wir dem edeln und schönen Bilde Wahrheit und Dasein wünscheten. Aber auch die mittelmäßige Tugend und Redlichkeit findet sich unter diesem Volke so selten, daß die wenigen Beispiele davon den Haß gegen dasselbe nicht so sehr mindern, als man wünschen möchte. Bei den Grundsätzen der Sittenlehre, welche zum wenigsten der größte Teil derselben angenommen hat, ist auch eine allgemeine Redlichkeit kaum möglich, sonderlich da fast das ganze Volk von der Handlung leben muß, die mehr Gelegenheit und Versuchung zum Betruge gibt als andre Lebensarten."

Man sieht leicht, daß es bei diesen Erinnerungen auf zwei Punkte ankömmt. Erstlich darauf, ob ein rechtschaffener und edler Jude an und vor sich selbst etwas Unwahrscheinliches sei, zweitens, ob die Annehmung eines solchen Juden in meinem Lustspiele unwahrscheinlich sei. Es ist offenbar, daß der eine Punkt den andern hier nicht nach sich zieht, und es ist ebenso offenbar, daß ich mich eigentlich nur des letztern wegen in Sicherheit setzen dürfte, wenn ich die Menschenliebe nicht meiner Ehre vorzöge und nicht lieber eben bei diesem als bei dem erstern verlieren wollte. Gleichwohl aber muß ich mich über den letztern zuerst erklären.

Habe ich in meinem Lustspiele einen rechtschaffnen und edeln Juden wider die Wahrscheinlichkeit angenommen? — — Noch muß ich dieses nur bloß nach den eigenen Begriffen meines Gegners untersuchen. Er gibt zur Ursache der Unwahrscheinlichkeit eines solchen Juden die Verachtung und Unterdrückung, in welcher dieses Volk seufzet, und die Notwendigkeit an, in welcher es sich befindet, bloß und allein von der Handlung zu leben. Es sei; folgt aber also nicht notwendig, daß die Unwahrscheinlichkeit wegfalle, sobald diese Umstände

sie zu verursachen aufhören? Wann hören sie aber auf, dieses
zu thun? Ohne Zweifel alsdann, wenn sie von andern Um=
ständen vernichtet werden, das ist, wenn sich ein Jude im
stande befindet, die Verachtung und Unterdrückung der Christen
weniger zu fühlen, und sich nicht gezwungen sieht, durch die
Vorteile eines kleinen nichtswürdigen Handels ein elendes
Leben zu unterhalten. Was aber wird mehr hierzu erfordert
als Reichtum? Doch ja, auch die richtige Anwendung dieses
Reichtums wird dazu erfordert. Man sehe nunmehr, ob ich
nicht beides bei dem Charakter meines Juden angebracht habe.
Er ist reich; er sagt es selbst von sich, daß ihm der Gott seiner
Väter mehr gegeben habe, als er brauche; ich lasse ihn auf
Reisen sein, ja, ich setze ihn sogar aus derjenigen Unwissen=
heit, in welcher man ihn vermuten könnte: er lieset und ist
auch nicht einmal auf der Reise ohne Bücher. Man sage mir,
ist es also nun noch wahr, daß sich mein Jude hätte selbst
bilden müssen? Besteht man aber darauf, daß Reichtum,
bessere Erfahrung und ein aufgeklärterer Verstand nur bei
einem Juden keine Wirkung haben könnten, so muß ich sagen,
daß dieses eben das Vorurteil ist, welches ich durch mein
Luftspiel zu schwächen gesucht habe; ein Vorurteil, das nur
aus Stolz oder Haß fließen kann und die Juden nicht bloß
zu rohen Menschen macht, sondern sie in der That weit unter
die Menschheit setzt. Ist dieses Vorurteil nun bei meinen
Glaubensgenossen unüberwindlich, so darf ich mir nicht schmei=
cheln, daß man mein Stück jemals mit Vergnügen sehen
werde. Will ich sie denn aber bereden, einen jeden Juden
für rechtschaffen und großmütig zu halten oder auch nur die
meisten dafür gelten zu lassen? Ich sage es gerade heraus:
Noch alsdenn, wenn mein Reisender ein Christ wäre,
würde sein Charakter sehr selten sein und, wenn das Seltene
bloß das Unwahrscheinliche ausmacht, auch sehr unwahr=
scheinlich. — —
    Ich bin schon allmählich auf den ersten Punkt gekommen.
Ist denn ein Jude, wie ich ihn angenommen habe, vor sich
selbst unwahrscheinlich? Und warum ist er es? Man wird
sich wieder auf die obigen Ursachen berufen. Allein können
denn diese nicht wirklich im gemeinen Leben ebensowohl weg=
fallen, als sie in meinem Spiele wegfallen? Freilich muß
man, dieses zu glauben, die Juden näher kennen als aus dem
liederlichen Gesindel, welches auf den Jahrmärkten herum=
schweift. — — Doch ich will lieber hier einen andern reden

lassen, dem dieser Umstand näher an das Herz gehen muß, einen aus dieser Nation selbst. Ich kenne ihn zu wohl, als daß ich ihm hier das Zeugnis eines ebenso witzigen als gelehrten und rechtschaffnen Mannes versagen könnte. Folgenden Brief hat er bei Gelegenheit der Göttingischen Erinnerung an einen Freund in seinem Volke, der ihm an guten Eigenschaften völlig gleich ist, geschrieben. Ich sehe es voraus, daß man es schwerlich glauben, sondern vielmehr diesen Brief für eine Erdichtung von mir halten wird; allein ich erbiete mich, denjenigen, dem daran gelegen ist, unwidersprechlich von der Authentizität desselben zu überzeugen. Hier ist er.*)

„Mein Herr,

„Ich überschicke Ihnen hier das 70. Stück der ‚Göttingschen Gelehrten Anzeigen'. Lesen Sie den Artikel von Berlin. Die Herren Anzeiger rezensieren den 4. Teil der Lessingschen Schriften, die wir so oft mit Vergnügen gelesen haben. Was glauben Sie wohl, daß sie an dem Lustspiele Die Juden aussetzen? Den Hauptcharakter, welcher, wie sie sich ausdrücken, viel zu edel und viel zu großmütig ist. Das Vergnügen, sagen sie, das wir über die Schönheit eines solchen Charakters empfinden, wird durch dessen Unwahrscheinlichkeit unterbrochen, und endlich bleibt in unsrer Seele nichts als der bloße Wunsch für sein Dasein übrig. — Diese Gedanken machten mich schamrot. Ich bin nicht im stande, alles auszudrücken, was sie mich haben empfinden lassen. Welche Erniedrung für unsre bedrängte Nation! Welche übertriebene Verachtung! Das gemeine Volk der Christen hat uns von jeher als den Auswurf der Natur, als Geschwüre der menschlichen Gesellschaft angesehen. Allein von gelehrten Leuten erwartete ich jederzeit eine billigere Beurteilung; von diesen vermutete ich die uneingeschränkte Billigkeit, deren Mangel uns insgemein vorgeworfen zu werden pflegt. Wie sehr habe ich mich geirrt, als ich einem jeden christlichen Schriftsteller so viel Aufrichtigkeit zutrauete, als er von andern fordert!

„In Wahrheit, mit welcher Stirne kann ein Mensch, der noch ein Gefühl der Redlichkeit in sich hat, einer ganzen Nation die Wahrscheinlichkeit absprechen, einen einzigen ehrlichen Mann aufweisen zu können? Einer Nation, aus welcher, wie sich

---

*) „Michaelis war der Göttingische Rezensent. Der Brief ist von Moses Mendelssohn und an den Doktor Gumperz, einen Arzt in Berlin, der aber nicht praktizierte, sondern von seinen Mitteln lebte und sich eigentlich mit Mathematik beschäftigte. Gumperz war um die damalige Zeit Sekretär bei Maupertuis." — (Anm. von Karl G. Lessing.)

der Verfasser der ‚Juden‘ ausdrückt, alle Propheten und die
größesten Könige aufstanden? Ist sein grausamer Richterspruch
gegründet: welche Schande für das menschliche Geschlecht!
Ungegründet: welche Schande für ihn!

„Ist es nicht genug, daß wir den bittersten Haß der
Christen auf so manche grausame Art empfinden müssen,
sollen auch diese Ungerechtigkeiten wider uns durch Verleumdungen gerechtfertiget werden?

„Man fahre fort, uns zu unterdrücken, man lasse uns
beständig mitten unter freien und glückseligen Bürgern ein-
geschränkt leben, ja, man setze uns ferner dem Spotte und
der Verachtung aller Welt aus: nur die Tugend, den einzigen
Trost bedrängter Seelen, die einzige Zuflucht der Verlassenen,
suche man uns nicht gänzlich abzusprechen!

„Jedoch man spreche sie uns ab, was gewinnen die
Herren Rezensenten dabei? Ihre Kritik bleibet dennoch unverantwortlich. Eigentlich soll der Charakter des reisenden
Juden (ich schäme mich, wann ich ihn von dieser Seite betrachte) das Wunderbare, das Unerwartete in der Komödie
sein. Soll nun der Charakter eines hochmütigen Bürgers,
der sich zum türkischen Fürsten machen läßt, so unwahrscheinlich nicht sein als eines Juden, der großmütig ist? Laßt einen
Menschen, dem von der Verachtung der jüdischen Nation nichts
bekannt ist, der Aufführung dieses Stückes beiwohnen: er
wird gewiß während des ganzen Stückes für Langeweile
gähnen, ob es gleich für uns sehr viele Schönheiten hat. Der
Anfang wird ihn auf die traurige Betrachtung leiten, wie
weit der Nationalhaß getrieben werden könne, und über das
Ende wird er lachen müssen. Die guten Leute, wird er bei
sich denken, haben doch endlich die große Entdeckung gemacht,
daß Juden auch Menschen sind. So menschlich denkt ein Gemüt, das von Vorurteilen gereinigt ist.

„Nicht, daß ich durch diese Betrachtung dem Lessingschen
Schauspiele seinen Wert entziehen wollte; keinesweges! Man
weiß, daß sich der Dichter überhaupt und insbesondere, wenn
er für die Schaubühne arbeitet, nur nach der unter dem Volke
herrschenden Meinung zu richten habe. Nach dieser aber muß
der unvermutete Charakter des Juden eine sehr rührende
Wirkung auf die Zuschauer thun. Und insoweit ist ihm die
ganze jüdische Nation viele Verbindlichkeit schuldig, daß er
sich Mühe gibt, die Welt von einer Wahrheit zu überzeugen,
die für sie von großer Wichtigkeit sein muß.

„Sollte diese Rezension, diese grausame Seelenverdammung, nicht aus der Feder eines Theologen geflossen sein? Diese Leute denken der christlichen Religion einen großen Vorschub zu thun, wenn sie alle Menschen, die keine Christen sind, für Meuchelmörder und Straßenräuber erklären. Ich bin weit entfernt, von der christlichen Religion so schimpflich zu denken; das wäre unstreitig der stärkste Beweis wider ihre Wahr= haftigkeit, wenn man sie festzustellen alle Menschlichkeit aus den Augen setzen müßte!

„Was können uns unsre strengen Beurteiler, die nicht selten ihre Urteile mit Blute versiegeln, Erhebliches vorrücken? Laufen nicht alle ihre Vorwürfe auf den unersättlichen Geiz hinaus, den sie vielleicht durch ihre eigene Schuld bei dem gemeinen jüdischen Haufen zu finden frohlocken? Man gebe ihnen diesen zu; wird es denn deswegen aufhören, wahr= scheinlich zu sein, daß ein Jude einem Christen, der in räube= rische Hände gefallen ist, das Leben gerettet haben sollte? Oder wenn er es gethan, muß er sich notwendig das edle Vergnügen, seine Pflicht in einer so wichtigen Sache beob= achtet zu haben, mit niederträchtigen Belohnungen versalzen lassen? Gewiß nicht! Zu voraus, wenn er in solchen Um= ständen ist, in welche der Jude im Schauspiele gesetzt worden!

„Wie aber, soll dieses unglaublich sein, daß unter einem Volke von solchen Grundsätzen und Erziehung ein so edles und erhabenes Gemüt sich gleichsam selbst bilden sollte? Welche Beleidigung! So ist alle unsre Sittlichkeit dahin! so regt sich in uns kein Trieb mehr für die Tugend! so ist die Natur stiefmütterlich gegen uns gewesen, als sie die edelste Gabe unter den Menschen ausgeteilt, die natürliche Liebe zum Guten! Wie weit bist du, gütiger Vater, über solche Grausamkeit erhaben!

„Wer Sie näher kennt, teuerster Freund, und Ihre Talente zu schätzen weiß, dem kann es gewiß an keinem Exempel fehlen, wie leicht sich glückliche Geister ohne Vor= bild und Erziehung emporschwingen, ihre unschätzbaren Gaben ausarbeiten, Geist und Herz bessern und sich in den Rang der größten Männer erheben können. Ich gebe einem jeden zu bedenken, ob Sie, großmütiger Freund, nicht die Rolle des Juden im Schauspiel übernommen hätten, wenn Sie auf Ihrer gelehrten Reise in seine Umstände gesetzt worden wären. Ja, ich würde unsre Nation erniedrigen, wenn ich fortfahren wollte, einzelne Exempel von edlen Gemütern anzuführen.

Nur das Ihrige konnte ich nicht übergehen, weil es so sehr in die Augen leuchtet, und weil ich es allzu oft bewundere.

„Ueberhaupt sind gewisse menschliche Tugenden den Juden gemeiner als den meisten Christen. Man bedenke den gewaltigen Abscheu, den sie für eine Mordthat haben. Kein einziges Exempel wird man anführen können, daß ein Jude (ich nehme die Diebe von Profession aus) einen Menschen ermordet haben sollte. Wie leicht wird es aber nicht manchem sonst redlichen Christen, seinem Nebenmenschen für ein bloßes Schimpfwort das Leben zu rauben? Man sagt, es sei Niederträchtigkeit bei den Juden. Wohl! wenn Niederträchtigkeit Menschenblut verschont, so ist Niederträchtigkeit eine Tugend.

„Wie mitleidig sind sie nicht gegen alle Menschen, wie milde gegen die Armen beider Nationen? Und wie hart verdient das Verfahren der meisten Christen gegen ihre Arme genennt zu werden? Es ist wahr, sie treiben diese beiden Tugenden fast zu weit. Ihr Mitleiden ist allzu empfindlich und hindert beinah die Gerechtigkeit, und ihre Mildigkeit ist beinah Verschwendung. Allein wenn doch alle, die ausschweifen, auf der guten Seite ausschweifeten!

„Ich könnte noch vieles von ihrem Fleiße, von ihrer bewundernswürdigen Mäßigkeit, von ihrer Heiligkeit in den Ehen hinzusetzen. Doch schon ihre gesellschaftliche Tugenden sind hinreichend genug, die „Göttingsche Anzeigen“ zu widerlegen, und ich bedaure den, der eine so allgemeine Verurteilung ohne Schauern lesen kann.

„Ich bin ꝛc.“　　　*　　*　　*

Ich habe auch die Antwort auf diesen Brief vor mir. Allein ich mache mir ein Bedenken, sie hier drucken zu lassen. Sie ist mit zu viel Hitze geschrieben, und die Retorsionen sind gegen die Christen ein wenig zu lebhaft gebraucht. Man kann es mir aber gewiß glauben, daß beide Korrespondenten auch ohne Reichtum Tugend und Gelehrsamkeit zu erlangen gewußt haben, und ich bin überzeugt, daß sie unter ihrem Volke mehr Nachfolger haben würden, wenn ihnen die Christen nur vergönnten, das Haupt ein wenig mehr zu erheben. — —

Der übrige Teil der Göttingschen Erinnerungen, worinne

man mich zu einem andern ähnlichen Luftspiele aufmuntert,
ist zu schmeichelhaft für mich, als daß ich ihn ohne Eitelkeit
wiederholen könnte. Es ist gewiß, daß sich nach dem daselbst
angegebenen Plane ein sehr einnehmendes Stück machen ließe,
nur muß ich erinnern, daß die Juden alsdenn bloß als ein
unterdrücktes Volk und nicht als Juden betrachtet werden und
die Absichten, die ich bei Verfertigung meines Stücks gehabt
habe, größtenteils wegfallen würden.

Die Juden.

Ein Lustspiel in einem Aufzuge.

("Verfertigt im Jahre 1749." Zuerst gedruckt in Lessings "Schriften", IV. Teil. Berlin, bei C. F. Voß, 1754.)

Perſonen.

Michel Stich.

Martin Krumm.

Ein Reiſender.

Chriſtoph, deſſen Bedienter.

Der Baron.

Ein junges Fräulein, deſſen Tochter.

Liſette.

———

1. Auftritt.

Martin Krumm. Du dummer Michel Stich!

Michel Stich. Du dummer Martin Krumm!

Martin Krumm. Wir wollen's nur gestehen, wir sind beide erzdumm gewesen. Es wäre ja auf einen nicht angekommen, den wir mehr tot geschlagen hätten!

Michel Stich. Wie hätten wir es aber klüger können anfangen? Waren wir nicht gut vermummt? war nicht der Kutscher auf unsrer Seite? konnten wir was dafür, daß uns das Glück so einen Querstrich machte? Hab ich's doch viel hundertmal gesagt: das verdammte Glücke! ohne das kann man nicht einmal ein guter Spitzbube sein.

Martin Krumm. Je nu, wenn ich's beim Lichte besehe, so sind wir kaum dadurch auf ein paar Tage länger dem Stricke entgangen.

Michel Stich. Ah, es hat sich was mit dem Stricke! Wenn alle Diebe gehangen würden, die Galgen müßten dichter stehn. Man sieht ja kaum aller zwei Meilen einen, und wo auch einer steht, steht er meist leer. Ich glaube, die Herren Richter werden aus Höflichkeit die Dinger gar eingehen lassen. Zu was sind sie auch nütze? Zu nichts, als aufs höchste, daß unsereiner, wenn er vorbei geht, die Augen zublinzt.

Martin Krumm. O! das thu ich nicht einmal. Mein Vater und mein Großvater sind daran gestorben, was will ich's besser verlangen? Ich schäme mich meiner Eltern nicht.

Michel Stich. Aber die ehrlichen Leute werden sich deiner schämen. Du hast noch lange nicht so viel gethan, daß man dich für ihren rechten und echten Sohn halten kann.

Martin Krumm. O! denkst du denn, daß es deswegen unserm Herrn soll geschenkt sein? Und an dem verzweifelten Fremden, der uns so einen fetten Bissen aus dem Munde gerissen hat, will ich mich gewiß auch rächen. Seine Uhr soll er so richtig müssen da lassen — — Ha! sieh, da kömmt er gleich. Hurtig geh fort! ich will mein Meisterstück machen.

Michel Stich. Aber halbpart! halbpart!

---

2. Auftritt.

Martin Krumm. Der Reisende.

Martin Krumm. Ich will mich dumm stellen. — Ganz dienstwilliger Diener, mein Herr, — — ich werde Martin Krumm heißen und werde auf diesem Gute hier wohlbestallter Vogt sein.

Der Reisende. Das glaube ich Euch, mein Freund. Aber habt Ihr nicht meinen Bedienten gesehen?

Martin Krumm. Ihnen zu dienen, nein; aber ich habe wohl von dero preiswürdigen Person sehr viel Gutes zu hören die Ehre gehabt. Und es erfreut mich also, daß ich die Ehre habe, die Ehre Ihrer Bekanntschaft zu genießen. Man sagt, daß Sie unsern Herrn gestern abends auf der Reise aus einer sehr gefährlichen Gefahr sollen gerissen haben. Wie ich nun nicht anders kann, als mich des Glücks meines Herrn zu erfreuen, so erfreu' ich mich — —

Der Reisende. Ich errate, was Ihr wollt; Ihr wollt Euch bei mir bedanken, daß ich Eurem Herrn beigestanden habe — —

Martin Krumm. Ja, ganz recht; eben das!

Der Reisende. Ihr seid ein ehrlicher Mann —

Martin Krumm. Das bin ich! Und mit der Ehrlichkeit kömmt man immer auch am weitesten.

Der Reisende. Es ist mir kein geringes Vergnügen, daß ich mir durch eine so kleine Gefälligkeit so viel rechtschaffne Leute verbindlich gemacht habe. Ihre Erkenntlichkeit ist eine überflüssige Belohnung dessen, was ich gethan habe. Die allgemeine Menschenliebe verband mich darzu. Es war meine Schuldigkeit; und ich müßte zufrieden sein, wenn man es auch für nichts anders als dafür angesehen hätte. Ihr seid allzu gütig, ihr lieben Leute, daß ihr euch dafür bei mir bedanket, was ihr mir ohne Zweifel mit eben so vielem Eifer würdet erwiesen haben, wenn ich mich in ähnlicher Gefahr befunden hätte. Kann ich Euch sonst worin dienen, mein Freund?

Martin Krumm. O! mit dem Dienen, mein Herr, will ich Sie nicht beschweren. Ich habe meinen Knecht, der mich bedienen muß, wann's nötig ist. Aber — — wissen möcht' ich wohl gern, wie es doch dabei zugegangen wäre? Wo war's denn? Waren's viel Spitzbuben? Wollten sie unsern guten Herrn gar uns Leben bringen, oder wollten sie ihm nur sein Geld abnehmen? Es wäre doch wohl eins besser gewesen als das andre.

Der Reisende. Ich will Euch mit wenigem den ganzen Verlauf erzählen. Es mag ohngefähr eine Stunde von hier sein, wo die Räuber Euren Herrn in einem hohlen Wege angefallen hatten. Ich reisete eben diesen Weg, und sein ängstliches Schreien um Hilfe bewog mich, daß ich nebst meinem Bedienten eilends herzu ritt.

Martin Krumm. Ei! ei!

Der Reisende. Ich fand ihn in einem offnen Wagen — —

Martin Krumm. Ei! ei!

Der Reisende. Zwei vermummte Kerle — —

Martin Krumm. Vermummte? ei! ei!

Der Reisende. Ja! machten sich schon über ihn her.

Martin Krumm. Ei! ei!

Der Reisende. Ob sie ihn umbringen, oder ob sie ihn nur binden wollten, ihn alsdann desto sichrer zu plündern, weiß ich nicht.

Martin Krumm. Ei! ei! Ach freilich werden sie ihn wohl haben umbringen wollen; die gottlosen Leute!

Der Reisende. Das will ich eben nicht behaupten, aus Furcht, ihnen zu viel zu thun.

Martin Krumm. Ja, ja, glauben Sie mir nur, sie haben ihn umbringen wollen. Ich weiß, ich weiß ganz ge= wiß — —

Der Reisende. Woher könnt Ihr das wissen? Doch es sei! Sobald mich die Räuber ansichtig wurden, verließen sie ihre Beute und liefen über Macht dem nahen Gebüsche zu. Ich lösete das Pistol auf einen. Doch es war schon zu dunkel, und er schon zu weit entfernt; daß ich also zweifeln muß, ob ich ihn getroffen habe.

Martin Krumm. Nein, getroffen haben Sie ihn nicht. — —

Der Reisende. Wißt Ihr es?

Martin Krumm. Ich meine nur so, weil's doch schon finster gewesen ist, und im Finstern soll man, hör' ich, nicht gut zielen können.

Der Reisende. Ich kann Euch nicht beschreiben, wie erkenntlich sich Euer Herr gegen mich bezeigte. Er nannte mich hundertmal seinen Erretter und nötigte mich, mit ihm auf sein Gut zurückzukehren. Ich wollte wünschen, daß es meine Umstände zuließen, länger um diesen angenehmen Mann zu sein; so aber muß ich mich noch heute wieder auf den Weg machen. — Und eben deswegen suche ich meinen Be=dienten.

Martin Krumm. O! lassen Sie sich doch die Zeit bei mir nicht so lang werden. Verziehen Sie noch ein wenig. — Ja! was wollte ich denn noch fragen? Die Räuber — sagen Sie mir doch — — wie sahen sie denn aus? wie gingen sie denn? Sie hatten sich verkleidet, aber wie?

Der Reisende. Euer Herr will durchaus behaupten, es wären Juden gewesen. Bärte hatten sie, das ist wahr; aber ihre Sprache war die ordentliche hiesige Bauernsprache. Wenn sie vermummt waren, wie ich gewiß glaube, so ist ihnen die Dämmerung sehr wohl zu statten gekommen. Denn ich be=greife nicht, wie Juden die Straßen sollten können unsicher machen, da doch in diesem Lande so wenige geduldet werden.

Martin Krumm. Ja, ja, das glaub' ich ganz gewiß auch, daß es Juden gewesen sind. Sie mögen das gottlose Gesindel noch nicht so kennen. So viel als ihrer sind, keinen ausgenommen, sind Betrüger, Diebe und Straßenräuber. Darum ist es auch ein Volk, das der liebe Gott verflucht hat. Ich dürfte nicht König sein: ich ließ' keinen, keinen einzigen am Leben. Ach! Gott behüte alle rechtschaffne Christen vor diesen Leuten! Wenn sie der liebe Gott nicht selber haßte, weswegen wären denn nur vor kurzem bei dem Un=glücke in Breslau ihrer bald noch einmal so viel als Christen geblieben? Unser Herr Pfarr erinnerte das sehr weislich in der letzten Predigt. Es ist, als wenn sie zugehört hätten, daß sie sich gleich deswegen an unserm guten Herrn haben rächen wollen. Ach! mein lieber Herr, wenn Sie wollen Glück und Segen in der Welt haben, so hüten Sie sich vor den Juden ärger als vor der Pest.

Der Reisende. Wollte Gott, daß das nur die Sprache des Pöbels wäre!

Martin Krumm. Mein Herr, zum Exempel: ich bin einmal auf der Messe gewesen — ja! wenn ich an die Messe gedenke, so möchte ich gleich die verdammten Juden alle auf einmal mit Gift vergeben, wenn ich nur könnte. Dem einen

hatten sie im Gedränge das Schnupftuch, dem andern die
Tabaksdose, dem dritten die Uhr, und ich weiß nicht was
sonst mehr, wegstibitzt. Geschwind sind sie, ochsenmäßig ge=
schwind, wenn es aufs Stehlen ankömmt. So behende, als
unser Schulmeister nimmermehr auf der Orgel ist. Zum
Exempel, mein Herr: erstlich drängen sie sich an einen heran,
so wie ich mich ungefähr jetzt an Sie — —

Der Reisende. Nur ein wenig höflicher, mein Freund! — —

Martin Krumm. O, lassen Sie sich's doch nur weisen!
Wenn sie nun so stehen, — — sehen Sie — — wie der
Blitz sind sie mit der Hand nach der Uhrtasche. (Er fährt mit der
Hand, anstatt nach der Uhr, in die Rocktasche und nimmt ihm seine Tabaksdose
heraus.) Das können sie nun aber alles so geschickt machen,
daß man schwören sollte, sie führen mit der Hand dahin,
wenn sie dorthin fahren. Wenn sie von der Tabaksdose reden,
so zielen sie gewiß nach der Uhr, und wenn sie von der Uhr
reden, so haben sie gewiß die Tabaksdose zu stehlen im Sinne.
(Er will ganz sauber nach der Uhr greifen, wird aber ertappt.)

Der Reisende. Sachte! sachte! was hat Eure Hand hier
zu suchen?

Martin Krumm. Da können Sie sehn, mein Herr, was
ich für ein ungeschickter Spitzbube sein würde. Wenn ein
Jude schon so einen Griff gethan hätte, so wäre es gewiß
um die gute Uhr geschehn gewesen. — — Doch weil ich sehe,
daß ich Ihnen beschwerlich falle, so nehme ich mir die Frei=
heit, mich Ihnen bestens zu empfehlen, und verbleibe zeit=
lebens für dero erwiesene Wohlthaten meines hochzuehrenden
Herrn gehorsamster Diener, Martin Krumm, wohlbestallter
Vogt auf diesem hochadelichen Rittergute.

Der Reisende. Geht nur, geht!

Martin Krumm. Erinnern Sie sich ja, was ich Ihnen von
den Juden gesagt habe. Es ist lauter gottloses, diebisches Volk.

----

3. Auftritt.

Der Reisende.

Der Reisende. Vielleicht ist dieser Kerl, so dumm er ist
oder sich stellt, ein boshafterer Schelm, als je einer unter den
Juden gewesen ist. Wenn ein Jude betrügt, so hat ihn,
unter neun malen, der Christ vielleicht siebenmal dazu genötiget.
Ich zweifle, ob viel Christen sich rühmen können, mit einem

Juden aufrichtig verfahren zu sein: und sie wundern sich, wenn er ihnen Gleiches mit Gleichem zu vergelten sucht? Sollten Treu und Redlichkeit unter zwei Völkerschaften herrschen, so müssen beide gleichviel dazu beitragen. Wie aber, wenn es bei der einen ein Religionspunkt und beinahe ein verdienstliches Werk wäre, die andre zu verfolgen? Doch — —

4. Auftritt.

Der Reisende. Christoph.

Der Reisende. Daß man Euch doch allezeit eine Stunde suchen muß, wenn man Euch haben will.

Christoph. Sie scherzen, mein Herr. Nicht wahr, ich kann nicht mehr als an einem Orte zugleich sein? Ist es also meine Schuld, daß Sie sich nicht an diesen Ort begeben? Gewiß, Sie finden mich allezeit da, wo ich bin.

Der Reisende. So? und Ihr taumelt gar? Nun begreif' ich, warum Ihr so sinnreich seid. Müßt Ihr Euch denn schon frühmorgens besaufen?

Christoph. Sie reden von Besaufen, und ich habe kaum zu trinken angefangen. Ein paar Flaschen guten Landwein, ein paar Gläser Branntwein und eine Mundsemmel ausgenommen, habe ich, so wahr ich ein ehrlicher Mann bin, nicht das Geringste zu mir genommen. Ich bin noch ganz nüchtern.

Der Reisende. O! das sieht man Euch an. Und ich rate Euch als ein Freund, die Portion zu verdoppeln.

Christoph. Vortrefflicher Rat! Ich werde nicht unterlassen, ihn nach meiner Schuldigkeit als einen Befehl anzusehen. Ich gehe, und Sie sollen sehen, wie gehorsam ich zu sein weiß.

Der Reisende. Seid klug! Ihr könnt dafür gehn und die Pferde satteln und aufpacken. Ich will noch diesen Vormittag fort.

Christoph. Wenn Sie mir im Scherze geraten haben, ein doppeltes Frühstück zu nehmen, wie kann ich mir einbilden, daß Sie jetzt im Ernste reden? Sie scheinen sich heute mit mir erlustigen zu wollen. Macht Sie etwa das junge Fräulein so aufgeräumt? O! es ist ein allerliebstes Kind. — Nur noch ein wenig älter, ein klein wenig älter sollte sie sein.

Nicht wahr, mein Herr? wenn das Frauenzimmer nicht zu einer gewissen Reife gelangt ist, — —

Der Reisende. Geht und thut, was ich Euch befohlen habe!

Christoph. Sie werden ernsthaft. Nichtsdestoweniger werde ich warten, bis Sie mir es das dritte Mal befehlen. Der Punkt ist zu wichtig! Sie könnten sich übereilt haben. Und ich bin allezeit gewohnt gewesen, meinem Herren Bedenkzeit zu gönnen. Ueberlegen Sie es wohl; einen Ort, wo wir fast auf den Händen getragen werden, so zeitig wieder zu verlassen? Gestern sind wir erst gekommen. Wir haben uns um den Herrn unendlich verdient gemacht und gleichwohl bei ihm kaum eine Abendmahlzeit und ein Frühstück genossen.

Der Reisende. Eure Grobheit ist unerträglich. Wenn man sich zu dienen entschließt, sollte man sich gewöhnen, weniger Umstände zu machen.

Christoph. Gut, mein Herr! Sie fangen an, zu moralisieren, das ist: Sie werden zornig. Mäßigen Sie sich; ich gehe schon — —

Der Reisende. Ihr müßt wenig Ueberlegungen zu machen gewohnt sein. Das, was wir diesem Herrn erwiesen haben, verlieret den Namen einer Wohlthat, sobald wir die geringste Erkenntlichkeit dafür zu erwarten scheinen. Ich hätte mich nicht einmal sollen mit hieher nötigen lassen. Das Vergnügen, einem Unbekannten ohne Absicht beigestanden zu haben, ist schon vor sich so groß! Und er selbst würde uns mehr Segen nachgewünscht haben, als er uns jetzt übertriebene Danksagung hält. Wen man in die Verbindlichkeit setzt, sich weitläuftig und mit dabei verknüpften Kosten zu bedanken, der erweiset uns einen Gegendienst, der ihm vielleicht saurer wird, als uns unsere Wohlthat geworden. Die meisten Menschen sind zu verderbt, als daß ihnen die Anwesenheit eines Wohlthäters nicht höchst beschwerlich sein sollte. Sie scheint ihren Stolz zu erniedrigen; —

Christoph. Ihre Philosophie, mein Herr, bringt Sie um den Atem. Gut! Sie sollen sehen, daß ich ebenso großmütig bin als Sie. Ich gehe; in einer Viertelstunde sollen Sie sich aufsetzen können.

———

5. Auftritt.

Der Reisende. Das Fräulein.

Der Reisende. So wenig ich mich mit diesem Menschen gemein gemacht habe, so gemein macht er sich mit mir.

Das Fräulein. Warum verlassen Sie uns, mein Herr? Warum sind Sie hier so allein? Ist Ihnen unser Umgang schon die wenigen Stunden, die Sie bei uns sind, zuwider geworden? Es sollte mir leid thun. Ich suche aller Welt zu gefallen; und Ihnen möchte ich, vor allen andern, nicht gern mißfallen.

Der Reisende. Verzeihen Sie mir, Fräulein. Ich habe nur meinem Bedienten befehlen wollen, alles zur Abreise fertig zu halten.

Das Fräulein. Wovon reden Sie? von Ihrer Abreise? Wenn war denn Ihre Ankunft? Es sei noch, wenn Sie über Jahr und Tag eine melancholische Stunde auf diesen Einfall brächte. Aber wie? nicht einmal einen völligen Tag aushalten wollen? das ist zu arg. Ich sage es Ihnen, ich werde böse, wenn Sie noch einmal daran gedenken.

Der Reisende. Sie könnten mir nichts Empfindlichers drohen.

Das Fräulein. Nein? im Ernst? ist es wahr, würden Sie empfindlich sein, wenn ich böse auf Sie würde?

Der Reisende. Wem sollte der Zorn eines liebenswürdigen Frauenzimmers gleichgültig sein können?

Das Fräulein. Was Sie sagen, klingt zwar beinahe, als wenn Sie spotten wollten; doch ich will es für Ernst aufnehmen, gesetzt, ich irrte mich auch. Also, mein Herr, — — ich bin ein wenig liebenswürdig, wie man mir gesagt hat, — und ich sage Ihnen noch einmal, ich werde entsetzlich, entsetzlich zornig werden, wenn Sie binnen hier und dem neuen Jahre wieder an Ihre Abreise gedenken.

Der Reisende. Der Termin ist sehr liebreich bestimmt. Alsdann wollten Sie mir mitten im Winter die Thüre weisen, und bei dem unbequemsten Wetter — —

Das Fräulein. Ei! wer sagt das? Ich sage nur, daß Sie alsdann, des Wohlstands halber, etwa einmal an die Abreise denken können. Wir werden Sie deswegen nicht fort lassen; wir wollen Sie schon bitten — —

Der Reisende. Vielleicht auch des Wohlstands halber?

Das Fräulein. Ei, seht! man sollte nicht glauben, daß ein so ehrliches Gesicht auch spotten könnte. — — Ah! da kömmt der Papa. Ich muß fort! Sagen Sie ja nicht, daß ich bei Ihnen gewesen bin. Er wirft mir so oft genug vor, daß ich gern um Mannspersonen wäre.

---

6. Auftritt.

Der Baron. Der Reisende.

Der Baron. War nicht meine Tochter bei Ihnen? Warum läuft denn das wilde Ding?

Der Reisende. Das Glück ist unschätzbar, eine so angenehme und muntre Tochter zu haben. Sie bezaubert durch ihre Reden, in welchen die liebenswürdigste Unschuld, der ungekünsteltste Witz herrschet.

Der Baron. Sie urteilen zu gütig von ihr. Sie ist wenig unter ihresgleichen gewesen und besitzt die Kunst, zu gefallen, die man schwerlich auf dem Lande erlernen kann und die doch oft mehr als die Schönheit selbst vermag, in einem sehr geringen Grade. Es ist alles bei ihr noch die sich selbst gelaßne Natur.

Der Reisende. Und diese ist desto einnehmender, je weniger man sie in den Städten antrifft. Alles ist da verstellt, gezwungen und erlernt. Ja, man ist schon so weit darin gekommen, daß man Dummheit, Grobheit und Natur für gleichviel bedeutende Wörter hält.

Der Baron. Was könnte mir angenehmer sein, als daß ich sehe, wie unsre Gedanken und Urteile so sehr übereinstimmen? O! daß ich nicht längst einen Freund Ihresgleichen gehabt habe!

Der Reisende. Sie werden ungerecht gegen Ihre übrigen Freunde.

Der Baron. Gegen meine übrigen Freunde, sagen Sie? Ich bin funfzig Jahre alt: — — Bekannte habe ich gehabt, aber noch keinen Freund. Und niemals ist mir die Freundschaft so reizend vorgekommen als seit den wenigen Stunden, da ich nach der Ihrigen strebe. Wodurch kann ich sie verdienen?

Der Reisende. Meine Freundschaft bedeutet so wenig, daß das bloße Verlangen darnach ein genugsames Verdienst ist, sie zu erhalten. Ihre Bitte ist weit mehr wert als das, was Sie bitten.

Der Baron. O mein Herr, die Freundschaft eines Wohl=
thäters — —

Der Reisende. Erlauben Sie, — — ist keine Freund=
schaft. Wenn Sie mich unter dieser falschen Gestalt betrachten,
so kann ich Ihr Freund nicht sein. Gesetzt einen Augenblick,
ich wäre Ihr Wohlthäter: würde ich nicht zu befürchten
haben, daß Ihre Freundschaft nichts als eine wirksame Dank=
barkeit wäre?

Der Baron. Sollte sich beides nicht verbinden lassen?

Der Reisende. Sehr schwer! Diese hält ein edles Ge=
müt für seine Pflicht; jene erfordert lauter willkürliche Be=
wegungen der Seele.

Der Baron. Aber wie sollte ich — — Ihr allzu zärt=
licher Geschmack macht mich ganz verwirrt. — —

Der Reisende. Schätzen Sie mich nur nicht höher, als
ich es verdiene. Aufs höchste bin ich ein Mensch, der seine
Schuldigkeit mit Vergnügen gethan hat. Die Schuldigkeit
an sich selbst ist keiner Dankbarkeit wert. Daß ich sie aber
mit Vergnügen gethan habe, dafür bin ich genugsam durch Ihre
Freundschaft belohnt.

Der Baron. Diese Großmut verwirrt mich nur noch
mehr. — — Aber ich bin vielleicht zu verwegen. — — Ich
habe mich noch nicht unterstehen wollen, nach Ihrem Namen,
nach Ihrem Stande zu fragen. — Vielleicht biete ich meine
Freundschaft einem an, der — — der sie zu verachten — —

Der Reisende. Verzeihen Sie, mein Herr! — Sie — Sie
machen sich — — Sie haben allzu große Gedanken von mir.

Der Baron (beiseite). Soll ich ihn wohl fragen? Er kann
meine Neugierde übel nehmen.

Der Reisende (beiseite). Wenn er mich fragt, was werde
ich ihm antworten?

Der Baron (beiseite). Frage ich ihn nicht, so kann er es
als eine Grobheit auslegen.

Der Reisende (beiseite). Soll ich ihm die Wahrheit sagen?

Der Baron (beiseite). Doch ich will den sichersten Weg
gehen. Ich will erst seinen Bedienten ausfragen lassen.

Der Reisende (beiseite). Könnte ich doch dieser Verwirrung
überhoben sein! — —

Der Baron. Warum so nachdenkend?

Der Reisende. Ich war gleich bereit, diese Frage an Sie
zu thun, mein Herr. — —

Der Baron. Ich weiß es, man vergißt sich dann und

wann. Lassen Sie uns von etwas anderm reden. — — Sehen Sie, daß es wirkliche Juden gewesen sind, die mich angefallen haben? Nur jetzt hat mir mein Schulze gesagt, daß er vor einigen Tagen ihrer drei auf der Landstraße angetroffen. Wie er sie beschreibt, haben sie Spitzbuben ähnlicher als ehrlichen Leuten gesehen. Und warum sollte ich auch daran zweifeln? Ein Volk, das auf den Gewinst so erpicht ist, fragt wenig darnach, ob es ihn mit Recht oder Unrecht, mit List oder Gewaltsamkeit erhält. — — Es scheinet auch zur Handelschaft oder, deutsch zu reden, zur Betrügerei gemacht zu sein. Höflich, frei, unternehmend, verschwiegen, sind Eigenschaften, die es schätzbar machen würden, wenn es sie nicht allzu sehr zu unserm Unglück anwendete. — (Er hält etwas inne.) — — Die Juden haben mir sonst schon nicht wenig Schaden und Verdruß gemacht. Als ich noch in Kriegsdiensten war, ließ ich mich bereden, einen Wechsel für einen meiner Bekannten mit zu unterschreiben; und der Jude, an den er ausgestellt war, brachte mich nicht allein dahin, daß ich ihn bezahlen, sondern daß ich ihn sogar zweimal bezahlen mußte. — — O! es sind die allerboshaftesten, niederträchtigsten Leute. — Was sagen Sie dazu? Sie scheinen ganz niedergeschlagen.

Der Reisende. Was soll ich sagen? Ich muß sagen, daß ich diese Klage sehr oft gehört habe. —

Der Baron. Und ist es nicht wahr, ihre Gesichtsbildung hat gleich etwas, das uns wider sie einnimmt? Das Tückische, das Ungewissenhafte, das Eigennützige, Betrug und Meineid sollte man sehr deutlich aus ihren Augen zu lesen glauben. — Aber warum kehren Sie sich von mir?

Der Reisende. Wie ich höre, mein Herr, so sind Sie ein großer Kenner der Physiognomie; und ich besorge, daß die meinige —

Der Baron. O! Sie kränken mich. Wie können Sie auf dergleichen Verdacht kommen? Ohne ein Kenner der Physiognomie zu sein, muß ich Ihnen sagen, daß ich nie eine so aufrichtige, großmütige und gefällige Miene gefunden habe als die Ihrige.

Der Reisende. Ihnen die Wahrheit zu gestehn: ich bin kein Freund allgemeiner Urteile über ganze Völker. — — Sie werden meine Freiheit nicht übel nehmen. — Ich sollte glauben, daß es unter allen Nationen gute und böse Seelen geben könnte. Und unter den Juden — —

7. Auftritt.

Das Fräulein. Der Reisende. Der Baron.

Das Fräulein. Ach! Papa — —

Der Baron. Nu, nu! sein wild, sein wild! Vorhin liefst du vor mir; was sollte das bedeuten? — —

Das Fräulein. Vor Ihnen bin ich nicht gelaufen, Papa, sondern nur vor Ihrem Verweise.

Der Baron. Der Unterschied ist sehr subtil. Aber was war es denn, das meinen Verweis verdiente?

Das Fräulein. O! Sie werden es schon wissen. Sie sahen es ja! Ich war bei dem Herrn — —

Der Baron. Nun? und —

Das Fräulein. Und der Herr ist eine Mannsperson, und mit den Mannspersonen, haben Sie befohlen, mir nicht allzu-viel zu thun zu machen. — —

Der Baron. Daß dieser Herr eine Ausnahme sei, hättest du wohl merken sollen. Ich wollte wünschen, daß er dich leiden könnte. — — Ich werde es mit Vergnügen sehen, wenn du auch beständig um ihn bist.

Das Fräulein. Ach! — es wird wohl das erste und letzte Mal gewesen sein. Sein Diener packt schon auf. — — Und das wollte ich Ihnen eben sagen.

Der Baron. Was? wer? sein Diener?

Der Reisende. Ja, mein Herr, ich hab'es ihm befohlen. Meine Verrichtungen und die Besorgnis, Ihnen beschwerlich zu fallen —

Der Baron. Was soll ich ewig davon denken? Soll ich das Glück nicht haben, Ihnen näher zu zeigen, daß Sie sich ein erkenntliches Herz verbindlich gemacht haben? O! ich bitte Sie, fügen Sie zu Ihrer Wohlthat noch die andre hinzu, die mir ebenso schätzbar als die Erhaltung meines Lebens sein wird: bleiben Sie einige Zeit — wenigstens einige Tage bei mir; ich würde mir es ewig vorzuwerfen haben, daß ich einen Mann, wie Sie, ungekannt, ungeehrt, unbelohnt, wenn es anders in meinem Vermögen stehet, von mir gelassen hätte. Ich habe einige meiner Anverwandten auf heute einladen lassen, mein Vergnügen mit ihnen zu teilen und ihnen das Glück zu verschaffen, meinen Schutzengel kennen zu lernen.

Der Reisende. Mein Herr, ich muß notwendig — —

Das Fräulein. Dableiben, mein Herr, dableiben! Ich laufe, Ihrem Bedienten zu sagen, daß er wieder abpacken soll. Doch da ist er schon.

———

8. Auftritt.

Christoph (in Stiefeln und Sporen, und zwei Mantelsäcke unter den Armen).
Die Vorigen.

Christoph. Nun! mein Herr, es ist alles fertig. Fort! kürzen Sie Ihre Abschiedsformeln ein wenig ab. Was soll das viele Reden, wenn wir nicht dableiben können?

Der Baron. Was hindert Euch denn, hier zu bleiben?

Christoph. Gewisse Betrachtungen, mein Herr Baron, die den Eigensinn meines Herrn zum Grunde und seine Großmut zum Vorwande haben.

Der Reisende. Mein Diener ist öfters nicht klug: verzeihen Sie ihm! Ich sehe, daß Ihre Bitten in der That mehr als Komplimente sind. Ich ergebe mich, damit ich nicht aus Furcht, grob zu sein, eine Grobheit begehen möge.

Der Baron. O! was für Dank bin ich Ihnen schuldig!

Der Reisende. Ihr könnt nur gehen und wieder abpacken! Wir wollen erst morgen fort.

Das Fräulein. Nu! hört Er nicht? Was steht Er denn da? Er soll gehn und wieder abpacken.

Christoph. Von Rechts wegen sollte ich böse werden. Es ist mir auch beinahe, als ob mein Zorn erwachen wollte; doch weil nichts Schlimmers daraus erfolgt, als daß wir hier bleiben und zu essen und zu trinken bekommen und wohl gepflegt werden, so mag es sein! Sonst laß' ich mir nicht gern unnötige Mühe machen, wissen Sie das?

Der Reisende. Schweigt! Ihr seid zu unverschämt.

Christoph. Denn ich sage die Wahrheit.

Das Fräulein. O! das ist vortrefflich, daß Sie bei uns bleiben. Nun bin ich Ihnen noch einmal so gut. Kommen Sie, ich will Ihnen unsern Garten zeigen; er wird Ihnen gefallen.

Der Reisende. Wenn er Ihnen gefällt, Fräulein, so ist es schon so gut als gewiß.

Das Fräulein. Kommen Sie nur; — — unterdessen wird es Essenszeit. Papa, Sie erlauben es doch?

Der Baron. Ich werde euch sogar begleiten.

Das Fräulein. Nein, nein, das wollen wir Ihnen nicht zumuten. Sie werden zu thun haben.

Der Baron. Ich habe jetzt nichts Wichtigers zu thun, als meinen Gast zu vergnügen.

Das Fräulein. Er wird es Ihnen nicht übel nehmen;

nicht wahr, mein Herr? (Sachte zu ihm.) Sprechen Sie doch Nein. Ich möchte gern mit Ihnen allein gehen.

Der Reisende. Es wird mich gereuen, daß ich mich so leicht habe bewegen lassen, hier zu bleiben, so bald ich sehe, daß ich Ihnen im geringsten verhinderlich bin. Ich bitte also — —

Der Baron. O! warum kehren Sie sich an des Kindes Rede?

Das Fräulein. Kind? — — Papa! — — beschämen Sie mich doch nicht so! — Der Herr wird denken, wie jung ich bin! — — Lassen Sie es gut sein; ich bin alt genug, mit Ihnen spazieren zu gehen. — Kommen Sie. — — Aber sehen Sie einmal: Ihr Diener steht noch da und hat die Mantelsäcke unter den Armen.

Christoph. Ich dächte, das ginge nur den an, dem es sauer wird?

Der Reisende. Schweigt! Man erzeigt Euch zu viel Ehre. —

---

9. Auftritt.
Lisette. Die Vorigen.

Der Baron (indem er Lisetten kommen sieht). Mein Herr, ich werde Ihnen gleich nachfolgen, wann es Ihnen gefällig ist, meine Tochter in den Garten zu begleiten.

Das Fräulein. O! bleiben Sie so lange, als es Ihnen gefällt. Wir wollen uns schon die Zeit vertreiben. Kommen Sie!
(Das Fräulein und der Reisende gehen ab.)

Der Baron. Lisette, dir habe ich etwas zu sagen! — —

Lisette. Nu?

Der Baron (sachte zu ihr). Ich weiß noch nicht, wer unser Gast ist. Gewisser Ursachen wegen mag ich ihn auch nicht fragen. Könntest du nicht von seinem Diener — —

Lisette. Ich weiß, was Sie wollen. Dazu trieb mich meine Neugierigkeit von selbst, und deswegen kam ich hieher. —

Der Baron. Bemühe dich also, — — und gib mir Nachricht davon. Du wirst Dank bei mir verdienen.

Lisette. Gehen Sie nur.

Christoph. Sie werden es also nicht übel nehmen, mein Herr, daß wir es uns bei Ihnen gefallen lassen. Aber ich bitte, machen Sie sich meinetwegen keine Ungelegenheit; ich bin mit allem zufrieden, was da ist.

Der Baron. Lisette, ich übergebe ihn deiner Aufsicht. Laß ihn an nichts Mangel leiden. (Geht ab.)

Christoph. Ich empfehle mich also, Mademoiselle, dero gütigen Aufsicht, die mich an nichts wird Mangel leiden lassen. (Will abgehen.)

---

10. Auftritt.

Lisette. Christoph.

Lisette (hält ihn auf). Nein, mein Herr, ich kann es unmöglich über mein Herz bringen, Sie so unhöflich sein zu lassen. — Bin ich denn nicht Frauenzimmers genug, um einer kurzen Unterhaltung wert zu sein?

Christoph. Der Geier! Sie nehmen die Sache genau, Mamsell. Ob Sie Frauenzimmers genug oder zu viel sind, kann ich nicht sagen. Wenn ich zwar aus Ihrem gesprächigen Munde schließen sollte, so dürfte ich beinahe das letzte behaupten. — Doch dem sei, wie ihm wolle; jetzt werden Sie mich beurlauben; — — Sie sehen, ich habe Hände und Arme voll. — — Sobald mich hungert oder durstet, werde ich bei Ihnen sein.

Lisette. So macht's unser Schirrmeister auch.

Christoph. Der Henker! das muß ein gescheiter Mann sein; er macht's wie ich!

Lisette. Wenn Sie ihn wollen kennen lernen: er liegt vor dem Hinterhause an der Kette.

Christoph. Verdammt! ich glaube gar, Sie meinen den Hund. Ich merke also wohl, Sie werden den leiblichen Hunger und Durst verstanden haben. Den aber habe ich nicht verstanden, sondern den Hunger und Durst der Liebe. Den, Mamsell, den! Sind Sie nun mit meiner Erklärung zufrieden?

Lisette. Besser als mit dem Erklärten.

Christoph. Ei! im Vertrauen: — — Sagen Sie etwa zugleich auch damit so viel, daß Ihnen ein Liebesantrag von mir nicht zuwider sein würde?

Lisette. Vielleicht! Wollen Sie mir einen thun? im Ernst?

Christoph. Vielleicht!

Lisette. Pfui! was das für eine Antwort ist! vielleicht!

Christoph. Und sie war doch nicht ein Haar anders als die Ihrige.

Lisette. In meinem Munde will sie aber ganz etwas anders sagen. Vielleicht, ist eines Frauenzimmers größte Versicherung. Denn so schlecht unser Spiel auch ist, so müssen wir uns doch niemals in die Karte sehen lassen.

Christoph. Ja, wenn das ist! — Ich dächte, wir kämen also zur Sache. — — (Er schmeißt beide Mantelsäcke auf die Erde.) Ich weiß nicht, warum ich mir's so sauer mache? Da liegt! — — Ich liebe Sie, Mamsell.

Lisette. Das heiß' ich, mit wenigem viel sagen. Wir wollen's zergliedern. — —

Christoph. Nein, wir wollen's lieber ganz lassen. Doch, — damit wir in Ruhe einander unsre Gedanken eröffnen können; — — belieben Sie sich niederzulassen! — — Das Stehn ermüdet mich. — — Ohne Umstände! — (Er nötiget sie, auf den Mantelsack zu sitzen.) — — Ich liebe Sie, Mamsell. — —

Lisette. Aber, — — ich sitze verzweifelt hart. — — Ich glaube gar, es sind Bücher darin —

Christoph. Darzu recht zärtliche und witzige; — und gleichwohl sitzen Sie hart darauf? Es ist meines Herrn Reisebibliothek. Sie besteht aus Lustspielen, die zum Weinen, und aus Trauerspielen, die zum Lachen bewegen; aus zärtlichen Heldengedichten, aus tiefsinnigen Trinkliedern, und was dergleichen neue Siebensachen mehr sind. — — Doch wir wollen umwechseln. Setzen Sie sich auf meinen; — ohne Umstände! — — meiner ist der weichste.

Lisette. Verzeihen Sie! — — So grob werde ich nicht sein. — —

Christoph. Ohne Umstände, — ohne Komplimente! — Wollen Sie nicht? — So werde ich Sie hintragen. — —

Lisette. Weil Sie es denn befehlen — (Sie steht auf und will sich auf den andern setzen.)

Christoph. Befehlen? behüte Gott! — Nein! befehlen will viel sagen. — — Wenn Sie es so nehmen wollen, so bleiben Sie lieber sitzen. — — (Er setzt sich wieder auf seinen Mantelsack.)

Lisette (beiseite). Der Grobian! Doch ich muß es gut sein lassen. — —

Christoph. Wo blieben wir denn? — Ja — bei der Liebe. — — Ich liebe Sie also, Mamsell. Je vous aime, würde ich sagen, wenn Sie eine französische Marquisin wären.

Lisette. Der Geier! Sie sind wohl gar ein Franzose?

Christoph. Nein, ich muß meine Schande gestehn: ich

bin nur ein Deutscher. — Aber ich habe das Glück gehabt, mit verschiedenen Franzosen umgehen zu können, und da habe ich denn so ziemlich gelernt, was zu einem rechtschaffnen Kerl gehört. Ich glaube, man sieht mir es auch gleich an.

Lisette. Sie kommen also vielleicht mit Ihrem Herrn aus Frankreich?

Christoph. Ach nein! — —

Lisette. Wo sonst her? freilich wohl! —

Christoph. Es liegt noch einige Meilen hinter Frankreich, wo wir herkommen.

Lisette. Aus Italien doch wohl nicht?

Christoph. Nicht weit davon.

Lisette. Aus Engeland also?

Christoph. Beinahe; Engeland ist eine Provinz davon. Wir sind über funfzig Meilen von hier zu Hause. — — Aber, daß Gott! — meine Pferde, — die armen Tiere stehen noch gesattelt. Verzeihen Sie, Mamsell! — — Hurtig! stehen Sie auf! — — (Er nimmt die Mantelsäcke wieder untern Arm.) — — Trotz meiner inbrünstigen Liebe muß ich doch gehn und erst das Nötige verrichten. — — Wir haben noch den ganzen Tag und, was das meiste ist, noch die ganze Nacht vor uns. Wir wollen schon noch eins werden. — — Ich werde Sie wohl wieder zu finden wissen.

---

11. Auftritt.
Martin Krumm. Lisette.

Lisette. Von dem werde ich wenig erfahren können. Entweder, er ist zu dumm, oder zu fein. Und beides macht unergründlich.

Martin Krumm. So, Jungfer Lisette? Das ist auch der Kerl darnach, daß er mich ausstechen sollte!

Lisette. Das hat er nicht nötig gehabt.

Martin Krumm. Nicht nötig gehabt? Und ich denke, wer weiß wie fest ich in Ihrem Herzen sitze.

Lisette. Das macht, Herr Vogt, Er denkt's. Leute von Seiner Art haben das Recht, abgeschmackt zu denken. Drum ärgre ich mich auch nicht darüber, daß Er's gedacht hat, sondern, daß Er mir's gesagt hat. Ich möchte wissen, was Ihn mein Herz angeht? Mit was für Gefälligkeiten, mit was für Geschenken hat Er sich denn ein Recht darauf erworben? — Man gibt die Herzen jetzt nicht mehr so in den Tag hinein weg. Und glaubt Er etwa, daß ich so verlegen mit dem meinigen bin? Ich werde schon noch einen ehrlichen Mann dazu finden, ehe ich's vor die Säue werfe.

Martin Krumm. Der Teufel, das verschnupft! Ich muß eine Prise Tabak darauf nehmen. — — Vielleicht geht es wieder mit dem Niesen fort. — (Er zieht die entwandte Dose hervor, spielt einige Zeit in den Händen damit und nimmt endlich auf eine lächerlich hochmütige Art eine Prise.)

Lisette (schielt ihn von der Seite an). Verzweifelt! wo bekömmt der Kerl die Dose her?

Martin Krumm. Belieben Sie ein Prischen?

Lisette. O, Ihre unterthänige Magd, mein Herr Vogt! (Sie nimmt.)

Martin Krumm. Was eine silberne Dose nicht kann! — — Könnte ein Ohrwürmchen geschmeidiger sein?

Lisette. Ist es eine silberne Dose?

Martin Krumm. Wann's keine silberne wäre, so würde sie Martin Krumm nicht haben.

Lisette. Ist es nicht erlaubt, sie zu besehn?

Martin Krumm. Ja, aber nur in meinen Händen.

Lisette. Die Façon ist vortrefflich.

Martin Krumm. Ja, sie wiegt ganzer fünf Lot. —

Lisette. Nur der Façon wegen möchte ich so ein Döschen haben.

Martin Krumm. Wenn ich sie zusammenschmelzen lasse, steht Ihnen die Façon davon zu Dienste.

Lisette. Sie sind allzu gütig! — Es ist ohne Zweifel ein Geschenk?

Martin Krumm. Ja, — — sie kostet mir nicht einen Heller.

Lisette. Wahrhaftig, so ein Geschenk könnte ein Frauenzimmer recht verblenden! Sie können Ihr Glück damit machen, Herr Vogt. Ich wenigstens würde mich, wenn man mich mit silbernen Dosen anfiele, sehr schlecht verteidigen können. Mit so einer Dose hätte ein Liebhaber gegen mich gewonnenes Spiel.

Martin Krumm. Ich versteh's, ich versteh's! —

Lisette. Da sie Ihnen so nichts kostet, wollte ich Ihnen raten, Herr Vogt, sich eine gute Freundin damit zu machen —

Martin Krumm. Ich versteh's, ich versteh's! —

Lisette (schmeichelnd). Wollten Sie mir sie wohl schenken? —

Martin Krumm. O, um Verzeihung! — Man gibt die silbernen Dosen jetzt nicht mehr so in den Tag hinein weg. Und glaubt Sie denn, Jungfer Lisette, daß ich so verlegen mit der meinigen bin? Ich werde schon noch einen ehrlichen Mann dazu finden, ehe ich sie vor die Säue werfe.

Lisette. Hat man jemals eine dümmre Grobheit ge= funden! — — Ein Herz einer Schnupftabaksdose gleich zu schätzen?

Martin Krumm. Ja, ein steinern Herz einer silbern Schnupftabaksdose — —

Lisette. Vielleicht würde es aufhören, steinern zu sein, wenn — — Doch alle meine Reden sind vergebens. — — Er ist meiner Liebe nicht wert. — — Was ich für eine gut= herzige Närrin bin! — (will weinen) beinahe hätte ich geglaubt, der Vogt wäre noch einer von den ehrlichen Leuten, die es meinen, wie sie es reden —

Martin Krumm. Und was ich für ein gutherziger Narre bin, daß ich glaube, ein Frauenzimmer meine es, wie sie es redt! Da, mein Lisettchen, weine Sie nicht! — (Er gibt ihr die Dose.) — Aber nun bin ich doch wohl Ihrer Liebe wert? — Zum Anfange verlange ich nichts als nur ein Küßchen auf Ihre schöne Hand! — — (Er küßt sie.) Ah, wie schmeckt das! —

---

12. Auftritt.

Das Fräulein. Lisette. Martin Krumm.

Das Fräulein (sie kömmt darzu geschlichen und stößt ihn mit dem Kopfe auf die Hand.) Ei! Herr Vogt, — küss' Er mir doch meine Hand auch!

Lisette. Daß doch! — —

Martin Krumm. Ganz gern, gnäd'ges Fräulein — (Er will ihr die Hand küssen.)

Das Fräulein (gibt ihm eine Ohrfeige). Ihr Flegel, versteht Ihr denn keinen Spaß?

Martin Krumm. Den Teufel mag das Spaß sein!

Lisette. Ha! ha! ha! (Lacht ihn aus.) O, ich bedaure Ihn, mein lieber Vogt — Ha! ha! ha!

Martin Krumm. So? und Sie lacht noch dazu? Ist das mein Dank? Schon gut, schon gut! (Geht ab.)

Lisette. Ha! ha! ha!

---

13. Auftritt.

Lisette. Das Fräulein.

Das Fräulein. Hätte ich's doch nicht geglaubt, wenn ich's nicht selbst gesehen hätte. Du läßt dich küssen? und noch dazu vom Vogt?

Lisette. Ich weiß auch gar nicht, was Sie für Recht haben, mich zu belauschen? Ich denke, Sie gehen im Garten mit dem Fremden spazieren.

Das Fräulein. Ja, und ich wäre noch bei ihm, wenn der Papa nicht nachgekommen wäre. Aber so kann ich ja kein kluges Wort mit ihm sprechen. Der Papa ist gar zu ernsthaft —

Lisette. Ei, was nennen Sie denn ein kluges Wort? Was haben Sie denn wohl mit ihm zu sprechen, das der Papa nicht hören dürfte?

Das Fräulein. Tausenderlei! — Aber du machst mich böse, wo du mich noch mehr fragst. Genug, ich bin dem fremden Herrn gut. Das darf ich doch wohl gestehn?

Lisette. Sie würden wohl greulich mit dem Papa zanken, wenn er Ihnen einmal so einen Bräutigam verschaffte? Und im Ernst, wer weiß, was er thut. Schade nur, daß Sie nicht einige Jahr älter sind; es könnte vielleicht bald zustande= kommen.

Das Fräulein. O, wenn es nur am Alter liegt, so kann mich ja der Papa einige Jahr älter machen. Ich werde ihm gewiß nicht widersprechen.

Lisette. Nein, ich weiß noch einen bessern Rat. Ich will Ihnen einige Jahre von den meinigen geben, so ist uns allen beiden geholfen. Ich bin alsdann nicht zu alt und Sie nicht zu jung.

Das Fräulein. Das ist auch wahr; das geht ja an!

Lisette. Da kömmt des Fremden Bedienter; ich muß mit ihm sprechen. Es ist alles zu Ihrem Besten. — — Lassen Sie mich mit ihm allein. — — Gehen Sie.

Das Fräulein. Vergiß es aber nicht, wegen der Jahre. — — Hörst du, Lisette?

14. Auftritt.

Lisette. Christoph.

Lisette. Mein Herr, Sie hungert oder durstet gewiß, daß Sie schon wieder kommen? nicht?

Christoph. Ja freilich! — — Aber wohl gemerkt, wie ich den Hunger und Durst erklärt habe. Ihr die Wahrheit zu gestehn, meine liebe Jungfer, so hatte ich schon, sobald ich gestern vom Pferde stieg, ein Auge auf Sie geworfen. Doch weil ich nur einige Stunden hier zu bleiben vermeinte, so glaubte ich, es verlohne sich nicht der Mühe, mich mit Ihr bekannt zu machen. Was hätten wir in so kurzer Zeit können ausrichten? Wir hätten unsern Roman von hinten müssen anfangen. Allein es ist auch nicht allzu sicher, die Katze bei dem Schwanze aus dem Ofen zu ziehen.

Lisette. Das ist wahr! nun aber können wir schon ordentlicher verfahren. Sie können mir Ihren Antrag thun; ich kann darauf antworten. Ich kann Ihnen meine Zweifel machen; Sie können mir sie auflösen. Wir können uns bei jedem Schritte, den wir thun, bedenken und dürfen einander nicht den Affen im Sacke verkaufen. Hätten Sie mir gestern gleich Ihren Liebesantrag gethan, es ist wahr, ich würde ihn angenommen haben. Aber überlegen Sie einmal, wie viel ich gewagt hätte, wenn ich mich nicht einmal nach Ihrem Stande, Vermögen, Vaterlande, Bedienungen und dergleichen mehr zu erkundigen Zeit gehabt hätte?

Christoph. Der Geier! wäre das aber auch so nötig gewesen? So viel Umstände? Sie könnten ja bei dem Heiraten nicht mehrere machen? — —

Lisette. O! wenn es nur auf eine kahle Heirat angesehen wäre, so wär' es lächerlich, wenn ich so gewissenhaft sein wollte. Allein mit einem Liebesverständnisse ist es ganz etwas anders! Hier wird die schlechteste Kleinigkeit zu einem wichtigen Punkte. Also glauben Sie nur nicht, daß Sie die geringste Gefälligkeit von mir erhalten werden, wenn Sie meiner Neugierde nicht in allen Stücken ein Gnüge thun.

Christoph. Nu? wie weit erstreckt sich denn die?

Lisette. Weil man doch einen Diener am besten nach seinem Herrn beurteilen kann, so verlange ich vor allen Dingen zu wissen — —

Christoph. Wer mein Herr ist? Ha! ha! das ist lustig.

Sie fragen mich etwas, das ich Sie gern selbst fragen möchte, wenn ich glaubte, daß Sie mehr wüßten als ich.

Lisette. Und mit dieser abgedroschnen Ausflucht denken Sie durchzukommen? Kurz, ich muß wissen, wer Ihr Herr ist, oder unsre ganze Freundschaft hat ein Ende.

Christoph. Ich kenne meinen Herrn nicht länger als seit vier Wochen. So lange ist es, daß er mich in Hamburg in seine Dienste genommen hat. Von da aus habe ich ihn begleitet, niemals mir aber die Mühe genommen, nach seinem Stande oder Namen zu fragen. So viel ist gewiß, reich muß er sein; denn er hat weder mich, noch sich auf der Reise Not leiden lassen. Um was brauch' ich mich mehr zu bekümmern?

Lisette. Was soll ich mir von Ihrer Liebe versprechen, da Sie meiner Verschwiegenheit nicht einmal eine solche Kleinigkeit anvertrauen wollen? Ich würde nimmermehr gegen Sie so sein. Zum Exempel, hier habe ich eine schöne silberne Schnupftabaksdose — —

Christoph. Ja? nu? — —

Lisette. Sie dürfen mich ein klein wenig bitten, so sagte ich Ihnen, von wem ich Sie bekommen habe — —

Christoph. O! daran ist mir nun eben so viel nicht gelegen. Lieber möchte ich wissen, wer sie von Ihnen bekommen sollte?

Lisette. Ueber den Punkt habe ich eigentlich noch nichts beschlossen. Doch wenn Sie sie nicht sollten bekommen, so haben Sie es niemanden anders als sich selbst zuzuschreiben. Ich würde Ihre Aufrichtigkeit gewiß nicht unbelohnt lassen.

Christoph. Oder vielmehr meine Schwatzhaftigkeit! Doch, so wahr ich ein ehrlicher Kerl bin, wann ich dasmal verschwiegen bin, so bin ich's aus Not. Denn ich weiß nichts, was ich ausplaudern könnte. Verdammt! wie gern wollte ich meine Geheimnisse ausschütten, wann ich nur welche hätte!

Lisette. Adieu! ich will Ihre Tugend nicht länger bestürmen. Nur wünsch' ich, daß sie Ihnen bald zu einer silbernen Dose und einer Liebsten verhelfen möge, so wie sie Sie jetzt um beides gebracht hat. (Will gehn.)

Christoph. Wohin? wohin? Geduld! (Beiseite.) Ich sehe mich genötigt, zu lügen. Denn so ein Geschenk werde ich mir doch nicht sollen entgehen lassen? Was wird's auch viel schaden?

Lisette. Nun, wollen Sie es näher geben? Aber, — —

ich sehe schon, es wird Ihnen sauer. Nein, nein; ich mag
nichts wissen —

Christoph. Ja, ja, Sie soll alles wissen! — — (Beiseite.)
Wer doch recht viel lügen könnte! — — Hören Sie nur! —
Mein Herr ist — — ist einer von Adel. Er kömmt, — —
wir kommen miteinander aus — — aus — — Holland.
Er hat müssen — — gewisser Verdrießlichkeiten wegen — — einer
Kleinigkeit — — eines Mords wegen — — entfliehen —

Lisette. Was? eines Mords wegen?

Christoph. Ja, — — aber eines honetten Mords
— — eines Duells wegen entfliehen. — Und jetzt eben — —
ist er auf der Flucht -- —

Lisette. Und Sie, mein Freund? —

Christoph. Ich — bin auch mit ihm auf der Flucht.
Der Entleibte hat uns — — will ich sagen, die Freunde
des Entleibten haben uns sehr verfolgen lassen; und dieser
Verfolgung wegen — — Nun können Sie leicht das übrige
erraten. — — Was Geier! soll man auch thun? Ueberlegen
Sie es selbst: ein junger, naseweiser Laffe schimpft uns. Mein
Herr stößt ihn übern Haufen. Das kann nicht anders sein!
— Schimpft mich jemand, so thu ich's auch — oder — oder
schlage ihn hinter die Ohren. Ein ehrlicher Kerl muß nichts
auf sich sitzen lassen.

Lisette. Das ist brav! solchen Leuten bin ich gut; denn
ich bin auch ein wenig unleidlich. Aber sehen Sie einmal,
da kömmt Ihr Herr! sollte man es ihm wohl ansehn, daß
er so zornig, so grausam wäre?

Christoph. O, kommen Sie! wir wollen ihm aus dem Wege
gehn. Er möchte mir es ansehn, daß ich ihn verraten habe.

Lisette. Ich bin's zufrieden — —

Christoph. Aber die silberne Dose —

Lisette. Kommen Sie nur. (Beiseite.) Ich will erst sehen,
was mir von meinem Herrn für mein entdecktes Geheimnis
werden wird; lohnt sich das der Mühe, so soll er sie haben.

---

15. Auftritt.

Der Reisende.

Der Reisende. Ich vermisse meine Dose. Es ist eine
Kleinigkeit; gleichwohl ist mir der Verlust empfindlich. Sollte
mir sie wohl der Vogt? — — Doch ich kann sie verloren

haben, — ich kann sie aus Unvorsichtigkeit herausgeriffen
haben. — — Auch mit seinem Verdachte muß man niemanden
beleidigen. — Gleichwohl, — er drängte sich an mich heran;
— er griff nach der Uhr, — ich ertappte ihn; könnte er
auch nicht nach der Dose gegriffen haben, ohne daß ich ihn
ertappt hätte?

---

16. Auftritt.

Martin Krumm. Der Reisende.

Martin Krumm (als er den Reisenden gewahr wird, will er wieder
umkehren). Hui!

Der Reisende. Nu, nu, immer näher, mein Freund!
— — (Beiseite.) Ist er doch so schüchtern, als ob er meine
Gedanken wüßte! — — Nu? nur näher!

Martin Krumm (trotzig). Ach, ich habe nicht Zeit! Ich
weiß schon, Sie wollen mit mir plaudern. Ich habe wich=
tigere Sachen zu thun. Ich mag Ihre Heldenthaten nicht
zehnmal hören. Erzählen Sie sie jemanden, der sie noch
nicht weiß.

Der Reisende. Was höre ich? vorhin war der Vogt
einfältig und höflich, jetzt ist er unverschämt und grob. Welches
ist denn Eure rechte Larve?

Martin Krumm. Ei! das hat Sie der Geier gelernt,
mein Gesicht eine Larve zu schimpfen. Ich mag mit Ihnen
nicht zanken, — sonst — — (Er will fortgehn.)

Der Reisende. Sein unverschämtes Verfahren bestärkt
mich in meinem Argwohne. — Nein, nein, Geduld! Ich habe
Euch etwas Notwendiges zu fragen — —

Martin Krumm. Und ich werde nichts drauf zu ant=
worten haben, es mag so notwendig sein, als es will. Drum
sparen Sie nur die Frage.

Der Reisende. Ich will es wagen. — Allein, wie leid
würde mir es sein, wann ich ihm Unrecht thäte. — — Mein
Freund, habt Ihr nicht meine Dose gesehn? — Ich vermisse
sie. — —

Martin Krumm. Was ist das für eine Frage? Kann
ich etwas dafür, deß man sie Ihnen gestohlen hat? — —
Für was sehen Sie mich an? Für den Hehler? Oder für den
Dieb?

Der Reisende. Wer redt denn vom Stehlen? Ihr ver=
ratet Euch fast selbst — —

Martin Krumm. Ich verrate mich selbst? Also meinen Sie, daß ich sie habe?—Wissen Sie auch, was das zu bedeuten hat, wenn man einen ehrlichen Kerl dergleichen beschuldigt? Wissen Sie's?

Der Reisende. Warum müßt Ihr so schreien? Ich habe Euch noch nichts beschuldigt. Ihr seid Euer eigner Ankläger. Dazu weiß ich eben nicht, ob ich groß Unrecht haben würde! Wen ertappte ich denn vorhin, als er nach meiner Uhr greifen wollte?

Martin Krumm. O! Sie sind ein Mann, der gar keinen Spaß versteht. Hören Sie's! — — (Beiseite.) Wo er sie nur nicht bei Lisetten gesehen hat. — Das Mädel wird doch nicht närrisch sein und sich damit breit machen? — —

Der Reisende. O! ich verstehe den Spaß so wohl, daß ich glaube, Ihr wollt mit meiner Dose auch spaßen. Allein wenn man den Spaß zu weit treibt, verwandelt er sich endlich in Ernst. Es ist mir um Euren guten Namen leid. Gesetzt, ich wäre überzeugt, daß Ihr es nicht böse gemeint hättet, würden auch andre — —

Martin Krumm. Ach, — andre! — andre! — andre wären es längst überdrüssig, sich so etwas vorwerfen zu lassen. Doch, wenn Sie denken, daß ich sie habe: befühlen Sie mich, — — visitieren Sie mich — —

Der Reisende. Das ist meines Amts nicht. Dazu trägt man auch nicht alles bei sich in der Tasche.

Martin Krumm. Nun gut! damit Sie sehen, daß ich ein ehrlicher Kerl bin, so will ich meine Schubsäcke selber umwenden. — Geben Sie acht! (Beiseite.) Es müßte mit dem Teufel zugehen, wenn sie herausfiele.

Der Reisende. O, macht Euch keine Mühe!

Martin Krumm. Nein, nein; Sie sollen's sehn, Sie sollen's sehn. (Er wendet die eine Tasche um.) Ist da eine Dose? Brotkrümel sind drinne; das liebe Gut! (Er wendet die andre um.) Da ist auch nichts! Ja, — doch! ein Stückchen Kalender. — Ich hebe es der Verse wegen auf, die über den Monaten stehen. Sie sind recht schnurrig! — Nu, aber daß wir weiter kommen. Geben Sie acht: da will ich den dritten umwenden. (Bei dem Umwenden fallen zwei große Bärte heraus.) Der Henker! was laß' ich da fallen? (Er will sie hurtig aufheben, der Reisende aber ist hurtiger und erwischt einen davon.)

Der Reisende. Was soll das vorstellen?

Martin Krumm (beiseite). O verdammt! ich denke, ich habe den Quark lange von mir gelegt.

Der Reisende. Das ist ja gar ein Bart. (Er macht ihn vors Kinn.) Sehe ich bald einem Juden so ähnlich? — -

Martin Krumm. Ach, geben Sie her! geben Sie her! Wer weiß, was Sie wieder denken? Ich schrecke meinen kleinen Jungen manchmal damit; dazu ist er.

Der Reisende. Ihr werdet so gut sein und mir ihn lassen. Ich will auch damit schrecken.

Martin Krumm. Ach! vexieren Sie sich nicht mit mir. Ich muß ihn wieder haben. (Er will ihn aus der Hand reißen.)

Der Reisende. Geht, oder — —

Martin Krumm (beiseite). Der Geier! nun mag ich sehen, wo der Zimmermann das Loch gelassen hat. — — Es ist schon gut; es ist schon gut! Ich seh's, Sie sind zu meinem Unglücke hieher gekommen. Aber, hol mich alle Teufel, ich bin ein ehrlicher Kerl! Und den will ich sehn, der mir etwas Schlimmes nachreden kann. Merken Sie sich das! Es mag kommen, zu was es will, so kann ich es beschwören, daß ich den Bart zu nichts Bösem gebraucht habe. — (Geht ab.)

---

17. Auftritt.

Der Reisende.

Der Reisende. Der Mensch bringt mich selbst auf einen Argwohn, der ihm höchst nachteilig ist. — — Könnte er nicht einer von den verkappten Räubern gewesen sein? — Doch ich will in meiner Vermutung behutsam gehen.

---

18. Auftritt.

Der Baron. Der Reisende.

Der Reisende. Sollten Sie nicht glauben, ich wäre gestern mit den jüdischen Straßenräubern ins Handgemenge gekommen, daß ich einem davon den Bart ausgerissen hätte? (Er zeigt ihm den Bart.)

Der Baron. Wie verstehn Sie das, mein Herr? — — Allein, warum haben Sie mich so geschwind im Garten verlassen?

Der Reisende. Verzeihen Sie meine Unhöflichkeit. Ich wollte gleich wieder bei Ihnen sein. Ich ging nur, meine Dose zu suchen, die ich hier herum muß verloren haben.

Der Baron. Das ist mir höchst empfindlich. Sie sollten noch bei mir zu Schaden kommen?

Der Reisende. Der Schade würde so groß nicht sein. — — Allein betrachten Sie doch einmal diesen ansehnlichen Bart!

Der Baron. Sie haben mir ihn schon einmal gezeigt. Warum?

Der Reisende. Ich will mich Ihnen deutlicher erklären. Ich glaube — — Doch nein, ich will meine Vermutungen zurückhalten. — —

Der Baron. Ihre Vermutungen? Erklären Sie sich!

Der Reisende. Nein; ich habe mich übereilt. Ich könnte mich irren — — —

Der Baron. Sie machen mich unruhig.

Der Reisende. Was halten Sie von Ihrem Vogt?

Der Baron. Nein, nein; wir wollen das Gespräch auf nichts anders lenken. — — Ich beschwöre Sie bei der Wohl= that, die Sie mir erzeigt haben, entdecken Sie mir, was Sie glauben, was Sie vermuten, worinne Sie sich könnten geirrt haben!

Der Reisende. Nur die Beantwortung meiner Frage kann mich antreiben, es Ihnen zu entdecken.

Der Baron. Was ich von meinem Vogte halte? — — Ich halte ihn für einen ganz ehrlichen und rechtschaffnen Mann.

Der Reisende. Vergessen Sie also, daß ich etwas habe sagen wollen.

Der Baron. Ein Bart, — Vermutungen, — der Vogt, — wie soll ich diese Dinge verbinden? — Vermögen meine Bitten nichts bei Ihnen? — Sie könnten sich geirrt haben? — Gesetzt, Sie haben sich geirrt: was können Sie bei einem Freunde für Gefahr laufen?

Der Reisende. Sie bringen zu stark in mich. Ich sage Ihnen also, daß der Vogt diesen Bart aus Unvorsichtigkeit hat fallen lassen; daß er noch einen hatte, den er aber in der Geschwindigkeit wieder zu sich steckte; daß seine Reden einen Menschen verrieten, welcher glaubt, man denke von ihm ebenso viel Uebels, als er thut; daß ich ihn auch sonst über einem nicht allzu gewissenhaften — — wenigstens nicht allzu klugen Griffe ertappt habe.

Der Baron. Es ist, als ob mir die Augen auf einmal aufgingen. Ich besorge, — Sie werden sich nicht geirrt haben.

Und Sie trugen Bedenken, mir so etwas zu entdecken? — Den Augenblick will ich gehn und alles anwenden, hinter die Wahrheit zu kommen. Sollte ich meinen Mörder in meinem eignen Hause haben?

Der Reisende. Doch zürnen Sie nicht auf mich, wenn Sie, zum Glücke, meine Vermutungen falsch befinden sollten. Sie haben mir sie ausgepreßt, sonst würde ich sie gewiß verschwiegen haben.

Der Baron. Ich mag sie wahr oder falsch befinden, ich werde Ihnen allzeit dafür danken.

---

19. Auftritt.

Der Reisende und hernach Christoph.

Der Reisende. Wo er nur nicht zu hastig mit ihm verfährt! Denn so groß auch der Verdacht ist, so könnte der Mann doch wohl noch unschuldig sein. — Ich bin ganz verlegen. — — In der That ist es nichts Geringes, einem Herrn seine Untergebnen so verdächtig zu machen. Wenn er sie auch unschuldig befindet, so verliert er doch auf immer das Vertrauen zu ihnen. — Gewiß, wenn ich es recht bedenke, ich hätte schweigen sollen. — Wird man nicht Eigennutz und Rache für die Ursachen meines Argwohns halten, wenn man erfährt, daß ich ihm meinen Verlust zugeschrieben habe? — Ich wollte ein Vieles darum schuldig sein, wenn ich die Untersuchung noch hintertreiben könnte —

Christoph (kömmt gelacht). Ha! ha! ha! wissen Sie, wer Sie sind, mein Herr?

Der Reisende. Wißt Ihr, daß Ihr ein Narr seid? Was fragt Ihr?

Christoph. Gut! wenn Sie es denn nicht wissen, so will ich es Ihnen sagen. Sie sind einer von Adel. Sie kommen aus Holland. Allda haben Sie Verdrießlichkeiten und ein Duell gehabt. Sie sind so glücklich gewesen, einen jungen Naseweis zu erstechen. Die Freunde des Entleibten haben Sie heftig verfolgt. Sie haben sich auf die Flucht begeben. Und ich habe die Ehre, Sie auf der Flucht zu begleiten.

Der Reisende. Träumt Ihr, oder raset Ihr?

Christoph. Keines von beiden. Denn für einen Rasenden wäre meine Rede zu klug und für einen Träumenden zu toll.

Der Reisende. Wer hat Euch solch unsinniges Zeug weisgemacht?

Christoph. O, dafür ist gebeten, daß man mir's weismacht. Allein, finden Sie es nicht recht wohl ausgesonnen? In der kurzen Zeit, die man mir zum Lügen ließ, hätte ich gewiß auf nichts Bessers fallen können. So sind Sie doch wenigstens vor weitrer Neugierigkeit sicher!

Der Reisende. Was soll ich mir aber aus alle dem nehmen?

Christoph. Nichts mehr, als was Ihnen gefällt; das übrige lassen Sie mir. Hören Sie nur, wie es zuging. Man fragte mich nach Ihrem Namen, Stande, Vaterlande, Verrichtungen; ich ließ mich nicht lange bitten, ich sagte alles, was ich davon wußte; das ist: ich sagte, ich wüßte nichts. Sie können leicht glauben, daß diese Nachricht sehr unzulänglich war und daß man wenig Ursache hatte, damit zufrieden zu sein. Man drang also weiter in mich; allein umsonst! Ich blieb verschwiegen, weil ich nichts zu verschweigen hatte. Doch endlich brachte mich ein Geschenk, welches man mir anbot, dahin, daß ich mehr sagte, als ich wußte; das ist: ich log.

Der Reisende. Schurke! ich befinde mich, wie ich sehe, bei Euch in feinen Händen.

Christoph. Ich will doch nimmermehr glauben, daß ich von ungefähr die Wahrheit sollte gelogen haben?

Der Reisende. Unverschämter Lügner, Ihr habt mich in eine Verwirrung gesetzt, aus der — —

Christoph. Aus der Sie sich gleich helfen können, sobald Sie das schöne Beiwort, das Sie mir jetzt zu geben beliebten, bekannter machen.

Der Reisende. Werde ich aber alsdann nicht genötiget sein, mich zu entdecken?

Christoph. Desto besser! so lerne ich Sie bei Gelegenheit auch kennen. — Allein, urteilen Sie einmal selbst, ob ich mir wohl, mit gutem Gewissen, dieser Lügen wegen ein Gewissen machen könnte? (Er zieht die Dose heraus.) Betrachten Sie diese Dose! Hätte ich sie leichter verdienen können?

Der Reisende. Zeigt mir sie doch! — (Er nimmt sie in die Hand.) Was seh' ich?

Christoph. Ha! ha! ha! Das dachte ich, daß Sie erstaunen würden. Nicht wahr, Sie lögen selber ein Gesetzchen, wenn Sie so eine Dose verdienen könnten?

Der Reisende. Und also habt Ihr mir sie entwendet?

Christoph. Wie? was?

Der Reisende. Eure Treulosigkeit ärgert mich nicht so sehr, als der übereilte Verdacht, den ich deswegen einem ehrlichen Mann zugezogen habe. Und Ihr könnt noch so rasend frech sein, mich überreden zu wollen, sie wäre ein — — obgleich beinahe ebenso schimpflich erlangtes — Geschenk? Geht! kommt mir nicht wieder vor die Augen!

Christoph. Träumen Sie, oder — — aus Respekt will ich das andre noch verschweigen. Der Neid bringt Sie doch nicht auf solche Ausschweifungen? Die Dose soll Ihre sein? Ich soll sie Ihnen, salva venia, gestohlen haben? Wenn das wäre; ich müßte ein dummer Teufel sein, daß ich gegen Sie selbst damit prahlen sollte. — Gut, da kömmt Lisette! — Hurtig komm' Sie! Helf' Sie mir doch meinen Herrn wieder zurechte bringen!

---

20. Auftritt.

Lisette. Der Reisende. Christoph.

Lisette. O mein Herr, was stiften Sie bei uns für Unruhe! Was hat Ihnen denn unser Vogt gethan? Sie haben den Herrn ganz rasend auf ihn gemacht. Man redt von Bärten, von Dosen, von Plündern; der Vogt weint und flucht, daß er unschuldig wäre, daß Sie die Unwahrheit redten. Der Herr ist nicht zu besänftigen, und jetzt hat er sogar nach dem Schulzen und den Gerichten geschickt, ihn schließen zu lassen. Was soll denn das alles heißen?

Christoph. O, das ist alles noch nichts; hör' Sie nur, hör' Sie, was er jetzt gar mit mir vorhat! — —

Der Reisende. Ja freilich, meine liebe Lisette, ich habe mich übereilt. Der Vogt ist unschuldig. Nur mein gottloser Bedienter hat mich in diese Verdrießlichkeiten gestürzt. Er ist's, der mir meine Dose entwandt hat, derenwegen ich den Vogt im Verdacht hatte; und der Bart kann allerdings ein Kinderspiel gewesen sein, wie er sagte. Ich geh', ich will ihm Genugthuung geben, ich will meinen Irrtum gestehn, ich will ihm, was er nur verlangen kann — —

Christoph. Nein, nein, bleiben Sie! Sie müssen mir erst Genugthuung geben. Zum Henker, so rede Sie doch, Lisette, und sage Sie, wie die Sache ist! Ich wollte, daß

Sie mit Ihrer Dose am Galgen wäre! Soll ich mich deswegen zum Diebe machen lassen? – Hat Sie mir sie nicht geschenkt?

Lisette. Ja freilich! und sie soll Ihm auch geschenkt bleiben.

Der Reisende. So ist es doch wahr? Die Dose gehört aber mir.

Lisette. Ihnen? das habe ich nicht gewußt.

Der Reisende. Und also hat sie wohl Lisette gefunden? und meine Unachtsamkeit ist an allen den Verwirrungen schuld? (Zu Christophen.) Ich habe Euch auch zu viel gethan! Verzeiht mir! Ich muß mich schämen, daß ich mich so über- eilen können.

Lisette (beiseite). Der Geier! nun werde ich bald klug. O! er wird sich nicht übereilt haben.

Der Reisende. Kommt, wir wollen — —

---

21. Auftritt.

Der Baron. Der Reisende. Lisette. Christoph.

Der Baron (kömmt hastig herzu). Den Augenblick, Lisette, stelle dem Herrn seine Dose wieder zu! Es ist alles offen- bar; er hat alles gestanden. Und du hast dich nicht geschämt, von so einem Menschen Geschenke anzunehmen? Nun, wo ist die Dose?

Der Reisende. Es ist also doch wahr? — —

Lisette. Der Herr hat sie lange wieder. Ich habe ge- glaubt, von wem Sie Dienste annehmen können, von dem könne ich auch Geschenke annehmen. Ich habe ihn so wenig gekannt wie Sie.

Christoph. Also ist mein Geschenk zum Teufel? Wie gewonnen, so zerronnen!

Der Baron. Wie aber soll ich, teuerster Freund, mich gegen Sie erkenntlich erzeigen? Sie reißen mich zum zweiten- mal aus einer gleich großen Gefahr. Ich bin Ihnen mein Leben schuldig. Nimmermehr würde ich ohne Sie mein so nahes Unglück entdeckt haben. Der Schulze, ein Mann, den ich für den ehrlichsten auf allen meinen Gütern hielt, ist sein gott- loser Gehilfe gewesen. Bedenken Sie also, ob ich jemals dies hätte vermuten können? Wären Sie heute von mir gereiset —

Der Reisende. Es ist wahr — — so wäre die Hilfe, die ich Ihnen gestern zu erweisen glaubte, sehr unvollkommen geblieben. Ich schätze mich also höchst glücklich, daß mich der Himmel zu dieser unvermuteten Entdeckung ausersehen hat; und ich freue mich jetzt so sehr, als ich vorher, aus Furcht zu irren, zitterte.

Der Baron. Ich bewundre Ihre Menschenliebe, wie Ihre Großmut. O, möchte es wahr sein, was mir Lisette berichtet hat!

---

22. Auftritt.

Das Fräulein und die Vorigen.

Lisette. Nun, warum sollte es nicht wahr sein?

Der Baron. Komm, meine Tochter, komm! Verbinde deine Bitte mit der meinigen: ersuche meinen Erretter, deine Hand und mit deiner Hand mein Vermögen anzunehmen! Was kann ihm meine Dankbarkeit Kostbarers schenken als dich, die ich ebensosehr liebe als ihn? Wundern Sie sich nur nicht, wie ich Ihnen so einen Antrag thun könne. Ihr Bedienter hat uns entdeckt, wer Sie sind. Gönnen Sie mir das unschätzbare Vergnügen, erkenntlich zu sein! Mein Vermögen ist meinem Stande und dieser dem Ihrigen gleich. Hier sind Sie vor Ihren Feinden sicher und kommen unter Freunde, die Sie anbeten werden. Allein, Sie werden niedergeschlagen? Was soll ich denken?

Das Fräulein. Sind Sie etwa meinetwegen in Sorgen? Ich versichere Sie, ich werde dem Papa mit Vergnügen gehorchen.

Der Reisende. Ihre Großmut setzt mich in Erstaunen. Aus der Größe der Vergeltung, die Sie mir anbieten, erkenne ich erst, wie klein meine Wohlthat ist. Allein, was soll ich Ihnen antworten? Mein Bedienter hat die Unwahrheit geredt, und ich —

Der Baron. Wollte der Himmel, daß Sie das nicht einmal wären, wofür er Sie ausgibt! Wollte der Himmel, Ihr Stand wäre geringer als der meinige! So würde doch meine Vergeltung etwas kostbarer, und Sie würden vielleicht weniger ungeneigt sein, meine Bitte stattfinden zu lassen.

Der Reisende (beiseite). Warum entdecke ich mich auch nicht? — Mein Herr, Ihre Edelmütigkeit durchdringet meine ganze Seele. Allein, schreiben Sie es dem Schicksale, nicht mir zu, daß Ihr Anerbieten vergebens ist. Ich bin — —

Der Baron. Vielleicht schon verheiratet?

Der Reisende. Nein — —

Der Baron. Nun? was?

Der Reisende. Ich bin ein Jude.

Der Baron. Ein Jude? grausamer Zufall!

Christoph. Ein Jude?

Lisette. Ein Jude?

Das Fräulein. Ei, was thut das?

Lisette. St! Fräulein, st! ich will es Ihnen hernach sagen, was das thut.

Der Baron. So gibt es denn Fälle, wo uns der Himmel selbst verhindert, dankbar zu sein?

Der Reisende. Sie sind es überflüssig dadurch, daß Sie es sein wollen.

Der Baron. So will ich wenigstens so viel thun, als mir das Schicksal zu thun erlaubt. Nehmen Sie mein ganzes Vermögen. Ich will lieber arm und dankbar, als reich und undankbar sein.

Der Reisende. Auch dieses Anerbieten ist bei mir umsonst, da mir der Gott meiner Väter mehr gegeben hat, als ich brauche. Zu aller Vergeltung bitte ich nichts, als daß Sie künftig von meinem Volke etwas gelinder und weniger all= gemein urteilen. Ich habe mich nicht vor Ihnen verborgen, weil ich mich meiner Religion schäme. Nein! Ich sahe aber, daß sie Neigung zu mir und Abneigung gegen meine Nation hatten. Und die Freundschaft eines Menschen, er sei, wer er wolle, ist mir allezeit unschätzbar gewesen.

Der Baron. Ich schäme mich meines Verfahrens.

Christoph. Nun komm' ich erst von meinem Erstaunen wieder zu mir selber. Was? Sie sind ein Jude und haben das Herz gehabt, einen ehrlichen Christen in Ihre Dienste zu nehmen? Sie hätten mir dienen sollen! So wär' es nach der Bibel recht gewesen. Potz Stern! Sie haben in mir die ganze Christenheit beleidigt. — Drum habe ich nicht gewußt, warum der Herr auf der Reise kein Schweinfleisch essen wollte und sonst hundert Alfanzereien machte. — Glauben Sie nur nicht, daß ich Sie länger begleiten werde! Verklagen will ich Sie noch dazu.

Der Reisende. Ich kann es Euch nicht zumuten, daß Ihr besser als der andre christliche Pöbel denken sollt. Ich will Euch nicht zu Gemüte führen, aus was für erbärmlichen Umständen ich Euch in Hamburg riß. Ich will Euch auch nicht zwingen, länger bei mir zu bleiben. Doch weil ich mit Euren Diensten so ziemlich zufrieden bin und ich Euch vorhin außerdem in einem ungegründeten Verdachte hatte, so behaltet zur Vergeltung, was diesen Verdacht verursachte. (Gibt ihm die Dose.) Euren Lohn könnt Ihr auch haben. Sodann geht, wohin Ihr wollt!

Christoph. Nein, der Henker! es gibt doch wohl auch Juden, die keine Juden sind. Sie sind ein braver Mann. Topp, ich bleibe bei Ihnen! Ein Christ hätte mir einen Fuß in die Rippen gegeben und keine Dose!

Der Baron. Alles, was ich von Ihnen sehe, entzückt mich. Kommen Sie, wir wollen Anstalt machen, daß die Schuldigen in sichere Verwahrung gebracht werden. O, wie achtungswürdig wären die Juden, wenn sie alle Ihnen glichen!

Der Reisende. Und wie liebenswürdig die Christen, wenn sie alle Ihre Eigenschaften besäßen!

(Der Baron, das Fräulein und der Reisende gehen ab.)

Letzter Auftritt.

Lisette. Christoph.

Lisette. Also, mein Freund, hat Er mich vorhin belogen?

Christoph. Ja, und das aus zweierlei Ursachen. Erstlich, weil ich die Wahrheit nicht wußte; und anderns, weil man für eine Dose, die man wiedergeben muß, nicht viel Wahrheit sagen kann.

Lisette. Und wann's dazu kömmt, ist Er wohl gar auch ein Jude, so sehr Er sich verstellt?

Christoph. Das ist zu neugierig für eine Jungfer gefragt! Komm' Sie nur!

(Er nimmt sie untern Arm, und sie gehen ab.)

Der Schatz.

Ein Lustspiel in einem Aufzuge.

("Verfertiget im Jahre 1750." Zuerst gedruckt in Lessings "Schriften", V. Teil,
Berlin, bei C. F. Voß, 1755.)

Personen.

Leander.

Staleno, Leanders Vormund.

Philto, ein Alter.

Anselmus.

Lelio, des Anselmus Sohn.

Maskarill, des Lelio Bedienter.

Raps.

Ein Träger.

Die Szene ist auf der Straße.

———

1. Auftritt.

Leander. Staleno.

Staleno. Ei, Leander! So jung, und Er hat sich schon ein Mädchen ausgesehen?

Leander. Das wird dem Mädchen eben lieb sein, daß ich jung bin. Und wie jung denn? Wenn ich noch einmal so alt wäre, so könnte ich schon Kinder haben, die so alt wären als ich.

Staleno. Und das Mädchen soll ich Ihm zufreien?

Leander. Ja, mein lieber Herr Vormund, wenn Sie wollten so gut sein.

Staleno. „Lieber Herr Vormund!" das habe ich lange nicht gehört! „Wenn Sie wollten so gut sein!" Wie höflich man doch gleich wird, wenn man verliebt ist! — — Aber was ist es denn für ein Mädchen? Das hat Er mir ja noch nicht gesagt.

Leander. Ein allerliebstes Mädchen.

Staleno. Hat sie Geld? Was kriegt sie mit?

Leander. Sie ist die Schönheit selbst; und unschuldig dabei, — — so unschuldig als ich.

Staleno. Spricht sie auch schon von Kindern, die sie haben könnte? — — Aber sage Er mir, was kriegt sie mit?

Leander. Wenn Sie sie sehen sollten, Sie würden sich selbst in sie verlieben. Ein rundes, volles Gesicht, das aber gar nichts Kindisches mehr hat; ein Gewächse wie ein Rohr —

Staleno. Und was kriegt sie mit?

Leander. Wie ein Rohr so gerade. Und dabei nicht hager, aber auch nicht dicke. Sie wissen wohl, Herr Vormund, beides muß nicht sein, wenn ein Frauenzimmer schön sein soll.

Staleno. Und was kriegt sie mit?

Leander. Sie weiß sich zu tragen, ah! auf eine Art, liebster Herr Staleno, auf eine Art — — Und ich versichre Sie, sie hat nicht tanzen gelernt; es ist ihr natürlich.

Staleno. Und was kriegt sie mit?

Leander. Wenn ihr Gesichte auch das schönste ganz und gar nicht wäre, so würden sie doch schon ihre Manieren zu der angenehmsten Person unter der Sonne machen. Ich kann nicht begreifen, wer sie ihr muß gewiesen haben.

Staleno. O, so höre Er doch! Nach ihrer Aussteuer frage ich; was kriegt sie mit?

Leander. Und sprechen — — sprechen kann sie wie ein Engel — —

Staleno. Was kriegt sie mit?

Leander. Sie werden schwerlich mehr Verstand und Tugend bei irgend einer Person ihres Geschlechts antreffen als bei ihr — —

Staleno. Gut! alles gut! aber was kriegt sie mit?

Leander. Sie ist überdies aus einem guten Geschlechte, Herr Vormund, aus einem sehr guten Geschlechte.

Staleno. Die guten Geschlechter sind nicht allezeit die reichsten. Was kriegt sie mit?

Leander. Ich habe vergessen, Ihnen noch zu sagen, daß sie auch sehr schön singt.

Staleno. Zum Henker! lasse Er mich nicht eine Sache hundertmal fragen! Ich will vor allen Dingen wissen, was sie mitkriegt? — —

Leander. Wahrhaftig! ich habe sie selbst nur gestern abends singen hören. Wie wurde ich bezaubert!

Staleno. Ah! Er muß seinen Vormund nicht zum Narren haben. Wenn Er mir keine Antwort geben will, so packe Er sich und lasse Er mich meinen Gang gehen!

Leander. Sie sind ja gar böse, allerliebster Herr Vormund. Ich wollte Ihnen eben Ihre Frage beantworten.

Staleno. Nun, so thu Er's.

Leander. Was war Ihre Frage? Ja, ich besinne mich: Sie fragten, ob sie eine gute Haushälterin sei? O, eine unvergleichliche! Ich weiß gewiß, sie wird ihrem Manne jahraus jahrein zu Tausenden ersparen.

Staleno. Das wäre noch etwas; aber es war doch auch nicht das, was ich Ihn fragte. Ich fragte, — — versteht Er denn kein Deutsch? — — ob sie reich ist? ob sie eine gute Aussteuer mitbekömmt?

Leander (traurig). Eine Aussteuer?

Staleno. Ja, eine Aussteuer. Was gilt's, darum hat sich das junge Herrchen noch nicht bekümmert? O Jugend, o Jugend! daß doch die leichtsinnige Jugend so wenig nach dem Allernotwendigsten fragt! — Nun! wenn Er es noch nicht weiß, was sein Mädchen mitkriegen soll, so gehe Er und erkundige Er sich vorher! Alsdann können wir mehr von der Sache sprechen.

Leander. Das können wir gleich jetzo, wenn es Ihnen nicht zuwider ist. Ich bin so leichtsinnig nicht gewesen, sondern habe mich allerdings schon darnach erkundiget.

Staleno. So weiß Er's, was sie mitkriegt?

Leander. Auf ein Haar.

Staleno. Und wie viel?

Leander. Allzuviel ist es nicht — —

Staleno. Ei! wer verlangt denn allzuviel? Was recht ist! Er hat ja selber schon genug Geld.

Leander. O! Sie sind ein vortrefflicher Mann, mein lieber Herr Vormund. Es ist wahr, ich bin reich genug, daß ich ihr schon diesen Punkt übersehen kann.

Staleno. Ist es wohl so die Hälfte von Seinem Vermögen, was das Mädchen mitkriegt?

Leander. Die Hälfte? Nein, das ist es nicht.

Staleno. Das Drittel?

Leander. Auch wohl nicht.

Staleno. Das Viertel doch?

Leander. Schwerlich.

Staleno. Nu? das Achtel muß es doch wohl sein? Alsdann wären es ein paar tausend Thälerchen, die beim Anfange einer Wirtschaft nur allzubald weg sind.

Leander. Ich habe Ihnen schon gesagt, daß es nicht viel ist, gar nicht viel.

Staleno. Aber nicht viel ist doch etwas. Wie viel denn?

Leander. Wenig, Herr Vormund.

Staleno. Wie wenig denn?

Leander. Wenig — — Sie wissen ja selbst, was man wenig nennt.

Staleno. Nur heraus mit der Sprache! Das Kind muß doch einen Namen haben. Drücke Er doch das Wenige mit Zahlen aus!

Leander. Das Wenige, Herr Staleno, ist — — ist gar nichts.

Staleno. Gar nichts? Ja nun! da hat Er recht; gar nichts ist wenig genug. — — Aber im Ernste, Leander, schämt Er sich nicht, auf so eine Thorheit zu fallen, ein Mädchen sich zur Frau auszusehen, die nichts hat?

Leander. Was sagen Sie? Nichts hat? Sie hat alles, was zu einer vollkommenen Frau gehört; nur kein Geld hat sie nicht.

Staleno. Das ist, sie hat alles, was eine vollkommene Frau machen könnte, wenn sie nur noch das hätte, was eine vollkommene Frau macht. — — Stille davon! Ich muß besser einsehen, was Ihm gut ist. — — Aber darf man denn wissen, wer diese schöne, liebenswürdige, galante Bettlerin ist? wie sie heißt? —

Leander. Sie versündigen sich, Herr Staleno. Wenn es nach Verdiensten ginge, so würden wir alle arm, und diese Bettlerin würde allein reich sein.

Staleno. So sage Er mir ihren Namen, damit ich sie anders nennen kann.

Leander. Kamilla.

Staleno. Kamilla? Doch wohl nicht die Schwester des liederlichen Lelio?

Leander. Eben die. Ihr Vater soll der rechtschaffenste Mann von der Welt sein.

Staleno. Sein oder gewesen sein. Es sind nun bereits neun Jahre, daß er von hier wegreisete, und schon seit vier Jahren hat man nicht die geringste Nachricht von ihm. Wer weiß, wo er modert, der gute Anselmus! Es ist für ihn auch ebenso gut. Denn wenn er wiederkommen sollte und sollte sehen, wie es mit seiner Familie stünde, so müßte er sich doch zu tode grämen.

Leander. So haben Sie ihn wohl gekannt?

Staleno. Was sollte ich nicht? Er war mein Herzensfreund.

Leander. Und Sie wollen gegen seine Tochter so grausam sein? Sie wollen mich verhindern, sie wieder in Umstände zu setzen, die ihrer würdig sind?

Staleno. Leander, wenn Er mein Sohn wäre, so wollte ich nicht ein Wort dawider reden; aber so ist Er nur mein Mündel. Seine Neigung könnte sich in reiferen Jahren ändern, und wenn Er alsdann das schöne Gesicht satt wäre, dem der beste Nachdruck fehlt, so würde alle Schuld auf mich fallen.

Leander. Wie? meine Neigung sollte sich ändern? ich sollte aufhören, Kamillen zu lieben? ich sollte — —

Staleno. Er soll warten, bis Er Sein eigner Herr wird; alsdann kann Er machen, was Er will. Ja, wenn das Mädchen

noch in den Umständen wäre, in welchen sie ihr Vater verließ; wenn ihr Bruder nicht alles durchgebracht hätte; wenn
der alte Philto, dem Anselmus die Aufsicht über seine Kinder
anvertraute, nicht ein alter Betrüger gewesen wäre: gewiß,
ich wollte selbst mein Möglichstes thun, daß kein andrer als
Er die Kamilla bekommen sollte. Aber da das nicht ist, so
habe ich nichts damit zu schaffen. Gehe Er nach Hause!

Leander. Aber, liebster Herr Staleno, —

Staleno. Er bringt Seine Schmeichelei zu unnützen
Kosten. Was ich gesagt habe, habe ich gesagt. Ich wollte
eben zum alten Philto gehen, der sonst mein guter Freund
ist, und ihm den Text wegen seines Betragens gegen den
Lelio lesen. Nun hat er dem liederlichen Burschen auch sogar
das Haus abgekauft, das Letzte, was die Leutchen noch hatten.
Das ist zu toll! das ist unverantwortlich! — — Geh Er,
Leander; halte Er mich nicht länger auf. Allenfalls können
wir zu Hause mehr davon sprechen.

Leander. In der Hoffnung, daß Sie gütiger werden
gesinnt sein, will ich gehen. Sie kommen doch bald zurück?

Staleno. Bald.

---

2. Auftritt.

Staleno.

Staleno. Es bringt freilich nichts ein, den Leuten die
Wahrheit zu sagen und ihnen ihre schlechten Streiche vor-
zurücken; man macht sie sich meistenteils dadurch zu Feinden.
Aber mag's! Ich will den Mann nicht zum Freunde behalten,
der so wenig Gewissen hat. — — Hätte ich mir's in Ewigkeit vorgestellt! Der Philto, der Mann, auf den ich Schlösser
gebaut hätte — — Ha! da kömmt er mir eben in den
Wurf. — —

---

3. Auftritt.

Philto. Staleno.

Staleno. Guten Tag, Herr Philto.

Philto. Ei, sieh da! Herr Staleno! Wie geht's, mein
alter, lieber, guter Freund? Wo wollten Sie hin?

Staleno. Ich war eben im Begriff, zu Ihnen zu gehen.

Philto. Zu mir? das ist ja vortrefflich. Kommen Sie,
ich kehre gleich wieder mit um.

Staleno. Es ist nicht nötig, wenn ich Sie nur spreche; es ist mir gleichviel, ob es in Ihrem Hause oder auf der Gasse geschieht. Ich will so lieber unter freiem Himmel mit Ihnen reden, um vor dem Anstecken sichrer zu sein.

Philto. Was wollen Sie mit Ihrem Anstecken? Bin ich seitdem von der Pest befallen worden, als ich Sie nicht gesehen habe?

Staleno. Von noch etwas Schlimmern als von der Pest — — O Philto, Philto! Sind Sie der ehrliche Philto, den die Stadt bisher noch immer unter die wenigen Männer von altem Schrot und Korne gezählt hat?

Philto. Das ist ja ein vortrefflicher Anfang zu einer Strafpredigt. Wie käme ich zu der?

Staleno. Was für Zeug wird von Ihnen in der Stadt gesprochen! Ein alter Betrüger, ein Leuteschinder, ein Blutegel, — das sind noch Ihre besten Ehrentitel.

Philto. Meine?

Staleno. Ja, Ihre.

Philto. Das ist mir leid. Aber was ist zu thun? man muß die Leute reden lassen. Ich kann es niemanden verwehren, das Nachteiligste von mir zu denken oder zu sprechen; genug, wenn ich bei mir überzeugt bin, daß man mir Unrecht thut.

Staleno. So kaltsinnig sind Sie dabei? So kaltsinnig war ich nicht einmal, als ich es hörte. Aber mit dieser Gelassenheit sind Sie noch nicht gerechtfertiget. Man ist oft gelassen, weil man bei sich kein Recht zu haben fühlt, haftig und aufgebracht zu sein. — — Von mir sollte jemand so reden! Ich drehte dem ersten dem besten den Hals um. Allein ich glaube auch nicht, daß ich jemals durch meine Handlungen Gelegenheit dazu geben würde.

Philto. Kann ich denn endlich erfahren, worin das Verbrechen besteht, das man mir schuld gibt?

Staleno. So? Sie müssen mit Ihrem Gewissen schon vortrefflich zu Rande sein, daß es Ihnen nicht selbst gleich beifällt. — Sagen Sie mir, war Anselmus Ihr Freund?

Philto. Er war es und ist es noch, so weit wir auch jetzt voneinander sind. Wissen Sie denn nicht, daß er mir bei seiner Abreise seinen Sohn und seine Tochter zur Aufsicht anvertraute? Würde er das gethan haben, wenn er mich nicht für seinen rechtschaffnen Freund gehalten hätte?

Staleno. Du ehrlicher Anselmus, wie hast du dich betrogen!

Philto. Ich denke, er soll sich nicht betrogen haben.

Staleno. Nicht? Nu, nu! wenn ich einen Sohn hätte, den ich gern in das äußerste Verderben wollte gebracht wissen, so würde ich ihn ganz gewiß auch Ihrer Aufsicht anvertrauen. Er ist ein schönes Früchtchen geworden, der Lelio!

Philto. Sie legen mir jetzt etwas zur Last, wovon Sie mich selbst sonst allezeit freigesprochen haben. Lelio hat alle seine liederlichen Ausschweifungen ohne mein Vorwissen begangen; und wenn ich sie erfuhr, so war es schon zu spät, ihnen vorzubeugen.

Staleno. Alles das glaube ich nun nicht mehr; denn Ihr letzter Streich verrät Ihre Karte.

Philto. Was für ein Streich?

Staleno. An wen hat denn Lelio sein Haus verkauft?

Philto. An mich.

Staleno. Willkommen, Anselmus! Können Sie doch nun auf der Gasse schlafen. — — Pfui, Philto!

Philto. Ich habe die dreitausend Thaler dafür richtig bezahlt.

Staleno. Um den Namen eines ehrlichen Mannes richtig los zu werden.

Philto. Hätte ich sie denn nicht bezahlen sollen?

Staleno. O! stellen Sie sich nicht so albern! Sie hätten gar nichts von dem Lelio kaufen sollen. Einem solchen Menschen zu Gelde verhelfen, heißt das nicht dem Wahnwitzigen ein Messer in die Hände geben, womit er sich die Gurgel abschneiden kann? Heißt das nicht Gemeinschaft mit ihm machen, um den armen Vater ohne Barmherzigkeit zu ruinieren?

Philto. Aber Lelio brauchte das Geld zur höchsten Not; er mußte sich mit einem Teile desselben von einem schimpflichen Gefängnisse losmachen. Und wenn ich das Haus nicht gekauft hätte, so hätte es ein andrer gekauft.

Staleno. Andre hätten mögen thun, was sie gewollt hätten. — Aber entschuldigen Sie sich nur nicht; man sieht Ihre wahre Ursache doch. Das Häuschen ist etwa noch viertausend Thaler wert; um dreitausend war es zu verkaufen, und zu dem Profitchen, dachten Sie, bin ich der nächste. Ich liebe das Geld doch auch; aber sehen Sie, Philto, eher wollte ich mir diese meine rechte Hand abhauen lassen, als so eine Niederträchtigkeit begehen, und wenn ich schon eine Million damit zu gewinnen wüßte. Kurz, von der Sache zu kommen, meiner Freundschaft sind Sie quitt.

Philto. Nun wahrhaftig! Staleno, Sie legen mir's außerordentlich nahe. Ich glaube wirklich, Sie bringen es durch Ihre Schmähungen noch so weit, daß ich Ihnen ein Geheimnis vertraue, welches kein Mensch auf der Welt sonst von mir erfahren hätte.

Staleno. Was Sie mir vertrauen, darum lassen Sie sich nicht bange sein. Es ist bei mir so sicher aufgehoben als bei Ihnen.

Philto. Sehen Sie sich einmal ein wenig um, daß uns niemand behorcht! Sehen Sie recht zu! Guckt auch niemand hier aus den Fenstern?

Staleno. Das muß ja wohl ein recht geheimes Geheimnis sein. Ich sehe niemanden.

Philto. Nun, so hören Sie. Noch an eben dem Tage, als Anselmus wegreisete, zog er mich beiseite und führte mich an einen gewissen Ort in seinem Hause. "Ich habe dir," sprach er, "mein lieber Philto, noch eins zu entdecken. Hier in diesem —" Warten Sie ein klein bißchen, Staleno; da sehe ich jemanden gehn, den wollen wir erst vorbei lassen. —

Staleno. Er ist vorbei.

Philto. "Hier," sprach er, "in diesem Gewölbe, unter einem von den" — — Stille! dort kömmt eines — — —

Staleno. Es ist ja ein Kind.

Philto. Kinder sind neugierig!

Staleno. Es ist weg.

Philto. "Unter einem von den Pflastersteinen," sprach er, "habe ich" — — Da läuft schon wieder was. — —

Staleno. Es ist ja nichts als ein Hund.

Philto. Es hat aber doch Ohren! — — "Habe ich," sprach er, (indem er sich von Zeit zu Zeit furchtsam umsieht) "eine kleine Barschaft vergraben."

Staleno. Was?

Philto. Et! Wer wird so etwas zweimal sagen?

Staleno. Eine Barschaft? einen Schatz?

Philto. Ja doch! — — Wenn es nur nicht jemand gehört hat.

Staleno. Vielleicht ein Sperling, der uns über dem Kopfe weggeflogen.

Philto. "Ich habe," fuhr er fort, "lange genug daran gespart und mir es herzlich sauer werden lassen. Ich reise jetzo weg; ich lasse meinem Sohne so viel, daß er leben kann;

mehr darf ich ihm aber auch keinen Heller lassen. Er hat
allen Ansatz zu einem liederlichen Menschen, und je mehr er
haben würde, desto mehr würde er verthun. Was bliebe als=
dann für meine Tochter übrig? Ich muß mich auf alle Fälle
gefaßt machen; meine Reise ist weit und gefährlich; wer weiß,
ob ich wiederkomme? Von dieser Barschaft also soll so und
so viel für meine Kamilla zur Aussteuer, wenn ihr etwa unter=
dessen eine gute Gelegenheit zu heiraten vorkäme. Das übrige
soll mein Sohn haben, aber nicht eher, als bis man es gewiß
weiß, daß ich tot bin. Bis dahin, bitte ich dich, Philto, mit
Thränen bitte ich dich, mein lieber Freund, laß den Lelio
nichts davon merken; sei auch sonst gegen alle verschwiegen,
damit er es etwa nicht von einem dritten erfährt!" Ich ver=
sprach meinem Freunde alles und that einen Schwur darauf.
— — Nun sagen Sie mir, Staleno, als ich hörte, daß Lelio
das Haus, eben das Haus, worin die Barschaft verborgen ist,
mit aller Gewalt verkaufen wollte, sagen Sie mir, was sollte
ich thun?

Staleno. Was hör' ich? Bei meiner Treu! das Ding
bekömmt doch wohl ein ander Ansehen.

Philto. Lelio hatte das Haus anschlagen lassen, als ich
eben auf dem Lande war.

Staleno. Ha! ha! der Wolf hatte gemerkt, daß die
Hunde nicht bei der Herde wären.

Philto. Sie können sich einbilden, daß ich nicht wenig
erschrak, als ich wieder in die Stadt kam. Es war geschehen.
Sollte ich nun meinen Freund verraten und dem liederlichen
Lelio den Schatz anzeigen? Oder sollte ich das Haus in
fremde Hände kommen lassen, aus welchen es vielleicht Ansel=
mus nimmermehr wiederbekommen hätte? Den Schatz weg=
zunehmen, das ging gar nicht an. Mit einem Worte, ich
sah keinen andern Rat, als das Haus selber zu kaufen, um
sowohl das eine als das andere zu retten. Anselmus mag
nunmehr heute oder morgen kommen: ich kann ihm beides
richtig überliefern. Sie sehen ja wohl, daß ich das gekaufte
Haus nicht einmal brauche. Ich habe Sohn und Tochter
herausziehen lassen und es feste verschlossen. Es soll niemand
wieder hineinkommen als sein rechter Herr. Ich sahe es
voraus, daß mich die Leute verleumden würden; aber ich will
doch lieber eine kurze Zeit weniger ehrlich scheinen, als es in
der That sein. Bin ich nun noch in Ihren Augen ein alter
Betrüger? ein Blutegel? —

Staleno. Sie sind ein ehrlicher Mann, und ich bin ein Narr. — Daß die Leute, die allen Plunder wissen wollen und sich mit Nachrichten schleppen, wovon doch weder Kopf noch Schwanz wahr ist, bei dem Henker wären! Was für Zeug haben sie mir nicht von Ihnen in die Ohren gesetzt! — Aber warum war ich auch so ein alter Esel und glaubte es? — Nehmen Sie mir's nicht übel, Philto, ich bin zu hastig gewesen.

Philto. Ich nehme nichts übel, wobei ich eine gute Absicht sehe. Mein ehrlicher Name ist Ihnen lieb gewesen, und das erfreut mich. Sie würden sich viel darum bekümmert haben, wenn Sie nicht mein Freund wären.

Staleno. Gewiß, ich bin ganz böse auf mich.

Philto. Ei, nicht doch!

Staleno. Ich bin mir recht gram, daß ich mir nur einen Augenblick etwas Unrechtes von Ihnen habe einbilden können!

Philto. Und ich bin Ihnen recht gut, daß Sie so fein offenherzig gegen mich gewesen sind. Ein Freund, der uns alles unter die Augen sagt, was er Anstößiges an uns bemerkt, ist jetzt sehr rar; man muß ihn nicht vor den Kopf stoßen, und wenn er auch unter zehn Malen nur einmal recht haben sollte. Meinen Sie es nur ferner gut mit mir.

Staleno. Das heiße ich doch noch geredt, wie man reden soll! Topp! wir sind Freunde und wollen es immer bleiben.

Philto. Topp! — — Haben Sie mir sonst noch etwas zu sagen? — —

Staleno. Ich wüßte nicht. — — Doch ja. (Beiseite.) Vielleicht kann ich meinem Mündel eine unverhoffte Freude machen.

Philto. Was ist's?

Staleno. Sagten Sie mir nicht, daß ein Teil der verborgenen Barschaft zur Aussteuer für Jungfer Kamillen sollte?

Philto. Ja.

Staleno. Wie hoch beläuft sich wohl der Teil?

Philto. Auf sechstausend Thaler.

Staleno. Das ist nicht schlimm. Und wenn sich nun etwa eine ansehnliche Partie für die sechstausend Thaler — — für Jungfer Kamillen, wollte ich sagen, fände, hätten Sie wohl Lust, ja dazu zu sagen?

Philto. Wenn Sie ansehnlich wäre, die Partie, warum nicht?

Staleno. Zum Exempel mein Mündel? was meinen Sie?

Philto. Was? der junge Herr Leander? hat der ein Auge auf sie?

Staleno. Wohl beide. Er ist so vergafft in sie, daß er sie lieber heute als morgen nähme, und wenn sie auch nackend zu ihm käme.

Philto. Das laßt mir Liebe sein! Wahrhaftig, Herr Staleno, Ihr Vorschlag ist nicht zu verachten. Wenn es Ihr Ernst ist —

Staleno. Mein völliger Ernst! Ich werde ja nicht bei sechstausend Thalern scherzen?

Philto. Ja! aber will denn auch Kamilla Leandern haben?

Staleno. Wenigstens will er sie haben. Wenn zwanzig= tausend Thaler sechstausend Thaler heiraten wollen: so werden ja die sechse nicht närrisch sein und den zwanzigen einen Korb geben. Das Mädchen wird ja wohl zählen können.

Philto. Ich glaube, wenn auch Anselmus heute wieder käme, daß er selbst seine Tochter nicht besser zu versorgen wün= schen könnte. Gut! ich nehme alles über mich. Die Sache soll richtig sein, Herr Staleno.

Staleno. Wenn die sechstausend Thaler richtig sind. —

Philto. Ja, verzweifelt! nun fällt mir erst die größte Schwierigkeit ein. — — Müßte denn Leander die sechstausend Thaler gleich mitbekommen?

Staleno. Er müßte eben nicht; aber alsdann müßte er eben auch nicht Kamillen gleich haben.

Philto. Nun, so geben Sie mir doch einen guten Rat. Das Geld ist verborgen; wenn ich es hervorkriege, wo soll ich sagen, daß ich es herbekommen habe? Soll ich die Wahr= heit sagen, so wird Lelio Lunte riechen und sich nicht ausreden lassen, daß da, wo sechstausend Thaler gelegen, nicht noch mehr liegen könnte. Soll ich sagen, daß ich das Geld von dem meinigen gebe? Das will ich auch nicht gern. Die Leute würden doch nur einen neuen Anlaß, mich zu verleumden, daraus nehmen. Philto, sprächen sie vielleicht, würde so frei= gebig nicht sein, wenn ihm nicht sein Gewissen sagte, daß er die armen Kinder um gar zu Vieles betrogen habe.

Staleno. Das ist alles wahr.

Philto. Und daher meinte ich eben, daß es gut wäre, wenn es mit der Aussteuer so lange bleiben könnte, bis An= selmus wiederkäme. Sie ist Leandern doch gewiß genug.

Staleno. Leander, wie gesagt, würde sich nichts daraus

machen. Aber, mein lieber Philto, ich, der ich sein Vormund
bin, habe mich für die übeln Nachreden ebenso wohl in acht
zu nehmen als Sie. Ja, ja! würde man murmeln, der reiche
Mündel ist in guten Händen! Jetzt wird ihm ein armes
Mädchen angehangen, und das arme Mädchen, um dankbar
zu sein, wird auch schon wissen, wie es sich gegen den Vormund verhalten muß. Staleno ist schlau; Rechnungen, wie
er für Leandern zu führen hat, sind so leicht nicht abzulegen.
Eine Vorsprecherin, die ihrem Manne die Augen zuhält, wenn
er nachsehen will, ist dabei nicht übel. — — Für solche
Glossen bedanke ich mich.

Philto. Sie haben recht. — Aber wie ist die Sache
nun anzufangen? Sinnen Sie doch ein bißchen nach. —

Staleno. Sinnen Sie nur auch nach. —

Philto. Wie, wenn wir — —

Staleno. Nun?

Philto. Nein, das geht nicht an.

Staleno. Hören Sie nur: ich dächte — — Das ist auch
nichts.

Philto. Könnte man nicht —⎱ zugleich, nachdem sie einige Au-
Staleno. Man müßte — —⎰ genblicke nachgedacht.

Philto. Was meinten Sie?

Staleno. Was wollten Sie sagen?

Philto. Reden Sie nur — —

Staleno. Sagen Sie nur — —

Philto. Ich will Ihre Gedanken erst hören.

Staleno. Und ich Ihre. Meine sind so recht reif noch
nicht. — —

Philto. Und meine — meine sind wieder gar weg.

Staleno. Schade! Aber Geduld! meine fangen eben an
zu reifen. — — Nun sind sie reif!

Philto. Das ist gut!

Staleno. Wie, wenn wir, für ein gutes Trinkgeld,
einen Kerl auf die Seite kriegten, der frech genug wäre
und Mundwerk genug hätte, zehn Lügen in einem Atem
zu sagen?

Philto. Was könnte uns der helfen?

Staleno. Er müßte sich verkleiden und vorgeben, daß
er, ich weiß nicht aus welchem, weit entlegenen Lande käme — —

Philto. Und — —

Staleno. Und daß er den Anselmus gesprochen habe — —

Philto. Und — —

Staleno. Und daß ihm Anselmus Briefe mitgegeben habe, einen an seinen Sohn und einen an Sie. — —

Philto. Und was denn nun?

Staleno. Sehen Sie denn noch nicht, wo ich hinaus will? In dem Briefe an seinen Sohn müßte stehen, daß Anselmus so bald noch nicht zurückkommen könne, daß Lelio unterdessen gute Wirtschaft treiben und das Seine sein zusammenhalten solle, und mehr so dergleichen. In Ihrem Briefe aber müßte stehen, daß Anselmus das Alter seiner Tochter überlegt habe, daß er sie gerne verheiratet wissen möchte, und daß er ihr hier so viel und so viel zur Ausstattung schicke, im Fall sie eine gute Gelegenheit finden sollte.

Philto. Und der Kerl müßte thun, als ob er das Geld zur Ausstattung mitbrächte? nicht?

Staleno. Ja freilich.

Philto. Das geht wirklich an! — — Aber wie denn, wenn der Sohn die Hand des Vaters zu gut kennt? Wie, wenn er sich auf sein Siegel besinnt?

Staleno. O! da gibt's tausend Ausflüchte. Machen Sie sich doch nicht unzeitige Sorge! — — Ich besinne mich alleweile auf jemanden, der die Rolle recht meisterlich wird spielen können.

Philto. Je nun! so gehen Sie und reden das Nötige mit ihm ab! Ich will sogleich das Geld zurechte legen und es lieber unterdessen von dem meinigen nehmen, bis ich es dort sicher ausgraben kann.

Staleno. Thun Sie das! Thun Sie das! In einer halben Stunde soll der Mann bei Ihnen sein. (Geht ab.)

Philto (allein). Es ist mir ärgerlich genug, daß ich in meinen alten Tagen noch solche Kniffe brauchen muß, und zwar des liederlichen Lelios wegen! — — Da kömmt er ja wohl gar selber mit seinem Anführer in allen Schelmstücken? Sie reden ziemlich ernstlich; ohne Zweifel muß sie ein Gläubiger wieder auf dem Korne haben. (Tritt ein wenig zurück.)

---

4. Auftritt.

Lelio. Maskarill. Philto.

Lelio. Und das wäre der ganze Rest von den dreitausend Thalern? (Er zählt.) Zehne, zwanzig, dreißig, vierzig, funfzig, fünfundfunfzig. Nicht mehr als fünfundfunfzig Thaler noch?

Maskarill. Es kömmt mir selbst fast unglaublich vor. Lassen Sie mich doch zählen. (Lelio gibt ihm das Geld.) Zehne, zwanzig, dreißig, vierzig, fünfundvierzig. Ja wahrhaftig; noch fünfundvierzig Thaler und nicht einen Heller mehr. (Er gibt ihm das Geld wieder.)

Lelio. Fünfundvierzig? fünfundfunfzig, willst du sagen.

Maskarill. O! ich hoffe richtiger gezählt zu haben als Sie.

Lelio (nachdem er vor sich gezählt). Ha! ha! Herr Taschenspieler! Sie haben Ihre Hände doch nicht zum Schubsacke gebraucht? Mit Erlaubnis — —

Maskarill. Was befehlen Sie?

Lelio. Ihre Hand, Herr Maskarill — —

Maskarill. O pfui — —

Lelio. Ich bitte — —

Maskarill. Nicht doch! Ich — — muß mich schämen — —

Lelio. Schämen? Das wäre ja ganz etwas Neues für dich. — — Ohne Umstände, Schurke, weise mir deine Hand — —

Maskarill. Ich sage Ihnen ja, Herr Lelio, ich muß mich schämen; denn wahrhaftig — — ich habe mich heute noch nicht gewaschen.

Lelio. Da haben wir's! Drum ist es ja wohl kein Wunder, daß alles an dem Schmutze kleben bleibt. (Er macht ihm die Hand auf und findet die Goldstücke zwischen den Fingern.) Siehst du, was die Reinlichkeit für eine nötige Tugend ist? Man sollte dich bei einem Haare für einen Spitzbuben halten, und du bist doch nur ein Schwein. — — Aber im Ernst. Wenn du von jeden funfzig Thalern deine zehn Thaler Rabatt genommen hast, so sind von den dreitausend Thalern — — laß sehen — — nicht mehr als sechshundert in deinen Beutel gefallen.

Maskarill. Blitz! man sollte es kaum glauben, daß ein Verschwender so gut rechnen könnte!

Lelio. Und doch sehe ich noch nicht, wie die Summe herauskommen soll. — — Bedenke doch, dreitausend Thaler!

Maskarill. Teilen sich bald ein. — — Erstlich auf den ausgeklagten Wechsel —

Lelio. Das macht es noch nicht.

Maskarill. Ihrer Jungfer Schwester zur Wirtschaft — —

Lelio. Ist eine Kleinigkeit.

Maskarill. Dem Herrn Stiletti für Austern und italienische Weine — —

Lelio. Waren hundertundzwanzig Thaler. — —

Maskarill. Abgetragene Ehrenschulden —

Lelio. Die werden sich auch nicht viel höher belaufen haben.

Maskarill. Noch eine Art von Ehrenschulden, die aber nicht bei dem Spiele gemacht waren: — — zwar freilich auch bei dem Spiele! — — der guten, ehrlichen Frau Lelane und ihren gefälligen Nichten.

Lelio. Fort über den Punkt! Für hundert Thaler kann man viel Bänder, viel Schuhblätter, viel Spitzen kaufen.

Maskarill. Aber Ihr Schneider — —

Lelio. Ist er davon bezahlt worden?

Maskarill. Ja so! der ist gar noch nicht bezahlt. Und ich —

Lelio. Und du? Nun freilich wohl muß ich auf dich mehr als auf den Wechsel, mehr als auf den Herrn Stiletti und mehr als auf die Frau Lelane rechnen.

Maskarill. Nein, nein, mein Herr! — und ich, wollte ich sagen, ich bin auch noch nicht bezahlt. Ich habe meinen Lohn ganzer sieben Jahr bei Ihnen stehen lassen.

Lelio. Du hast dafür sieben Jahr die Erlaubnis ge=habt, mich auf alle mögliche Art zu betrügen, und dich dieser Erlaubnis auch so wohl zu bedienen gewußt —

Philto (der ihnen näher tritt). Daß der Herr noch endlich die Livrei des Bedienten wird tragen müssen.

Maskarill. Welche Prophezeiung! Ich glaube, sie kam vom Himmel? (Indem er sich umsieht.) Ha! ha! Herr Philto, kam sie von Ihnen? Ich bin zu großmütig, als daß ich Ihnen das Schicksal der neuen Propheten wünschen sollte. — — Aber, wenn Sie uns zugehört haben, sagen Sie selbst, ist es erlaubt, daß ein armer Bedienter seinen Lohn für sieben saure Jahre —

Philto. An dem Galgen solltest du deinen Lohn finden. — — Herr Lelio, ich habe Ihnen ein Wort zu sagen.

Lelio. Nur keine Vorwürfe, Herr Philto! Ich kann sie wohl verdienen, aber sie kommen zu spät.

Philto. Herr Leander hat durch seinen Vormund, den Herrn Staleno, um Ihre Schwester anhalten lassen.

Lelio. Um meine Schwester? Das ist ja ein großes Glück.

Philto. Freilich wäre es ein Glück; aber es stößt sich an die Aussteuer. Staleno hat es nicht glauben können, daß

Sie alles verthan haben. Sobald ich es ihm sagte, nahm
er seine Anwerbung wieder zurück.

Lelio. Was sagen Sie?

Philto. Ich sage, daß Sie Ihre Schwester zugleich un=
glücklich gemacht haben. Das arme Mädchen muß durch Ihre
Schuld nun sitzen bleiben.

Maskarill. Nicht durch seine Schuld, sondern durch die
Schuld eines alten Geizhalses. Wenn doch der Geier alle
eigennützige Vormünder und alles, was ihnen ähnlich sieht,
(indem er den Philto ansieht) holen wollte! Muß denn ein Mädchen
Geld haben, wenn sie die ehrliche Frau eines ehrlichen Mannes
sein soll? Und allenfalls wüßte ich wohl, wer ihr eine Aus=
steuer geben könnte. Es gibt Leute, die sehr wohlfeil Häuser
zu kaufen pflegen. —

Lelio (in Gedanken). Kamilla ist doch wirklich unglücklich.
Ihr Bruder ist — — ist ein Nichtswürdiger.

Maskarill. Sie haben es mit sich selbst auszumachen,
wenn Sie sich schimpfen. — Aber, Herr Philto, ein kleiner
Nachschuß von tausend Thalern, in Ansehung des wohlfeilen
Kaufs — —

Philto. Adieu, Lelio. Sie scheinen über meine Nach=
richt ernsthaft geworden zu sein. Ich will gute Betrachtungen
nicht stören.

Maskarill. Und auch selbst keine gern machen. Nicht
wahr? Denn sonst könnte der kleine Nachschuß einen vortreff=
lichen Stoff an die Hand geben.

Philto. Maskarill, hüte dich vor meinem Nachschuß.
Die Münze möchte dir nicht anstehen. — — (Geht ab.)

Maskarill. Es müßte nichtswürdige Münze sein, wenn
sie nicht wenigstens beim Spiele gelten könnte.

---

5. Auftritt.

Maskarill. Lelio.

Maskarill. Aber was wird denn nun das? So eine
saure Miene pflegen Sie ja kaum zu machen, wenn Sie bei
einem mißlichen Solo die Trümpfe nachzählen. — — Doch
was wetten wir, ich weiß, was Sie denken? — — Es ist
doch ein verdammter Streich, denken Sie, daß meine Schwester
den reichen Leander nicht bekommen soll. Wie hätte ich den
neuen Schwager rupfen wollen! — —

Lelio (noch in Gedanken). Höre, Maskarill! — —

Maskarill. Nun? — Aber denken kann ich Sie nicht hören; Sie müssen reden.

Lelio. — — Willst du wohl alle deine an mir verübte Betrügereien durch eine einzige rechtschaffne That wieder gut machen?

Maskarill. Eine seltsame Frage! Für was sehen Sie mich denn an? Für einen Betrüger, der ein rechtschaffner Mann ist, oder für einen rechtschaffnen Mann, der ein Betrüger ist?

Lelio. Mein lieber, ehrlicher Maskarill, ich sehe dich für einen Mann an, der mir wenigstens einige tausend Thaler leihen könnte, wenn er mir so viel leihen wollte, als er mir gestohlen hat.

Maskarill. Du lieber, ehrlicher Maskarill! — — Und was wollten Sie mit diesen einigen tausend Thalern machen?

Lelio. Sie meiner Schwester zur Aussteuer geben und mich hernach — — vor den Kopf schießen.

Maskarill. Sich vor den Kopf schießen? — — Es ist schon wahr. entlaufen würden Sie mir mit dem Gelde alsdann nicht. Aber doch — — (als ob er nachdächte.)

Lelio. Du weißt es, Maskarill, ich liebe meine Schwester. Jetzt also muß ich das Aeußerste für sie thun, wenn sie nicht zeitlebens mit Unwillen an ihren Bruder denken soll. — — Sei großmütig und versage mir deinen Beistand nicht! —

Maskarill. Sie fassen mich bei meiner Schwäche. Ich habe einen verteufelten Hang zur Großmut, und Ihre brüderliche Liebe, Herr Lelio, — — wirklich! bezaubert mich ganz. Sie ist etwas recht Edles, etwas recht Superbes! — — Aber Ihre Jungfer Schwester verdient sie auch; gewiß! Und ich sehe mich gedrungen —

Lelio. O! so laß dich umarmen, liebster Maskarill. Gebe doch Gott, daß du mich um recht vieles betrogen hast, damit du mir recht viel leihen kannst! Hätte ich doch nie geglaubt, daß du ein so zärtliches Herz hättest. — — Aber laß hören, wie viel kannst du mir leihen? — —

Maskarill. Ich leihe Ihnen, mein Herr, —

Lelio. Sage nicht: mein Herr. Nenne mich deinen Freund! Ich wenigstens will dich zeitlebens für meinen einzigen, besten Freund halten.

Maskarill. Behüte der Himmel! Sollte ich, einer so kleinen, nichtswürdigen Gefälligkeit wegen, den Respekt beiseite setzen, den ich Ihnen schuldig bin?

Lelio. Wie? Maskarill, du bist nicht allein großmütig, du bist auch bescheiden?

Maskarill. Machen Sie meine Tugend nicht schamrot. — Ich leihe Ihnen also auf zehn Jahr — —

Lelio. Auf zehn Jahr? Welche übermäßige Güte! Auf fünf Jahr ist genug, Maskarill, auf zwei Jahr, wenn du willst. Leihe mir nur und setze den Termin zur Bezahlung so kurz, als es dir gefällt!

Maskarill. Nun wohl, so leihe ich Ihnen auf funfzehn Jahr — —

Lelio. Ich muß dir nun deinen Willen lassen, edelmütiger Maskarill — —

Maskarill. Auf funfzehn Jahr leihe ich Ihnen, ohne Interessen — —

Lelio. Ohne Interessen? Das gehe ich nimmermehr ein. Ich will, was du mir leihest, nicht anders als zu funfzig Prozent — —

Maskarill. Ohne alle Interessen — —

Lelio. Ich bin dankbar, Maskarill, und vierzig Prozent mußt du wenigstens nehmen.

Maskarill. Ohne alle Interessen — —

Lelio. Denkst du, daß ich niederträchtig genug bin, deine Güte zu mißbrauchen? Willst du mit dreißig Prozent zufrieden sein, so will ich es als einen Beweis der größten Uneigennützigkeit ansehen.

Maskarill. Ohne Interessen, sage ich. —

Lelio. Aber ich bitte dich, Maskarill; bedenke doch nur, zwanzig Prozent nimmt der allerchristlichste Jude.

Maskarill. Mit einem Worte, ohne alle Interessen, oder — —

Lelio. Sei doch nur — — —

Maskarill. Oder es wird aus dem ganzen Darlehn nichts.

Lelio. Je nun! weil du denn deiner Freundschaft gegen mich durchaus keine Schranken willst gesetzt wissen — — —

Maskarill. Ohne Interessen! — —

Lelio. Ohne Interessen! — — ich muß mich schämen! — — — Ohne Interessen leihest du mir also auf funfzehn Jahr — — was? wie viel?

Maskarill. Ohne Interessen leihe ich Ihnen noch auf funfzehn Jahr — — die 175 Thaler, die ich für sieben Jahre Lohn bei Ihnen stehn habe.

Lelio. Wie meinst du? die 175 Thaler, die ich dir schon schuldig bin? — —

Maskarill. Machen mein ganzes Vermögen aus, und ich will sie Ihnen von Grund des Herzens gern noch funf= zehn Jahr ohne Interessen, ohne Interessen lassen.

Lelio. Und das ist dein Ernst, Schlingel?

Maskarill. Schlingel? Das klingt ja nicht ein bißchen erkenntlich.

Lelio. Ich sehe schon, woran ich mit dir bin, du ehr= vergessener, nichtswürdiger, infamer Verführer, Betrüger! — —

Maskarill. Ein weiser Mann ist gegen alles gleich= gültig, gegen Lob und Tadel, gegen Schmeicheleien und Schelt= worte. Sie haben es vorhin gesehen und sehen es jetzt.

Lelio. Mit was für einem Gesichte werde ich mich meiner Schwester zeigen können? — —

Maskarill. Mit einem unverschämten, wäre mein Rat. Man hat nie etwas Unrechtes begangen, so lange man noch selbst das Herz hat, es zu rechtfertigen. — „Es ist ein Un= glück für dich, Schwester, ich gestehe es. Aber wer kann sich helfen? Ich will des Todes sein, wenn ich bei meinen Ver= schwendungen jemals daran gedacht habe, daß ich das Deinige auch zugleich mit verschwendete." — — So etwas ohngefähr müssen Sie ihr sagen, mein Herr, — —

Lelio (nachdem er ein wenig nachgedacht). Ja, das wäre noch das einzige. Ich will es dem Staleno selbst vorschlagen. Komm, Schurke! — —

Maskarill. Der Weg nach dem Kränzchen, in welches ich Sie begleiten sollte, mein Herr, geht dahin.

Lelio. Zum Teufel mit deinem Kränzchen! — — Aber ist das nicht Herr Staleno selbst, den ich hier kommen sehe?

---

6. Auftritt.

Staleno. Lelio. Maskarill.

Lelio. Mein Herr, ich wollte mir eben jetzt die Frei= heit nehmen, Sie aufzusuchen. Ich habe vom Herrn Philto die gütigen Gesinnungen Ihres Mündels gegen meine Schwester erfahren. Halten Sie mich nicht für so verwildert, daß es mich nicht außerordentlich schmerzen würde, wenn sie durch mein Verschulden fruchtlos bleiben sollten. Es ist wahr, meine Ausschweifungen haben mich entsetzlich heruntergebracht; allein die mir drohende Armut schreckt mich weit weniger als der Vorwurf, den ich mir wegen einer geliebten Schwester machen müßte, wenn ich nicht alles hervorsuchte, das Unglück, das ich ihr durch meine Thorheit zugezogen, so viel als noch mög= lich von ihr abzuwenden. Ueberlegen Sie also, Herr Staleno, ob das Anerbieten, welches ich jetzt thun will, einige Auf= merksamkeit verdienen kann. Vielleicht ist es Ihnen nicht un= bekannt, daß mir eine alte Pate ein so ziemlich beträchtliches Vorwerk in ihrem Testamente hinterließ. Dieses habe ich noch; nur daß — — wie Sie leicht vermuten können, — — einige Schulden darauf haften, deren ohngeachtet es jährlich noch so viel einbringt, daß ich notdürftig davon leben könnte. Ich will es meiner Schwester mit Vergnügen abtreten. Ihr Mündel hat Geld genug, daß er es frei machen und ansehn= liche Verbesserungen, deren es fähig ist, damit vornehmen kann. Es würde alsdann als keine unebene Aussteuer anzu= sehen sein, an deren Mangel, wie mir Herr Philto gesagt hat, Sie sich einzig und allein stoßen.

Maskarill (sachte zum Lelio). Sind Sie nicht klug, Herr Lelio? —

Lelio. Schweig!

Maskarill. Das Einzige, was Ihnen noch übrig ist, · —

Lelio. Habe ich dir Rechenschaft zu geben? — —

Maskarill. Wollen Sie denn hernach betteln gehen?

Lelio. Ich will thun, was ich will. —

Staleno (beiseite). Ich merke schon. — Ja wohl, Herr Lelio, mußte ich mich an dem gänzlichen Mangel der Aussteuer stoßen, so gern ich auch sonst diese Heirat gesehen hätte. Wenn es Ihnen also mit dem gethanen Vorschlage ein Ernst wäre, so wollte ich mich wohl noch besinnen.

Lelio. Es ist mein völliger Ernst, Herr Staleno.

Maskarill. So nehmen Sie doch Ihr Wort wieder zurück.

Lelio. Wirst du — —

Maskarill. Bedenken Sie doch nur — —

Lelio. Noch ein Wort!

Staleno. Vor allen Dingen aber, Herr Lelio, müßten Sie mir einen Anschlag von dem Vorwerke und ein aufrich= tiges Verzeichnis von allen Schulden, die Sie darauf haben, geben. Eher läßt sich nichts sagen. — —

Lelio. Gut, ich will sogleich gehen und beides auf= setzen. — Wann kann ich Sie wieder sprechen?

Staleno. Sie werden mich immer zu Hause treffen.

Lelio. Leben Sie wohl unterdessen! (Geht ab.)

———

7. Auftritt.

Staleno. Maskarill.

Maskarill (beiseite). Jetzt muß ich ihm wider seinen Willen einen guten Dienst thun. Wie fange ich's an? Pst! — — Verziehen Sie doch noch einen Augenblick, Herr Staleno —

Staleno. Was gibt's?

Maskarill. Ich sehe Sie für einen Mann an, der eine wohlgemeinte Warnung, wie es sich gehört, zu schätzen weiß.

Staleno. Du siehst mich für das an, was ich bin.

Maskarill. Und für einen Mann, welcher nicht glaubt, daß ein Bedienter seinen Herrn eben verrate, wenn er nicht überall mit ihm in ein Horn blasen will.

Staleno. Ei freilich muß sich ein Diener des Bösen, das sein Herr thut, so wenig als möglich teilhaftig machen. — Aber wozu sagst du das? Hat Lelio wider mich etwas im Sinne?

Maskarill. Sein Sie auf Ihrer Hut! ich bitte Sie, ich beschwöre Sie! Bei allem beschwöre ich Sie, was Ihnen auf der Welt lieb ist: bei der Wohlfahrt Ihres Mündels, bei der Ehre Ihrer grauen Haare — —

Staleno. Du sprichst auch wirklich wie ein Beschwörer. — — Aber weswegen soll ich auf meiner Hut sein?

Maskarill. Des Anerbietens wegen, das Ihnen Lelio gethan hat.

Staleno. Und wieso?

Maskarill. Kurz, Sie und Ihr Mündel sind verlorne Leute, wenn Sie das Vorwerk annehmen. Denn erstlich muß ich Ihnen nur sagen, daß er fast ebensoviel darauf schuldig ist, als der ganze Bettel etwa wert sein mag.

Staleno. Je nun! Maskarill, wenn es nur fast so viel ist — —

Maskarill. Schon recht, so kömmt doch noch etwas dabei heraus. — — Aber hören Sie nur, was ich nun sagen will! Der Boden, worauf das Vorwerk liegt, muß gleich die Gegend sein, in welcher aller Fluch, der jemals über die Erde ausgesprochen worden, zusammengeflossen ist.

Staleno. Du erschreckst mich. — —

Maskarill. Wenn rund herum alle Nachbarn die reichste Ernte haben, so bringen die Aecker, die zu dem Vorwerke gehören, doch kaum die Aussaat wieder. Alle Jahre macht das Viehsterben die Ställe leer. —

Staleno. Man muß also kein Vieh darauf halten.

Maskarill. Das hat Herr Lelio auch gedacht und daher schon längst Schafe und Rinder, Schweine und Pferde, Hühner und Tauben verkauft. Allein wenn das Viehsterben keine Ochsen findet, — — was meinen Sie wohl? — — so fällt es die Menschen an.

Staleno. Das wäre!

Maskarill. Ja gewiß! Es hat kein Knecht ein halb Jahr da ausgehalten, und wenn er auch eine eiserne Gesund= heit gehabt hätte. Die stärksten Kerls hat Herr Lelio im Wendischen mieten lassen; aber was half's? das Frühjahr kam, weg waren sie.

Staleno. Je nun! so muß man's mit den Pommern versuchen. Das sind Leute, die noch mehr aushalten können als die Wenden, Leute wie Klotz und Stein.

Maskarill. Und der kleine Busch, Herr Staleno, der zu dem Vorwerke gehört —

Staleno. Nun? der Busch?

Maskarill. Im ganzen Busche ist kein Baum anzutreffen, in den es nicht entweder einmal eingeschlagen hätte — —

Staleno. Eingeschlagen?

Maskarill. Oder an den sich nicht einmal jemand ge= henkt hätte. Lelio ist dem abscheulichen Busche auch so gram, daß er ihn noch alle Tage lichter machen läßt. Und glauben Sie wohl, daß er das Holz, das darinne geschlagen wird, fürs halbe Geld verkauft?

Staleno. Das ist schlecht.

Maskarill. Ei! er muß wohl; denn die Leute, die es kaufen und brennen wollen, wagen erstaunend viel. Bei einigen hat es die Oefen eingeschmissen, bei andern einen so stinkenden Dampf von sich gegeben, daß die Magd vor dem Herde dem Koche ohnmächtig in die Arme gefallen ist.

Staleno. Aber, Maskarill, lügst du wohl nicht?

Maskarill. Ich lüge nicht, mein Herr, wenn ich Ihnen sage, daß ich gar nicht lügen kann. — — Und die Teiche —

Staleno. Auch Teiche hat das Vorwerk?

Maskarill. Ja! aber Teiche, in welchen sich mehr Menschen ersäuft haben, als Tropfen Wasser darinne sind. Und da sich also die Fische von lauter menschlichem Luder nähren, so können Sie leicht denken, was das für Fische sein mögen.

Staleno. Große und fette Fische. — —

Maskarill. Fische, die durch ihre Nahrung Menschen=
verstand bekommen haben und sich daher gar nicht mehr fangen
lassen; ja, wenn man die Teiche abläßt, so sind sie ver=
schwunden. — — Mit einem Worte, es muß kein Winkel
auf der ganzen Erde sein, wo man allen Schaden, alles Un=
glück so häufig und so gewiß antreffen könnte als auf diesem
elenden Vorwerke. Die Geschichte meldet uns auch, und die
Historie bestätiget es, daß seit dreihundert und etlichen funfzig
Jahren, — — oder seit vierhundert Jahren, — — kein einziger
Besitzer desselben eines natürlichen Todes gestorben sei.

Staleno. Außer die alte Pate doch, die es dem Lelio
vermachte.

Maskarill. Man redet nicht gerne davon; aber auch die
alte Pate — —

Staleno. Nun?

Maskarill. Die alte Pate ward des Nachts von einer
schwarzen Katze, die sie immer um sich hatte, erstickt. Und
es ist sehr wahrscheinlich, sehr wahrscheinlich, daß diese schwarze
Katze — — der Teufel gewesen ist. — — Wie es meinem
Herrn gehen wird, das weiß Gott. Man hat ihm prophezeit,
daß ihn Diebe ermorden würden, und ich muß es ihm nach=
sagen, daß er sich alle Mühe gibt, diese Prophezeiung zu
schanden zu machen und die Diebe durch eine großmütige
Aufopferung seines Vermögens von sich abzuwehren; aber
gleichwohl — —

Staleno. Aber gleichwohl, Maskarill, werde ich seinen
Vorschlag annehmen. — —

Maskarill. Sie? — — Gehen Sie doch! das werden
Sie nimmermehr thun.

Staleno. Gewiß, ich werde es thun.

Maskarill (beiseite). Der alte Fuchs!

Staleno (beiseite). Wie ich ihn martre, den Schelm! — —
Aber doch, Maskarill, danke ich dir für deine gute Nachricht.
Sie kann mir wenigstens so viel nützen, daß ich meinen
Mündel das Vorwerk zwar nehmen, aber auch gleich wieder
verkaufen lasse.

Maskarill. Am besten wäre es, Sie gäben sich gar
nicht damit ab. Ich habe Ihnen noch lange nicht alles er=
zählt. — —

Staleno. Verspare es nur! ich habe ohnedem jetzo nicht
Zeit. Ein andermal, Maskarill, bin ich deinen Possen wieder
zu Diensten. (Geht ab.)

———

8. Auftritt.

Maskarill.

Maskarill. Das war nichts! War ich zu dumm, oder war er zu klug? Je nun! ich werde am wenigsten dabei verlieren. Will sich Lelio von allem entblößen, meinetwegen. Endlich kann ich eines Herrn, wie er ist, entbehren. Meine Schäfchen sind im Trocknen. Was ich noch für ihn thu, thu ich aus Mitleiden. Er ist immer eine gute Haut gewesen; und ich wollte doch nicht gerne, daß er es am Ende gar zu schlecht hätte. Marsch! — — Ha! das ist ja gar ein Reisender. Ich dächte, ich hätte wenig genug zu thun, um mich um fremde Leute bekümmern zu können. Es ist eine schöne Sache um die Neubegierde!

9. Auftritt.

Anselmo. Ein Träger. Maskarill.

Anselmo. Dem Himmel sei Dank, daß ich endlich mein Haus, mein liebes Haus wiedersehe!

Maskarill. Sein Haus?

Anselmo (zum Träger). Setzt den Koffer hier nur nieder, guter Freund! Ich will ihn schon vollends hereinschaffen lassen. — Ich habe Euch doch bezahlt? — —

Der Träger. O ja, Herr! o ja! — — Aber — — ohne Zweifel sind Sie wohl sehr vergnügt, sehr freudig, daß Sie wieder zu Hause sind?

Anselmo. Ja freilich!

Der Träger. Ich habe Leute gekannt, die, wenn sie sehr freudig waren, gegen einen armen Teufel ein übriges thaten. — — Bezahlt haben Sie mich, Herr, bezahlt haben Sie mich.

Anselmo. Nun da! ich will auch ein übriges thun.

Der Träger. Ei! ei! das ist mir doch lieb, daß ich mich nicht betrogen habe; ich sahe Sie gleich für einen spendabeln Mann an. O! ich versteh' mich drauf. Gott bezahl's! (Geht ab.)

Anselmo. Es will sich niemand aus meinem Hause sehen lassen. Ich muß nur anklopfen.

Maskarill. Der Mann ist offenbar unrecht!

Anselmo. Es sieht nicht anders aus, als ob das ganze Haus ausgestorben wäre. Gott verhüte. — —

Maskarill (der ihm näher tritt). Mein Herr! — — Sie
werden verzeihen — — ich bitte um Vergebung — (Indem er
zurückprellt.) Der Blitz! das Gesichte sollte ich kennen.

Anselmo. Verzeih Euch's der liebe Gott, daß Ihr nicht
klug seid! — — Was wollt Ihr?

Maskarill. Ich wollte — — ich wollte — —

Anselmo. Nun? was geht Ihr denn um mich herum?

Maskarill. Ich wollte — —

Anselmo. Absehen vielleicht, wo meinem Beutel am
besten beizukommen wäre?

Maskarill. Ich irre mich; wenn er es wäre, müßte er
mich ja wohl auch kennen. — — Ich bin neugierig, mein
Herr; aber meine Neubegierde ist keine von den unhöflichen,
und ich frage mit aller Bescheidenheit, — — was Sie vor
diesem Hause zu suchen haben?

Anselmo. Kerl! — — Aber jetzt seh' ich ihn erst recht
an. Was — —

Maskarill. Herr An— —

Anselmo. Maska— —

Maskarill. Ansel— —

Anselmo. Maskarill —

Maskarill. Herr Anselmo —

Anselmo. Bist du es denn?

Maskarill. Ich bin ich; das ist gewiß. Aber Sie — — —

Anselmo. Es ist kein Wunder, daß du zweifelst, ob ich
es bin.

Maskarill. Ist es in aller Welt möglich? — — Ach!
nicht doch! Herr Anselmo ist neun Jahr weg, und es wäre
ja wohl wunderbar, wenn er eben heute wiederkommen sollte?
Warum denn eben heute?

Anselmo. Die Frage kannst du alle Tage thun, und
ich dürfte also gar nicht wiederkommen.

Maskarill. Das ist wahr! — — Je nun! so sein Sie
tausendmal willkommen und aber tausendmal, allerliebster Herr
Anselmo! — Zwar am Ende sind Sie es doch wohl nicht? —

Anselmo. Ich bin es gewiß. Antworte mir nur geschwind, ob alles noch wohl steht? Leben meine Kinder noch?
Lelio? Kamilla?

Maskarill. Ja, nun darf ich wohl nicht mehr daran
zweifeln, daß Sie es sind. — Sie leben, beide leben sie
noch. — — (Beiseite.) Wenn er das übrige doch von einem
andern zuerst erfahren könnte! —

Anselmo. Gott sei Dank, daß sie beide noch leben! Sie sind doch zu Hause? — Geschwind, daß ich sie in meine alten Arme schließen kann! — Bringe den Koffer nach, Maskarill. —

Maskarill. Wohin, Herr Anselmo, wohin?

Anselmo. Ins Haus.

Maskarill. In dieses Haus hier?

Anselmo. In mein Haus.

Maskarill. Das wird sogleich nicht angehen. — — (Beiseite.) Was soll ich nun sagen?

Anselmo. Und warum nicht? — —

Maskarill. Dieses Haus, Herr Anselmo — — ist verschlossen. — —

Anselmo. Verschlossen?

Maskarill. Verschlossen, ja, und zwar — weil niemand darinne wohnt.

Anselmo. Niemand darinne wohnt? Wo wohnen denn meine Kinder?

Maskarill. Herr Lelio? und Jungfer Kamille? — — die wohnen — — wohnen in einem andern Hause.

Anselmo. Nun? du sprichst ja so seltsam, so rätselhaft.

Maskarill. Sie wissen also wohl nicht, was seit kurzem vorgefallen ist?

Anselmo. Wie kann ich es wissen?

Maskarill. Es ist wahr, Sie sind nicht zugegen gewesen, und in neun Jahren kann sich schon etwas verändert haben. Neun Jahr! eine lange Zeit! — — Aber es ist doch gewiß ganz etwas Eignes, — — neun Jahr, neun ganzer Jahr weg sein und eben jetzt wiederkommen! Wenn das in einer Komödie geschähe, jedermann würde sagen: Es ist nicht wahrscheinlich, daß der Alte eben jetzt wiederkömmt. Und doch ist es wahr! Er hat eben jetzt wiederkommen können und kömmt auch eben jetzt wieder. — Sonderbar, sehr sonderbar!

Anselmo. O du verdammter Schwätzer, so halte mich doch nicht auf und sage mir — —

Maskarill. Ich will es Ihnen sagen, wo Ihre Kinder sind. Ihre Jungfer Tochter ist — — bei Ihrem Herrn Sohn. — — Und Ihr Herr Sohn — —

Anselmo. Und mein Sohn — —

Maskarill. Ist hier ausgezogen und wohnt — — Sehen Sie hier in der Straße das neue Eckhaus? — — Da wohnt Ihr Herr Sohn.

Anselmo. Und warum wohnt er denn nicht mehr hier? hier in seinem väterlichen Hause? —

Maskarill. Sein väterliches Haus war ihm zu groß — — zu klein; zu leer — — zu enge.

Anselmo. Zu groß, zu klein; zu leer, zu enge. Was heißt denn das?

Maskarill. Je nun! Sie werden es von ihm selbst besser hören können, wie das alles ist. — — So viel werden Sie doch wohl erfahren haben, daß er ein großer Handels= mann geworden ist?

Anselmo. Mein Sohn ein großer Handelsmann?

Maskarill. Ein sehr großer! Er lebt, schon seit mehr als einem Jahre, von nichts als vom Verkaufen.

Anselmo. Was sagst du? So wird er vielleicht zur Niederlage für seine Waren ein großes Haus gebraucht haben?

Maskarill. Ganz recht, ganz recht.

Anselmo. Das ist vortrefflich! Ich bringe auch Waren mit, kostbare indische Waren.

Maskarill. Das wird an ein Verkaufen gehen!

Anselmo. Mache nur, Maskarill, und nimm den Koffer auf den Buckel und führe mich zu ihm!

Maskarill. Der Koffer, Herr Anselmo, ist wohl sehr schwer? Verziehen Sie nur einen Augenblick, ich will gleich einen Träger schaffen.

Anselmo. Du kannst ihn selbst fortbringen; es sind nichts als Skripturen und Wäsche darinne.

Maskarill. Ich habe mir den Arm letzthin ausgefallen. —

Anselmo. Den Arm? Du armer Teufel! So geh nur und bringe jemanden!

Maskarill (beiseite). Gut, daß ich so wegkomme. Herr Lelio! Herr Lelio! was werden Sie zu der Nachricht sagen? (Er geht und kömmt wieder zurück.)

Anselmo. Nun? bist du noch nicht fort?

Maskarill. Ich muß Sie wahrhaftig noch einmal an= sehen, ob Sie es auch sind.

Anselmo. Je! so zweifle, du verzweifelter Zweifler!

Maskarill (im Fortgehen). Ja, ja, er ist's. — Neun Jahr weg sein, und eben jetzt wiederkommen!

10. Auftritt.

Anselmo.

Anselmo. Da muß ich nun unter freiem Himmel warten? Es ist gut, daß die Straße ein wenig abgelegen ist, und daß mich die wenigsten mehr kennen werden. Aber gleichwohl darf ich die Augen nicht sehr von meinem Koffer verwenden. Ich dächte, ich setzte mich darauf. — — Bald, bald werde ich nun wohl ruhiger sitzen können. Ich habe mir es sauer genug werden lassen und Gefahr genug ausgestanden, daß ich mir schon mit gutem Gewissen meine letzten Tage zu Rast= und Freudentagen machen kann. — — Ja gewiß, das sollen sie werden. Und wer wird mir es verdenken? Wenn ich es nur ganz obenhin überschlage, so besitze ich doch — (er spricht die letzten Worte immer sachter und sachter, bis er zuletzt in bloßen Gedanken an Fingern zählt.)

---

11. Auftritt.

Raps (in einer fremden und seltsamen Kleidung). Anselmo.

Raps. Man muß allerlei Personen spielen können. Den möchte ich doch sehen, der in diesem Aufzuge den Trommel= schläger Raps erkennen sollte? Ich seh' aus, ich weiß selber nicht wie, und soll — — ich weiß selber nicht was? Eine närrische Kommission! Närrisch immerhin; genug, daß man mich bezahlt. — — Hier in dieser Gasse, hat mir Staleno gesagt, soll ich meinen Mann nur aufsuchen. Er wohnt nicht weit von seinem vorigen Hause, und das ist ja sein voriges Haus.

Anselmo. Was ist das für ein Gespenste?

Raps. Wie mich die Leute ansehen!

Anselmo. Diese Figur muß in das Geschlecht der Pilze gehören. Der Hut reicht auf allen Seiten eine halbe Elle über den Körper.

Raps. Guter Vater, der Ihr mich so anguckt, seid Ihr weniger fremd hier wie ich? — — Er will nicht hören. — — Mein Herr, der Sie auf dem Koffer hier sitzen, könnten Sie mich wohl allenfalls zurechte weisen? Ich suche einen jungen Menschen, namens Lelio, und einen Kahlkopf von Ihrer Gattung, namens Philto.

Anselmo. Lelio? Philto? — (Beiseite.) So heißt ja mein Sohn und mein alter guter Freund. — —

Raps. Wenn Sie mir die Wohnung dieser Leute zeigen können, so werden Sie bei einem Manne Dank verdienen, der nicht ermangeln wird, Ihre Höflichkeit an allen vier Enden der Welt auszuposaunen, bei einem Reisenden, der siebenmal rund um die Welt gereiset ist, einmal zu Schiffe, zweimal auf der geschwinden Post und viermal zu Fuße.

Anselmo. Darf ich nicht wissen, mein Herr, wer Sie sind? wie Sie heißen? von wannen Sie kommen? was Sie bei genannten Personen zu suchen haben?

Raps. Das heißt sehr viel auf einmal fragen. Worauf soll ich nun zuerst antworten? Wenn Sie mich jedes insbesondere, mit der gehörigen Art, fragen wollten, so möchte ich vielleicht darauf Bescheid erteilen. Denn ich bin gesprächig, mein Herr, sehr gesprächig. — — (Beiseite.) Ich kann wenigstens meine Rolle mit ihm probieren.

Anselmo. Nun wohl, mein Herr; lassen Sie uns bei dem Kürzesten anfangen! Wie ist Ihr Name?

Raps. Bei dem Kürzesten? Mein Name? Gefehlt! weit gefehlt!

Anselmo. Wie so?

Raps. Ja, mein guter, lieber, alter Herr, ich muß Ihnen nur sagen, — — geben Sie wohl Achtung: — — — Wenn Sie ganz früh, ganz früh, sobald der Tag anfängt zu grauen, von meinem ersten Namen ausgehen und gehen und gehen, so stark, wie Sie nur können, so wette ich, daß die Sonne doch schon untergegangen sein wird, ehe Sie nur den Anfangsbuchstaben von meinem letzten Namen zu sehen bekommen.

Anselmo. Ei! so brauchte man ja wohl gar eine Laterne und einen Schnappsack zu Ihrem Namen?

Raps. Nicht anders.

Anselmo (beiseite). Der Kerl redt! — Aber was wollen Sie denn bei dem jungen Lelio und bei dem alten Philto? Ohne Zweifel stehen Sie mit dem erstern in Verkehr? Lelio soll ein großer Kaufmann sein.

Raps. Ein großer Kaufmann? daß ich nicht wüßte! Nein, mein Herr; ich habe bloß ein paar Briefe bei ihm abzugeben.

Anselmo. Ha! ha! Avisobriefe vielleicht von Waren, die an ihn abgegangen sind, oder so etwas.

Raps. Nicht so etwas. — Es sind Briefe, die mir sein Vater an ihn mitgegeben hat.

Anselmo. Wer?

Raps. Sein Vater.

Anselmo. Des Lelio Vater?

Raps. Ja, des Lelio Vater, der jetzt in der Fremde ist. — — Er ist mein guter Freund.

Anselmo (beiseite). Je! das ist ja gar, mit Ehren zu melden, ein Betrüger. Warte, dich will ich kriegen! Ich soll ihm Briefe an meinen Sohn gegeben haben?

Raps. Was meinen Sie, mein Herr?

Anselmo. Nichts. — — Und so kennen Sie wohl den Vater des Lelio?

Raps. Wenn ich ihn nicht kennte, würde ich wohl Briefe an seinen Sohn Lelio und Briefe an seinen Freund Philto von ihm haben? — — Da, mein Herr, hier sehen Sie beide. — — Er ist mein Herzensfreund.

Anselmo. Ihr Herzensfreund? — — Und wo war er denn, dieser Ihr Herzensfreund, als er Ihnen die Briefe gab?

Raps. Er war — — er war — — bei guter Gesundheit.

Anselmo. Das ist mir von Herzen lieb. Aber wo war er denn? wo?

Raps. Mein Herr, er war — — auf der Küste von Paphlagonien.

Anselmo. Das gesteh' ich — — Daß Sie ihn kennen, haben Sie mir schon gesagt; aber es versteht sich doch wohl, von Person?

Raps. Freilich von Person. — — Habe ich denn nicht so manche Flasche Kapwein mit ihm ausgestochen? und zwar auf dem Orte, wo er wächst. — Sie wissen wohl, mein Herr, auf dem Vorgebirge Capua, wo sich in dem dreißigjährigen Kriege Hannibal so voll soff, daß er nicht vor Rom gehen konnte.

Anselmo. Sie besitzen Gelehrsamkeit, wie ich höre.

Raps. So etwas fürs Haus.

Anselmo. Können Sie mir nicht sagen, wie er aussieht, des Lelio Vater?

Raps. Wie er aussieht? — — Sie sind sehr neugierig. Doch ich liebe die neugierigen Leute. — — Er ist ungefähr einen Kopf größer als Sie.

Anselmo (beiseite). Das geht gut! ich bin abwesend größer als gegenwärtig. — Seinen Namen haben Sie mir noch nicht gesagt. Wie heißt er?

Raps. Er heißt — — vollkommen, wie ein ehrlicher Mann heißen soll.

Anselmo. Ich möchte doch hören — —

Raps. Er heißt — — er heißt nicht wie sein Sohn — — er würde aber besser gethan haben, wenn er so hieße; — — sondern er heißt — — daß dich!

Anselmo. Nun?

Raps. Ich glaube, ich habe den Namen vergessen.

Anselmo. Den Namen eines Freundes? — —

Raps. Nur Geduld! jetzt läuft er mir auf der Zunge herum. Nennen Sie mir doch geschwind einen, der etwa so klingt. Er fängt sich auf ein A an.

Anselmo. Arnolph vielleicht?

Raps. Nicht Arnolph.

Anselmo. Anton?

Raps. Nicht Anton. Ans— Ansa— Ansi — — Asi— — Asinus. Nein, nicht Asinus, nicht Asinus — — Ein ver=zweifelter Namen! An— Ansel— —

Anselmo. Anselmo doch wohl nicht?

Raps. Recht! Anselmo. Daß der Henker den schurkischen Namen holen wolle!

Anselmo. Das ist nicht freundschaftlich gesprochen.

Raps. Ei! warum bleibt er auch einem zwischen den Zähnen stecken. Ist das freundschaftlich, wenn man sich so lange suchen läßt? Dasmal will ich es ihm noch vergeben. — — Anselmo hieß er? nicht? — Ganz recht! Anselmo. Wie gesagt, das letzte Mal hab' ich ihn auf der Küste von Paphlagonien gesprochen, und zwar in dem Hafen Gibral=tar. Er wollte noch den Königen von Gallipoli einen kleinen Besuch abstatten. —

Anselmo. Den Königen von Gallipoli? Wer sind die?

Raps. Wie, mein Herr! kennen Sie die berühmten Brüder nicht, welche über Gallipoli herrschen? die weltbe=kannten Dardanellen? Sie reiseten vor einigen zwanzig Jahren in Europa herum, und da hat er sie kennen lernen.

Anselmo (beiseite). Die Narrenspossen dauern zu lange. Ich muß der Pauke nur ein Loch machen, damit ich doch er=fahre, woran ich bin.

Raps. Der Hof der Dardanellen, mein Herr, ist einer von den prächtigsten in ganz Amerika, und ich weiß gewiß, mein Freund Anselmo wird daselbst sehr wohl empfangen worden sein. Er wird so bald auch nicht wieder wegkommen. Und eben deswegen, weil er dieses voraussahe, und weil er wußte, daß ich geradesweges hierher reisen würde, gab er mir

Briefe mit, um die Seinigen wegen seiner langen Abwesen=
heit zu beruhigen.

Anselmo. Das war sehr wohl gethan. — Aber eins
muß ich doch noch fragen — —

Raps. So viel als Ihnen beliebt.

Anselmo. Wenn man Ihnen, mein sonderbarer Herr mit
dem langen Namen —

Raps. Lang ist mein Name, das ist wahr; aber ich führe
auch einen ganz kleinen, welcher gleichsam die Quintessenz von
dem langen ist.

Anselmo. Darf ich ihn wissen?

Raps. Raps.

Anselmo. Raps?

Raps. Ja, Raps, Ihnen zu dienen.

Anselmo. Ich danke für Ihre Dienste, Herr Raps.

Raps. Raps will eigentlich so viel sagen, als der Sohn
des Rap. Rap aber hieß mein Vater, und mein Großvater
Rip, von welchem sich denn mein Vater auch manchmal Rips
zu nennen pflegte, so daß ich mich gar wohl, wenn ich mit
meinen Ahnen prahlen wollte, Rips Raps nennen könnte.

Anselmo. Nun wohl, Herr Rips Raps, — damit ich
wieder auf meine Frage komme: — — Wenn man Ihnen
Ihren Freund Anselmo jetzt zeigte, würden Sie ihn wohl
wiedererkennen?

Raps. Wenn ich meine Augen behielte, ohne Zweifel.
Aber es scheint, als ob Sie es noch nicht glauben wollten, daß
ich den Anselmo kenne. Hören Sie also einen Beweis über alle
Beweise. Nicht allein Briefe hat er mir mitgegeben, sondern
auch sechstausend Thaler, die ich dem Herrn Philto einhändigen
soll. Würde er das wohl gethan haben, wenn ich nicht sein
ander Ich wäre?

Anselmo. Sechstausend Thaler?

Raps. In lauter guten, vollwichtigen Dukaten.

Anselmo (beiseite). Nun weiß ich fast nicht, was ich von
dem Kerl denken soll. Ein Betrüger, der Geld bringt, das
ist ja wohl ein sehr wunderbarer Betrüger.

Raps. Aber, mein Herr, wir plaudern zu lange. Ich
sehe wohl, daß Sie mir meine Leute entweder nicht weisen
können oder nicht wollen — —

Anselmo. Nur noch ein Wort! — Haben Sie denn,
Herr Raps, das Geld bei sich, das Ihnen Anselmo gegeben hat?

Raps. Ja. Warum?

Anselmo. Und ist es ganz gewiß, daß Ihnen Anselmo, des Lelio Vater, die sechstausend Thaler gegeben hat?

Raps. Ganz gewiß.

Anselmo. Je nun! so geben Sie mir sie nur wieder, Herr Raps.

Raps. Was soll ich Ihnen wiedergeben?

Anselmo. Die sechstausend Thaler, die Sie von mir bekommen haben.

Raps. Ich von Ihnen sechstausend Thaler bekommen?

Anselmo. Sie sagen es ja selbst.

Raps. Was sag' ich? — Sie sind — — Wer sind Sie denn?

Anselmo. Ich bin eben der, der Herr Rapsen sechstausend Thaler anvertraut hat; ich bin Anselmo.

Raps. Sie Anselmo?

Anselmo. Kennen Sie mich nicht? Die Könige von Gallipoli, die weltberühmten Dardanellen, haben die Gnade gehabt, mich eher wieder von sich zu lassen, als ich vermutete. Und weil ich denn nun selbst da bin, so will ich dem Herrn Raps fernere Mühe ersparen.

Raps (beiseite). Sollte man nicht schwören, der Mann wäre ein größrer Gauner als ich selbst! — —

Anselmo. Besinnen Sie sich nur nicht lange und geben Sie mir das Geld wieder!

Raps. Wer sollte es denken, daß ein alter Mann noch so fein sein könnte! Sobald er hört, daß ich Geld bei mir habe, husch! ist er Anselmo. Aber, mein guter Vater, so geschwind Sie sich anselmisiert haben, so geschwind werden Sie sich auch wieder entanselmisieren müssen.

Anselmo. Je nun! wer bin ich denn, wenn ich nicht der bin, der ich bin?

Raps. Was geht das mich an? Sein Sie, wer Sie wollen, wenn Sie nur nicht der sind, der ich nicht will, daß Sie sein sollen. Warum waren Sie denn nicht gleich anfangs der, der Sie sind? Und warum wollen Sie denn nun der sein, der Sie nicht waren?

Anselmo. O! so machen Sie doch nur fort — —

Raps. Was soll ich machen?

Anselmo. Mir mein Geld wiedergeben.

Raps. Machen Sie sich nur weiter keine Ungelegenheit! Ich habe gelogen. Das Geld ist nicht in vollwichtigen Dukaten, sondern es steht bloß auf dem Papiere.

Anselmo. Bald werde ich mit dem Herrn aus einem andern Tone sprechen. — — Ihr sollt in allem Ernst wissen, Herr Rips Raps, daß ich Anselmo bin; und wenn Ihr mir nicht gleich die Briefe und das Geld einhändiget, das Ihr von mir bekommen zu haben vorgebt, so will ich gar bald so viel Leute zusammenrufen, als nötig sein wird, einen solchen Betrüger festzuhalten.

Raps. Sie wissen also ganz ohnfehlbar, daß ich ein Betrüger bin? und Sie sind ganz ohnfehlbar Herr Anselmo? So habe ich denn die Ehre, mich dem Herrn Anselmo zu empfehlen. — —

Anselmo. Du sollst so nicht wegkommen, guter Freund!

Raps. O! ich bitte, mein Herr — — (Indem ihn Anselmo halten will, stößt ihn Raps mit Gewalt von sich, daß er rücklings wieder auf den Koffer zu sitzen kömmt.) Der alte Dieb könnte wenigstens einen Auflauf erregen. Ich will dir schon einen schicken, der dich besser kennen soll. (Geht ab.)

Anselmo. Da sitze ich ja nun wieder! Wo ist er hin, der Spitzbube? Wo ist er hin? — — Ich sehe niemanden: — — Bin ich auf dem Koffer eingeschlafen und hat mir das närrische Zeug geträumt, oder — — Den Henker mag es mir geträumt haben! — — Ich armer Mann! Dahinter steckt ganz gewiß etwas; ganz gewiß steckt etwas dahinter! Und Maskarill? — — Maskarill kömmt auch nicht wieder? Auch das geht nicht richtig zu! auch das nicht! - - Was soll ich anfangen? Ich will nur gleich den ersten den besten rufen — — Heda, guter Freund, heda!

<hr>

12. Auftritt.

Anselmo. Ein andrer Träger.

Der Träger. Was steht zu Ihren Diensten, mein Herr?

Anselmo. Wollt Ihr Euch ein gut Trinkgeld verdienen, mein Freund?

Der Träger. Das wäre wohl meine Sache.

Anselmo. So nehmt geschwind den Koffer und bringt mich zu dem Kaufmann Lelio!

Der Träger. Zu dem Kaufmann Lelio?

Anselmo. Ja. Er soll da in der Straße, in dem neuen Eckhause wohnen.

Der Träger. Ich kenne in der ganzen Stadt keinen Kaufmann Lelio. In dem neuen Eckhause da unten wohnt jemand ganz anders.

Anselmo. Ei nicht doch! Lelio muß da wohnen. Sonst hat er hier in diesem Hause gewohnt, welches ihm auch gehört.

Der Träger. Nun merke ich, wen Sie meinen. Sie meinen den liederlichen Lelio. O! den kenn' ich wohl!

Anselmo. Was? den liederlichen Lelio?

Der Träger. Je nun! die ganze Stadt nennt ihn so; warum soll ich ihn anders nennen? Sein Vater war der alte Anselmo. Das war ein garstiger, geiziger Mann, der nie genug kriegen konnte. Er reisete vor vielen Jahren hier weg, Gott weiß, wohin? Unterdessen, daß er sich's in der Fremde sauer werden läßt oder wohl gar darüber schon ins Gras ge= bissen hat, ist sein Sohn hier guter Dinge. Der wird zwar nun wohl auch allmählich auf die Hefen gekommen sein; aber es ist schon recht. Ein Sammler will einen Zerstreuer haben. Das Häuschen, höre ich, hat er nun auch verkauft — —

Anselmo. Was? verkauft? — — Nun ist's klar! Ach, du verwünschter Maskarill! — Ach, ich unglücklicher Vater! Du gottloser, ungeratner Sohn!

Der Träger. Ei! — Sie sind doch wohl nicht gar der alte Anselmo selber? Nehmen Sie mir's nicht übel, wenn Sie es sind; ich habe Sie wirklich nicht gekannt. Sonst hätte ich es wohl bleiben lassen, Sie einen garstigen, geizigen Mann zu nennen. Es ist niemanden an die Stirne geschrieben, wer er ist. Mögen Sie mich doch immerhin das Trinkgeld nicht verdienen lassen.

Anselmo. Ihr sollt es verdienen, guter Freund, Ihr sollt es verdienen. Sagt mir nur geschwind: Ist es wirklich wahr, daß er das Haus verkauft hat? Und an wen hat er es verkauft?

Der Träger. Der alte Philto hat's gekauft.

Anselmo. Philto? — O du ehrvergeßner Mann! Ist das deine Freundschaft? — Ich bin verraten! Ich bin verloren! — Er wird mir nun alles leugnen. — —

Der Träger. Die Leute haben es ihm übel genug aus= gelegt, daß er sich mit dem Kaufe abgegeben hat. Hat er nicht sollen in Ihrer Abwesenheit bei Ihrem Sohne gleichsam Vormunds Stelle vertreten? Ein schöner Vormund! das hieß ja wohl den Bock zum Gärtner setzen. Er ist alle sein Leb= tage für einen eigennützigen Mann gehalten worden; und was ein Rabe ist, das bleibt wohl ein Rabe. — — Da eben seh' ich ihn kommen! Ich will gern mein Trinkgeld im Stiche lassen; die Leute sind gar zu wunderlich, wenn sie hören, daß man sie kennt. (Geht ab)

13. Auftritt.
Anselmo. Philto.

Anselmo. Unglück über alle Unglücke! Komm nur! Komm nur, du Verräter!

Philto. Ich muß doch sehen, wer hier das Herze hat, sich für den Anselmo auszugeben. — — Aber was seh' ich? Er ist es wirklich. — — Laß dich umarmen, mein liebster Freund! So bist du doch endlich wieder da? Gott sei tausendmal gedankt! — Aber warum so verdrießlich? Kennst du deinen Philto nicht mehr?

Anselmo. Ich weiß alles, Philto, ich weiß alles. Ist das ein Streich, wie man ihn von einem Freunde erwarten kann?

Philto. Nicht ein Wort mehr, Anselmo! Ich höre schon. daß mir ein dienstfertiger Verleumder zuvorgekommen ist. — — — Hier ist nicht der Ort, uns weitläuftiger zu erklären. Komm in dein Haus!

Anselmo. In mein Haus?

Philto. Ja; noch ist es das deine und soll wider deinen Willen nie eines andern werden. Komm; ich habe zu allem Glücke den Schlüssel bei mir. — Ohne Zweifel ist dieses dein Koffer? Fasse nur an! wir wollen ihn selbst hineinziehen, es sieht uns doch niemand. — —

Anselmo. Aber meine Barschaft? — —

Philto. Auch diese wirst du finden, wie du sie verlassen hast. (Sie gehen in das Haus, nachdem sie den Koffer nach sich gezogen.)

---

14. Auftritt.
Lelio. Maskarill.

Maskarill. Nun? haben Sie ihn gesehen? War er es nicht?

Lelio. Er ist es, Maskarill!

Maskarill. Wenn nur der erste Empfang vorüber wäre!

Lelio. Nie habe ich meine Nichtswürdigkeit so lebhaft empfunden als eben jetzt, da sie mich verhindert, einem Vater freudig unter die Augen zu treten, der mich so zärtlich geliebt hat. Was soll ich thun? Soll ich mich aus seinen Augen verbannen? oder soll ich gehen und ihm zu Fuße fallen?

Maskarill. Das letzte taugt nicht viel; aber das erste taugt gar nichts.

Celio. Nun, so rate mir doch! Nenne mir wenigstens einen Vorsprecher! — —

Maskarill. Einen Vorsprecher? eine Person, die bei Ihrem Vater für Sie sprechen soll? — — Den Herrn Stiletti.

Celio. Bist du toll?

Maskarill. Oder — die Frau Lelane.

Celio. Verräter!

Maskarill. Die eine von ihren Nichten. —

Celio. Ich bringe dich um!

Maskarill. Ja! das würde vollends eine Freude für Ihren Vater sein, wenn er seinen Sohn als einen Mörder fände.

Celio. An den alten Philto darf ich mich nicht wenden. Ich habe seine Lehren, seine Warnungen, seinen Rat allzu oft verachtet, als daß ich auf sein gutes Wort einigen Anspruch machen könnte.

Maskarill. Aber fallen Sie denn gar nicht auf mich?

Celio. Sieh du dich nur selbst nach einem Vorsprecher um!

Maskarill. Das habe ich schon gethan, und der sind Sie.

Celio. Ich?

Maskarill. Sie! und zwar zur Danksagung, daß ich Ihnen einen Vorsprecher werde geschafft haben, den Sie in alle Ewigkeit nicht besser finden können.

Celio. Wenn du das thust, Maskarill —

Maskarill. Kommen Sie nur hier weg! die Alten möchten wieder herauskommen.

Celio. Aber nenne mir doch den Vorsprecher, den ich in alle Ewigkeit nicht besser finden könnte.

Maskarill. Kurz, Ihr Vater soll Ihr Vorsprecher bei dem Herrn Anselmo sein.

Celio. Was heißt das?

Maskarill. Das heißt, daß ich einen Einfall habe, den ich Ihnen hier nicht sagen kann. Nur fort! (Gehen ab.)

---

15. Auftritt.

Anselmo. Philto (welche aus dem Hause kommen).

Anselmo. Nun! das ist wahr, Philto: ein getreurer und klügrer Freund, als du bist, muß in der Welt nicht zu finden sein. Ich danke dir tausendmal und wollte wünschen, daß ich dir deine Dienste vergelten könnte.

Philto. Sie sind vergolten genug, wenn sie dir angenehm sind.

Anselmo. Ich weiß es, daß du meinetwegen viel Verleumdungen hast über dich müssen ergehen lassen.

Philto. Was wollen Verleumdungen sagen, wenn man bei sich überzeugt ist, daß man sie nicht verdient habe? Auch die List, hoffe ich, wirst du gut finden, die ich wegen der Aussteuer brauchen wollte.

Anselmo. Die List ist vortrefflich ersonnen; aber nur ist es mir leid, daß aus der ganzen Sache nichts werden kann.

Philto. Nichts werden? Warum denn nicht? Gut, daß Sie kommen, Herr Staleno.

---

16. Auftritt.

Staleno. Anselmo. Philto.

Staleno. So ist es doch wahr, daß Anselmo endlich wieder da ist? Willkommen! willkommen!

Anselmo. Es ist mir lieb, einen alten guten Freund gesund wiederzusehen. Aber es ist mir nicht lieb, daß das erste, was ich ihm sagen muß, eine abschlägliche Antwort sein soll. Philto hat mir hinterbracht, was für eine gute Absicht Ihr Mündel auf meine Tochter hat. Ohne ihn zu kennen, würde ich, bloß in Ansehung Ihrer, ja dazu sagen, wenn ich meine Tochter nicht bereits versprochen hätte, und zwar an den Sohn eines guten Freundes, der vor kurzem in Engeland verstorben ist. Ich habe ihm noch auf seinem Todbette mein Wort geben müssen, daß ich seinen Sohn, welcher sich hier aufhalten soll, auch zu dem meinigen machen wolle. Er hat mir sein Verlangen sogar schriftlich hinterlassen, und es muß eine von meinen ersten Verrichtungen sein, daß ich den jungen Leander aufsuche und ihm davon Nachricht gebe.

Staleno. Wen? den jungen Leander? Je! das ist ja eben mein Mündel.

Anselmo. Leander ist Ihr Mündel? des alten Pandolfo Sohn?

Staleno. Leander, des alten Pandolfo Sohn, ist mein Mündel.

Anselmo. Und eben diesen Leander sollte meine Tochter haben?

Philto. Eben diesen.

Anselmo. Was für ein glücklicher Zufall! Hätte ich mir es besser wünschen können? Nun wohl, ich bekräftige also das Wort, das Ihnen Philto in meinem Namen gegeben hat. Kommen Sie, damit ich den lieben Mündel bald sehen und meine Tochter umarmen kann! Ach! wenn ich den unsgeratnen Sohn nicht hätte, was für ein beneidenswürdiger Mann könnte ich sein!

_____

17. Auftritt.

Maskarill. Anselmo. Philto. Staleno.

Maskarill. Ach! Unglück, unaussprechliches Unglück! Wo werde ich nun den armen Herrn Anselmo finden?

Anselmo. Ist das nicht Maskarill? Was sagt der Spitzbube?

Maskarill. Ach! unglücklicher Vater, was wirst du zu dieser Nachricht sagen?

Anselmo. Zu was für einer Nachricht?

Maskarill. Ach! der bedauernswürdige Lelio!

Anselmo. Nun? was ist ihm denn widerfahren?

Maskarill. Ach! was für ein trauriger Zufall!

Anselmo. Maskarill!

Maskarill. Ach! welche tragische Begebenheit!

Anselmo. Tragisch? Aengstige mich nicht länger, Kerl, und sage, was es ist! — —

Maskarill. Ach! Herr Anselmo, Ihr Sohn — —

Anselmo. Nun? mein Sohn?

Maskarill. Als ich ihm Ihre glückliche Ankunft zu melden kam, fand ich ihn mit untergestütztem Arme im Lehnstuhle —

Anselmo. Und in den letzten Zügen vielleicht? — —

Maskarill. Ja, in den letzten Zügen, die er aus einer Ungerschen Bouteille thun wollte. — Freuen Sie sich, Herr Lelio, waren meine Worte, eben jetzt ist ihr lieber, sehnlich gewünschter Vater wiedergekommen! — Was? mein Vater? — Hier fiel ihm die Bouteille vor Schrecken aus der Hand; sie sprang in Stücken, und die kostbare Neige floß auf den staubichten Boden. Was? schrie er nochmals, mein Vater wiedergekommen? Wie wird es mir nun ergehen! — Wie Sie es verdient haben, sagte ich. Er sprang auf, lief zu dem Fenster, das auf den Kanal geht, riß es auf — —

Anselmo. Und stürzte sich herab?

Maskarill. Und sahe, was für Wetter wäre. — Geschwind meinen Degen! — — Ich wollte ihm den Degen nicht geben, weil man Exempel hat, daß mit einem Degen groß Unglück angerichtet worden. — Was wollen Sie mit dem

Degen, Herr Lelio? — — Halte mich nicht auf, oder — das
oder sprach er in einem so fürchterlichen Tone aus, daß ich
ihm den Degen vor Schrecken gab. Er nahm ihn, und —

Anselmo. Und that sich ein Leides?

Maskarill. Und — —

Anselmo. Ach! ich unglücklicher Vater! —

---

18. Auftritt.

Lelio an der Szene. Die Vorigen.

Maskarill. Und steckte ihn an. Komm, rief er, Mas=
karill; mein Vater wird auf mich zürnen, und sein Zorn ist
mir unerträglich. Ich will nicht länger leben, ohne ihn zu
versöhnen. Er stürzte die Treppe herab, lief sporenstreichs zum
Hause hinaus und warf sich nicht weit von hier — (indem Mas=
karill dieses sagt und Anselmo gegen ihn gekehrt ist, fällt ihm Lelio auf der andern
Seite zu Füßen) — — zu den Füßen seines Vaters. — —

Lelio. Verzeihen Sie, liebster Vater, daß ich durch dieses
Mittel versuchen wollen, ob Ihr Herz gegen mich noch einiges
Mitleids fähig ist! Das Traurigste, was Sie meinetwegen
besorgten, geschieht gewiß, wenn ich, ohne Vergebung von
Ihnen zu erhalten, von Ihren Füßen aufstehen muß. Ich
bekenne, daß ich Ihrer Liebe nicht wert bin, aber ich will auch
ohne dieselbe nicht leben. Jugend und Unerfahrenheit können
vieles entschuldigen. — —

Philto. Laß dich bewegen, Anselmo!

Staleno. Auch ich bitte für ihn. Er wird sich bessern.

Anselmo. Wenn ich das nur glauben dürfte. Steh auf!
Noch will ich's einmal versuchen. Aber wo du noch einen
liederlichen Streich machst, so habe ich dir nichts vergeben,
und die kleinste Ausschweifung, die du wieder begehst, soll die
gewisse Strafe für alle andre nach sich ziehen.

Maskarill. Das ist billig.

Anselmo. Den nichtswürdigen Maskarill jage nur gleich
zum Henker!

Maskarill. Das ist unbillig! — — Doch jagen Sie
mich oder behalten Sie mich, es soll mir gleichviel sein; nur
zahlen Sie mir vorher die Summe aus, die ich Ihnen schon
sieben Jahr geliehen habe und aus Großmut noch zehn Jahr
leihen wollte!

---×---

Miß Sara Sampson.

Ein bürgerliches Trauerspiel in fünf Aufzügen.

("Verfertiget im Jahr 1755." Zuerst gedruckt in Lessings "Schriften", VI. Teil. Berlin, bei C. F. Voß, 1755.)

Personen.

Sir William Sampson.

Miß Sara, dessen Tochter.

Mellefont.

Marwood, Mellefonts alte Geliebte.

Arabella, ein junges Kind, der Marwood Tochter.

Waitwell, ein alter Diener des Sampson.

Norton, Bedienter der Mellefont.

Betty, Mädchen der Sara.

Hannah, Mädchen der Marwood.

Der Gastwirt und einige Nebenpersonen.

———

Erster Aufzug.

1. Auftritt.

Der Schauplatz ist ein Saal im Gasthofe.

Sir William Sampson und Waitwell treten in Reisekleidern herein.

Sir William. Hier meine Tochter? Hier in diesem elenden Wirtshause?

Waitwell. Ohne Zweifel hat Mellefont mit Fleiß das allerelendeste im ganzen Städtchen zu seinem Aufenthalte gewählt. Böse Leute suchen immer das Dunkle, weil sie böse Leute sind. Aber was hilft es ihnen, wenn sie sich auch vor der ganzen Welt verbergen könnten? Das Gewissen ist doch mehr als eine ganze uns verklagende Welt. — Ach, Sie weinen schon wieder, schon wieder, Sir! — Sir!

Sir William. Laß mich weinen, alter ehrlicher Diener. Oder verdient sie etwa meine Thränen nicht?

Waitwell. Ach! sie verdient sie, und wenn es blutige Thränen wären.

Sir William. Nun, so laß mich.

Waitwell. Das beste, schönste, unschuldigste Kind, das unter der Sonne gelebt hat, das muß so verführt werden! Ach, Sarchen! Sarchen! Ich habe dich aufwachsen sehen; hundertmal habe ich dich als ein Kind auf diesen meinen Armen gehabt; auf diesen meinen Armen habe ich dein Lächeln, dein Lallen bewundert. Aus jeder kindischen Miene strahlte die Morgenröte eines Verstandes, einer Leutseligkeit, einer —

Sir William. O schweig! Zerfleischt nicht das Gegenwärtige mein Herz schon genug? Willst du meine Martern durch die Erinnerung an vergangne Glückseligkeiten noch höllischer machen? Aendre deine Sprache, wenn du mir einen Dienst thun willst. Table mich; mache mir aus meiner Zärtlichkeit ein Verbrechen; vergrößre das Vergehen meiner Tochter; erfülle mich, wenn du kannst, mit Abscheu gegen sie; entflamme aufs neue meine Rache gegen ihren verfluchten Verführer; sage, daß Sara nie tugendhaft gewesen, weil sie so leicht aufgehört hat, es zu sein; sage, daß sie mich nie geliebt, weil sie mich heimlich verlassen hat.

Waitwell. Sagte ich das, so würde ich eine Lüge sagen, eine unverschämte, böse Lüge. Sie könnte mir auf dem Todbette wieder einfallen, und ich alter Bösewicht müßte in Verzweiflung sterben. — Nein, Sarchen hat ihren Vater geliebt, und gewiß! gewiß! sie liebt ihn noch. Wenn sie nur davon überzeugt sein wollen, Sir, so sehe ich sie heute noch wieder in Ihren Armen.

Sir William. Ja, Waitwell, nur davon verlange ich überzeugt zu sein. Ich kann sie länger nicht entbehren; sie ist die Stütze meines Alters, und wenn sie nicht den traurigen Rest meines Lebens versüßen hilft, wer soll es denn thun? Wenn sie mich noch liebt, so ist ihr Fehler vergessen. Es war der Fehler eines zärtlichen Mädchens, und ihre Flucht war die Wirkung ihrer Reue. Solche Vergehungen sind besser als erzwungene Tugenden. — Doch ich fühle es, Waitwell, ich fühle es; wenn diese Vergehungen auch wahre Verbrechen, wenn es auch vorsätzliche Laster wären: ach! ich würde ihr doch vergeben. Ich würde doch lieber von einer lasterhaften Tochter als von keiner geliebt sein wollen.

Waitwell. Trocknen Sie Ihre Thränen ab, lieber Sir! ich höre jemanden kommen. Es wird der Wirt sein, uns zu empfangen.

---

2. Auftritt.

Der Wirt. Sir William Sampson. Waitwell.

Der Wirt. So früh, meine Herren, so früh? Willkommen! willkommen! Waitwell! Ihr seid ohne Zweifel die Nacht gefahren? Ist das der Herr, von dem du gestern mit mir gesprochen hast?

Waitwell. Ja, er ist es, und ich hoffe, daß du ababgeredetermaßen — —

Der Wirt. Gnädiger Herr, ich bin ganz zu Ihren Diensten. Was liegt mir daran, ob ich es weiß oder nicht, was Sie für eine Ursache hierher führt, und warum Sie bei mir im Verborgnen sein wollen? Ein Wirt nimmt sein Geld und läßt seine Gäste machen, was ihnen gut dünkt. Waitwell hat mir zwar gesagt, daß Sie den fremden Herrn, der sich seit einigen

Wochen mit ſeinem jungen Weibchen bei mir aufhält, ein wenig beobachten wollen. Aber ich hoffe, daß Sie ihm keinen Verdruß verurſachen werden. Sie würden mein Haus in einen übeln Ruf bringen, und gewiſſe Leute würden ſich ſcheuen, bei mir abzutreten. Unſereiner muß von allen Sorten Menſchen leben. — —

Sir William. Beſorget nichts; führt mich nur in das Zimmer, das Waitwell für mich beſtellt hat. Ich komme aus rechtſchaffnen Abſichten hierher.

Der Wirt. Ich mag Ihre Geheimniſſe nicht wiſſen, gnädiger Herr! Die Neugierde iſt mein Fehler gar nicht. Ich hätte es, zum Exempel, längſt erfahren können, wer der fremde Herr iſt, auf den Sie acht geben wollen; aber ich mag nicht. So viel habe ich wohl herausgebracht, daß er mit dem Frauen= zimmer muß durchgegangen ſein. Das gute Weibchen, oder was ſie iſt! ſie bleibt den ganzen Tag in ihrer Stube ein= geſchloſſen und weint.

Sir William. Und weint?

Der Wirt. Ja, und weint — — Aber, gnädiger Herr, warum weinen Sie? Das Frauenzimmer muß Ihnen ſehr nahe gehen. Sie ſind doch wohl nicht — —

Waitwell. Halt ihn nicht länger auf.

Der Wirt. Kommen Sie. Nur eine Wand wird Sie von dem Frauenzimmer trennen, das Ihnen ſo nahe geht und die vielleicht — — —

Waitwell. Du willſt es alſo mit aller Gewalt wiſſen, wer —

Der Wirt. Nein, Waitwell, ich mag nichts wiſſen.

Waitwell. Nun, ſo mache und bringe uns an den ge= hörigen Ort, ehe noch das ganze Haus wach wird.

Der Wirt. Wollen Sie mir alſo folgen, gnädiger Herr?

(Sie gehen ab.)

---

5. Auftritt.

Der mittlere Vorhang wird aufgezogen. Mellefonts Zimmer.

Mellefont und hernach ſein Bedienter.

Mellefont (unangekleidet in einem Lehnſtuhle). Wieder eine Nacht, die ich auf der Folter nicht grauſamer hätte zubringen können! — Norton! — Ich muß nur machen, daß ich Geſichter zu ſehen bekomme. Bliebe ich mit meinen Gedanken länger

allein, sie möchten mich zu weit führen. — He, Norton!
Er schläft noch. Aber bin ich nicht grausam, daß ich den
armen Teufel nicht schlafen lasse? Wie glücklich ist er! —
Doch ich will nicht, daß ein Mensch um mich glücklich sei. —
Norton!

Norton (kommend). Mein Herr!

Mellefont. Kleide mich an! — O, mache mir keine
sauern Gesichter! Wenn ich werde länger schlafen können,
so erlaube ich dir, daß du auch länger schlafen darfst. Wenn
du von deiner Schuldigkeit nichts wissen willst, so habe
wenigstens Mitleiden mit mir.

Norton. Mitleiden, mein Herr? Mitleiden mit Ihnen?
Ich weiß besser, wo das Mitleiden hingehört.

Mellefont. Und wohin denn?

Norton. Ah, lassen Sie sich ankleiden und fragen Sie
mich nichts.

Mellefont. Henker! So sollen auch deine Verweise
mit meinem Gewissen aufwachen? Ich verstehe dich; ich weiß
es, wer dein Mitleiden erschöpft. — Doch, ich lasse ihr und
mir Gerechtigkeit widerfahren. Ganz recht; habe kein Mit=
leiden mit mir. Verfluche mich in deinem Herzen; aber —
verfluche auch dich.

Norton. Auch mich?

Mellefont. Ja; weil du einem Elenden dienest, den die
Erde nicht tragen sollte, und weil du dich seiner Verbrechen
mit teilhaft gemacht hast.

Norton. Ich mich Ihrer Verbrechen teilhaft gemacht?
durch was?

Mellefont. Dadurch, daß du dazu geschwiegen.

Norton. Vortrefflich! in der Hitze Ihrer Leidenschaften
würde mir ein Wort den Hals gekostet haben. — Und dazu,
als ich Sie kennen lernte, fand ich Sie nicht schon so arg,
daß alle Hoffnung zur Besserung vergebens war? Was für
ein Leben habe ich Sie nicht von dem ersten Augenblicke an
führen sehen! In der nichtswürdigsten Gesellschaft von Spielern
und Landstreichern — ich nenne sie, was sie waren, und
kehre mich an ihre Titel, Ritter und dergleichen nicht — in
solcher Gesellschaft brachten Sie ein Vermögen durch, das
Ihnen den Weg zu den größten Ehrenstellen hätte bahnen
können. Und Ihr strafbarer Umgang mit allen Arten von
Weibsbildern, besonders der bösen Marwood — —

Mellefont. Setze mich, setze mich wieder in diese Lebens=

art; ſie war Tugend im Vergleich meiner jetzigen. Ich ver=
that mein Vermögen; gut. Die Strafe kömmt nach, und ich
werde alles, was der Mangel Hartes und Erniedrigendes
hat, zeitig genug empfinden. Ich beſuchte laſterhafte Weibs=
bilder; laß es ſein. Ich ward öfter verführt, als ich ver=
führte, und die ich ſelbſt verführte, wollten verführt ſein. —
Aber — ich hatte noch keine verwahrloſete Tugend auf meiner
Seele. Ich hatte noch keine Unſchuld in ein unabſehliches
Unglück geſtürzt. Ich hatte noch keine Sara aus dem Hauſe
eines geliebten Vaters entwendet und ſie gezwungen, einem
Nichtswürdigen zu folgen, der auf keine Weiſe mehr ſein eigen
war. Ich hatte — Wer kömmt ſchon ſo früh zu mir?

---

4. Auftritt.

Betty. Mellefont. Norton.

Norton. Es iſt Betty.

Mellefont. Schon auf, Betty? Was macht dein Fräulein?

Betty. Was macht ſie? (Schluchzend.) Es war ſchon lange
nach Mitternacht, da ich ſie endlich bewegte, zur Ruhe zu
gehen. Sie ſchlief einige Augenblicke; aber Gott! Gott! was
muß das für ein Schlaf geweſen ſein! Plötzlich fuhr ſie in
die Höhe, ſprang auf und fiel mir als eine Unglückliche in
die Arme, die von einem Mörder verfolgt wird. Sie zitterte,
und ein kalter Schweiß floß ihr über das erblaßte Geſicht.
Ich wandte alles an, ſie zu beruhigen, aber ſie hat mir bis
an den Morgen nur mit ſtummen Thränen geantwortet.
Endlich hat ſie mich einmal über das andre an Ihre Thüre
geſchickt, zu hören, ob Sie ſchon auf wären. Sie will Sie
ſprechen. Sie allein können ſie tröſten. Thun Sie es doch,
liebſter gnädiger Herr, thun Sie es doch! Das Herz muß mir
ſpringen, wenn ſie ſich ſo zu ängſtigen fortfährt.

Mellefont. Geh, Betty, ſage ihr, daß ich den Augenblick
bei ihr ſein wolle — —

Betty. Nein, ſie will ſelbſt zu Ihnen kommen.

Mellefont. Nun, ſo ſage ihr, daß ich ſie erwarte —
Ach! — — (Betty geht ab.)

---

5. Auftritt.

Mellefont. Norton.

Norton. Gott, die arme Miß!

Mellefont. Wessen Gefühl willst du durch deine Aus=
rufung rege machen? Sieh, da läuft die erste Thräne, die ich
seit meiner Kindheit geweint, die Wange herunter! — Eine
schlechte Vorbereitung, eine trostsuchende Betrübte zu empfangen.
Warum sucht sie ihn auch bei mir? — Doch wo soll sie ihn
sonst suchen? — Ich muß mich fassen. — (Indem er sich die Augen
abtrocknet.) Wo ist die alte Standhaftigkeit, mit der ich ein
schönes Auge konnte weinen sehen? Wo ist die Gabe der Ver=
stellung hin, durch die ich sein und sagen konnte, was ich
wollte? — Nun wird sie kommen und wird unwiderstehliche
Thränen weinen. Verwirrt, beschämt werde ich vor ihr stehen;
als ein verurteilter Sünder werde ich vor ihr stehen. Rate
mir doch, was soll ich thun? was soll ich sagen?

Norton. Sie sollen thun, was sie verlangen wird.

Mellefont. So werde ich eine neue Grausamkeit an ihr
begehen. Mit Unrecht tadelt sie die Verzögerung einer
Zeremonie, die jetzt ohne unser äußerstes Verderben in dem
Königreiche nicht vollzogen werden kann.

Norton. So machen Sie denn, daß Sie es verlassen.
Warum zaudern wir? warum vergeht ein Tag, warum ver=
geht eine Woche nach der andern? Tragen Sie mir es doch
auf. Sie sollen morgen sicher eingeschifft sein. Vielleicht,
daß ihr der Kummer nicht ganz über das Meer folgt, daß
sie einen Teil desselben zurückläßt und in einem andern
Lande — —

Mellefont. Alles das hoffe ich selbst. — Still, sie
kömmt. Wie schlägt mir das Herz — —

6. Auftritt.

Sara. Mellefont. Norton.

Mellefont (indem er ihr entgegengeht). Sie haben eine unruhige
Nacht gehabt, liebste Miß — —

Sara. Ach, Mellefont, wenn es nichts als eine unruhige
Nacht wäre — —

Mellefont (zum Bedienten). Verlaß uns!

Norton (im Abgehen). Ich wollte auch nicht da bleiben, und
wenn mir gleich jeder Augenblick mit Golde bezahlt würde.

7. Auftritt.

Sara. Mellefont.

Mellefont. Sie ſind ſchwach, liebſte Miß. Sie müſſen ſich ſetzen.

Sara (ſie ſetzt ſich). Ich beunruhige Sie ſehr früh; und werden Sie mir es vergeben, daß ich meine Klagen wieder mit dem Morgen anfange?

Mellefont. Teuerſte Miß, Sie wollen ſagen, daß Sie mir es nicht vergeben können, weil ſchon wieder ein Morgen erſchienen iſt, ohne daß ich Ihren Klagen ein Ende gemacht habe.

Sara. Was ſollte ich Ihnen nicht vergeben? Sie wiſſen, was ich Ihnen bereits vergeben habe. Aber die neunte Woche, Mellefont, die neunte Woche fängt heute an, und dieſes elende Haus ſieht mich noch immer auf eben dem Fuße als den erſten Tag.

Mellefont. So zweifeln Sie an meiner Liebe?

Sara. Ich an Ihrer Liebe zweifeln? Nein, ich fühle mein Unglück zu ſehr, zu ſehr, als daß ich mir ſelbſt dieſe letzte, einzige Verſüßung desſelben rauben ſollte.

Mellefont. Wie kann alſo meine Miß über die Ver-ſchiebung einer Zeremonie unruhig ſein?

Sara. Ach, Mellefont, warum muß ich einen andern Begriff von dieſer Zeremonie haben! — Geben Sie doch immer der weiblichen Denkungsart etwas nach. Ich ſtelle mir vor, daß eine nähere Einwilligung des Himmels darin liegt. Um-ſonſt habe ich es nur wieder erſt den geſtrigen langen Abend verſucht, Ihre Begriffe anzunehmen und die Zweifel aus meiner Bruſt zu verbannen, die Sie, jetzt nicht das erſte Mal, für Früchte meines Mißtrauens angeſehen haben. Ich ſtritt mit mir ſelbſt; ich war ſinnreich genug, meinen Verſtand zu betäuben; aber mein Herz und ein inneres Gefühl warfen auf einmal das mühſame Gebäude von Schlüſſen übern Haufen. Mitten aus dem Schlafe weckten mich ſtrafende Stimmen, mit welchen ſich meine Phantaſie mich zu quälen verband. Was für Bilder, was für ſchreckliche Bilder ſchwärmten um mich herum! Ich wollte ſie gern für Träume halten · — —

Mellefont. Wie? meine vernünftige Sara ſollte ſie für etwas mehr halten! Träume, liebſte Miß, Träume! — Wie unglücklich iſt der Menſch! Fand ſein Schöpfer in dem Reiche

der Wirklichkeiten nicht Qualen für ihn genug? Mußte er,
sie zu vermehren, auch ein noch weiteres Reich von Einbildungen
in ihm schaffen?

Sara. Klagen Sie den Himmel nicht an! Er hat die
Einbildungen in unserer Gewalt gelassen. Sie richten sich
nach unsern Thaten; und wenn diese unsern Pflichten und
der Tugend gemäß sind, so dienen die sie begleitenden Einbildungen zur Vermehrung unserer Ruhe und unseres Ver-
gnügens. Eine einzige Handlung, Mellefont, ein einziger
Segen, der von einem Friedensboten im Namen der ewigen
Güte auf uns gelegt wird, kann meine zerrüttete Phantasie
wieder heilen. Stehen Sie noch an, mir zuliebe dasjenige
einige Tage eher zu thun, was Sie doch einmal thun werden?
Erbarmen Sie sich meiner und überlegen Sie, daß, wenn Sie
mich auch dadurch nur von Qualen der Einbildung befreien,
diese eingebildete Qualen doch Qualen und für die, die sie
empfindet, wirkliche Qualen sind. — Ach, könnte ich Ihnen
nur halb so lebhaft die Schrecken meiner vorigen Nacht erzählen, als ich sie gefühlt habe! — Von Weinen und Klagen,
meinen einzigen Beschäftigungen, ermüdet, sank ich mit halb
geschlossenen Augenlidern auf das Bett zurück. Die Natur
wollte sich einen Augenblick erholen, neue Thränen zu sammeln.
Aber noch schlief ich nicht ganz, als ich mich auf einmal an
dem schroffsten Teile des schrecklichsten Felsens sah. Sie gingen
vor mir her, und ich folgte Ihnen mit schwankenden, ängst-
lichen Schritten, die dann und wann ein Blick stärkte, welchen
Sie auf mich zurückwarfen. Schnell hörte ich hinter mir ein
freundliches Rufen, welches mir still zu stehen befahl. Es
war der Ton meines Vaters — Ich Elende! kann ich denn
nichts von ihm vergessen? Ach! wo ihm sein Gedächtnis eben
so grausame Dienste leistet; wo er auch mich nicht vergessen
kann! — Doch er hat mich vergessen. Trost! grausamer Trost
für seine Sara! — Hören Sie nur, Mellefont; indem ich mich
nach dieser bekannten Stimme umsehen wollte, gleitete mein
Fuß; ich wankte und sollte eben in den Abgrund herabstürzen,
als ich mich noch zur rechten Zeit von einer mir ähnlichen
Person zurückgehalten fühlte. Schon wollte ich ihr den feurigsten
Dank abstatten, als sie einen Dolch aus dem Busen zog. Ich
rettete dich, schrie sie, um dich zu verderben! Sie holte mit
der bewaffneten Hand aus — und, ach! ich erwachte mit dem
Stiche. Wachend fühlte ich noch alles, was ein töblicher
Stich Schmerzhaftes haben kann, ohne das zu empfinden, was

er Angenehmes haben muß: das Ende der Pein in dem Ende des Lebens hoffen zu dürfen.

Mellefont. Ach! liebste Sara, ich verspreche Ihnen das Ende Ihrer Pein ohne das Ende Ihres Lebens, welches gewiß auch das Ende des meinigen sein würde. Vergessen Sie das schreckliche Gewebe eines sinnlosen Traumes.

Sara. Die Kraft, es vergessen zu können, erwarte ich von Ihnen. Es sei Liebe oder Verführung, es sei Glück oder Unglück, das mich Ihnen in die Arme geworfen hat, ich bin in meinem Herzen die Ihrige und werde es ewig sein. Aber noch bin ich es nicht vor den Augen jenes Richters, der die geringsten Uebertretungen seiner Ordnung zu strafen gedrohet hat ——

Mellefont. So falle denn alle Strafe auf mich allein!

Sara. Was kann auf Sie fallen, das mich nicht treffen sollte! —— Legen Sie aber mein dringendes Anhalten nicht falsch aus. Ein andres Frauenzimmer, das durch einen gleichen Fehltritt sich ihrer Ehre verlustig gemacht hätte, würde vielleicht durch ein gesetzmäßiges Band nichts als einen Teil derselben wieder zu erlangen suchen. Ich, Mellefont, denke darauf nicht, weil ich in der Welt weiter von keiner Ehre wissen will als von der Ehre, Sie zu lieben. Ich will mit Ihnen nicht um der Welt willen, ich will mit Ihnen um meiner selbst willen verbunden sein. Und wenn ich es bin, so will ich gern die Schmach auf mich nehmen, als ob ich es nicht wäre. Sie sollen mich, wenn Sie nicht wollen, für Ihre Gattin nicht erklären dürfen; Sie sollen mich erklären können, für was Sie wollen. Ich will Ihren Namen nicht führen; Sie sollen unsere Verbindung so geheim halten, als Sie es für gut befinden; und ich will derselben ewig unwert sein, wenn ich mir in den Sinn kommen lasse, einen andern Vorteil als die Beruhigung meines Gewissens daraus zu ziehen.

Mellefont. Halten Sie ein, Miß, oder ich muß vor Ihren Augen des Todes sein. Wie elend bin ich, daß ich nicht das Herz habe, Sie noch elender zu machen! —— Bedenken Sie, daß Sie sich meiner Führung überlassen haben; bedenken Sie, daß ich schuldig bin, für uns weiter hinaus zu sehen, und daß ich jetzt gegen Ihre Klagen taub sein muß, wenn ich Sie nicht in der ganzen Folge Ihres Lebens noch schmerzhaftere Klagen will führen hören. Haben Sie es denn vergessen, was ich Ihnen zu meiner Rechtfertigung schon oft vorgestellt?

Sara. Ich habe es nicht vergessen, Mellefont. Sie wollen vorher ein gewisses Vermächtnis retten — Sie wollen vorher zeitliche Güter retten und mich vielleicht ewige darüber verscherzen lassen.

Mellefont. Ach, Sara, wenn Ihnen alle zeitliche Güter so gewiß wären, als Ihrer Tugend die ewigen sind — —

Sara. Meiner Tugend? Nennen Sie mir dieses Wort nicht! — Sonst klang es mir süße, aber jetzt schallt mir ein schrecklicher Donner darin!

Mellefont. Wie? muß der, welcher tugendhaft sein soll, keinen Fehler begangen haben? Hat ein einziger so unselige Wirkungen, daß er eine ganze Reihe unsträflicher Jahre vernichten kann? So ist kein Mensch tugendhaft; so ist die Tugend ein Gespenst, das in der Luft zerfließet, wenn man es am festesten umarmt zu haben glaubt; so hat kein weises Wesen unsere Pflichten nach unsern Kräften abgemessen; so ist die Lust, uns strafen zu können, der erste Zweck unsers Daseins, so ist — Ich erschrecke vor allen den gräßlichen Folgerungen, in welche Sie Ihr Kleinmut verwickeln muß! Nein, Miß, Sie sind noch die tugendhafte Sara, die Sie vor meiner unglücklichen Bekanntschaft waren. Wenn Sie sich selbst mit so grausamen Augen ansehen, mit was für Augen müssen Sie mich betrachten!

Sara. Mit den Augen der Liebe, Mellefont.

Mellefont. So bitte ich Sie denn um dieser Liebe, um dieser großmütigen, alle meine Unwürdigkeit übersehenden Liebe willen, zu Ihren Füßen bitte ich Sie: beruhigen Sie sich. Haben Sie nur noch einige Tage Geduld.

Sara. Einige Tage! Wie ist ein Tag schon so lang!

Mellefont. Verwünschtes Vermächtnis! Verdammter Unsinn eines sterbenden Vetters, der mir sein Vermögen nur mit der Bedingung lassen wollte, einer Anverwandten die Hand zu geben, die mich ebenso sehr haßt, als ich sie! Euch, unmenschliche Tyrannen unserer freien Neigungen, euch werde alle das Unglück, alle die Sünde zugerechnet, zu welchen uns euer Zwang bringet! — Und wenn ich ihrer nur entübriget sein könnte, dieser schimpflichen Erbschaft! So lange mein väterliches Vermögen zu meiner Unterhaltung hinreichte, habe ich sie allezeit verschmähet und sie nicht einmal gewürdiget, mich darüber zu erklären. Aber jetzt, jetzt, da ich alle Schätze der Welt nur darum besitzen möchte, um sie zu den Füßen meiner Sara legen zu können; jetzt, da ich wenigstens darauf denken muß, sie ihrem Stande gemäß in der Welt erscheinen zu lassen, jetzt muß ich meine Zuflucht dahin nehmen.

Sara. Mit der es Ihnen zuletzt doch wohl noch fehl schlägt.

Mellefont. Sie vermuten immer das Schlimmste. — Nein; das Frauenzimmer, die es mit betrifft, ist nicht ungeneigt, eine Art von Vergleich einzugehen. Das Vermögen soll geteilt werden; und da sie es nicht ganz mit mir genießen kann, so ist sie es zufrieden, daß ich mit der Hälfte meine Freiheit von ihr erkaufen darf. Ich erwarte alle Stunden die letzten Nachrichten in dieser Sache, deren Verzögerung allein unsern hiesigen Aufenthalt so langwierig gemacht hat. Sobald ich sie bekommen habe, wollen wir keinen Augenblick länger hier verweilen. Wir wollen sogleich, liebste Miß, nach Frankreich übergehen, wo Sie neue Freunde finden sollen, die sich jetzt schon auf das Vergnügen, Sie zu sehen und Sie zu lieben, freuen. Und diese neuen Freunde sollen die Zeugen unserer Verbindung sein — —

Sara. Diese sollen die Zeugen unserer Verbindung sein? — Grausamer! so soll diese Verbindung nicht in meinem Vaterlande geschehen? So soll ich mein Vaterland als eine Verbrecherin verlassen? Und als eine solche, glauben Sie, würde ich Mut genug haben, mich der See zu vertrauen? Dessen Herz muß ruhiger oder muß ruchloser sein als meines, welcher nur einen Augenblick zwischen sich und dem Verderben mit Gleichgültigkeit nichts als ein schwankendes Brett sehen kann. In jeder Welle, die an unser Schiff schlüge, würde mir der Tod entgegenrauschen; jeder Wind würde mir von den väterlichen Küsten Verwünschungen nachbrausen, und der kleinste Sturm würde mich ein Blutgericht über mein Haupt zu sein dünken. — Nein, Mellefont, so ein Barbar können Sie gegen mich nicht sein. Wenn ich noch das Ende Ihres Vergleichs erlebe, so muß es Ihnen auf einen Tag nicht ankommen, den wir hier länger zubringen. Es muß dieses der Tag sein, an dem Sie mich die Martern aller hier verweinten Tage vergessen lehren. Es muß dieses der heilige Tag sein — Ach! welcher wird es denn endlich sein?

Mellefont. Aber überlegen Sie denn nicht, Miß, daß unserer Verbindung hier diejenige Feier fehlen würde, die wir ihr zu geben schuldig sind?

Sara. Eine heilige Handlung wird durch das Feierliche nicht kräftiger.

Mellefont. Allein — --

Sara. Ich erstaune. Sie wollen doch wohl nicht auf einem so nichtigen Vorwande bestehen? O Mellefont, Mellefont! wenn ich mir es nicht zum unverbrüchlichsten Gesetze gemacht hätte, niemals an der Aufrichtigkeit Ihrer Liebe zu zweifeln, so würde mir dieser Umstand — — Doch schon zu viel; es möchte scheinen, als hätte ich eben jetzt daran gezweifelt.

Mellefont. Der erste Augenblick Ihres Zweifels müsse der letzte meines Lebens sein! Ach, Sara, womit habe ich es verdient, daß Sie mir auch nur die Möglichkeit desselben voraussehen lassen? Es ist wahr, die Geständnisse, die ich Ihnen von meinen ehemaligen Ausschweifungen abzulegen kein Bedenken getragen habe, können mir keine Ehre machen: aber Vertrauen sollten sie mir doch erwecken! Eine buhlerische Marwood führte mich in ihren Stricken, weil ich das für sie empfand, was so oft für Liebe gehalten wird und es doch so selten ist. Ich würde noch ihre schimpflichen Fesseln tragen, hätte sich nicht der Himmel meiner erbarmt, der vielleicht mein Herz nicht für ganz unwürdig erkannte, von bessern Flammen zu brennen. Sie, liebste Sara, sehen und alle Marwoods vergessen, war eins. Aber wie teuer kam es Ihnen zu stehen, mich aus solchen Händen zu erhalten! Ich war mit dem Laster zu vertraut geworden, und Sie kannten es zu wenig — —

Sara. Lassen Sie uns nicht mehr daran gedenken — — —

8. Auftritt.

Norton. Mellefont. Sara.

Mellefont. Was willst du?

Norton. Ich stand eben vor dem Hause, als mir ein Bedienter diesen Brief in die Hand gab. Die Aufschrift ist an Sie, mein Herr.

Mellefont. An mich? Wer weiß hier meinen Namen? — (Indem er den Brief betrachtet.) Himmel!

Sara. Sie erschrecken?

Mellefont. Aber ohne Ursache, Miß, wie ich nun wohl sehe. Ich irrte mich in der Hand.

Sara. Möchte doch der Inhalt Ihnen so angenehm sein, als Sie es wünschen können.

Mellefont. Ich vermute, daß er sehr gleichgültig sein wird.

Sara. Man braucht sich weniger Zwang anzuthun, wenn man allein ist. Erlauben Sie, daß ich mich wieder in mein Zimmer begebe.

Mellefont. Sie machen sich also wohl Gedanken?

Sara. Ich mache mir keine, Mellefont.

Mellefont (indem er sie bis an die Szene begleitet). Ich werde den Augenblick bei Ihnen sein, liebste Miß.

---

9. Auftritt.

Mellefont. Norton

Mellefont (der den Brief noch ansieht). Gerechter Gott!

Norton. Weh Ihnen, wenn er nichts als gerecht ist!

Mellefont. Kann es möglich sein? Ich sehe diese verruchte Hand wieder und erstarre nicht vor Schrecken? Ist sie's? Ist sie es nicht? Was zweifle ich noch? Sie ist's! Ah, Freund, ein Brief von der Marwood! Welche Furie, welcher Satan hat ihr meinen Aufenthalt verraten? Was will sie noch von mir? — Geh, mache sogleich Anstalt, daß wir von hier wegkommen. Doch verzieh! Vielleicht ist es nicht nötig; vielleicht haben meine verächtlichen Abschiedsbriefe die Marwood nur aufgebracht, mir mit gleicher Verachtung zu begegnen. Hier! erbrich den Brief; lies ihn. Ich zittere, es selbst zu thun.

Norton (er liest). „Es wird so gut sein, als ob ich Ihnen den längsten Brief geschrieben hätte, Mellefont, wenn Sie den Namen, den Sie am Ende der Seite finden werden, nur einer kleinen Betrachtung würdigen wollen" — —

Mellefont. Verflucht sei ihr Name! Daß ich ihn nie gehört hätte! Daß er aus dem Buche der Lebendigen vertilgt würde!

Norton (liest weiter). „Die Mühe, Sie auszuforschen, hat mir die Liebe, welche mir forschen half, versüßt."

Mellefont. Die Liebe? Frevlerin! Du entheiligest Namen, die nur der Tugend geweiht sind.

Norton (fährt fort). „Sie hat noch mehr gethan;" — —

Mellefont. Ich bebe — —

Norton. „Sie hat mich Ihnen nachgebracht." — —

Mellefont. Verräter, was liest du? (Er reißt ihm den Brief aus der Hand und liest selbst.) „Sie hat mich Ihnen — nachgebracht. — Ich bin hier, und es stehet bei Ihnen, — ob Sie meinen Besuch erwarten — oder mir mit dem Ihrigen — zuvorkommen wollen. Marwood." — Was für ein Donner= schlag! Sie ist hier? — Wo ist sie? Diese Frechheit soll sie mit dem Leben büßen.

Norton. Mit dem Leben? Es wird ihr einen Blick kosten, und Sie liegen wieder zu ihren Füßen. Bedenken Sie, was Sie thun! Sie müssen sie nicht sprechen, oder das Unglück Ihrer armen Miß ist vollkommen.

Mellefont. Ich Unglücklicher! — Nein, ich muß sie sprechen. Sie würde mich bis in dem Zimmer der Sara suchen und alle ihre Wut gegen diese Unschuldige auslassen.

Norton. Aber, mein Herr — —

Mellefont. Sage nichts! — Laß sehen, (indem er in den Brief sieht) ob sie ihre Wohnung angezeigt hat. Hier ist sie. Komm, führe mich. (Sie gehen ab.)

Zweiter Aufzug.

1. Auftritt.

Der Schauplatz stellt das Zimmer der Marwood vor, in einem andern Gasthofe.

Marwood im Negligee. Hannah.

Marwood. Belford hat den Brief doch richtig einge= händiget, Hannah?

Hannah. Richtig.

Marwood. Ihm selbst?

Hannah. Seinem Bedienten.

Marwood. Kaum kann ich es erwarten, was er für Wirkung haben wird. — Scheine ich dir nicht ein wenig unruhig, Hannah? Ich bin es auch. — Der Verräter! Doch gemach! Zornig muß ich durchaus nicht werden. Nachsicht, Liebe, Bitten sind die einzigen Waffen, die ich wider ihn brauchen darf, wo ich anders seine schwache Seite recht kenne.

Hannah. Wenn er sich aber dagegen verhärten sollte? —

Marwood. Wenn er sich dagegen verhärten sollte? So

werde ich nicht zürnen — ich werde rasen. Ich fühle es, Hannah, und wollte es lieber schon jetzt.

Hannah. Fassen Sie sich ja. Er kann vielleicht den Augenblick kommen.

Marwood. Wo er nur gar kömmt! Wo er sich nur nicht entschlossen hat, mich festen Fußes bei sich zu erwarten! — Aber weißt du, Hannah, worauf ich noch meine meiste Hoffnung gründe, den Ungetreuen von dem neuen Gegenstande seiner Liebe abzuziehen? Auf unsere Bella.

Hannah. Es ist wahr; sie ist sein kleiner Abgott, und der Einfall, sie mitzunehmen, hätte nicht glücklicher sein können.

Marwood. Wenn sein Herz auch gegen die Sprache einer alten Liebe taub ist, so wird ihm doch die Sprache des Bluts vernehmlich sein. Er riß das Kind vor einiger Zeit aus meinen Armen, unter dem Vorwande, ihm eine Art von Erziehung geben zu lassen, die es bei mir nicht haben könne. Ich habe es von der Dame, die es unter ihrer Aufsicht hatte, jetzt nicht anders als durch List wieder bekommen können; er hatte auf mehr als ein Jahr vorausbezahlt und noch den Tag vor seiner Flucht ausdrücklich befohlen, ein gewisse Marwood, die vielleicht kommen und sich für die Mutter des Kindes ausgeben würde, durchaus nicht vorzulassen. Aus diesem Befehle erkenne ich den Unterschied, den er zwischen uns beiden macht. Arabellen sieht er als einen kostbaren Teil seiner selbst an und mich als eine Elende, die ihn mit allen ihren Reizen bis zum Ueberdrusse gesättigt hat.

Hannah. Welcher Undank!

Marwood. Ach, Hannah, nichts zieht den Undank so unausbleiblich nach sich als Gefälligkeiten, für die kein Dank zu groß wäre. Warum habe ich sie ihm erzeigt, diese unseligen Gefälligkeiten? Hätte ich es nicht voraussehen sollen, daß sie ihren Wert nicht immer bei ihm behalten könnten? daß ihr Wert auf der Schwierigkeit des Genusses beruhe, und daß er mit derjenigen Anmut verschwinden müsse, welche die Hand der Zeit unmerklich, aber gewiß aus unsern Gesichtern verlöscht?

Hannah. O, Madam, von dieser gefährlichen Hand haben Sie noch lange nichts zu befürchten. Ich finde, daß Ihre Schönheit den Punkt ihrer prächtigsten Blüte so wenig überschritten hat, daß sie vielmehr erst darauf losgeht und Ihnen alle Tage neue Herzen fesseln würde, wenn Sie ihr nur Vollmacht dazu geben wollten.

Marwood. Schweig, Hannah! Du schmeichelst mir bei einer Gelegenheit, die mir alle Schmeichelei verdächtig macht. Es ist Unsinn, von neuen Eroberungen zu sprechen, wenn man nicht einmal Kräfte genug hat, sich im Besitze der schon gemachten zu erhalten.

2. Auftritt.

Ein Bedienter. Marwood. Hannah.

Der Bediente. Madam, man will die Ehre haben, mit Ihnen zu sprechen.

Marwood. Wer?

Der Bediente. Ich vermute, daß es eben der Herr ist, an welchen der vorige Brief überschrieben war. Wenigstens ist der Bediente bei ihm, der mir ihn abgenommen hat.

Marwood. Mellefont! — Geschwind, führe ihn herauf! (Der Bediente geht ab.) Ach, Hannah, nun ist er da! Wie soll ich ihn empfangen? Was soll ich sagen? Welche Miene soll ich annehmen? Ist diese ruhig genug? Sieh doch!

Hannah. Nichts weniger als ruhig.

Marwood. Aber diese?

Hannah. Geben Sie ihr noch mehr Anmut.

Marwood. Etwa so?

Hannah. Zu traurig!

Marwood. Sollte mir dieses Lächeln lassen?

Hannah. Vollkommen! Aber nur freier — Er kömmt.

3. Auftritt.

Mellefont. Marwood. Hannah

Mellefont (der mit einer wilden Stellung hereintritt). Ha! Marwood —

Marwood (die ihm mit offenen Armen lächelnd entgegen rennt). Ach, Mellefont —

Mellefont (beiseite). Die Mörderin, was für ein Blick!

Marwood. Ich muß Sie umarmen, treuloser, lieber Flüchtling! — Teilen Sie doch meine Freude! — Warum entreißen Sie sich meinen Liebkosungen?

Mellefont. Marwood, ich vermutete, daß Sie mich anders empfangen würden.

Marwood. Warum anders? Mit mehr Liebe vielleicht? mit mehr Entzücken? Ach, ich Unglückliche, daß ich weniger ausdrücken kann, als ich fühle! — Sehen Sie, Mellefont, sehen Sie, daß auch die Freude ihre Thränen hat? Hier rollen sie, diese Kinder der süßesten Wolluft! — Aber, ach, verlorne Thränen! seine Hand trocknet euch nicht ab.

Mellefont. Marwood, die Zeit ist vorbei, da mich solche Reden bezaubert hätten. Sie müssen jetzt in einem andern Tone mit mir sprechen. Ich komme her, Ihre letzten Vorwürfe anzuhören und darauf zu antworten.

Marwood. Vorwürfe? Was hätte ich Ihnen für Vorwürfe zu machen, Mellefont? Keine.

Mellefont. So hätten Sie, sollt' ich meinen, Ihren Weg ersparen können.

Marwood. Liebste wunderliche Seele, warum wollen Sie mich nun mit Gewalt zwingen, einer Kleinigkeit zu gedenken, die ich Ihnen in eben dem Augenblicke vergab, in welchem ich sie erfuhr? Eine kurze Untreue, die mir Ihre Galanterie, aber nicht Ihr Herz spielet, verdient diese Vorwürfe? Kommen Sie, lassen Sie uns darüber scherzen.

Mellefont. Sie irren sich; mein Herz hat mehr Anteil daran, als es jemals an allen unsern Liebeshändeln gehabt hat, auf die ich jetzt nicht ohne Abscheu zurücksehen kann.

Marwood. Ihr Herz, Mellefont, ist ein gutes Närrchen. Es läßt sich alles bereden, was Ihrer Einbildung ihm zu bereden einfällt. Glauben Sie mir doch, ich kenne es besser als Sie. Wenn es nicht das beste, das getreuste Herz wäre, würde ich mir wohl so viel Mühe geben, es zu behalten?

Mellefont. Zu behalten? Sie haben es niemals besessen, sage ich Ihnen.

Marwood. Und ich sage Ihnen, ich besitze es im Grunde noch.

Mellefont. Marwood, wenn ich wüßte, daß Sie auch nur noch eine Faser davon besäßen, so wollte ich es mir selbst hier vor Ihren Augen aus meinem Leibe reißen.

Marwood. Sie würden sehen, daß Sie meines zugleich herausrissen. Und dann, dann würden diese herausgerissenen Herzen endlich zu der Vereinigung gelangen, die sie so oft auf unsern Lippen gesucht haben.

Mellefont (beiseite). Was für eine Schlange! Hier wird das Beste sein, zu fliehen. — Sagen Sie mir es nur kurz,

Marwood, warum Sie mir nachgekommen sind, was Sie noch von mir verlangen. Aber sagen Sie mir es ohne dieses Lächeln, ohne diesen Blick, aus welchem mich eine ganze Hölle von Verführung schreckt.

Marwood (vertraulich). Höre nur, mein lieber Mellefont; ich merke wohl, wie es jetzt mit dir steht. Deine Begierden und dein Geschmack sind jetzt deine Tyrannen. Laß es gut sein; man muß sie austoben lassen. Sich ihnen widersetzen, ist Thorheit. Sie werden am sichersten eingeschläfert und endlich gar überwunden, wenn man ihnen freies Feld läßt. Sie reiben sich selbst auf. Kannst du mir nachsagen, kleiner Flattergeist, daß ich jemals eifersüchtig gewesen wäre, wenn stärkere Reize als die meinigen dich mir auf eine Zeitlang abspenstig machten? Ich gönnte dir ja allezeit diese Veränderung, bei der ich immer mehr gewann, als verlor. Du kehrtest mit neuem Feuer, mit neuer Inbrunst in meine Arme zurück, in die ich dich nur als in leichte Bande, und nie als in schwere Fesseln schloß. Bin ich nicht oft selbst deine Vertraute gewesen, wenn du mir auch schon nichts zu vertrauen hattest als die Gunstbezeigungen, die du mir entwandest, um sie gegen andre zu verschwenden? Warum glaubst du denn, daß ich jetzt einen Eigensinn gegen dich zu zeigen anfangen würde, zu welchem ich nun eben berechtiget zu sein aufhöre, oder — vielleicht schon aufgehört habe? Wenn deine Hitze gegen das schöne Landmädchen noch nicht verraucht ist, wenn du noch in dem ersten Fieber deiner Liebe gegen sie bist, wenn du ihren Genuß noch nicht entbehren kannst: wer hindert dich denn, ihr so lange ergeben zu sein, als du es für gut befindest? Mußt du deswegen so unbesonnene Anschläge machen und mit ihr aus dem Reiche fliehen wollen?

Mellefont. Marwood, Sie reden vollkommen Ihrem Charakter gemäß, dessen Häßlichkeit ich nie so gekannt habe, als seitdem ich in dem Umgange mit einer tugendhaften Freundin die Liebe von der Wollust unterscheiden gelernt.

Marwood. Ei sieh doch! Deine neue Gebieterin ist also wohl gar kein Mädchen von schönen sittlichen Empfindungen? Ihr Mannspersonen müßt doch selbst nicht wissen, was ihr wollt. Bald sind es die schlüpfrigsten Reden, die buhlerhaftesten Scherze, die euch an uns gefallen, und bald entzücken wir euch, wenn wir nichts als Tugend reden und alle sieben Weisen auf unserer Zunge zu haben scheinen. Das Schlimmste aber ist, daß ihr das eine sowohl als das 'andre

überdrüssig werdet. Wir mögen närrisch oder vernünftig,
weltlich oder geistlich gesinnet sein: wir verlieren unsere Mühe,
euch beständig zu machen, einmal wie das andre. Du wirst
an deine schöne Heilige die Reihe zeit genug kommen lassen.
Soll ich wohl einen kleinen Ueberschlag machen? Nun eben
bist du im heftigsten Paroxysmo mit ihr: und diesem geb' ich
noch zwei, aufs längste drei Tage. Hierauf wird eine ziemlich geruhige Liebe folgen: der geb' ich acht Tage. Die andern
acht Tage wirst du nur gelegentlich an diese Liebe denken.
Die dritten wirst du dich daran erinnern lassen: und wann
du dieses Erinnern satt hast, so wirst du dich zu der äußersten Gleichgültigkeit so schnell gebracht sehen, daß ich kaum die
vierten acht Tage auf diese letzte Veränderung rechnen darf.
— Das wäre nun ungefähr ein Monat. Und diesen Monat,
Mellefont, will ich dir noch mit dem größten Vergnügen nachsehen; nur wirst du erlauben, daß ich dich nicht aus dem
Gesichte verlieren darf.

Mellefont. Vergebens, Marwood, suchen Sie alle Waffen
hervor, mit welchen Sie sich erinnern gegen mich sonst glücklich gewesen zu sein. Ein tugendhafter Entschluß sichert mich
gegen Ihre Zärtlichkeit und gegen Ihren Witz. Gleichwohl
will ich mich beiden nicht länger aussetzen. Ich gehe und
habe Ihnen weiter nichts mehr zu sagen, als daß Sie mich
in wenig Tagen auf eine Art sollen gebunden wissen, die
Ihnen alle Hoffnung auf meine Rückkehr in Ihre lasterhafte
Sklaverei vernichten wird. Meine Rechtfertigung werden Sie
genugsam aus dem Briefe ersehen haben, den ich Ihnen vor
meiner Abreise zustellen lassen.

Marwood. Gut, daß Sie dieses Briefes gedenken.
Sagen Sie mir, von wem hatten Sie ihn schreiben lassen?

Mellefont. Hatte ich ihn nicht selbst geschrieben?

Marwood. Unmöglich! Den Anfang desselben, in welchem
Sie mir, ich weiß nicht was für Summen vorrechneten, die
Sie mit mir wollen verschwendet haben, mußte ein Gastwirt,
sowie den übrigen theologischen Rest ein Quäker geschrieben
haben. Demungeachtet will ich Ihnen jetzt ernstlich darauf
antworten. Was den vornehmsten Punkt anbelangt, so wissen
Sie wohl, daß alle die Geschenke, welche Sie mir gemacht
haben, noch da sind. Ich habe Ihre Bankozettel, Ihre Juwelen
nie als mein Eigentum angesehen und jetzt alles mitgebracht,
um es wieder in diejenigen Hände zu liefern, die mir es anvertrauet hatten.

Mellefont. Behalten Sie alles, Marwood.

Marwood. Ich will nichts davon behalten. Was hätte ich ohne Ihre Person für ein Recht darauf? Wenn Sie mich auch nicht mehr lieben, so müssen Sie mir doch die Gerechtigkeit widerfahren lassen und mich für keine von den feilen Buhlerinnen halten, denen es gleichviel ist, von wessen Beute sie sich bereichern. Kommen Sie nur, Mellefont. Sie sollen den Augenblick wieder so reich sein, als Sie vielleicht ohne meine Bekanntschaft geblieben wären, und vielleicht auch nicht.

Mellefont. Welcher Geist, der mein Verderben geschworen hat, redet jetzt aus Ihnen! Eine wollüstige Marwood denkt so edel nicht.

Marwood. Nennen Sie das edel? Ich nenne es weiter nichts als billig. Nein, mein Herr, nein; ich verlange nicht, daß Sie mir diese Wiedererstattung als etwas Besonders anrechnen sollen. Sie kostet mich nichts; und auch den geringsten Dank, den Sie mir dafür sagen wollten, würde ich für eine Beschimpfung halten, weil er doch keinen andern Sinn als diesen haben könnte: „Marwood, ich hielt Euch für eine niederträchtige Betrügerin; ich bedanke mich, daß Ihr es wenigstens gegen mich nicht sein wollt."

Mellefont. Genug, Madame, genug! Ich fliehe, weil mich mein Unstern in einen Streit von Großmut zu verwickeln drohet, in welchem ich am ungernsten unterliegen möchte.

Marwood. Fliehen Sie nur; aber nehmen Sie auch alles mit, was Ihr Andenken bei mir erneuern könnte. Arm, verachtet, ohne Ehre und ohne Freunde will ich es alsdann noch einmal wagen, Ihr Erbarmen rege zu machen. Ich will Ihnen in der unglücklichen Marwood nichts als eine Elende zeigen, die Geschlecht, Ansehen, Tugend und Gewissen für Sie aufgeopfert hat. Ich will Sie an den ersten Tag erinnern, da Sie mich sahen und liebten, an den ersten Tag, da auch ich Sie sahe und liebte; an das erste stammelnde, schamhafte Bekenntnis, das Sie mir zu meinen Füßen von Ihrer Liebe ablegten; an die erste Versicherung von Gegenliebe, die Sie mir auspreßten; an die zärtlichen Blicke, an die feurigen Umarmungen, die darauf folgten; an das beredte Stillschweigen, wenn wir mit beschäftigten Sinnen einer des andern geheimste Regungen errieten und in den schmachtenden Augen die verborgensten Gedanken der Seele lasen; an das zitternde Erwarten der nahenden Wollust, an die Trunkenheit ihrer Freuden, an das süße Erstarren nach der

Fülle des Genusses, in welchem sich die ermatteten Geister zu neuen Entzückungen erholten. An alles dieses will ich Sie erinnern und dann Ihre Kniee umfassen und nicht aufhören, um das einzige Geschenk zu bitten, das Sie mir nicht versagen können und ich ohne zu erröten annehmen darf, — um den Tod von Ihren Händen.

Mellefont. Grausame! noch wollte ich selbst mein Leben für Sie hingeben. Fordern Sie es; fordern Sie es; nur auf meine Liebe machen Sie weiter keinen Anspruch. Ich muß Sie verlassen, Marwood, oder mich zu einem Abscheu der ganzen Natur machen. Ich bin schon strafbar, daß ich nur hier stehe und Sie anhöre. Leben Sie wohl! leben Sie wohl!

Marwood (die ihn zurückhält). Sie müssen mich verlassen? Und was wollen Sie denn, das aus mir werde? So wie ich jetzt bin, bin ich Ihr Geschöpf; thun Sie also, was einem Schöpfer zukömmt; er darf die Hand von seinem Werke nicht eher abziehn, als bis er es gänzlich vernichten will. — Ach, Hannah, ich sehe wohl, meine Bitten allein sind zu schwach. Geh, bringe meinen Vorsprecher her, der mir vielleicht jetzt auf einmal mehr wiedergeben wird, als er von mir erhalten hat. (Hannah geht ab.)

Mellefont. Was für einen Vorsprecher, Marwood?

Marwood. Ach, einen Vorsprecher, dessen Sie mich nur allzu gern beraubet hätten. Die Natur wird seine Klagen auf einem kürzern Wege zu Ihrem Herzen bringen — —

Mellefont. Ich erschrecke. Sie werden doch nicht — —

---

4. Auftritt.

Arabella. Hannah. Mellefont. Marwood.

Mellefont. Was seh' ich? Sie ist es! — Marwood, wie haben Sie sich unterstehen können — —

Marwood. Soll ich umsonst Mutter sein? — Komm, meine Bella, komm; sieh hier deinen Beschützer wieder, deinen Freund, deinen — Ach! das Herz mag es ihm sagen, was er noch mehr als dein Beschützer, als dein Freund sein kann.

Mellefont (mit abgewandtem Gesichte). Gott! wie wird es mir hier ergehen?

Arabella (indem sie ihm furchtsam näher tritt). Ach, mein Herr! Sind Sie es? Sind Sie unser Mellefont? — Nein doch,

Madam, er ist es nicht. — Würde er mich nicht ansehen, wenn er es wäre? Würde er mich nicht in seine Arme schließen? Er hat es ja sonst gethan. Ich unglückliches Kind! Womit hätte ich ihn denn erzürnt, diesen Mann, diesen liebsten Mann, der mir erlaubte, mich seine Tochter zu nennen?

Marwood. Sie schweigen, Mellefont? Sie gönnen der Unschuldigen keinen Blick?

Mellefont. Ach! — —

Arabella. Er seufzet ja, Madam. Was fehlt ihm? Können wir ihm nicht helfen? Ich nicht? Sie auch nicht? So lassen Sie uns doch mit ihm seufzen. — Ach, nun sieht er mich an! — Nein, er sieht wieder weg! Er sieht gen Himmel! Was wünscht er? Was bittet er vom Himmel? Möchte er ihm doch alles gewähren, wenn er mir auch alles dafür versagte!

Marwood. Geh, mein Kind, geh; fall ihm zu Füßen. Er will uns verlassen; er will uns auf ewig verlassen.

Arabella (die vor ihm niederfällt). Hier liege ich schon. Sie uns verlassen? Sie uns auf ewig verlassen? War es nicht schon eine kleine Ewigkeit, die wir Sie jetzt vermißt haben? Wir sollen Sie wieder vermissen? Sie haben ja so oft gesagt, daß Sie uns liebten. Verläßt man denn die, die man liebt? So muß ich Sie wohl nicht lieben; denn ich wünschte, Sie nie zu verlassen. Nie, und will Sie auch nie verlassen.

Marwood. Ich will dir bitten helfen, mein Kind; hilf nur auch mir — Nun, Mellefont, sehen Sie auch mich zu Ihren Füßen — —

Mellefont (hält sie zurück, indem sie sich niederwerfen will). Marwood, gefährliche Marwood — Und auch du, meine liebste Bella, (hebt sie auf) auch du bist wider deinen Mellefont?

Arabella. Ich wider Sie?

Marwood. Was beschließen Sie, Mellefont?

Mellefont. Was ich nicht sollte, Marwood; was ich nicht sollte.

Marwood (die ihn umarmt). Ach, ich weiß es ja, daß die Redlichkeit Ihres Herzens allezeit über den Eigensinn Ihrer Begierden gesiegt hat.

Mellefont. Bestürmen Sie mich nicht weiter. Ich bin schon, was Sie aus mir machen wollen: ein Meineidiger, ein Verführer, ein Räuber, ein Mörder.

Marwood. Jetzt werden Sie es einige Tage in Ihrer Einbildung sein, und hernach werden Sie erkennen, daß ich

Sie abgehalten habe, es wirklich zu werden. Machen Sie nur und kehren Sie wieder mit uns zurück.

Arabella (schmeichelnd). O ja! thun Sie dieses.

Mellefont. Mit euch zurückkehren? Kann ich denn?

Marwood. Nichts ist leichter, wenn Sie nur wollen.

Mellefont. Und meine Miß — —

Marwood. Und Ihre Miß mag sehen, wo sie bleibt! —

Mellefont. Ha! barbarische Marwood, diese Rede ließ mich bis auf den Grund Ihres Herzens sehen — — Und ich Verruchter gehe doch nicht wieder in mich?

Marwood. Wenn Sie bis auf den Grund meines Herzens gesehen hätten, so würden Sie entdeckt haben, daß es mehr wahres Erbarmen gegen Ihre Miß fühlt als Sie selbst. Ich sage: wahres Erbarmen; denn das Ihre ist ein eigennütziges, weichherziges Erbarmen. Sie haben überhaupt diesen Liebeshandel viel zu weit getrieben. Daß Sie als ein Mann, der bei einem langen Umgange mit unserm Geschlechte in der Kunst zu verführen ausgelernt hatte, gegen ein so junges Frauenzimmer sich Ihre Ueberlegenheit an Verstellung und Erfahrung zu nutze machten und nicht eher ruhten, als bis Sie Ihren Zweck erreichten: das möchte noch hingehen; Sie können sich mit der Heftigkeit Ihrer Leidenschaft ent= schuldigen. Allein, daß Sie einem alten Vater sein einziges Kind raubten; daß Sie einem rechtschaffnen Greise die wenigen Schritte zu seinem Grabe noch so schwer und bitter machten; daß Sie Ihrer Lust wegen die stärksten Bande der Natur trennten: das, Mellefont, das können Sie nicht verantworten. Machen Sie also Ihren Fehler wieder gut, so weit es mög= lich ist, ihn gut zu machen. Geben Sie dem weinenden Alter seine Stütze wieder und schicken Sie eine leichtgläubige Tochter in ihr Haus zurück, das Sie deswegen, weil Sie es beschimpft haben, nicht auch öde machen müssen.

Mellefont. Das fehlte noch, daß Sie auch mein Ge= wissen wider mich zu Hilfe riefen! Aber gesetzt, es wäre billig, was Sie sagen, müßte ich nicht eine eiserne Stirne haben, wenn ich es der unglücklichen Miß selbst vorschlagen sollte?

Marwood. Nunmehr will ich es Ihnen gestehen, daß ich schon im voraus bedacht gewesen bin, Ihnen diese Ver= wirrung zu ersparen. Sobald ich Ihren Aufenthalt erfuhr, habe ich auch dem alten Sampson unter der Hand Nachricht davon geben lassen. Er ist vor Freuden darüber ganz außer sich gewesen und hat sich sogleich auf den Weg machen wollen. Ich wundre mich, daß er noch nicht hier ist.

Mellefont. Was sagen Sie?

Marwood. Erwarten Sie nur ruhig seine Ankunft und lassen sich gegen die Miß nichts merken. Ich will Sie selbst jetzt nicht länger aufhalten. Gehen Sie wieder zu ihr; sie möchte Verdacht bekommen. Doch versprech' ich mir, Sie heute noch einmal zu sehen.

Mellefont. O Marwood, mit was für Gesinnungen kam ich zu Ihnen, und mit welchen muß ich Sie verlassen! Einen Kuß, meine liebe Bella — —

Arabella. Der war für Sie; aber nun einen für mich. Kommen Sie nur ja bald wieder; ich bitte. (Mellefont geht ab.)

---

5. Auftritt.

Marwood. Arabella. Hannah.

Marwood (nachdem sie tief Atem geholt). Sieg! Hannah! aber ein saurer Sieg! — Gib mir einen Stuhl; ich fühle mich ganz abgemattet — (Sie setzt sich.) Eben war es die höchste Zeit, als er sich ergab; noch einen Augenblick hätte er anstehen dürfen, so würde ich ihm eine ganz andre Marwood gezeigt haben.

Hannah. Ach, Madam, was sind Sie für eine Frau! Den möchte ich doch sehn, der Ihnen widerstehen könnte.

Marwood. Er hat mir schon zu lange widerstanden. Und gewiß, gewiß, ich will es ihm nicht vergeben, daß ich ihm fast zu Fuße gefallen wäre.

Arabella. O nein! Sie müssen ihm alles vergeben. Er ist ja so gut, so gut — — —

Marwood. Schweig, kleine Närrin!

Hannah. Auf welcher Seite wußten Sie ihn nicht zu fassen! Aber nichts, glaube ich, rührte ihn mehr als die Un= eigennützigkeit, mit welcher Sie sich erboten, alle von ihm er= haltenen Geschenke zurück zu geben.

Marwood. Ich glaube es auch. Ha! ha! ha! (Verächtlich.)

Hannah. Warum lachen Sie, Madam? Wenn es nicht Ihr Ernst war, so wagten Sie in der That sehr viel. Gesetzt, er hätte Sie bei Ihrem Worte gefaßt?

Marwood. O geh! man muß wissen, wen man vor sich hat.

Hannah. Nun, das gesteh' ich! Aber auch Sie, meine schöne Bella, haben Ihre Sache vortrefflich gemacht, vortrefflich!

Arabella. Warum das? Konnte ich sie denn anders machen? Ich hatte ihn ja so lange nicht gesehen. Sie sind doch nicht böse, Madam, daß ich ihn so lieb habe? Ich habe Sie so lieb wie ihn, ebenso lieb.

Marwood. Schon gut; dasmal will ich dir verzeihen, daß du mich nicht lieber hast als ihn.

Arabella. Dasmal? (Schluchzend.)

Marwood. Du weinst ja wohl gar? Warum denn?

Arabella. Ach nein! ich weine nicht. Werden Sie nur nicht ungehalten. Ich will Sie ja gern alle beide so lieb, so lieb haben, daß ich unmöglich weder Sie noch ihn lieber haben kann.

Marwood. Je nun ja!

Arabella. Ich bin recht unglücklich — —

Marwood. Sei doch nur stille — Aber was ist das?

----

6. Auftritt.

Mellefont. Marwood. Arabella. Hannah.

Marwood. Warum kommen Sie schon wieder, Mellefont? (Sie steht auf.)

Mellefont (hitzig). Weil ich mehr nicht als einige Augenblicke nötig hatte, wieder zu mir selbst zu kommen.

Marwood. Nun?

Mellefont. Ich war betäubt, Marwood, aber nicht bewegt. Sie haben alle Ihre Mühe verloren; eine andre Luft als diese ansteckende Luft Ihres Zimmers gab mir Mut und Kräfte wieder, meinen Fuß aus dieser gefährlichen Schlinge noch zeitig genug zu ziehen. Waren mir Nichtswürdigem die Ränke einer Marwood noch nicht bekannt genug?

Marwood (hastig). Was ist das wieder für eine Sprache?

Mellefont. Die Sprache der Wahrheit und des Unwillens.

Marwood. Nur gemach, Mellefont, oder auch ich werde diese Sprache sprechen.

Mellefont. Ich komme nur zurück, Sie keinen Augenblick länger in einem Irrtume von mir stecken zu lassen, der mich selbst in Ihren Augen verächtlich machen muß.

Arabella (furchtsam). Ach! Hannah!

Mellefont. Sehen Sie mich nur so wütend an, als Sie wollen. Je wütender, je besser. War es möglich, daß ich zwischen einer Marwood und einer Sara nur einen Augenblick unentschlüssig bleiben konnte? Und daß ich mich fast für die erstere entschlossen hätte?

Arabella. Ach, Mellefont! — —

Mellefont. Zittern Sie nicht, Bella. Auch für Sie bin ich mit zurückgekommen. Geben Sie mir die Hand und folgen Sie mir nur getrost.

Marwood (die beide zurückhält). Wem soll sie folgen, Verräter?

Mellefont. Ihrem Vater.

Marwood. Geh, Elender, und lern' erst ihre Mutter kennen.

Mellefont. Ich kenne sie. Sie ist die Schande ihres Geschlechts. — —

Marwood. Führe sie weg, Hannah!

Mellefont. Bleiben Sie, Bella. (Indem er sie zurückhalten will.)

Marwood. Nur keine Gewalt, Mellefont, oder — —
(Hannah und Arabella gehen ab.)

---

7. Auftritt.

Mellefont. Marwood.

Marwood. Nun sind wir allein. Nun sagen Sie es noch einmal, ob Sie fest entschlossen sind, mich einer jungen Närrin aufzuopfern?

Mellefont (bitter). Aufzuopfern? Sie machen, daß ich mich hier erinnere, daß den alten Göttern auch sehr unreine Tiere geopfert wurden.

Marwood (spöttisch). Drücken Sie sich ohne so gelehrte Anspielungen aus.

Mellefont. So sage ich Ihnen, daß ich fest entschlossen bin, nie wieder ohne die schrecklichsten Verwünschungen an Sie zu denken. Wer sind Sie? und wer ist Sara? Sie sind eine wollüstige, eigennützige, schändliche Buhlerin, die sich jetzt kaum mehr muß erinnern können, einmal unschuldig gewesen zu sein. Ich habe mir mit Ihnen nichts vorzuwerfen, als daß ich dasjenige genossen, was Sie ohne mich vielleicht die ganze Welt hätten genießen lassen. Sie haben mich gesucht, nicht ich Sie; und wenn ich nunmehr weiß, wer Marwood ist, so kömmt mir diese Kenntnis teuer genug zu stehen. Sie kostet mir mein Vermögen, meine Ehre, mein Glück — —

Marwood. Und so wollte ich, daß sie dir auch deine Seligkeit kosten müßte! Ungeheuer! Ist der Teufel ärger als du, der schwache Menschen zu Verbrechen reizet und sie dieser Verbrechen wegen, die sein Werk sind, hernach selbst anklagt? Was geht dich meine Unschuld an, wann und wie ich sie verloren habe? Habe ich dir meine Tugend nicht preisgeben können, so habe ich doch meinen guten Namen für dich in die Schanze geschlagen. Jene ist nichts kostbarer als dieser. Was sage ich? kostbarer? Sie ist ohne ihn ein albernes Hirngespinst, das weder ruhig noch glücklich macht. Er allein gibt ihr noch einigen Wert und kann vollkommen ohne sie bestehen. Mochte ich doch sein, wer ich wollte, ehe ich dich, Scheusal, kennen lernte; genug, daß ich in den Augen der Welt für ein Frauenzimmer ohne Tadel galt. Durch dich nur hat sie es erfahren, daß ich es nicht sei; durch meine Bereitwilligkeit bloß, dein Herz, wie ich damals glaubte, ohne deine Hand anzunehmen.

Mellefont. Eben diese Bereitwilligkeit verdammt dich, Niederträchtige.

Marwood. Erinnerst du dich aber, welchen nichtswürdigen Kunstgriffen du sie zu verdanken hattest? Ward ich nicht von dir beredt, daß du dich in keine öffentliche Verbindung einlassen könntest, ohne einer Erbschaft verlustig zu werden, deren Genuß du mit niemand als mit mir teilen wolltest? Ist es nun Zeit, ihrer zu entsagen? und ihrer für eine andre als für mich zu entsagen?

Mellefont. Es ist mir eine wahre Wollust, Ihnen melden zu können, daß diese Schwierigkeit nunmehr bald wird gehoben sein. Begnügen Sie sich also nur, mich um mein väterliches Erbteil gebracht zu haben, und lassen mich ein weit geringeres mit einer würdigern Gattin genießen.

Marwood. Ha! nun seh' ich's, was dich eigentlich so trotzig macht. Wohl, ich will kein Wort mehr verlieren. Es sei darum! Rechne darauf, daß ich alles anwenden will, dich zu vergessen. Und das erste, was ich in dieser Absicht thun werde, soll dieses sein — Du wirst mich verstehen! Zittre für deine Bella! Ihr Leben soll das Andenken meiner verachteten Liebe auf die Nachwelt nicht bringen; meine Grausamkeit soll es thun. Sieh in mir eine neue Medea!

Mellefont (erschrocken). Marwood — —

Marwood. Oder wenn du noch eine grausamere Mutter weißt, so sieh sie gedoppelt in mir! Gift und Dolch sollen mich rächen. Doch nein, Gift und Dolch sind zu barmherzige Werkzeuge! Sie würden dein und mein Kind zu bald töten. Ich will es nicht gestorben sehen; sterben will ich es sehen! Durch langsame Martern will ich in seinem Gesichte jeden ähnlichen Zug, den es von dir hat, sich verstellen, verzerren und verschwinden sehen. Ich will mit begieriger Hand Glied von Glied, Ader von Ader, Nerve von Nerve lösen und das kleinste derselben auch da noch nicht aufhören zu schneiden und zu brennen, wenn es schon nichts mehr sein wird als ein empfindungsloses Aas. Ich — ich werde wenigstens dabei empfinden, wie süß die Rache sei!

Mellefont. Sie rasen, Marwood — —

Marwood. Du erinnerst mich, daß ich nicht gegen den rechten rase. Der Vater muß voran! Er muß schon in jener Welt sein, wenn der Geist seiner Tochter unter tausend Seufzern ihm nachzieht — (Sie geht mit einem Dolche, den sie aus dem Busen reißt, auf ihn los.) Drum stirb, Verräter!

Mellefont (der ihr in den Arm fällt und den Dolch entreißt). Unsinniges Weibsbild! — Was hindert mich nun, den Stahl wider dich zu kehren? Doch lebe, und deine Strafe müsse einer ehrlosen Hand aufgehoben sein!

Marwood (mit gerungenen Händen). Himmel, was hab ich gethan? Mellefont — —

Mellefont. Deine Reue soll mich nicht hintergehen! Ich weiß es doch wohl, was dich reuet; nicht daß du den Stoß thun wollen, sondern daß du ihn nicht thun können.

Marwood. Geben Sie mir ihn wieder, den verirrten Stahl! geben Sie mir ihn wieder! und Sie sollen es gleich sehen, für wen er geschliffen ward. Für diese Brust allein, die schon längst einem Herzen zu enge ist, das eher dem Leben als Ihrer Liebe entsagen will.

Mellefont. Hannah! — —

Marwood. Was wollen Sie thun, Mellefont?

---

8. Auftritt.

Hannah (erschrocken). Marwood. Mellefont.

Mellefont. Hast du es gehört, Hannah, welche Furie deine Gebieterin ist? Wisse, daß ich Arabellen von deinen Händen fordern werde.

Hannah. Ach, Madam, wie sind Sie außer sich!

Mellefont. Ich will das unschuldige Kind bald in völlige Sicherheit bringen. Die Gerechtigkeit wird einer so grausamen Mutter die mörderischen Hände schon zu binden wissen. (Er will gehen.)

Marwood. Wohin, Mellefont? Ist es zu verwundern, daß die Heftigkeit meines Schmerzes mich des Verstandes nicht mächtig ließ? Wer bringt mich zu so unnatürlichen Ausschweifungen? Sind Sie es nicht selbst? wo kann Bella sicherer sein als bei mir? Mein Mund tobet wider sie, und mein Herz bleibt doch immer das Herz einer Mutter. Ach, Mellefont! vergessen Sie meine Raserei und denken zu ihrer Entschuldigung nur an die Ursache derselben.

Mellefont. Es ist nur ein Mittel, welches mich bewegen kann, sie zu vergessen.

Marwood. Welches?

Mellefont. Wenn Sie den Augenblick nach London zurückkehren. Arabellen will ich in einer andern Begleitung wieder dahin bringen lassen. Sie müssen durchaus ferner mit ihr nichts zu thun haben.

Marwood. Gut, ich lasse mir alles gefallen; aber eine einzige Bitte gewähren Sie mir noch. Lassen Sie mich Ihre Sara wenigstens einmal sehen.

Mellefont. Und wozu?

Marwood. Um in ihren Blicken mein ganzes künftiges Schicksal zu lesen. Ich will selbst urteilen, ob sie einer Untreue, wie Sie an mir begehen, würdig ist, und ob ich Hoffnung haben kann, wenigstens einmal einen Anteil an Ihrer Liebe wieder zu bekommen.

Mellefont. Nichtige Hoffnung!

Marwood. Wer ist so grausam, daß er einer Elenden auch nicht einmal die Hoffnung gönnen wollte? Ich will mich ihr nicht als Marwood, sondern als eine Anverwandte von Ihnen zeigen. Melden Sie mich bei ihr als eine solche; Sie sollen bei meinem Besuche zugegen sein, und ich verspreche Ihnen bei allem, was heilig ist, ihr nicht das geringste Anstößige zu sagen. Schlagen Sie mir meine Bitte nicht ab; denn sonst möchte ich vielleicht alles anwenden, in meiner wahren Gestalt vor ihr zu erscheinen.

Mellefont. Diese Bitte, Marwood, (nachdem er einen Augenblick nachgedacht) — — könnte ich Ihnen gewähren. Wollen Sie aber auch alsdann gewiß diesen Ort verlassen?

Marwood. Gewiß; ja, ich verspreche Ihnen noch mehr; ich will Sie, wo nur noch einige Möglichkeit ist, von dem Ueberfalle ihres Vaters befreien.

Mellefont. Dieses haben Sie nicht nötig. Ich hoffe, daß er auch mich in die Verzeihung mit einschließen wird, die er seiner Tochter widerfahren läßt. Will er aber dieser nicht verzeihen, so werde ich auch wissen, wie ich ihm begegnen soll. — Ich gehe, Sie bei meiner Miß zu melden. Nur halten Sie Wort, Marwood! (Geht ab.)

Marwood. Ach, Hannah! daß unsere Kräfte nicht so groß sind als unsere Wut! Komm, hilf mich ankleiden. Ich gebe mein Vorhaben nicht auf. Wenn ich ihn nur erst sicher ge= macht habe. Komm!

Dritter Aufzug.

1. Auftritt.

Ein Saal im erstern Gasthofe.

Sir William Sampson. Waitwell.

Sir William. Hier, Waitwell, bring ihr diesen Brief. Es ist der Brief eines zärtlichen Vaters, der sich über nichts als über ihre Abwesenheit beklaget. Sag' ihr, daß ich dich damit vorweg geschickt und daß ich nur noch ihre Antwort erwarten wolle, ehe ich selbst käme, sie wieder in meine Arme zu schließen.

Waitwell. Ich glaube, Sie thun recht wohl, daß Sie Ihre Zusammenkunft auf diese Art vorbereiten.

Sir William. Ich werde ihrer Gesinnungen dadurch gewiß und mache ihr Gelegenheit, alles, was ihr die Reue Klägliches und Errötendes eingeben könnte, schon ausgeschüttet zu haben, ehe sie mündlich mit mir spricht. Es wird ihr in einem Briefe weniger Verwirrungen und mir vielleicht weniger Thränen kosten.

Waitwell. Darf ich aber fragen, Sir, was Sie in An= sehung Mellefonts beschlossen haben?

Sir William. Ach! Waitwell, wenn ich ihn von dem Geliebten meiner Tochter trennen könnte, so würde ich etwas sehr Hartes wider ihn beschließen. Aber da dieses nicht an= geht, so siehst du wohl, daß er gegen meinen Unwillen ge=

sichert ist. Ich habe selbst den größten Fehler bei diesem Unglücke begangen. Ohne mich würde Sara diesen gefähr= lichen Mann nicht haben kennen lernen. Ich verstattete ihm wegen einer Verbindlichkeit, die ich gegen ihn zu haben glaubte, einen allzufreien Zutritt in meinem Hause. Es war natür= lich, daß ihm die dankbare Aufmerksamkeit, die ich für ihn bezeigte, auch die Achtung meiner Tochter zuziehen mußte. Und es war ebenso natürlich, daß sich ein Mensch von seiner Denkungsart durch diese Achtung verleiten ließ, sie zu etwas Höherm zu treiben. Er hatte Geschicklichkeit genug gehabt, sie in Liebe zu verwandeln, ehe ich noch das Geringste merkte und ehe ich noch Zeit hatte, mich nach seiner übrigen Lebens= art zu erkundigen. Das Unglück war geschehen, und ich hätte wohl gethan, wenn ich ihnen nur gleich alles vergeben hätte. Ich wollte unerbittlich gegen ihn sein und überlegte nicht, daß ich es gegen ihn nicht allein sein könnte. Wenn ich meine zu späte Strenge erspart hätte, so würde ich wenigstens ihre Flucht verhindert haben. — Da bin ich nun, Waitwell! Ich muß sie selbst zurückholen und mich noch glücklich schätzen, wenn ich aus dem Verführer nur meinen Sohn machen kann. Denn wer weiß, ob er seine Marwoods und seine übrigen Kreaturen eines Mädchens wegen wird aufgeben wollen, das seinen Begierden nichts mehr zu verlangen übrig gelassen hat und die fesselnden Künste einer Buhlerin so wenig versteht?

Waitwell. Nun, Sir, das ist wohl nicht möglich, daß ein Mensch so gar böse sein könnte —

Sir William. Der Zweifel, guter Waitwell, macht deiner Tugend Ehre. Aber warum ist es gleichwohl wahr, daß sich die Grenzen der menschlichen Bosheit noch viel weiter er= strecken? — Geh nur jetzt und thue, was ich dir gesagt habe. Gib auf alle ihre Mienen acht, wenn sie meinen Brief lesen wird. In der kurzen Entfernung von der Tugend kann sie die Verstellung noch nicht gelernt haben, zu deren Larven nur das eingewurzelte Laster seine Zuflucht nimmt. Du wirst ihre ganze Seele in ihrem Gesichte lesen. Laß dir ja keinen Zug entgehen, der etwa eine Gleichgültigkeit gegen mich, eine Verschmähung ihres Vaters anzeigen könnte. Denn wenn du diese unglückliche Entdeckung machen solltest, und wenn sie mich nicht mehr liebt, so hoffe ich, daß ich mich endlich werde überwinden können, sie ihrem Schicksale zu überlassen. Ich hoffe es, Waitwell — Ach! wenn nur hier kein Herz schlüge, das dieser Hoffnung widerspricht. (Sie gehen beide auf verschiedenen Seiten ab.)

2. Auftritt.

Das Zimmer der Sara.

Miß Sara. Mellefont.

Mellefont. Ich habe Unrecht gethan, liebste Miß, daß ich Sie wegen des vorigen Briefes in einer kleinen Unruhe ließ.

Sara. Nein doch, Mellefont, ich bin deswegen ganz und gar nicht unruhig gewesen. Könnten Sie mich denn nicht lieben, wenn Sie gleich noch Geheimnisse vor mir hätten?

Mellefont. Sie glauben also doch, daß es ein Geheimnis gewesen sei?

Sara. Aber keines, das mich angeht. Und das muß mir genug sein.

Mellefont. Sie sind allzu gefällig. Doch erlauben Sie mir, daß ich Ihnen dieses Geheimnis gleichwohl entdecke. Es waren einige Zeilen von einer Anverwandten, die meinen hiesigen Aufenthalt erfahren hat. Sie geht auf ihrer Reise nach London hier durch und will mich sprechen. Sie hat zugleich um die Ehre ersucht, Ihnen ihre Aufwartung machen zu dürfen.

Sara. Es wird mir allezeit angenehm sein, Mellefont, die würdigen Personen Ihrer Familie kennen zu lernen. Aber überlegen Sie es selbst, ob ich schon, ohne zu erröten, einer derselben unter die Augen sehen darf.

Mellefont. Ohne zu erröten? Und worüber? Darüber, daß Sie mich lieben? Es ist wahr, Miß, Sie hätten Ihre Liebe einem Edlern, einem Reichern schenken können. Sie müssen sich schämen, daß Sie Ihr Herz nur um ein Herz haben geben wollen, und daß Sie bei diesem Tausche Ihr Glück so weit aus den Augen gesetzt.

Sara. Sie werden es selbst wissen, wie falsch Sie meine Worte erklären.

Mellefont. Erlauben Sie, Miß; wenn ich sie falsch erkläre, so können sie gar keine Bedeutung haben.

Sara. Wie heißt Ihre Anverwandte?

Mellefont. Es ist — Lady Solmes. Sie werden den Namen von mir schon gehört haben.

Sara. Ich kann mich nicht erinnern.

Mellefont. Darf ich bitten, daß Sie ihren Besuch annehmen wollen?

Sara. Bitten, Mellefont? Sie können mir es ja befehlen.

Mellefont. Was für ein Wort! — Nein, Miß, sie soll

das Glück nicht haben, Sie zu sehen. Sie wird es bedauern; aber sie muß es sich gefallen lassen. Miß Sara hat ihre Ursachen, die ich, auch ohne sie zu wissen, verehre.

Sara. Mein Gott! wie schnell sind Sie, Mellefont! Ich werde die Lady erwarten und mich der Ehre ihres Besuchs, so viel möglich, würdig zu erzeigen suchen. Sind Sie zufrieden?

Mellefont. Ach, Miß, lassen Sie mich meinen Ehrgeiz gestehen. Ich möchte gern gegen die ganze Welt mit Ihnen prahlen. Und wenn ich auf den Besitz einer solchen Person nicht eitel wäre, so würde ich mir selbst vorwerfen, daß ich den Wert derselben nicht zu schätzen wüßte. Ich gehe und bringe die Lady sogleich zu Ihnen. (Gehet ab.)

Sara (allein). Wenn es nur keine von den stolzen Weibern ist, die, voll von ihrer Tugend, über alle Schwachheiten erhaben zu sein glauben. Sie machen uns mit einem einzigen verächtlichen Blicke den Prozeß, und ein zweideutiges Achselzucken ist das ganze Mitleiden, das wir ihnen zu verdienen scheinen.

------

3. Auftritt.

Waitwell. Sara.

Betty (zwischen der Szene). Nur hier herein, wenn er selbst mit ihr sprechen muß.

Sara (die sich umsieht). Wer muß selbst mit mir sprechen? — Wen seh' ich? Ist es möglich? Waitwell, dich?

Waitwell. Was für ein glücklicher Mann bin ich, daß ich endlich unsere Miß Sara wiedersehe!

Sara. Gott! was bringst du? Ich hör' es schon, ich hör' es schon, du bringst mir die Nachricht von dem Tode meines Vaters! Er ist hin, der vortrefflichste Mann, der beste Vater! Er ist hin, und ich, ich bin die Elende, die seinen Tod beschleunigt hat.

Waitwell. Ach! Miß — —

Sara. Sage mir, geschwind sage mir, daß die letzten Augenblicke seines Lebens ihm durch mein Andenken nicht schwerer wurden; daß er mich vergessen hatte; daß er ebenso ruhig starb, als er sich sonst in meinen Armen zu sterben versprach; daß er sich meiner auch nicht einmal in seinem letzten Gebete erinnerte — —

Waitwell. Hören Sie doch auf, sich mit so falschen Vorstellungen zu plagen! Er lebt ja noch, Ihr Vater; er lebt ja noch, der rechtschaffne Sir William.

Sara. Lebt er noch? Ist es wahr, lebt er noch? O! daß er noch lange leben und glücklich leben möge! O! daß

ihm Gott die Hälfte meiner Jahre zulegen wolle! Die Hälfte
— Ich Undankbare, wenn ich ihm nicht mit allen, so viel mir
deren bestimmt sind, auch nur einige Augenblicke zu erkaufen
bereit bin! Aber nun sage mir wenigstens, Waitwell, daß es
ihm nicht hart fällt, ohne mich zu leben; daß es ihm leicht
geworden ist, eine Tochter aufzugeben, die ihre Tugend so
leicht aufgeben können; daß ihn meine Flucht erzürnet, aber
nicht gekränkt hat; daß er mich verwünschet, aber nicht bedauert.

Waitwell. Ach, Sir William ist noch immer der zärtliche
Vater, so wie sein Sarchen noch immer die zärtliche Tochter
ist, die sie beide gewesen sind.

Sara. Was sagst du? Du bist ein Bote des Unglücks,
des schrecklichsten Unglücks unter allen, die mir meine feind=
selige Einbildung jemals vorgestellet hat! Er ist noch der zärt=
liche Vater? So liebt er mich ja noch? So muß er mich ja
beklagen? Nein, nein, das thut er nicht; das kann er nicht
thun! Siehst du denn nicht, wie unendlich jeder Seufzer, den
er um mich verlöre, meine Verbrechen vergrößern würde?
Müßte mir nicht die Gerechtigkeit des Himmels jede seiner
Thränen, die ich ihm auspreßte, so anrechnen, als ob ich bei
jeder derselben mein Laster und meinen Undank wiederholte?
Ich erstarre über diesen Gedanken. Thränen koste ich ihm?
Thränen? Und es sind andre Thränen als Thränen der
Freude? — Widersprich mir doch, Waitwell! Aufs höchste hat
er einige leichte Regungen des Bluts für mich gefühlet, einige
von den geschwind überhin gehenden Regungen, welche die
kleinste Anstrengung der Vernunft besänftiget. Zu Thränen
hat er es nicht kommen lassen. Nicht wahr, Waitwell, zu
Thränen hat er es nicht kommen lassen?

Waitwell (indem er sich die Augen wischt). Nein, Miß, dazu hat
er es nicht·kommen lassen.

Sara. Ach! Dein Mund sagt nein, und deine eignen
Thränen sagen ja.

Waitwell. Nehmen Sie diesen Brief, Miß; er ist von
ihm selbst.

Sara. Von wem? von meinem Vater an mich?

Waitwell. Ja, nehmen Sie ihn nur; Sie werden mehr
daraus sehen können, als ich zu sagen vermag. Er hätte
einem andern als mir dieses Geschäfte auftragen sollen. Ich
versprach mir Freude davon; aber Sie verwandeln mir diese
Freude in Betrübnis.

Sara. Gib nur, ehrlicher Waitwell! — Doch nein, ich

will ihn nicht eher nehmen, als bis du mir sagst, was un= gefähr darin enthalten ist.

Waitwell. Was kann darin enthalten sein? Liebe und Vergebung.

Sara. Liebe? Vergebung?

Waitwell. Und vielleicht ein aufrichtiges Bedauern, daß er die Rechte der väterlichen Gewalt gegen ein Kind brauchen wollen, für welches nur die Vorrechte der väterlichen Huld sind.

Sara. So behalte nur deinen grausamen Brief!

Waitwell. Grausamen? fürchten Sie nichts; Sie erhalten völlige Freiheit über Ihr Herz und Ihre Hand.

Sara. Und das ist es eben, was ich fürchte. Einen Vater wie ihn zu betrüben, dazu habe ich noch den Mut ge= habt. Allein ihn durch eben diese Betrübnis, ihn durch seine Liebe, der ich entsagt, dahin gebracht zu sehen, daß er sich alles gefallen läßt, wozu mich eine unglückliche Leidenschaft verleitet: das, Waitwell, das würde ich nicht ausstehen. Wenn sein Brief alles enthielte, was ein aufgebrachter Vater in solchem Falle Heftiges und Hartes vorbringen kann, so würde ich ihn zwar mit Schaudern lesen, aber ich würde ihn doch lesen können. Ich würde gegen seinen Zorn noch einen Schatten von Verteidigung aufzubringen wissen, um ihn durch diese Verteidigung womöglich noch zorniger zu machen. Meine Be= ruhigung wäre alsdann diese, daß bei einem gewaltsamen Zorne kein wehmütiger Gram Raum haben könne, und daß sich jener endlich glücklich in eine bittere Verachtung gegen mich verwandeln werde. Wen man aber verachtet, um den be= kümmert man sich nicht mehr. Mein Vater wäre wieder ruhig, und ich dürfte mir nicht vorwerfen, ihn auf immer unglücklich gemacht zu haben.

Waitwell. Ach! Miß, Sie werden sich diesen Vorwurf noch weniger machen dürfen, wenn Sie jetzt seine Liebe wieder ergreifen, die ja alles vergessen will.

Sara. Du irrst dich, Waitwell. Sein sehnliches Ver= langen nach mir verführt ihn vielleicht, zu allem Ja zu sagen. Kaum aber würde dieses Verlangen ein wenig beruhiget sein, so würde er sich seiner Schwäche wegen vor sich selbst schämen. Ein finsterer Unwille würde sich seiner bemeistern, und er würde mich nie ansehen können, ohne mich heimlich anzuklagen, wie viel ich ihm abzutrotzen mich unterstanden habe. Ja, wenn es in meinem Vermögen stünde, ihm bei der äußersten Ge= walt, die er sich meinetwegen anthut, das Bitterste zu er=

sparen; wenn in dem Augenblicke, da er mir alles erlauben wollte, ich ihm alles aufopfern könnte, so wäre es ganz etwas anders. Ich wollte den Brief mit Vergnügen von deinen Händen nehmen, die Stärke der väterlichen Liebe darin bewundern und, ohne sie zu mißbrauchen, mich als eine reuende und gehorsame Tochter zu seinen Füßen werfen. Aber kann ich das? Ich würde es thun müssen, was er mir erlaubte, ohne mich daran zu kehren, wie teuer ihm diese Erlaubnis zu stehen komme. Und wenn ich dann am vergnügtesten darüber sein wollte, würde es mir plötzlich einfallen, daß er mein Vergnügen äußerlich nur zu teilen scheine und in sich selbst vielleicht seufze; kurz, daß er mich mit Entsagung seiner eignen Glückseligkeit glücklich gemacht habe — Und es auf diese Art zu sein wünschen, trauest du mir das wohl zu, Waitwell?

Waitwell. Gewiß, ich weiß nicht, was ich hierauf antworten soll.

Sara. Es ist nichts darauf zu antworten. Bringe deinen Brief also nur wieder zurück. Wenn mein Vater durch mich unglücklich sein muß, so will ich selbst auch unglücklich bleiben. Ganz allein ohne ihn unglücklich zu sein, das ist es, was ich jetzt stündlich von dem Himmel bitte; glücklich aber ohne ihn ganz allein zu sein, davon will ich durchaus nichts wissen.

Waitwell (etwas beiseite). Ich glaube wahrhaftig, ich werde das gute Kind hintergehen müssen, damit es den Brief doch nur lieset.

Sara. Was sprichst du da für dich?

Waitwell. Ich sage mir selbst, daß ich einen sehr ungeschickten Einfall gehabt hätte, Sie, Miß, zur Lesung des Briefes desto geschwinder zu vermögen.

Sara. Wie so?

Waitwell. Ich konnte so weit nicht denken. Sie überlegen freilich alles genauer, als es unsereiner kann. Ich wollte Sie nicht erschrecken; der Brief ist vielleicht nur allzu hart; und wenn ich gesagt habe, daß nichts als Liebe und Vergebung darin enthalten sei, so hätte ich sagen sollen, daß ich nichts als dieses darin enthalten zu sein wünschte.

Sara. Ist das wahr? — Nun, so gib mir ihn her. Ich will ihn lesen. Wenn man den Zorn eines Vaters unglücklicherweise verdient hat, so muß man wenigstens gegen diesen väterlichen Zorn so viel Achtung haben, daß er ihn nach allen Gefallen gegen uns auslassen kann. Ihn zu vereiteln suchen, heißt Beleidigungen mit Geringschätzung häufen.

Ich werde ihn nach aller seiner Stärke empfinden. Du siehst, ich zittre schon — Aber ich soll auch zittern; und ich will lieber zittern als weinen. — (Sie erbricht den Brief.) Nun ist er er= brochen! Ich bebe — Aber was seh' ich? (Sie lieset.) „Einzige, geliebteste Tochter!" — Ha! Du alter Betrüger, ist das die Anrede eines zornigen Vaters? Geh, weiter werde ich nicht lesen — —

Waitwell. Ach, Miß, verzeihen Sie doch einem alten Knechte. Ja gewiß, ich glaube, es ist in meinem Leben das erste Mal, daß ich mit Vorsatz betrogen habe. Wer einmal betrügt, Miß, und aus einer so guten Absicht betrügt, der ist ja deswegen noch kein alter Betrüger. Das geht mir nahe, Miß. Ich weiß wohl, die gute Absicht entschuldigt nicht immer; aber was konnte ich denn thun? Einem so guten Vater seinen Brief ungelesen wieder zu bringen? Das kann ich nimmermehr. Eher will ich gehen, so weit mich meine alten Beine tragen, und ihm nie wieder vor die Augen kommen.

Sara. Wie? auch du willst ihn verlassen?

Waitwell. Werde ich denn nicht müssen, wenn Sie den Brief nicht lesen? Lesen Sie ihn doch immer. Lassen Sie doch immer den ersten vorsätzlichen Betrug, den ich mir vor= zuwerfen habe, nicht ohne gute Wirkung bleiben. Sie werden ihn desto eher vergessen, und ich werde mir ihn desto eher vergeben können. Ich bin ein gemeiner, einfältiger Mann, der Ihnen Ihre Ursachen, warum Sie den Brief nicht lesen können oder wollen, freilich so muß gelten lassen. Ob sie wahr sind, weiß ich nicht; aber so recht natürlich scheinen sie mir wenigstens nicht. Ich dächte nun so, Miß: ein Vater, dächte ich, ist doch immer ein Vater; und ein Kind kann wohl einmal fehlen, es bleibt deswegen doch ein gutes Kind. Wenn der Vater den Fehler verzeiht, so kann ja das Kind sich wohl wieder so aufführen, daß er auch gar nicht mehr daran denken darf. Und wer erinnert sich denn gern an etwas, wovon er lieber wünscht, es wäre gar nicht geschehen? Es ist, Miß, als ob Sie nur immer an Ihren Fehler dächten und glaubten, es wäre genug, wenn Sie den in Ihrer Einbildung ver= größerten und sich selbst mit solchen vergrößerten Vorstellungen marterten. Aber ich sollte meinen, Sie müßten auch daran denken, wie Sie das, was geschehen ist, wieder gut machten. Und wie wollen Sie es denn wieder gut machen, wenn Sie sich selbst alle Gelegenheit dazu benehmen? Kann es Ihnen denn sauer werden, den andern Schritt zu thun, wenn so ein lieber Vater schon den ersten gethan hat?

Sara. Was für Schwerter gehen aus deinem einfältigen Munde in mein Herz! — Eben das kann ich nicht aushalten, daß er den ersten Schritt thun muß. Und was willst du denn? Thut er denn nur den ersten Schritt? Er muß sie alle thun: ich kann ihm keinen entgegen thun. So weit ich mich von ihm entfernet, so weit muß er sich zu mir herab- lassen. Wenn er mir vergibt, so muß er mein ganzes Ver- brechen vergeben und sich noch dazu gefallen lassen, die Folgen desselben vor seinen Augen fortdauern zu sehen. Ist das von einem Vater zu verlangen?

Waitwell. Ich weiß nicht, Miß, ob ich dieses so recht verstehe. Aber mich deucht, Sie wollen sagen, er müsse Ihnen gar zu viel vergeben, und weil ihm das nicht anders als sehr sauer werden könne, so machten Sie sich ein Gewissen, seine Vergebung anzunehmen. Wenn Sie das meinen, so sagen Sie mir doch, ist denn nicht das Vergeben für ein gutes Herz ein Vergnügen? Ich bin in meinem Leben so glücklich nicht gewesen, daß ich dieses Vergnügen oft empfunden hätte. Aber der wenigen Male, die ich es empfunden habe, erinnere ich mich noch immer gern. Ich fühlte so etwas Sanftes, so etwas Beruhigendes, so etwas Himmlisches dabei, daß ich mich nicht entbrechen konnte, an die große, unüberschwengliche Seligkeit Gottes zu denken, dessen ganze Erhaltung der elenden Menschen ein immerwährendes Vergeben ist. Ich wünschte mir, alle Augenblicke verzeihen zu können, und schämte mich, daß ich nur solche Kleinigkeiten zu verzeihen hatte. Recht schmerzhafte Beleidigungen, recht tödliche Kränkungen zu vergeben, sagt' ich zu mir selbst, muß eine Wollust sein, in der die ganze Seele zerfließt. — Und nun, Miß, wollen Sie denn eine so große Wollust Ihrem Vater nicht gönnen?

Sara. Ach! — Rede weiter, Waitwell, rede weiter!

Waitwell. Ich weiß wohl, es gibt eine Art von Leuten, die nichts ungerner als Vergebung annehmen, und zwar, weil sie keine zu erzeigen gelernt haben. Es sind stolze, unbieg- same Leute, die durchaus nicht gestehen wollen, daß sie un- recht gethan. Aber von der Art, Miß, sind Sie nicht. Sie haben das liebreichste und zärtlichste Herz, das die beste Ihres Geschlechts nur haben kann. Ihren Fehler bekennen Sie auch. Woran liegt es denn nun also noch? — Doch verzeihen Sie mir nur, Miß, ich bin ein alter Plauderer und hätte es gleich merken sollen, daß Ihr Weigern nur eine rühmliche Besorgnis, nur eine tugendhafte Schüchternheit sei. Leute, die eine große Wohlthat gleich, ohne Bedenken annehmen können, sind der Wohlthat selten würdig. Die sie am meisten verdienen, haben auch immer das meiste Mißtrauen gegen sich selbst. Doch muß das Mißtrauen nicht über sein Ziel getrieben werden.

Sara. Lieber alter Vater, ich glaube, du hast mich über=redet.

Waitwell. Ach Gott! wenn ich so glücklich gewesen bin, so muß mir ein guter Geist haben reden helfen. Aber nein, Miß, meine Reden haben dabei nichts gethan, als daß sie Ihnen Zeit gelassen, selbst nachzudenken und sich von einer so fröhlichen Bestürzung zu erholen. — Nicht wahr, nun werden Sie den Brief lesen? O! lesen Sie ihn doch gleich!

Sara. Ich will es thun, Waitwell. — Welche Bisse, welche Schmerzen werde ich fühlen!

Waitwell. Schmerzen, Miß, aber angenehme Schmerzen.

Sara. Sei still! (Sie fängt an, für sich zu lesen.)

Waitwell (beiseite). O! wenn er sie selbst sehen sollte!

Sara (nachdem sie einige Augenblicke gelesen). Ach, Waitwell, was für ein Vater! Er nennt meine Flucht eine Abwesenheit. Wie viel sträflicher wird sie durch dieses gelinde Wort! (Sie lieset weiter und unterbricht sich wieder.) Höre doch! er schmeichelt sich, ich würde ihn noch lieben. Er schmeichelt sich! (Lieset und unter=bricht sich.) Er bittet mich — Er bittet mich? Ein Vater seine Tochter? seine strafbare Tochter? Und was bittet er mich denn? — (Lieset vor sich.) Er bittet mich, seine übereilte Strenge zu vergessen und ihn mit meiner Entfernung nicht länger zu strafen. Uebereilte Strenge! — Zu strafen! — (Lieset wieder und unterbricht sich.) Noch mehr! Nun dankt er mir gar, und dankt mir, daß ich ihm Gelegenheit gegeben, den ganzen Um=fang der väterlichen Liebe kennen zu lernen. Unselige Ge=legenheit! Wenn er doch nur auch sagte, daß sie ihm zugleich den ganzen Umfang des kindlichen Ungehorsams habe kennen lernen! (Sie lieset wieder.) Nein, er sagt es nicht! Er gedenkt meines Verbrechens nicht mit einem Buchstaben. (Sie fährt weiter fort, vor sich zu lesen.) Er will kommen und seine Kinder selbst zurück=holen. Seine Kinder, Waitwell! Das geht über alles! — Hab' ich auch recht gelesen? (Sie lieset wieder vor sich.) — Ich möchte vergehen! Er sagt, derjenige verdiene nur allzu wohl sein Sohn zu sein, ohne welchen er keine Tochter haben könne. — O! hätte er sie nie gehabt, diese unglückliche Tochter! —

Geh, Waitwell, laß mich allein! Er verlangt eine Antwort, und ich will sie sogleich machen. Frag' in einer Stunde wieder nach. Ich danke dir unterdessen für deine Mühe. Du bist ein rechtschaffner Mann. Es sind wenig Diener die Freunde ihrer Herren!

Waitwell. Beschämen Sie mich nicht, Miß. Wenn alle Herren Sir Williams wären, so müßten die Diener Unmenschen sein, wenn sie nicht ihr Leben für sie lassen wollten.

(Geht ab.)

---

4. Auftritt.

Sara (setzet sich zum Schreiben nieder). Wenn man mir es vor Jahr und Tag gesagt hätte, daß ich auf einen solchen Brief würde antworten müssen! und unter solchen Umständen! — Ja, die Feder hab' ich in der Hand. — Weiß ich aber auch schon, was ich schreiben soll? Was ich denke, was ich empfinde. — Und was denkt man denn, wenn sich in einem Augenblicke tausend Gedanken durchkreuzen? Und was empfindet man denn, wenn das Herz vor lauter Empfinden in einer tiefen Betäubung liegt? — Ich muß doch schreiben — Ich führe ja die Feder nicht das erste Mal. Nachdem sie mir schon so manche kleine Dienste der Höflichkeit und Freundschaft abstatten helfen, sollte mir ihre Hilfe wohl bei dem wichtigsten Dienste entstehen? — (Sie denkt ein wenig nach und schreibt darauf einige Zeilen.) Das soll der Anfang sein? Ein sehr frostiger Anfang. Und werde ich denn bei seiner Liebe anfangen wollen? Ich muß bei meinem Verbrechen anfangen. (Sie streicht aus und schreibt anders.) Daß ich mich ja nicht zu obenhin davon ausdrücke! — Das Schämen kann überall an seiner rechten Stelle sein, nur bei dem Bekenntnisse unserer Fehler nicht. Ich darf mich nicht fürchten, in Uebertreibungen zu geraten, wenn ich auch schon die gräßlichsten Züge anwende. — Ach! warum muß ich nun gestört werden?

---

5. Auftritt.

Marwood. Mellefont. Sara.

Mellefont. Liebste Miß, ich habe die Ehre, Ihnen Lady Solmes vorzustellen, welche eine von denen Personen in meiner Familie ist, welchen ich mich am meisten verpflichtet erkenne.

Marwood. Ich muß um Vergebung bitten, Miß, daß ich so frei bin, mich mit meinen eignen Augen von dem Glücke eines Vetters zu überführen, dem ich das vollkommenste Frauenzimmer wünschen würde, wenn mich nicht gleich der erste Anblick überzeugt hätte, daß er es in Ihnen bereits gefunden habe.

Sara. Sie erzeigen mir allzuviel Ehre, Lady. Eine Schmeichelei wie diese würde mich zu allen Zeiten beschämt haben; jetzt aber sollte ich sie fast für einen versteckten Vorwurf annehmen, wenn ich Lady Solmes nicht für viel zu großmütig hielte, ihre Ueberlegenheit an Tugend und Klugheit eine Unglückliche fühlen zu lassen.

Marwood (talt). Ich würde untröstlich sein, Miß, wenn Sie mir andre als die freundschaftlichsten Gesinnungen zutrauten. — (Beiseite.) Sie ist schön!

Mellefont. Und wäre es denn auch möglich, Lady, gegen so viel Schönheit, gegen so viel Bescheidenheit gleichgültig zu bleiben? Man sagt zwar, daß einem reizenden Frauenzimmer selten von einem andern Gerechtigkeit erwiesen werde; allein dieses ist auf der einen Seite nur von denen, die auf ihre Vorzüge allzu eitel sind, und auf der andern nur von solchen zu verstehen, welche sich selbst keiner Vorzüge bewußt sind. Wie weit sind Sie beide von diesem Falle entfernt! — (Zur Marwood, welche in Gedanken steht.) Ist es nicht wahr, Lady, daß meine Liebe nichts weniger als parteiisch gewesen ist? Ist es nicht wahr, daß ich Ihnen zum Lobe meiner Miß viel, aber noch lange nicht so viel gesagt habe, als Sie selbst finden? — Aber warum so in Gedanken? — (Sachte zu ihr.) Sie vergessen, wer Sie sein wollen.

Marwood. Darf ich es sagen? — Die Bewunderung Ihrer liebsten Miß führte mich auf die Betrachtung ihres Schicksals. Es ging mir nahe, daß sie die Früchte ihrer Liebe nicht in ihrem Vaterlande genießen soll. Ich erinnerte mich, daß sie einen Vater, und wie man mir gesagt hat, einen sehr zärtlichen Vater verlassen mußte, um die Ihrige sein zu können; und ich konnte mich nicht enthalten, ihre Aussöhnung mit ihm zu wünschen.

Sara. Ach! Lady, wie sehr bin ich Ihnen für diesen Wunsch verbunden. Er verdient es, daß ich meine ganze Freude mit Ihnen teile. Sie können es noch nicht wissen, Mellefont, daß er erfüllt wurde, ehe Lady die Liebe für uns hatte, ihn zu thun.

Mellefont. Wie verstehen Sie dieses, Miß?

Marwood (beiseite). Was will das sagen?

Sara. Eben jetzt habe ich einen Brief von meinem Vater erhalten. Waitwell brachte mir ihn. Ach, Mellefont, welch ein Brief!

Mellefont. Geschwind reißen Sie mich aus meiner Ungewißheit. Was hab' ich zu fürchten? Was habe ich zu hoffen? Ist er noch der Vater, den wir flohen? Und wenn er es noch ist, wird Sara die Tochter sein, die mich zärtlich genug liebt, um ihn noch weiter zu fliehen? Ach! hätte ich Ihnen gefolgt, liebste Miß, so wären wir jetzt durch ein Band verknüpft, das man aus eigensinnigen Absichten zu trennen wohl unterlassen müßte. In diesem Augenblick empfinde ich alles das Unglück, das unser entdeckter Aufenthalt für mich nach sich ziehen kann. — Er wird kommen und Sie aus meinen Armen reißen. — Wie hasse ich den Nichtswürdigen, der uns ihm verraten hat! (Mit einem zornigen Blicke gegen die Marwood.)

Sara. Liebster Mellefont, wie schmeichelhaft ist diese Ihre Unruhe für mich! Und wie glücklich sind wir beide, daß sie vergebens ist! Lesen Sie hier seinen Brief. — (Gegen die Marwood, indem Mellefont den Brief für sich lieset.) Lady, er wird über die Liebe meines Vaters erstaunen. Meines Vaters? Ach! er ist nun auch der seinige.

Marwood (betroffen). Ist es möglich?

Sara. Ja wohl, Lady, haben Sie Ursache, diese Veränderung zu bewundern. Er vergibt uns alles; wir werden uns nun vor seinen Augen lieben; er erlaubt es uns; er befiehlt es uns. — Wie hat diese Gütigkeit meine ganze Seele durchdrungen! — Nun, Mellefont? (der ihr den Brief wieder gibt) Sie schweigen? O nein, diese Thräne, die sich aus Ihrem Auge schleicht, sagt weit mehr, als Ihr Mund ausdrücken könnte.

Marwood (beiseite). Wie sehr habe ich mir selbst geschadet! Ich Unvorsichtige!

Sara. O! lassen Sie mich diese Thräne von Ihrer Wange küssen!

Mellefont. Ach Miß, warum haben wir so einen göttlichen Mann betrüben müssen? Ja wohl, einen göttlichen Mann: denn was ist göttlicher, als vergeben? — Hätten wir uns diesen glücklichen Ausgang nur als möglich vorstellen können, gewiß, so wollten wir ihn jetzt so gewaltsamen Mitteln nicht zu verdanken haben; wir wollten ihn allein unsern Bitten zu verdanken haben. Welche Glückseligkeit wartet auf mich! Wie schmerzlich wird mir aber auch die eigne Ueberzeugung sein, daß ich dieser Glückseligkeit so unwert bin!

Marwood (beiseite). Und das muß ich mit anhören!

Sara. Wie vollkommen rechtfertigen Sie durch solche Gesinnungen meine Liebe gegen Sie.

Marwood (beiseite). Was für Zwang muß ich mir anthun!

Sara. Auch Sie, vortreffliche Lady, müssen den Brief meines Vaters lesen. Sie scheinen allzuviel Anteil an unserm Schicksal zu nehmen, als daß Ihnen sein Inhalt gleichgültig sein könnte.

Marwood. Mir gleichgültig, Miß? (Sie nimmt den Brief.)

Sara. Aber, Lady, Sie scheinen noch immer sehr nachdenkend, sehr traurig. — —

Marwood. Nachdenkend, Miß, aber nicht traurig.

Mellefont (beiseite). Himmel! wo sie sich verrät!

Sara. Und warum denn?

Marwood. Ich zittere für Sie beide. Könnte diese unvermutete Güte Ihres Vaters nicht eine Verstellung sein? eine List?

Sara. Gewiß nicht, Lady, gewiß nicht. Lesen Sie nur, und Sie werden es selbst gestehen. Die Verstellung bleibt immer kalt, und eine so zärtliche Sprache ist in ihrem Vermögen nicht. (Marwood liefet vor sich.) Werden Sie nicht argwöhnisch, Mellefont; ich bitte Sie. Ich stehe Ihnen dafür, daß mein Vater sich zu keiner List herablassen kann. Er sagt nichts, was er nicht denkt, und Falschheit ist ihm ein unbekanntes Laster.

Mellefont. O! davon bin ich vollkommen überzeugt, liebste Miß. — Man muß der Lady den Verdacht vergeben, weil sie den Mann noch nicht kennt, den er trifft.

Sara (indem ihr Marwood den Brief zurückgibt). Was seh' ich, Lady? Sie haben sich entfärbt? Sie zittern? Was fehlt Ihnen?

Mellefont (beiseite). In welcher Angst bin ich! Warum habe ich sie auch hergebracht?

Marwood. Es ist nichts, Miß, als ein kleiner Schwindel, welcher vorübergehen wird. Die Nachtluft muß mir auf der Reise nicht bekommen sein.

Mellefont. Sie erschrecken mich, Lady — Ist es Ihnen nicht gefällig, frische Luft zu schöpfen? Man erholt sich in einem verschloßnen Zimmer nicht so leicht.

Marwood. Wann Sie meinen, so reichen Sie mir Ihren Arm.

Sara. Ich werde Sie begleiten, Lady.

Marwood. Ich verbitte diese Höflichkeit, Miß. Meine Schwachheit wird ohne Folgen sein.

Sara. So hoffe ich denn, Lady bald wieder zu sehen.

Marwood. Wenn Sie erlauben, Miß — (Mellefont führt sie ab.)

Sara (allein). Die arme Lady! — Sie scheinet die freund=schaftlichste Person zwar nicht zu sein; aber mürrisch und stolz scheinet sie doch auch nicht. — Ich bin wieder allein. Kann ich die wenigen Augenblicke, die ich es vielleicht sein werde, zu etwas Besserm als zur Vollendung meiner Antwort an=wenden? (Sie will sich niedersetzen, zu schreiben.)

---

6. Auftritt.

Betty. Sara.

Betty. Das war ja wohl ein sehr kurzer Besuch.

Sara. Ja, Betty. Es ist Lady Solmes, eine Anver=wandte meines Mellefont. Es wandelte ihr gähling eine kleine Schwachheit an. Wo ist sie jetzt?

Betty. Mellefont hat sie bis an die Thüre begleitet.

Sara. So ist sie ja wohl wieder fort?

Betty. Ich vermute es. — Aber je mehr ich Sie an=sehe, Miß — Sie müssen mir meine Freiheit verzeihen — je mehr finde ich Sie verändert. Es ist etwas Ruhiges, etwas Zufriednes in Ihren Blicken. Lady muß ein sehr angenehmer Besuch, oder der alte Mann ein sehr angenehmer Bote ge=wesen sein.

Sara. Das letzte, Betty, das letzte. Er kam von meinem Vater. Was für einen zärtlichen Brief will ich dich lesen lassen! Dein gutes Herz hat so oft mit mir geweint, nun soll es sich auch mit mir freuen. Ich werde wieder glücklich sein und dich für deine guten Dienste belohnen können.

Betty. Was habe ich Ihnen in kurzen neun Wochen für Dienste leisten können?

Sara. Du hättest mir ihrer in meinem ganzen andern Leben nicht mehrere leisten können als in diesen neun Wochen. — Sie sind vorüber! — Komm nur jetzt, Betty; weil Melle=font vielleicht wieder allein ist, so muß ich ihn noch sprechen.

Ich bekomme eben den Einfall, daß es sehr gut sein würde, wenn er zugleich mit mir an meinen Vater schriebe, dem seine Danksagung schwerlich unerwartet sein dürfte. Komm!

(Sie gehen ab.)

---

7. Auftritt.

Der Saal.

Sir William Sampson. Waitwell.

Sir William. Was für Balsam, Waitwell, hast du mir durch deine Erzählung in mein verwundetes Herz gegossen! Ich lebe wieder neu auf; und ihre herannahende Rückkehr scheint mich ebenso weit zu meiner Jugend wieder zurückzubringen, als mich ihre Flucht näher zu dem Grabe gebracht hatte. Sie liebt mich noch! Was will ich mehr? — Geh ja bald wieder zu ihr, Waitwell. Ich kann den Augenblick nicht erwarten, da ich sie aufs neue in diese Arme schließen soll, die ich so sehnlich gegen den Tod ausgestreckt hatte. Wie erwünscht wäre er mir in den Augenblicken meines Kummers gewesen! Und wie fürchterlich wird er mir in meinem neuen Glücke sein! Ein Alter ist ohne Zweifel zu tadeln, wenn er die Bande, die ihn noch mit der Welt verbinden, so fest wieder zuzieht. Die endliche Trennung wird desto schmerzlicher. — Doch der Gott, der sich jetzt so gnädig gegen mich erzeigt, wird mir auch diese überstehen helfen. Sollte er mir wohl eine Wohlthat erweisen, um sie mir zuletzt zu meinem Verderben gereichen zu lassen? Sollte er mir eine Tochter wiedergeben, damit ich über seine Abforderung aus diesem Leben murren müsse? Nein, nein; er schenkt mir sie wieder, um in der letzten Stunde nur um mich selbst besorgt sein zu dürfen. Dank sei dir, ewige Güte! Wie schwach ist der Dank eines sterblichen Mundes! Doch bald, bald werde ich in einer ihm geweihten Ewigkeit ihm würdiger danken können.

Waitwell. Wie herzlich vergnügt es mich, Sir, Sie vor meinem Ende wieder zufrieden zu wissen! Glauben Sie mir es nur, ich habe fast so viel bei Ihrem Jammer ausgestanden als Sie selbst. Fast so viel, gar so viel nicht; denn der Schmerz eines Vaters mag wohl bei solchen Gelegenheiten unaussprechlich sein.

Sir William. Betrachte dich von nun an, mein guter Waitwell, nicht mehr als meinen Diener. Du hast es schon längst um mich verdient, ein anständiger Alter zu genießen.

Ich will dir es auch schaffen, und du sollst es nicht schlechter haben, als ich es noch in der Welt haben werde. Ich will allen Unterschied zwischen uns aufheben; in jener Welt, weißt du wohl, ist er ohnedies aufgehoben. — Nur dasmal sei noch der alte Diener, auf den ich mich nie umsonst verlassen habe. Geh und gib acht, daß du mir ihre Antwort sogleich bringen kannst, als sie fertig ist.

Waitwell. Ich gehe, Sir. Aber so ein Gang ist kein Dienst, den ich Ihnen thue. Er ist eine Belohnung, die Sie mir für meine Dienste gönnen. Ja gewiß, das ist er.

(Sie gehen auf verschiedenen Seiten ab.)

Vierter Aufzug.

1. Auftritt.

Mellefonts Zimmer.

Mellefont. Sara.

Mellefont. Ja, liebste Miß, ja, das will ich thun; das muß ich thun.

Sara. Wie vergnügt machen Sie mich!

Mellefont. Ich bin es allein, der das ganze Verbrechen auf sich nehmen muß. Ich allein bin schuldig: ich allein muß um Vergebung bitten.

Sara. Nein, Mellefont, nehmen Sie mir den größern Anteil, den ich an unserm Vergehen habe, nicht. Er ist mir teuer, so strafbar er auch ist; denn er muß Sie überzeugt haben, daß ich meinen Mellefont über alles in der Welt liebe. — Aber ist es denn gewiß wahr, daß ich nunmehr diese Liebe mit der Liebe gegen meinen Vater verbinden darf? Oder befinde ich mich in einem angenehmen Traume? Wie fürchte ich mich, ihn zu verlieren und in meinem alten Jammer zu erwachen! — Doch nein, ich bin nicht bloß in einem Traume, ich bin wirklich glücklicher, als ich jemals zu werden hoffen durfte, glücklicher, als es vielleicht dieses kurze Leben zuläßt. Vielleicht erscheint mir dieser Strahl von Glückseligkeit nur darum von ferne und scheinet mir nur darum so schmeichel= haft näher zu kommen, damit er auf einmal wieder in die dichste Finsternis zerfließe und mich auf einmal in einer Nacht lasse, deren Schrecklichkeit mir durch diese kurze Erleuchtung erst recht fühlbar geworden. — Was für Ahnungen quälen mich! — Sind es wirklich Ahnungen, Mellefont, oder sind es gewöhnliche Empfindungen, die von der Erwartung eines unverdienten Glücks und von der Furcht, es zu verlieren, unzertrennlich sind? — Wie schlägt mir das Herz, und wie unordentlich schlägt es! Wie stark jetzt, wie geschwind! — Und nun, wie matt, wie bange, wie zitternd! — Jetzt eilt es wieder, als ob es die letzten Schläge wären, die es gern recht schnell hintereinander thun wollte. Armes Herz!

Mellefont. Die Wallungen des Geblüts, welche plötzliche Ueberraschungen nicht anders als verursachen können, werden sich legen, Miß, und das Herz wird seine Verrichtungen ruhiger fortsetzen. Keiner seiner Schläge zielet auf das Zukünftige, und wir sind zu tadeln, — verzeihen Sie, liebste Sara, — wenn wir des Bluts mechanische Drückungen zu fürchterlichen Propheten machen. — Deswegen aber will ich nichts unterlassen, was Sie selbst zur Besänftigung dieses kleinen innerlichen Sturms für dienlich halten. Ich will sogleich schreiben, und Sir William, hoffe ich, soll mit den Beteurungen meiner Reue, mit den Ausdrückungen meines gerührten Herzens und mit den Angelobungen des zärtlichsten Gehorsams zufrieden sein.

Sara. Sir William? Ach, Mellefont, fangen Sie doch nun an, sich an einen weit zärtlichern Namen zu gewöhnen. Mein Vater, Ihr Vater, Mellefont — —

Mellefont. Nun ja, Miß, unser gütiger, unser bester Vater! — Ich mußte sehr jung aufhören, diesen süßen Namen zu nennen; sehr jung mußte ich den ebenso süßen Namen Mutter verlernen —

Sara. Sie haben ihn verlernt, und mir — mir ward es so gut nicht, ihn nur einmal sprechen zu können. Mein Leben war ihr Tod. — Gott! ich ward eine Muttermörderin wider mein Verschulden. Und wie viel fehlte — wie wenig, wie nichts fehlte — so wäre ich auch eine Vatermörderin geworden! Aber nicht ohne mein Verschulden; eine vorsätzliche Vatermörderin! — Und wer weiß, ob ich es nicht schon bin? Die Jahre, die Tage, die Augenblicke, die er geschwinder zu seinem Ziele kömmt, als er ohne die Betrübnis, die ich ihm verursacht, gekommen wäre — diese hab' ich ihm, ich habe sie ihm geraubt. Wenn ihn sein Schicksal auch noch so alt und

lebenssatt sterben läßt, so wird mein Gewissen doch nichts
gegen den Vorwurf sichern können, daß er ohne mich vielleicht
noch später gestorben wäre. Trauriger Vorwurf, den ich mir
ohne Zweifel nicht machen dürfte, wenn eine zärtliche Mutter
die Führerin meiner Jugend gewesen wäre! Ihre Lehren,
ihr Exempel würden mein Herz — So zärtlich blicken Sie
mich an, Mellefont? Sie haben recht; eine Mutter würde
mich vielleicht mit lauter Liebe tyrannisiert haben, und ich
würde Mellefonts nicht sein. Warum wünsche ich mir denn
also das, was mir das weisere Schicksal nur aus Güte ver=
sagte? Seine Fügungen sind immer die besten. Lassen Sie
uns nur das recht brauchen, was es uns schenkt: einen Vater,
der mich noch nie nach einer Mutter seufzen lassen, einen
Vater, der auch Sie ungenossene Eltern will vergessen lehren.
Welche schmeichelhafte Vorstellung! Ich verliebe mich selbst
darein und vergesse es fast, daß in dem Innersten sich noch
etwas regt, das ihm keinen Glauben beimessen will. — Was
ist es, dieses rebellische Etwas?

Mellefont. Dieses Etwas, liebste Sara, wie Sie schon
selbst gesagt haben, ist die natürliche furchtsame Schwierigkeit,
sich in ein großes Glück zu finden. — Ach, Ihr Herz machte
weniger Bedenken, sich unglücklich zu glauben, als es jetzt zu
seiner eignen Pein macht, sich für glücklich zu halten! —
Aber, wie dem, der in einer schnellen Kreisbewegung drehend
geworden, auch da noch, wenn er schon wieder still sitzt, die
äußern Gegenstände mit ihm herum zu gehen scheinen, so
wird auch das Herz, das zu heftig erschüttert worden, nicht
auf einmal wieder ruhig. Es bleibt eine zitternde Bebung
oft noch lange zurück, die wir ihrer eignen Abschwächung über=
lassen müssen.

Sara. Ich glaube es, Mellefont, ich glaube es, weil
Sie es sagen, weil ich es wünsche. — Aber lassen Sie uns
einer den andern nicht länger aufhalten. Ich will gehen und
meinen Brief vollenden. Ich darf doch auch den Ihrigen
lesen, wenn ich Ihnen den meinigen werde gezeigt haben?

Mellefont. Jedes Wort soll Ihrer Beurteilung unter=
worfen sein, nur das nicht, was ich zu Ihrer Rettung sagen
muß; denn ich weiß es, Sie halten sich nicht für so unschuldig,
als Sie sind. (Indem er die Sara bis an die Szene begleitet.)

———

2. Auftritt.

Mellefont (allein).

Mellefont (nachdem er einigemal tiefsinnig auf und niedergegangen).
Was für ein Rätsel bin ich mir selbst! Wofür soll ich mich
halten? Für einen Thoren? oder für einen Bösewicht? —
oder für beides? — Herz, was für ein Schalk bist du! —
Ich liebe den Engel, so ein Teufel ich auch sein mag. — Ich
lieb' ihn? Ja gewiß, gewiß, ich lieb' ihn. Ich weiß, ich
wollte tausend Leben für sie aufopfern, für sie, die mir ihre
Tugend aufgeopfert hat! Ich wollt' es; jetzt gleich ohne Anstand wollt' ich es — Und doch, doch — Ich erschrecke, mir
es selbst zu sagen — Und doch — Wie soll ich es begreifen? —
Und doch fürchte ich mich vor dem Augenblicke, der sie auf
ewig, vor dem Angesichte der Welt, zu der Meinigen machen
wird. — Er ist nun nicht zu vermeiden; denn der Vater ist
versöhnt. Auch weit hinaus werde ich ihn nicht schieben können.
Die Verzögerung desselben hat mir schon schmerzhafte Vorwürfe genug zugezogen. So schmerzhaft sie aber waren, so
waren sie mir doch erträglicher als der melancholische Gedanke,
auf zeitlebens gefesselt zu sein. — Aber bin ich es denn nicht
schon? — Ich bin es freilich, und bin es mit Vergnügen. —
Freilich bin ich schon ihr Gefangener. — Was will ich also? —
Das! — Jetzt bin ich ein Gefangener, den man auf sein
Wort frei herum gehen läßt: das schmeichelt! Warum kann
es dabei nicht sein Bewenden haben? Warum muß ich eingeschmiedet werden und auch sogar den elenden Schatten der
Freiheit entbehren? — Eingeschmiedet? Nichts anders! —
Sara Sampson, meine Geliebte! Wie viel Seligkeiten liegen
in diesen Worten! Sara Sampson, meine Ehegattin! — Die
Hälfte dieser Seligkeiten ist verschwunden! und die andre
Hälfte — wird verschwinden. — Ich Ungeheuer! — Und
bei diesen Gesinnungen soll ich an ihren Vater schreiben? —
Doch es sind keine Gesinnungen; es sind Einbildungen! Vermaledeite Einbildungen, die mir durch ein zügelloses Leben
so natürlich geworden! Ich will ihrer los werden oder —
nicht leben.

---

3. Auftritt.

Norton. Mellefont.

Mellefont. Du störest mich, Norton!

Norton. Verzeihen Sie also, mein Herr — (Indem er wieder zurückgehen will.)

Mellefont. Nein, nein, bleib da. Es ist ebenso gut, daß du mich störest. Was willst du?

Norton. Ich habe von Betty eine sehr freudige Neuigkeit gehört, und ich komme, Ihnen dazu Glück zu wünschen.

Mellefont. Zur Versöhnung des Vaters doch wohl? Ich danke dir.

Norton. Der Himmel will Sie also noch glücklich machen.

Mellefont. Wenn er es will — du siehst, Norton, ich lasse mir Gerechtigkeit widerfahren — so will er es meinetwegen gewiß nicht.

Norton. Nein, wenn Sie dieses erkennen, so will er es auch Ihretwegen.

Mellefont. Meiner Sara wegen, einzig und allein meiner Sara wegen. Wollte seine schon gerüstete Rache eine ganze sündige Stadt weniger Gerechten wegen verschonen, so kann er ja wohl auch e i n e n Verbrecher dulden, wenn eine ihm gefällige Seele an dem Schicksale desselben Anteil nimmt.

Norton. Sie sprechen sehr ernsthaft und rührend. Aber drückt sich die Freude nicht etwas anders aus?

Mellefont. Die Freude, Norton? Sie ist nun für mich dahin.

Norton. Darf ich frei reden? (Indem er ihn scharf ansieht.)

Mellefont. Du darfst.

Norton. Der Vorwurf, den ich an dem heutigen Morgen von Ihnen hören mußte, daß ich mich Ihrer Verbrechen teilhaftig gemacht, weil ich dazu geschwiegen, mag mich bei Ihnen entschuldigen, wenn ich von nun an seltner schweige.

Mellefont. Nur vergiß nicht, wer du bist.

Norton. Ich will es nicht vergessen, daß ich ein Bedienter bin: ein Bedienter, der auch etwas Bessers sein könnte, wenn er, leider! darnach gelebt hätte. Ich bin Ihr Bedienter, ja; aber nicht auf dem Fuße, daß ich mich gern mit Ihnen möchte verdammen lassen.

Mellefont. Mit mir? Und warum sagst du das jetzt?

Norton. Weil ich nicht wenig erstaune, Sie anders zu finden, als ich mir vorstellte.

Mellefont. Willst du mich nicht wissen lassen, was du dir vorstelltest?

Norton. Sie in lauter Entzückung zu finden.

Mellefont. Nur der Pöbel wird gleich außer sich gebracht, wenn ihn das Glück einmal anlächelt.

Norton. Vielleicht, weil der Pöbel noch sein Gefühl hat, das bei Vornehmern durch tausend unnatürliche Vorstellungen verderbt und geschwächt wird. Allein in Ihrem Gesichte ist noch etwas anders als Mäßigung zu lesen. Kaltsinn, Unentschlossenheit, Widerwille — —

Mellefont. Und wenn auch? Hast du es vergessen, wer noch außer der Sara hier ist? Die Gegenwart der Marwood — —

Norton. Könnte Sie wohl besorgt, aber nicht niedergeschlagen machen. — Sie beunruhiget etwas anders. Und ich will mich gern geirret haben, wenn Sie es nicht lieber gesehen hätten, der Vater wäre noch nicht versöhnt. Die Aussicht in einen Stand, der sich so wenig zu Ihrer Denkungsart schickt —

Mellefont. Norton! Norton! Du mußt ein erschrecklicher Bösewicht entweder gewesen sein oder noch sein, daß du mich so erraten kannst. Weil du es getroffen hast, so will ich es nicht leugnen. Es ist wahr; so gewiß es ist, daß ich meine Sara ewig lieben werde, so wenig will es mir ein, daß ich sie ewig lieben soll, — soll! — Aber besorge nichts; ich will über diese närrische Grille siegen. Oder meinst du nicht, daß es eine Grille ist? Wer heißt mich die Ehe als einen Zwang ansehen? Ich wünsche es mir ja nicht, freier zu sein, als sie mich lassen wird.

Norton. Diese Betrachtungen sind sehr gut. Aber Marwood, Marwood wird Ihren alten Vorurteilen zu Hilfe kommen, und ich fürchte, ich fürchte — —

Mellefont. Was nie geschehen wird. Du sollst sie noch heute nach London zurückreisen sehen. Da ich dir meine geheimste — Narrheit will ich es nur unterdessen nennen — gestanden habe, so darf ich dir auch nicht verbergen, daß ich die Marwood in solche Furcht gejagt habe, daß sie sich durchaus nach meinem geringsten Winke bequemen muß.

Norton. Sie sagen mir etwas Unglaubliches.

Mellefont. Sieh, dieses Mördereisen riß ich ihr aus der Hand (er zeigt ihm den Dolch, den er der Marwood genommen), als sie mir in der schrecklichsten Wut das Herz damit durchstoßen wollte. Glaubst du es nun bald, daß ich ihr festen Obstand gehalten habe? Anfangs zwar fehlte es nicht viel, sie hätte mir ihre

Schlinge wieder um den Hals geworfen. Die Verräterin hat Arabellen bei sich.

Norton. Arabellen?

Mellefont. Ich habe es noch nicht untersuchen können, durch welche List sie das Kind wieder in ihre Hände bekommen. Genug, der Erfolg fiel für sie nicht so aus, als sie es ohne Zweifel gehofft hatte.

Norton. Erlauben Sie, daß ich mich über Ihre Standhaftigkeit freuen und Ihre Besserung schon für halb geborgen halten darf. Allein — da Sie mich doch alles wollen wissen lassen — was hat sie unter dem Namen der Lady Solmes hier gesollt?

Mellefont. Sie wollte ihre Nebenbuhlerin mit aller Gewalt sehen. Ich willigte in ihr Verlangen, teils aus Nachsicht, teils aus Uebereilung, teils aus Begierde, sie durch den Anblick der besten ihres Geschlechts zu demütigen. — Du schüttelst den Kopf, Norton? — —

Norton. Das hätte ich nicht gewagt.

Mellefont. Gewagt? Eigentlich wagte ich nichts mehr dabei, als ich im Falle der Weigerung gewagt hätte. Sie würde als Marwood vorzukommen gesucht haben; und das Schlimmste, was bei ihrem unbekannten Besuche zu besorgen steht, ist nichts Schlimmers.

Norton. Danken Sie dem Himmel, daß es so ruhig abgelaufen.

Mellefont. Es ist noch nicht ganz vorbei, Norton. Es stieß ihr eine kleine Unpäßlichkeit zu, daß sie sich, ohne Abschied zu nehmen, wegbegeben mußte. Sie will wiederkommen. — Mag sie doch! Die Wespe, die den Stachel verloren hat (indem er auf den Dolch weiset, den er wieder in den Busen steckt), kann doch weiter nichts als summen. Aber auch das Summen soll ihr teuer werden, wenn sie zu überlästig damit wird. — Hör' ich nicht jemand kommen? Verlaß mich, wenn sie es ist. — Sie ist es. Geh! (Norton geht ab.)

---

4. Auftritt.

Mellefont. Marwood.

Marwood. Sie sehen mich ohne Zweifel sehr ungern wiederkommen.

Mellefont. Ich sehe es sehr gern, Marwood, daß Ihre

Unpäßlichkeit ohne Folgen gewesen ist. Sie befinden sich doch besser?

Marwood. So, so!

Mellefont. Sie haben also nicht wohl gethan, sich wieder hieher zu bemühen.

Marwood. Ich danke Ihnen, Mellefont, wenn Sie dieses aus Vorsorge für mich sagen. Und ich nehme es Ihnen nicht übel, wenn Sie etwas anders damit meinen.

Mellefont. Es ist mir angenehm, Sie so ruhig zu sehen.

Marwood. Der Sturm ist vorüber. Vergessen Sie ihn, bitte ich nochmals.

Mellefont. Vergessen Sie nur Ihr Versprechen nicht, Marwood, und ich will gern alles vergessen. — Aber, wenn ich wüßte, daß Sie es für keine Beleidigung annehmen wollten, so möchte ich wohl fragen — —

Marwood. Fragen Sie nur, Mellefont. Sie können mich nicht mehr beleidigen. Was wollten Sie fragen?

Mellefont. Wie Ihnen meine Miß gefallen habe?

Marwood. Die Frage ist natürlich. Meine Antwort wird so natürlich nicht scheinen, aber sie ist gleichwohl nichts weniger wahr. — Sie hat mir sehr wohl gefallen.

Mellefont. Diese Unparteilichkeit entzückt mich. Aber wär' es auch möglich, daß der, welcher die Reize einer Mar=wood zu schätzen wußte, eine schlechte Wahl treffen könnte?

Marwood. Mit dieser Schmeichelei, Mellefont, wenn es anders eine ist, hätten Sie mich verschonen sollen. Sie will sich mit meinem Vorsatze, Sie zu vergessen, nicht vertragen.

Mellefont. Sie wollen doch nicht, daß ich Ihnen diesen Vorsatz durch Grobheiten erleichtern soll? Lassen Sie unsere Trennung nicht von der gemeinen Art sein. Lassen Sie uns miteinander brechen, wie Leute von Vernunft, die der Not=wendigkeit weichen. Ohne Bitterkeit, ohne Groll und mit Beibehaltung eines Grades von Hochachtung, wie er sich zu unserer ehmaligen Vertraulichkeit schickt.

Marwood. Ehmaligen Vertraulichkeit? — Ich will nicht daran erinnert sein. Nichts mehr davon! Was geschehen muß, muß geschehen; und es kömmt wenig auf die Art an, mit welcher es geschieht. — Aber ein Wort noch von Ara=bellen. Sie wollen mir sie nicht lassen?

Mellefont. Nein, Marwood.

Marwood. Es ist grausam, da Sie ihr Vater nicht bleiben können, daß Sie ihr auch die Mutter nehmen wollen.

Mellefont. Ich kann ihr Vater bleiben und will es auch bleiben.

Marwood. So beweisen Sie es gleich jetzt.

Mellefont. Wie?

Marwood. Erlauben Sie, daß Arabella die Reichtümer, welche ich von Ihnen in Verwahrung habe, als ihr Vaterteil besitzen darf. Was ihr Mutterteil anbelangt, so wollte ich wohl wünschen, daß ich ihr ein beßres lassen könnte als die Schande, von mir geboren zu sein.

Mellefont. Reden Sie nicht so. — Ich will für Arabellen sorgen, ohne ihre Mutter wegen eines anständigen Auskommens in Verlegenheit zu setzen. Wenn sie mich vergessen will, so muß sie damit anfangen, daß sie etwas von mir zu besitzen vergißt. Ich habe Verbindlichkeiten gegen sie und werde es nie aus der Acht lassen, daß sie mein wahres Glück, obschon wider ihren Willen, befördert hat. Ja, Marwood, ich danke Ihnen in allem Ernste, daß Sie unsern Aufenthalt einem Vater verrieten, den bloß die Unwissenheit desselben verhinderte, uns nicht eher wieder anzunehmen.

Marwood. Martern Sie mich nicht mit einem Danke, den ich niemals habe verdienen wollen. Sir William ist ein zu guter alter Narr: er muß anders denken, als ich an seiner Stelle würde gedacht haben. Ich hätte der Tochter vergeben, und ihrem Verführer hätt' ich — —

Mellefont. Marwood! — —

Marwood. Es ist wahr; Sie sind es selbst. Ich schweige. — Werde ich der Miß mein Abschiedskompliment bald machen dürfen?

Mellefont. Miß Sara würde es Ihnen nicht übel nehmen können, wenn Sie auch wegreiseten, ohne sie wieder zu sprechen.

Marwood. Mellefont, ich spiele meine Rollen nicht gern halb, und ich will, auch unter keinem fremden Namen, für ein Frauenzimmer ohne Lebensart gehalten werden.

Mellefont. Wenn Ihnen Ihre eigne Ruhe lieb ist, so sollten Sie sich selbst hüten, eine Person nochmals zu sehen, die gewisse Vorstellungen bei Ihnen rege machen muß — —

Marwood (spöttisch lächelnd). Sie haben eine beßre Meinung von sich selbst als von mir. Wenn Sie es aber auch glaubten, daß ich Ihretwegen untröstlich sein müßte, so sollten Sie es doch wenigstens ganz in der Stille glauben. — Miß Sara soll gewisse Vorstellungen bei mir rege machen? Gewisse?

O ja — aber keine gewisser als diese, daß das beste Mädchen oft den nichtswürdigsten Mann lieben kann.

Mellefont. Allerliebst, Marwood, allerliebst! Nun sind Sie gleich in der Verfassung, in der ich Sie längst gern gewünscht hätte, ob es mir gleich, wie ich schon gesagt, fast lieber gewesen wäre, wenn wir einige gemeinschaftliche Hochachtung füreinander hätten behalten können. Doch vielleicht findet sich diese noch, wenn nur das gährende Herz erst ausgebrauset hat. — Erlauben Sie, daß ich Sie einige Augenblicke allein lasse. Ich will Miß Sampson zu Ihnen holen.

---

5. Auftritt.

Marwood.

Marwood (indem sie um sich herum sieht). Bin ich allein —? Kann ich unbemerkt einmal Atem schöpfen und die Muskeln des Gesichts in ihre natürliche Lage fahren lassen? — Ich muß geschwind einmal in allen Mienen die wahre Marwood sein, um den Zwang der Verstellung wieder aushalten zu können. — Wie hasse ich dich, niedrige Verstellung! Nicht, weil ich die Aufrichtigkeit liebe, sondern weil du die armseligste Zuflucht der ohnmächtigen Rachsucht bist. Gewiß würde ich mich zu dir nicht herablassen, wenn mir ein Tyrann seine Gewalt oder der Himmel seinen Blitz anvertrauen wollte. — Doch wann du mich nur zu meinem Zwecke bringst! — Der Anfang verspricht es, und Mellefont scheinet noch sichrer werden zu wollen. Wenn mir meine List gelingt, daß ich mit seiner Sara allein sprechen kann, so — Ja, so ist es doch noch sehr ungewiß, ob es mir etwas helfen wird. Die Wahrheiten von dem Mellefont werden ihr vielleicht nichts Neues sein; die Verleumdungen wird sie vielleicht nicht glauben und die Drohungen vielleicht verachten. Aber doch soll sie Wahrheit, Verleumdung und Drohungen von mir hören. Es wäre schlecht, wenn sie in ihrem Gemüte ganz und gar keinen Stachel zurückließen. — Still! sie kommen. Ich bin nun nicht mehr Marwood; ich bin eine nichtswürdige Verstoßene, die durch kleine Kunstgriffe die Schande von sich abzuwehren sucht; ein getretner Wurm, der sich krümmet und dem, der ihn getreten hat, wenigstens die Ferse gern verwunden möchte.

---

6. Auftritt.

Sara. Mellefont. Marwood.

Sara. Ich freue mich, Lady, daß meine Unruhe vergebens gewesen ist.

Marwood. Ich danke Ihnen, Miß. Der Zufall war zu klein, als daß er Sie hätte beunruhigen sollen.

Mellefont. Lady will sich Ihnen empfehlen, liebste Sara.

Sara. So eilig, Lady?

Marwood. Ich kann es für die, denen an meiner Gegenwart in London gelegen ist, nicht genug sein.

Sara. Sie werden doch heute nicht wieder aufbrechen?

Marwood. Morgen mit dem Frühsten.

Mellefont. Morgen mit dem Frühsten, Lady! Ich glaubte, noch heute.

Sara. Unsere Bekanntschaft, Lady, fängt sich sehr im Vorbeigehn an. Ich schmeichle mir, in Zukunft eines nähern Umgangs mit Ihnen gewürdiget zu werden.

Marwood. Ich bitte um Ihre Freundschaft, Miß.

Mellefont. Ich stehe Ihnen dafür, liebste Sara, daß diese Bitte der Lady aufrichtig ist, ob ich Ihnen gleich voraussagen muß, daß Sie einander ohne Zweifel lange nicht wiedersehen werden. Lady wird sich mit uns sehr selten an einem Orte aufhalten können — —

Marwood (beiseite). Wie fein!

Sara. Mellefont, das heißt mir eine sehr angenehme Hoffnung rauben.

Marwood. Ich werde am meisten dabei verlieren, glückliche Miß.

Mellefont. Aber in der That, Lady, wollen Sie erst morgen früh wieder fort?

Marwood. Vielleicht auch eher. (Beiseite). Es will noch niemand kommen!

Mellefont. Auch wir wollen uns nicht lange mehr hier aufhalten. Nicht wahr, liebste Miß, es wird gut sein, wenn wir unserer Antwort ungesäumt nachfolgen? Sir William kann unsere Eilfertigkeit nicht übel nehmen.

7. Auftritt.

Betty. Mellefont. Sara. Marwood.

Mellefont. Was willst du, Betty?

Betty. Man verlangt Sie unverzüglich zu sprechen.

Marwood (beiseite). Ha! nun kömmt es drauf an — —

Mellefont. Mich? unverzüglich? Ich werde gleich kom=
men. — Lady, ist es Ihnen gefällig, Ihren Besuch ab=
zukürzen?

Sara. Warum das, Mellefont? — Lady wird so gütig
sein und bis zu Ihrer Zurückkunft warten.

Marwood. Verzeihen Sie, Miß; ich kenne meinen Vetter
Mellefont und will mich lieber mit ihm wegbegeben.

Betty. Der Fremde, mein Herr — Er will Sie nur
auf ein Wort sprechen. Er sagt, er habe keinen Augenblick
zu versäumen — —.

Mellefont. Geh nur; ich will gleich bei ihm sein. —
Ich vermute, Miß, daß es eine endliche Nachricht von dem
Vergleiche sein wird, dessen ich gegen Sie gedacht habe.

(Betty geht ab.)

Marwood (beiseite). Gute Vermutung!

Mellefont. Aber doch, Lady — —

Marwood. Wenn Sie es denn befehlen — Miß, so
muß ich mich Ihnen — —

Sara. Nein doch, Mellefont: Sie werden mir ja das
Vergnügen nicht mißgönnen, Lady Solmes so lange unter=
halten zu dürfen?

Mellefont. Sie wollen es, Miß? — —

Sara. Halten Sie sich nicht auf, liebster Mellefont, und
kommen Sie nur bald wieder. Aber mit einem freudigern
Gesichte, will ich wünschen! Sie vermuten ohne Zweifel eine
unangenehme Nachricht. Lassen Sie sich nichts anfechten; ich
bin begieriger, zu sehen, ob Sie allenfalls auf eine gute Art
mich einer Erbschaft vorziehen können, als ich begierig bin,
Sie in dem Besitze derselben zu wissen. — —

Mellefont. Ich gehorche. (Warnend.) Lady, ich bin ganz
gewiß den Augenblick wieder hier. (Geht ab.)

Marwood (beiseite). Glücklich! .

---

8. Auftritt.

Sara. Marwood.

Sara. Mein guter Mellefont sagt seine Höflichkeiten manchmal mit einem ganz falschen Tone. Finden Sie es nicht auch, Lady? — —

Marwood. Ohne Zweifel bin ich seiner Art schon allzu gewohnt, als daß ich so etwas bemerken könnte.

Sara. Wollen sich Lady nicht setzen?

Marwood. Wenn Sie befehlen, Miß — (Beiseite, indem sie sich setzen.) Ich muß diesen Augenblick nicht ungebraucht vorbeistreichen lassen.

Sara. Sagen Sie mir, Lady, werde ich nicht das glücklichste Frauenzimmer mit meinem Mellefont werden?

Marwood. Wenn sich Mellefont in sein Glück zu finden weiß, so wird ihn Miß Sara zu der beneidenswürdigsten Mannsperson machen. Aber — —

Sara. Ein Aber und eine nachdenkliche Pause, Lady — — —

Marwood. Ich bin offenherzig, Miß — —

Sara. Und dadurch unendlich schätzbarer — —

Marwood. Offenherzig — nicht selten bis zur Unbedachtsamkeit. Mein Aber ist der Beweis davon. Ein sehr unbedächtiges Aber!

Sara. Ich glaube nicht, daß mich Lady durch diese Ausweichung noch unruhiger machen wollen. Es mag wohl eine grausame Barmherzigkeit sein, ein Uebel, das man zeigen könnte, nur argwohnen zu lassen.

Marwood. Nicht doch, Miß; Sie denken bei meinem Aber viel zu viel. Mellefont ist mein Anverwandter — —

Sara. Desto wichtiger wird die geringste Einwendung, die Sie wider ihn zu machen haben.

Marwood. Aber wenn Mellefont auch mein Bruder wäre, so muß ich Ihnen doch sagen, daß ich mich ohne Bedenken einer Person meines Geschlechts gegen ihn annehmen würde, wenn ich bemerkte, daß er nicht rechtschaffen genug an ihr handle. Wir Frauenzimmer sollten billig jede Beleidigung, die einer einzigen von uns erwiesen wird, zu Beleidigungen des ganzen Geschlechts und zu einer allgemeinen Sache machen, an der auch die Schwester und Mutter des Schuldigen Anteil zu nehmen sich nicht bedenken müßten.

Sara. Diese Anmerkung — —

Marwood. Ist schon dann und wann in zweifelhaften Fällen meine Richtschnur gewesen.

Sara. Und verspricht mir — Ich zittere —

Marwood. Nein, Miß; wenn Sie zittern wollen — Lassen Sie uns von etwas anderm sprechen — —

Sara. Grausame Lady!

Marwood. Es thut mir leid, daß ich verkannt werde. Ich wenigstens, wenn ich mich in Gedanken an Miß Sampsons Stelle setze, würde jede nähere Nachricht, die man mir von demjenigen geben wollte, mit dessen Schicksale ich das meinige auf ewig zu verbinden bereit wäre, als eine Wohlthat ansehen.

Sara. Was wollen Sie, Lady? Kenne ich meinen Mellefont nicht schon? Glauben Sie mir, ich kenne ihn wie meine eigne Seele. Ich weiß, daß er mich liebt — —

Marwood. Und andre — —

Sara. Geliebt hat. Auch das weiß ich. Hat er mich lieben sollen, ehe er von mir etwas wußte? Kann ich die einzige zu sein verlangen, die für ihn Reize genug gehabt hat? Muß ich mir es nicht selbst gestehen, daß ich mich, ihm zu gefallen, bestrebt habe? Ist er nicht liebenswürdig genug, daß er bei mehrern dieses Bestreben hat erwecken müssen? Und ist es nicht natürlich, wenn mancher dieses Bestreben gelungen ist?

Marwood. Sie verteidigen ihn mit eben der Hitze und fast mit eben den Gründen, mit welchen ich ihn schon oft verteidiget habe. Es ist kein Verbrechen, geliebt haben; noch viel weniger ist es eines, geliebet worden sein. Aber die Flatterhaftigkeit ist ein Verbrechen.

Sara. Nicht immer; denn oft, glaube ich, wird sie durch die Gegenstände der Liebe entschuldiget, die es immer zu bleiben selten verdienen.

Marwood. Miß Sampsons Sittenlehre scheinet nicht die strengste zu sein.

Sara. Es ist wahr; die, nach der ich diejenigen zu richten pflege, welche es selbst gestehen, daß sie auf Irrwegen gegangen sind, ist die strengste nicht. Sie muß es auch nicht sein. Denn hier kömmt es nicht darauf an, die Schranken zu bestimmen, die uns die Tugend bei der Liebe setzt; sondern bloß darauf, die menschliche Schwachheit zu entschuldigen, wenn sie in diesen Schranken nicht geblieben ist, und die daraus entstehenden Folgen nach den Regeln der Klugheit zu beurteilen. Wenn, zum Exempel, ein Mellefont eine Marwood liebt und sie endlich verläßt, so ist dieses Verlassen, in Vergleichung mit der Liebe selbst, etwas sehr Gutes. Es wäre ein Unglück, wenn er eine Lasterhafte deswegen, weil er sie einmal geliebt hat, ewig lieben müßte.

Marwood. Aber, Miß, kennen Sie denn diese Marwood, welche Sie so getrost eine Lasterhafte nennen?

Sara. Ich kenne sie aus der Beschreibung des Mellefont.

Marwood. Des Mellefont? Ist es Ihnen denn nie beigefallen, daß Mellefont in seiner eignen Sache nichts anders als ein sehr ungültiger Zeuge sein könne?

Sara. — Nun merke ich es erst, Lady, daß Sie mich auf die Probe stellen wollen. Mellefont wird lächeln, wenn Sie es ihm wiedersagen werden, wie ernsthaft ich mich seiner angenommen.

Marwood. Verzeihen Sie, Miß; von dieser Unter= redung muß Mellefont nichts wieder erfahren. Sie denken zu edel, als daß Sie zum Danke für eine wohlgemeinte Warnung eine Anverwandte mit ihm entzweien wollten, die sich nur deswegen wider ihn erklärt, weil sie sein unwürdiges Verfahren gegen mehr als eine der liebenswürdigsten Per= sonen unsers Geschlechts so ansieht, als ob sie selbst darunter gelitten hätte.

Sara. Ich will niemand entzweien, Lady, und ich wünschte, daß es andre ebensowenig wollten.

Marwood. Soll ich Ihnen die Geschichte der Marwood in wenig Worten erzählen?

Sara. Ich weiß nicht — Aber doch ja, Lady; nur mit dem Beding, daß Sie davon aufhören, sobald Mellefont zu= rückkömmt. Er möchte denken, ich hätte mich aus eignem Triebe darnach erkundiget, und ich wollte nicht gern, daß er mir eine ihm so nachteilige Neubegierde zutrauen könnte.

Marwood. Ich würde Miß Sampson um gleiche Vor= sicht gebeten haben, wenn sie mir nicht zuvorgekommen wäre. Er muß es auch nicht argwohnen können, daß Marwood unser Gespräch gewesen ist, und Sie werden so behutsam sein, Ihre Maßregeln ganz in der Stille darnach zu nehmen. — Hören Sie nunmehr! — Marwood ist aus einem guten Geschlechte. Sie war' eine junge Witwe, als sie Mellefont bei einer ihrer Freundinnen kennen lernte. Man sagt, es habe ihr weder an Schönheit noch an derjenigen Anmut gemangelt, ohne welche die Schönheit tot sein würde. Ihr guter Name war ohne Flecken. Ein einziges fehlte ihr: — Vermögen. Alles, was sie besessen hatte, — und es sollen ansehnliche Reichtümer gewesen sein, — hatte sie für die Befreiung eines Mannes aufgeopfert, dem sie nichts in der Welt vorenthalten zu dürfen glaubte, nachdem sie ihm einmal ihr Herz und ihre Hand schenken wollen.

Sara. Wahrlich ein edler Zug, Lady, von dem ich wollte, daß er in einem bessern Gemälde prangte!

Marwood. Des Mangels an Vermögen ungeachtet ward sie von Personen gesucht, die nichts eifriger wünschten, als sie glücklich zu machen. Unter diesen reichen und vornehmen Anbetern trat Mellefont auf. Sein Antrag war ernstlich, und der Ueberfluß, in welchen er die Marwood zu setzen versprach, war das Geringste, worauf er sich stützte. Er hatte es bei der ersten Unterredung weg, daß er mit keiner Eigennützigen zu thun habe, sondern mit einem Frauenzimmer voll des zärtlichsten Gefühls, welches eine Hütte einem Palaste würde vorgezogen haben, wenn sie in jener mit einer geliebten und in diesem mit einer gleichgültigen Person hätte leben sollen.

Sara. Wieder ein Zug, den ich der Marwood nicht gönne. Schmeicheln Sie ihr ja nicht mehr, Lady, oder ich möchte sie am Ende bedauern müssen.

Marwood. Mellefont war eben im Begriff, sich auf die feierlichste Art mit ihr zu verbinden, als er Nachricht von dem Tode eines Vetters bekam, welcher ihm sein ganzes Vermögen mit der Bedingung hinterließ, eine weitläuftige Anverwandte zu heiraten. Hatte Marwood seinetwegen reichere Verbindungen ausgeschlagen, so wollte er ihr nunmehr an Großmut nichts nachgeben. Er war willens, ihr von dieser Erbschaft eher nichts zu sagen, als bis er sich derselben durch sie würde verlustig gemacht haben. — Nicht wahr, Miß, das war groß gedacht?

Sara. O Lady, wer weiß es besser als ich, daß Mellefont das edelste Herz besitzt?

Marwood. Was aber that Marwood? Sie erfuhr es unter der Hand, noch spät an einem Abende, wozu sich Mellefont ihretwegen entschlossen hätte. Mellefont kam des Morgens, sie zu besuchen, und Marwood war fort.

Sara. Wohin? Warum?

Marwood. Er fand nichts als einen Brief von ihr, worin sie ihm entdeckte, daß er sich keine Rechnung machen dürfe, sie jemals wieder zu sehen. Sie leugne es zwar nicht, daß sie ihn liebe; aber eben deswegen könne sie sich nicht überwinden, die Ursache einer That zu sein, die er notwendig einmal bereuen müsse. Sie erlasse ihn seines Versprechens und ersuche ihn, ohne weiteres Bedenken durch die Vollziehung der in dem Testamente vorgeschriebnen Verbindung in den Besitz eines Vermögens zu treten, welches ein Mann von

Ehre zu etwas Wichtigerm brauchen könne, als einem Frauenzimmer eine unüberlegte Schmeichelei damit zu machen.

Sara. Aber, Lady, warum leihen Sie der Marwood
so vortreffliche Gesinnungen? Lady Solmes kann derselben
wohl fähig sein, aber nicht Marwood. Gewiß Marwood nicht.

Marwood. Es ist nicht zu verwundern, Miß, daß Sie
wider sie eingenommen sind. — Mellefont wollte über den
Entschluß der Marwood von Sinnen kommen. Er schickte
überall Leute aus, sie wieder aufzusuchen, und endlich fand er sie.

Sara. Weil sie sich finden lassen wollte, ohne Zweifel.

Marwood. Keine bittere Glossen, Miß! Sie geziemen
einem Frauenzimmer von einer sonst so sanften Denkungsart
nicht. — Er fand sie, sag' ich, und fand sie unbeweglich. Sie
wollte seine Hand durchaus nicht annehmen; und alles, was
er von ihr erhalten konnte, war dieses, daß sie nach London
zurückzukommen versprach. Sie wurden eins, ihre Vermählung
so lange auszusetzen, bis die Anverwandte, des langen Ver-
zögerns überdrüssig, einen Vergleich vorzuschlagen gezwungen
sei. Unterdessen konnte sich Marwood nicht wohl der täglichen
Besuche des Mellefont entbrechen, die eine lange Zeit nichts
als ehrfurchtsvolle Besuche eines Liebhabers waren, den man
in die Grenzen der Freundschaft zurückgewiesen hat. Aber wie
unmöglich ist es, daß ein hitziges Temperament diese engen
Grenzen nicht überschreiten sollte! Mellefont besitzt alles, was
uns eine Mannsperson gefährlich machen kann. Niemand
kann hiervon überzeugter sein als Miß Sampson selbst.

Sara. Ach!

Marwood. Sie seufzen? Auch Marwood hat über ihre
Schwachheit mehr als einmal geseufzet und seufzet noch.

Sara. Genug, Lady, genug; diese Wendung, sollte ich
meinen, war mehr als eine bittere Glosse, die Sie mir zu
untersagen beliebten.

Marwood. Ihre Absicht war nicht, zu beleidigen, sondern
bloß die unglückliche Marwood Ihnen in einem Lichte zu
zeigen, in welchem Sie am richtigsten von ihr urteilen könnten.
— Kurz, die Liebe gab dem Mellefont die Rechte eines Ge-
mahls, und Mellefont hielt es länger nicht für nötig, sie durch
die Gesetze gültig machen zu lassen. Wie glücklich wäre Marwood, wenn sie, Mellefont und der Himmel nur allein von
ihrer Schande wüßten! Wie glücklich, wenn nicht eine jam-
mernde Tochter dasjenige der ganzen Welt entdeckte, was sie
vor sich selbst verbergen zu können wünschte!

Sara. Was sagen Sie, Lady? Eine Tochter — —

Marwood. Ja, Miß, eine unglückliche Tochter verlieret durch die Dazwischenkunft der Sara Sampson alle Hoffnung, ihre Eltern jemals ohne Abscheu nennen zu können.

Sara. Schreckliche Nachricht! Und dieses hat mir Mellefont verschwiegen? — — Darf ich es auch glauben, Lady?

Marwood. Sie dürfen sicher glauben, Miß, daß Ihnen Mellefont vielleicht noch mehr verschwiegen hat.

Sara. Noch mehr? Was könnte er mir noch mehr verschwiegen haben?

Marwood. Dieses, daß er die Marwood noch liebt.

Sara. Sie töten mich, Lady!

Marwood. Es ist unglaublich, daß sich eine Liebe, welche länger als zehn Jahr gedauert hat, so geschwind verlieren könne. Sie kann zwar eine kurze Verfinsterung leiden, weiter aber auch nichts als eine kurze Verfinsterung, aus welcher sie hernach mit neuem Glanze wieder hervorbricht. Ich könnte Ihnen eine Miß Oklaff, eine Miß Dorkas, eine Miß Moor und mehrere nennen, welche eine nach der andern der Marwood einen Mann abspenstig zu machen drohten, von welchem sie sich am Ende auf das grausamste hintergangen sahen. Er hat einen gewissen Punkt, über welchen er sich nicht bringen läßt, und sobald er diesen scharf in das Gesicht bekömmt, springt er ab. Gesetzt aber, Miß, Sie wären die einzige Glückliche, bei welcher sich alle Umstände wider ihn erklärten; gesetzt, Sie brächten ihn dahin, daß er seinen nunmehr zur Natur gewordenen Abscheu gegen ein förmliches Joch überwinden müßte: glaubten Sie wohl dadurch seines Herzens versichert zu sein?

Sara. Ich Unglückliche! Was muß ich hören!

Marwood. Nichts weniger. Alsdann würde er eben am allererſten in die Arme derjenigen zurückeilen, die auf seine Freiheit so eifersüchtig nicht gewesen. Sie würden seine Gemahlin heißen, und jene würde es sein.

Sara. Martern Sie mich nicht länger mit so schrecklichen Vorstellungen! Raten Sie mir vielmehr, Lady, ich bitte Sie, raten Sie mir, was ich thun soll. Sie müssen ihn kennen. Sie müssen es wissen, durch was es noch etwa möglich ist, ihm ein Band angenehm zu machen, ohne welches auch die aufrichtigſte Liebe eine unheilige Leidenschaft bleibet.

Marwood. Daß man einen Vogel fangen kann, Miß, das weiß ich wohl. Aber daß man ihm seinen Käfig angenehmer als das freie Feld machen könne, das weiß ich nicht.

Mein Rat wäre also, ihn lieber nicht zu fangen und sich den Verdruß über die vergebne Mühe zu ersparen. Begnügen Sie sich, Miß, an dem Vergnügen, ihn sehr nahe an Ihrer Schlinge gesehen zu haben, und weil Sie voraussehen können, daß er die Schlinge ganz gewiß zerreißen werde, wenn Sie ihn vollends hinein lockten, so schonen Sie Ihre Schlinge und locken ihn nicht herein.

Sara. Ich weiß nicht, ob ich dieses tändelnde Gleichnis recht verstehe, Lady —

Marwood. Wenn Sie verdrießlich darüber geworden sind, so haben Sie es verstanden. — Mit einem Worte, Ihr eigner Vorteil sowohl als der Vorteil einer andern, die Klug= heit sowohl als die Billigkeit können und sollen Miß Sampson bewegen, ihre Ansprüche auf einen Mann aufzugeben, auf den Marwood die ersten und stärksten hat. Noch stehen Sie, Miß, mit ihm so, daß Sie, ich will nicht sagen mit vieler Ehre, aber doch ohne öffentliche Schande von ihm ablassen können. Eine kurze Verschwindung mit einem Liebhaber ist zwar ein Fleck, aber doch ein Fleck, den die Zeit ausbleichet. In einigen Jahren ist alles vergessen, und es finden sich für eine reiche Erbin noch immer Mannspersonen, die es so genau nicht nehmen. Wenn Marwood in diesen Umständen wäre, und sie brauchte weder für ihre im Abzuge begriffene Reize einen Gemahl, noch für ihre hilflose Tochter einen Vater, so weiß ich gewiß, Marwood würde gegen Miß Sampson großmütiger handeln, als Miß Sampson gegen die Marwood zu handeln schimpfliche Schwierigkeiten macht.

Sara (indem sie unwillig aufsteht). Das geht zu weit! Ist dieses die Sprache einer Anverwandten des Mellefont? — Wie un= würdig verrät man Sie, Mellefont! — Nun merke ich es, Lady, warum er Sie so ungern bei mir allein lassen wollte. Er mag es schon wissen, wie viel man von Ihrer Zunge zu fürchten habe. Eine giftige Zunge! — Ich rede dreist! Denn Lady haben lange genug unanständig geredet. Wodurch hat Marwood sich eine solche Vorsprecherin erwerben können, die alle ihre Erfindungskraft aufbietet, mir einen blendenden Roman von ihr aufzudringen, und alle Ränke anwendet, mich gegen die Redlichkeit eines Mannes argwöhnisch zu machen, der ein Mensch, aber kein Ungeheuer ist? Ward es mir nur deswegen gesagt, daß sich Marwood einer Tochter von ihm rühme; ward mir nur deswegen diese und jene betrogene Miß genannt, damit man mir am Ende auf die empfindlichste Art

zu verstehen geben könne, ich würde wohl thun, wenn ich mich
selbst einer verhärteten Buhlerin nachsetzte?

Marwood. Nur nicht so hitzig, mein junges Frauen=
zimmer! Eine verhärtete Buhlerin? — Sie brauchen wahr=
scheinlicherweise Worte, deren Kraft Sie nicht überleget haben.

Sara. Erscheint sie nicht als eine solche, selbst in der
Schilderung der Lady Solmes? — Gut, Lady; Sie sind ihre
Freundin, ihre vertrauteste Freundin vielleicht. Ich sage dieses
nicht als einen Vorwurf; denn es kann leicht in der Welt
nicht wohl möglich sein, nur lauter tugendhafte Freunde zu
haben. Allein wie komme ich dazu, dieser Ihrer Freundschaft
wegen so tief herabgestoßen zu werden? Wenn ich der Mar=
wood Erfahrung gehabt hätte, so würde ich den Fehltritt gewiß
nicht gethan haben, der mich mit ihr in eine so erniedrigende
Parallel setzt. Hätte ich ihn aber doch gethan, so würde ich
wenigstens nicht zehn Jahr darin verharret sein. Es ist ganz
etwas anders, aus Unwissenheit auf das Laster treffen, und
ganz etwas anders, es kennen und demungeachtet mit ihm
vertraulich werden. — Ach, Lady, wenn Sie es wüßten, was
für Reue, was für Gewissensbisse, was für Angst mich mein
Irrtum gekostet! Mein Irrtum, sag' ich; denn warum soll
ich länger so grausam gegen mich sein und ihn als ein Ver=
brechen betrachten? Der Himmel selbst hört auf, ihn als ein
solches anzusehen; er nimmt die Strafe von mir und schenkt
mir einen Vater wieder. — Ich erschrecke, Lady; wie ver=
ändern sich auf einmal die Züge Ihres Gesichts? Sie glühen;
aus dem starren Auge schreckt Wut, und des Mundes knirschende
Bewegung — Ach! wo ich Sie erzürnt habe, Lady, so bitte
ich um Verzeihung. Ich bin eine empfindliche Närrin; was
Sie gesagt haben, war ohne Zweifel so böse nicht gemeint.
Vergessen Sie meine Uebereilung. Wodurch kann ich Sie
besänftigen? Wodurch kann auch ich mir eine Freundin an
Ihnen erwerben, so wie sie Marwood an Ihnen gefunden
hat? Lassen Sie mich, Lady, lassen Sie mich fußfällig darum
bitten — (indem sie niederfällt) um Ihre Freundschaft, Lady, —
und wo ich diese nicht erhalten kann, um die Gerechtigkeit
wenigstens, mich und Marwood nicht in einen Rang zu setzen.

Marwood (die einige Schritte stolz zurücktritt und die Sara liegen läßt).
Diese Stellung der Sara Sampson ist für Marwood viel zu
reizend, als daß sie nur unerkannt darüber frohlocken sollte
— Erkennen Sie, Miß, in mir die Marwood, mit der Sie nicht
verglichen zu werden die Marwood selbst fußfällig bitten.

Sara (die voller Erschrecken aufspringt und sich zitternd zurückzieht). Sie
Marwood? — Ha! Nun erkenn' ich sie — nun erkenn' ich
sie, die mörbrische Retterin, deren Dolche mich ein warnender
Traum preisgab. Sie ist es! Flieh, unglückliche Sara! Retten
Sie mich, Mellefont; retten Sie ihre Geliebte! Und du, süße
Stimme meines geliebten Vaters, erschalle! Wo schallt sie?
wo soll ich auf sie zueilen? — hier? — da? — Hilfe, Melle=
font! Hilfe, Betty! — Jetzt bringt sie mit tötender Faust
auf mich ein! Hilfe! (Eilt ab.)

---

9. Auftritt.

Marwood.

Marwood. Was will die Schwärmerin? — O, daß sie
wahr redte und ich mit tötender Faust auf sie eindränge!
Bis hieher hätte ich den Stahl sparen sollen, ich Thörichte!
Welche Wollust, eine Nebenbuhlerin in der freiwilligen Erniedrigung zu unsern Füßen durchbohren zu können! — Was
nun? — Ich bin entdeckt. Mellefont kann den Augenblick
hier sein. Soll ich ihn fliehen? Soll ich ihn erwarten? Ich
will ihn erwarten, aber nicht müßig. Vielleicht, daß ihn die
glückliche List meines Bedienten noch lange genug aufhält! —
Ich sehe, ich werde gefürchtet. Warum folge ich ihr also
nicht? Warum versuche ich nicht noch das letzte, das ich wider
sie brauchen kann? Drohungen sind armselige Waffen: doch
die Verzweiflung verschmäht keine, so armselig sie sind. Ein
schreckhaftes Mädchen, das betäubt und mit zerrütteten Sinnen
schon vor meinem Namen flieht, kann leicht fürchterliche Worte
für fürchterliche Thaten halten. Aber Mellefont? — Mellefont
wird ihr wieder Mut machen und sie über meine Drohungen
spotten lehren. Er wird? Vielleicht wird er auch nicht. Es
wäre wenig in der Welt unternommen worden, wenn man
nur immer auf den Ausgang gesehen hätte. Und bin ich auf
den unglücklichsten nicht schon vorbereitet? — Der Dolch war
für andre, das Gift ist für mich! Das Gift für mich! Schon
längst mit mir herumgetragen, wartet es hier, dem Herzen
bereits nahe, auf den traurigen Dienst; hier, wo ich in bessern
Zeiten die geschriebenen Schmeicheleien der Anbeter verbarg,
für uns ein ebenso gewisses, aber nur langsameres Gift. —
Wenn es doch nur bestimmt wäre, in meinen Adern nicht

allein zu toben! Wenn es doch einem Ungetreuen — Was halte ich mich mit Wünschen auf? — Fort! Ich muß weder mich noch sie zu sich selbst kommen lassen. Der will sich nichts wagen, der sich mit kaltem Blute wagen will. (Geht ab.)

Fünfter Aufzug.

1. Auftritt.

Das Zimmer der Sara.

Sara (schwach in einem Lehnstuhle). Betty.

Betty. Fühlen Sie nicht, Miß, daß Ihnen ein wenig besser wird?

Sara. Besser, Betty? — Wenn nur Mellefont wieder= kommen wollte. Du hast doch nach ihm ausgeschickt?

Betty. Norton und der Wirt suchen ihn.

Sara. Norton ist ein guter Mensch, aber er ist hastig. Ich will durchaus nicht, daß er seinem Herrn meinetwegen Grobheiten sagen soll. Wie er es selbst erzählte, so ist Melle= font ja an allem unschuldig. — Nicht wahr, Betty, du hältst ihn auch für unschuldig? — Sie kömmt ihm nach; was kann er dafür? Sie tobt, sie raset, sie will ihn ermorden. Siehst du, Betty? dieser Gefahr habe ich ihn ausgesetzt. Wer sonst als ich? — Und endlich will die böse Marwood mich sehen oder nicht eher nach London zurückkehren. Konnte er ihr diese Kleinigkeit abschlagen? Bin ich doch auch oft begierig gewesen, die Marwood zu sehen. Mellefont weiß wohl, daß wir neu= gierige Geschöpfe sind. Und wenn ich nicht selbst darauf ge= drungen hätte, daß sie bis zu seiner Zurückkunft bei mir ver= ziehen sollte, so würde er sie wieder mit weggenommen haben. Ich würde ~~sie~~ unter einem falschen Namen gesehen haben, ohne zu wissen, daß ich sie gesehen hätte. Und vielleicht würde mir dieser kleine Betrug einmal angenehm gewesen sein. Kurz, alle Schuld ist mein. — Je nun, ich bin erschrocken; weiter bin ich ja nichts! Die kleine Ohnmacht wollte nicht viel sagen. Du weißt wohl, Betty, ich bin dazu geneigt.

Betty. Aber in so tiefer hatte ich Miß noch nie gesehen.

Sara. Sage es mir nur nicht. Ich werde dir gut= herzigem Mädchen freilich zu schaffen gemacht haben.

Betty. Marwood selbst schien durch die Gefahr, in der Sie sich befanden, gerühret zu sein. So stark ich ihr auch anlag, daß sie sich nur fortbegeben möchte, so wollte sie doch das Zimmer nicht eher verlassen, als bis Sie die Augen ein wenig wieder aufschlugen und ich Ihnen die Arzenei einflößen konnte.

Sara. Ich muß es wohl gar für ein Glück halten, daß ich in Ohnmacht gefallen bin. Denn wer weiß, was ich noch von ihr hätte hören müssen. Umsonst mochte sie mir gewiß nicht in mein Zimmer gefolgt sein. Du glaubst nicht, wie außer mir ich war. Auf einmal fiel mir der schreckliche Traum von voriger Nacht ein, und ich flohe als eine Unsinnige, die nicht weiß, warum und wohin sie flieht. — Aber Mellefont kömmt noch nicht. — Ach! —

Betty. Was für ein Ach, Miß? Was für Zuckungen? —

Sara. Gott! was für eine Empfindung war dies — —

Betty. Was stößt Ihnen wieder zu?

Sara. Nichts, Betty. — Ein Stich! nicht ein Stich, tausend feurige Stiche in einem! — Sei nur ruhig; es ist vorbei.

---

2. Auftritt.

Norton. Sara. Betty.

Norton. Mellefont wird den Augenblick hier sein.

Sara. Nun, das ist gut, Norton. Aber wo hast du ihn noch gefunden?

Norton. Ein Unbekannter hat ihn bis vor das Thor mit sich gelockt, wo ein Herr auf ihn warte, der in Sachen von der größten Wichtigkeit mit ihm sprechen müsse. Nach langem Herumführen hat sich der Betrüger ihm von der Seite geschlichen. Es ist sein Unglück, wo er sich ertappen läßt; so wütend ist Mellefont.

Sara. Hast du ihm gesagt, was vorgegangen?

Norton. Alles.

Sara. Aber mit einer Art — —

Norton. Ich habe auf die Art nicht denken können. Genug, er weiß es, was für Angst Ihnen seine Unvorsichtigkeit wieder verursacht hat.

Sara. Nicht doch, Norton; ich habe mir sie selbst verursacht. — —

Norton. Warum soll Mellefont niemals Unrecht haben? — Kommen Sie nur, mein Herr; die Liebe hat Sie bereits entschuldiget.

---

3. Auftritt.

Mellefont. Norton. Sara. Betty.

Mellefont. Ach, Miß, wenn auch diese Ihre Liebe nicht wäre —

Sara. So wäre ich von uns beiden gewiß die Unglück=lichste. Ist Ihnen in Ihrer Abwesenheit nur nichts Verdrieß=lichers zugestoßen als mir, so bin ich vergnügt.

Mellefont. So gütig empfangen zu werden, habe ich nicht verdient.

Sara. Verzeihen Sie es meiner Schwachheit, daß ich Sie nicht zärtlicher empfangen kann. Bloß Ihrer Zufriedenheit wegen wünschte ich, mich weniger krank zu fühlen.

Mellefont. Ha, Marwood, diese Verräterei war noch übrig! Der Nichtswürdige, der mich mit der geheimnisvollsten Miene aus einer Straße in die andre, aus einem Winkel in den andern führte, war gewiß nichts anders als ein Ab=geschickter von ihr. Sehen Sie, liebste Miß, diese List wandte sie an, mich von Ihnen zu entfernen. Eine plumpe List, ohne Zweifel; aber eben weil sie plump war, war ich weit davon entfernt, sie dafür zu halten. Umsonst muß sie so treulos nicht gewesen sein! Geschwind, Norton, geh in ihre Wohnung, laß sie nicht aus den Augen und halte sie so lange auf, bis ich nachkomme.

Sara. Wozu dieses, Mellefont? Ich bitte für Marwood.

Mellefont. Geh! (Norton geht ab.)

---

4. Auftritt.

Sara. Mellefont. Betty.

Sara. Lassen Sie doch einen abgematteten Feind, der den letzten fruchtlosen Sturm gewagt hat, ruhig abziehen. Ich würde ohne Marwood vieles nicht wissen — —

Mellefont. Vieles? Was ist das Viele?

Sara. Was Sie mir selbst nicht gesagt hätten, Melle=font. — Sie werden stutzig? — Nun wohl, ich will es wieder vergessen, weil Sie doch nicht wollen, daß ich es wissen soll.

Mellefont. Ich will nicht hoffen, daß Sie etwas zu meinem Nachteile glauben werden, was keinen andern Grund hat als die Eifersucht einer aufgebrachten Verleumderin.

Sara. Auf ein andermal hiervon! — Warum aber lassen

Sie es nicht das erste sein, mir von der Gefahr zu sagen, in der sich Ihr kostbares Leben befunden hat? Ich, Mellefont, ich würde den Stahl geschliffen haben, mit dem Sie Marwood durchstoßen hätte —

Mellefont. Diese Gefahr war so groß nicht. Marwood ward von einer blinden Wut getrieben, und ich war bei kaltem Blute. Ihr Angriff also mußte mißlingen — Wenn ihr ein andrer, auf der Miß Sara gute Meinung von ihrem Mellefont, nur nicht besser gelungen ist! Fast muß ich es fürchten — Nein, liebste Miß, verschweigen Sie mir es nicht länger, was Sie von ihr wollen erfahren haben.

Sara. Nun wohl. — Wenn ich noch den geringsten Zweifel an Ihrer Liebe gehabt hätte, Mellefont, so würde mir ihn die tobende Marwood benommen haben. Sie muß es gewiß wissen, daß sie durch mich um das Kostbarste gekommen sei; denn ein ungewisser Verlust würde sie bedächtiger haben gehen lassen.

Mellefont. Bald werde ich also auf ihre blutdürstige Eifersucht, auf ihre ungestüme Frechheit, auf ihre treulose List einigen Wert legen müssen! — Aber, Miß, Sie wollen mir wieder ausweichen und mir dasjenige nicht entdecken — — —

Sara. Ich will es; und was ich sagte, war schon ein näherer Schritt dazu. Daß mich Mellefont also liebt, ist unwidersprechlich gewiß. Wenn ich nur nicht entdeckt hätte, daß seiner Liebe ein gewisses Vertrauen fehle, welches mir ebenso schmeichelhaft sein würde als die Liebe selbst. Kurz, liebster Mellefont — Warum muß mir eine plötzliche Beklemmung das Reden so schwer machen? Ich werde es schon sagen müssen, ohne viel die behutsamste Wendung zu suchen, mit der ich es Ihnen sagen sollte. — Marwood erwähnte eines Pfandes, und der schwatzhafte Norton — vergeben Sie es ihm nur — nannte mir einen Namen, einen Namen, Mellefont, welcher eine andre Zärtlichkeit bei Ihnen rege machen muß, als Sie gegen mich empfinden.

Mellefont. Ist es möglich? Hat die Unverschämte ihre eigne Schande bekannt? — Ach, Miß, haben Sie Mitleiden mit meiner Verwirrung. — Da Sie schon alles wissen, warum wollen Sie es auch noch aus meinem Munde hören? Sie soll nie vor Ihre Augen kommen, die kleine Unglückliche, der man nichts vorwerfen kann als ihre Mutter.

Sara. Sie lieben sie also doch? —

Mellefont. Zu sehr, Miß, zu sehr, als daß ich es leugnen sollte.

Sara. Wohl! Mellefont. — Wie sehr liebe ich Sie, auch um dieser Liebe willen! Sie würden mich empfindlich beleidiget haben, wenn Sie die Sympathie Ihres Bluts aus mir nachteiligen Bedenklichkeiten verleugnet hätten. Schon haben Sie mich dadurch beleidiget, daß Sie mir drohen, sie nicht vor meine Augen kommen zu lassen. Nein, Mellefont, es muß eine von den Versprechungen sein, die Sie mir vor den Augen des Höchsten angeloben, daß Sie Arabellen nicht von sich lassen wollen. Sie läuft Gefahr, in den Händen ihrer Mutter ihres Vaters unwürdig zu werden. Brauchen Sie Ihre Rechte über beide und lassen Sie mich an die Stelle der Marwood treten. Gönnen Sie mir das Glück, mir eine Freundin zu erziehen, die Ihnen ihr Leben zu danken hat, einen Mellefont meines Geschlechts. Glückliche Tage, wenn mein Vater, wenn Sie, wenn Arabella meine kindliche Ehrfurcht, meine vertrauliche Liebe, meine sorgsame Freundschaft um die Wette beschäftigen werden! Glückliche Tage! Aber ach! — sie sind noch fern in der Zukunft. — Doch vielleicht weiß auch die Zukunft nichts von ihnen, und sie sind bloß in meiner Begierde noch Glück! Empfindungen, Mellefont, nie gefühlte Empfindungen wenden meine Augen in eine andre Aussicht! Eine dunkle Aussicht in ehrfurchtsvolle Schatten! — Wie wird mir? — (Indem sie die Hand vors Gesicht hält.)

Mellefont. Welcher plötzliche Uebergang von Bewunderung zum Schrecken! — Eile doch, Betty! Schaffe doch Hilfe! — Was fehlt Ihnen, großmütige Miß! Himmlische Seele! Warum verbirgt mir diese neidische Hand (indem er sie wegnimmt) so holde Blicke? — Ach, es sind Mienen, die den grausamsten Schmerz, aber ungern, verraten! Und doch ist die Hand neidisch, die mir diese Mienen verbergen will. Soll ich Ihre Schmerzen nicht mitfühlen, Miß? Ich Unglücklicher, daß ich sie nur mitfühlen kann! — Daß ich sie nicht allein fühlen soll! — So eile doch, Betty — —

Betty. Wohin soll ich eilen? —

Mellefont. Du siehst und fragst? — Nach Hilfe!

Sara. Bleib nur! — Es geht vorüber. Ich will Sie nicht wieder erschrecken, Mellefont.

Mellefont. Betty, was ist ihr geschehen? — Das sind nicht bloße Folgen einer Ohnmacht. —

5. Auftritt.

Norton. Mellefont. Sara. Betty.

Mellefont. Du kömmst schon wieder, Norton? Recht gut! Du wirst hier nötiger sein.

Norton. Marwood ist fort — —

Mellefont. Und meine Flüche eilen ihr nach! — Sie ist fort? — Wohin? — Unglück und Tod und, wo möglich, die ganze Hölle möge sich auf ihrem Wege finden! Verzehrend Feuer donnre der Himmel auf sie herab, und unter ihr breche die Erde ein, der weiblichen Ungeheuer größtes zu verschlingen! — —

Norton. Sobald sie in ihre Wohnung zurückgekommen, hat sie sich mit Arabellen und ihrem Mädchen in den Wagen geworfen und die Pferde mit verhängtem Zügel davon eilen lassen. Dieser versiegelte Zettel ist von ihr an Sie zurückgeblieben.

Mellefont (indem er den Zettel nimmt). Er ist an mich. — — Soll ich ihn lesen, Miß?

Sara. Wenn Sie ruhiger sein werden, Mellefont.

Mellefont. Ruhiger? Kann ich es werden, ehe ich mich an Marwood gerächet und Sie, teuerste Miß, außer Gefahr weiß?

Sara. Lassen Sie mich nichts von Rache hören. Die Rache ist nicht unser! — Sie erbrechen ihn doch? — Ach, Mellefont, warum sind wir zu gewissen Tugenden bei einem gesunden und seine Kräfte fühlenden Körper weniger als bei einem siechen und abgematteten aufgelegt? Wie sauer werden Ihnen Gelassenheit und Sanftmut, und wie unnatürlich scheint mir des Affekts ungeduldige Hitze! — — Behalten Sie den Inhalt nur vor sich.

Mellefont. Was ist es für ein Geist, der mich Ihnen ungehorsam zu sein zwinget? Ich erbrach ihn wider Willen, — wider Willen muß ich ihn lesen.

Sara (indem Mellefont vor sich lieset). Wie schlau weiß sich der Mensch zu trennen und aus seinen Leidenschaften ein von sich unterschiedenes Wesen zu machen, dem er alles zur Last legen könne, was er bei kaltem Blute selbst nicht billiget — — Mein Salz, Betty! Ich besorge einen neuen Schreck und werde es nötig haben. — Siehst du, was der unglückliche Zettel für einen Eindruck auf ihn macht! — Mellefont! — Sie geraten außer sich! — Mellefont! — Gott! er erstarrt! — Hier, Betty! Reiche ihm das Salz! — Er hat es nötiger als ich.

Mellefont (der die Betty damit zurückstößt). Nicht näher, Unglück=
liche! — Deine Arzeneien sind Gift! —

Sara. Was sagen Sie? — Besinnen Sie sich! Sie
verkennen sie!

Betty. Ich bin Betty, nehmen Sie doch.

Mellefont. Wünsche dir, Elende, daß du es nicht wärest!
— Eile! fliehe! ehe du in Ermanglung des Schuldigern das
schuldige Opfer meiner Wut wirst!

Sara. Was für Reden! — Mellefont, liebster Melle=
font —

Mellefont. Das letzte „liebster Mellefont" aus diesem
göttlichen Munde, und dann ewig nicht mehr! — Zu Ihren
Füßen, Sara — — (indem er sich niederwirft) — — Aber was
will ich zu Ihren Füßen? (und wieder aufspringt) Entdecken? Ich
Ihnen entdecken? — Ja, ich will Ihnen entdecken, Miß, daß
Sie mich hassen werden, daß Sie mich hassen müssen. — Sie
sollen den Inhalt nicht erfahren; nein, von mir nicht! —
Aber Sie werden ihn erfahren. — Sie werden — Was
steht Ihr noch hier, müßig und angeheftet? Lauf, Norton.
bring alle Aerzte zusammen! Suche Hilfe, Betty! Laß die
Hilfe so wirksam sein als deinen Irrtum! — — Nein!
bleibt hier! Ich gehe selbst. —

Sara. Wohin, Mellefont? Nach was für Hilfe? Von
welchem Irrtume reden Sie?

Mellefont. Göttliche Hilfe, Sara, oder unmenschliche
Rache! — Sie sind verloren, liebste Miß! Auch ich bin ver=
loren! — Daß die Welt mit uns verloren wäre!

6. Auftritt.
Sara. Norton. Betty.

Sara. Er ist weg? — Ich bin verloren? Was will er
damit? Verstehest du ihn, Norton? — Ich bin krank, sehr
krank; aber setze das Aeußerste, daß ich sterben müsse: bin
ich darum verloren? Und was will er denn mit dir, arme
Betty? — Du ringst die Hände? Betrübe dich nicht; du hast
ihn gewiß nicht beleidiget; er wird sich wieder besinnen. —
Hätte er mir doch gefolgt und den Zettel nicht gelesen! Er
konnte es ja wohl denken, daß er das letzte Gift der Mar=
wood enthalten müsse. —

Betty. Welche schreckliche Vermutung! — Nein, es kann
nicht sein; ich glaube es nicht. —

Norton (welcher nach der Szene zugegangen) Der alte Bediente Ihres Vaters, Miß —

Sara. Laß ihn hereinkommen, Norton!

---

7. Auftritt.

Waitwell. Sara. Betty. Norton.

Sara. Es wird dich nach meiner Antwort verlangen, guter Waitwell. Sie ist fertig bis auf einige Zeilen. — Aber warum so bestürzt? Man hat es dir gewiß gesagt, daß ich krank bin.

Waitwell. Und noch mehr!

Sara. Gefährlich krank? — Ich schließe es mehr aus der ungestümen Angst des Mellefont, als daß ich es fühle. — Wenn du mit dem unvollendeten Briefe der unglücklichen Sara an den unglücklichern Vater abreisen müßtest, Waitwell? — Laß uns das Beste hoffen! Willst du wohl bis morgen warten? Vielleicht finde ich einige gute Augenblicke, dich abzufertigen. Jetzo möchte ich es nicht im stande sein. Diese Hand hängt wie tot an der betäubten Seite. — Wenn der ganze Körper so leicht dahin stirbt wie diese Glieder — Du bist ein alter Mann, Waitwell, und kannst von deinem letzten Auftritte nicht weit mehr entfernt sein — Glaube mir, wenn das, was ich empfinde, Annäherungen des Todes sind, — so sind die Annäherungen des Todes so bitter nicht. — Ach! — Kehre dich nicht an dieses Ach! Ohne alle unangenehme Empfindung kann es freilich nicht abgehen. Unempfindlich konnte der Mensch nicht sein; unleidlich muß er nicht sein — Aber, Betty, warum hörst du noch nicht auf, dich so untröstlich zu bezeigen?

Betty. Erlauben Sie mir, Miß, erlauben Sie mir, daß ich mich aus Ihren Augen entfernen darf.

Sara. Geh nur; ich weiß wohl, es ist nicht eines jeden Sache, um Sterbende zu sein. Waitwell soll bei mir bleiben. Auch du, Norton, wirst mir einen Gefallen erweisen, wenn du dich nach deinem Herrn umsiehst. Ich sehne mich nach seiner Gegenwart.

Betty (im Abgehen). Ach! Norton, ich nahm die Arzenei aus den Händen der Marwood! — —

8. Auftritt.

Waitwell. Sara.

Sara. Waitwell, wenn du mir die Liebe erzeigen und bei mir bleiben willst, so laß mich kein so wehmütiges Gesicht sehen. Du verstummst? — Sprich doch! Und wenn ich bitten darf, sprich von meinem Vater. Wiederhole mir alles, was du mir vor einigen Stunden Tröstliches sagtest. Wiederhole mir, daß mein Vater versöhnt ist und mir vergeben hat. Wiederhole es mir und füge hinzu, daß der ewige himmlische Vater nicht grausamer sein könne. — Nicht wahr, ich kann hierauf sterben? Wenn ich vor deiner Ankunft in diese Umstände gekommen wäre, wie würde es mit mir ausgesehen haben! Ich würde verzweifelt sein, Waitwell. Mit dem Hasse desjenigen beladen aus der Welt zu gehen, der wider seine Natur handelt, wenn er uns hassen muß, — was für ein Gedanke! Sag' ihm, daß ich in den lebhaftesten Empfindungen der Reue, Dankbarkeit und Liebe gestorben sei. Sag' ihm — Ach! daß ich es ihm nicht selbst sagen soll, wie voll mein Herz von seinen Wohlthaten ist! Das Leben war die geringste derselben. Wie sehr wünschte ich, den schmachtenden Rest zu seinen Füßen aufgeben zu können!

Waitwell. Wünschen Sie wirklich, Miß, ihn zu sehen?

Sara. Endlich sprichst du, um an meinem sehnlichsten Verlangen, an meinem letzten Verlangen zu zweifeln.

Waitwell. Wo soll ich die Worte finden, die ich schon so lange suche? Eine plötzliche Freude ist so gefährlich als ein plötzlicher Schreck. Ich fürchte mich nur vor dem allzu gewaltsamen Eindrucke, den sein unvermuteter Anblick auf einen so zärtlichen Geist machen möchte.

Sara. Wie meinst du das? Wessen unvermuteter Anblick? —

Waitwell. Der gewünschte, Miß! — Fassen Sie sich!

---

9. Auftritt.

Sir William Sampson. Sara. Waitwell.

Sir William. Du bleibst mir viel zu lange, Waitwell. Ich muß sie sehen.

Sara. Wessen Stimme — —

Sir William. Ach, meine Tochter!

Sara. Ach, mein Vater! — Hilf mir auf, Waitwell,

hilf mir auf, daß ich mich zu seinen Füßen werfen kann.
(Sie will aufstehen und fällt aus Schwachheit in den Lehnstuhl zurück.) Er ist es
doch? Oder ist es eine erquickende Erscheinung, vom Himmel
gesandt, gleich jenem Engel, der den Starken zu stärken kam?
— Segne mich, wer du auch seist, ein Bote des Höchsten in
der Gestalt meines Vaters, oder selbst mein Vater!

Sir William. Gott segne dich, meine Tochter! — Bleib
ruhig. (Indem sie es nochmals versuchen will, vor ihm niederzufallen.) Ein
andermal, bei mehrern Kräften, will ich dich nicht ungern
mein zitterndes Knie umfassen sehen.

Sara. Jetzt, mein Vater, oder niemals. Bald werde
ich nicht mehr sein! Zu glücklich, wenn ich noch einige Augen=
blicke gewinne, Ihnen die Empfindungen meines Herzens zu
entdecken. Doch nicht Augenblicke, lange Tage, ein noch=
maliges Leben würde erfordert, alles zu sagen, was eine
schuldige, eine reuende, eine gestrafte Tochter einem beleidigten,
einem großmütigen, einem zärtlichen Vater sagen kann. Mein
Fehler, Ihre Vergebung — —

· **Sir William.** Mache dir aus einer Schwachheit keinen
Vorwurf und mir aus einer Schuldigkeit kein Verdienst.
Wenn du mich an mein Vergeben erinnerst, so erinnerst du
mich auch daran, daß ich damit gezaudert habe. Warum ver=
gab ich dir nicht gleich? Warum setzte ich dich in die Not=
wendigkeit, mich zu fliehen? Und noch heute, da ich dir schon
vergeben hatte, was zwang mich, erst eine Antwort von dir
zu erwarten? Jetzt könnte ich dich schon einen Tag wieder
genossen haben, wenn ich sogleich deinen Umarmungen zugeeilet
wäre. Ein heimlicher Unwille mußte in einer der verborgensten
Falten des betrognen Herzens zurückgeblieben sein, daß ich
vorher deiner fortdauernden Liebe gewiß sein wollte, ehe ich
dir die meinige wieder schenkte. Soll ein Vater so eigennützig
handeln? Sollen wir nur die lieben, die uns lieben? Table
mich, liebste Sara, table mich; ich sahe mehr auf meine Freude
an dir als auf dich selbst. — Und wenn ich sie verlieren
sollte, diese Freude? — Aber wer sagt es denn, daß ich sie
verlieren soll? Du wirst leben; du wirst noch lange leben!
Entschlage dich aller schwarzen Gedanken. Mellefont macht
die Gefahr größer, als sie ist. Er brachte das ganze Haus
in Aufruhr und eilte selbst, Aerzte aufzusuchen, die er in
diesem armseligen Flecken vielleicht nicht finden wird. Ich sahe
seine stürmische Angst, seine hoffnungslose Betrübnis, ohne
von ihm gesehen zu werden. Nun weiß ich es, daß er dich

aufrichtig liebet; nun gönne ich dich ihm. Hier will ich ihn erwarten und deine Hand in seine Hand legen. Was ich sonst nur gedrungen gethan hätte, thue ich nun gern, da ich sehe, wie teuer du ihm bist. — Ist es wahr, daß es Marwood selbst gewesen ist, die dir dieses Schrecken verursacht hat? So viel habe ich aus den Klagen deiner Betty verstehen können und mehr nicht. — Doch was forsche ich nach den Ursachen deiner Unpäßlichkeit, da ich nur auf die Mittel, ihr abzuhelfen, bedacht sein sollte. Ich sehe, du wirst von Augenblick zu Augenblick schwächer, ich seh' es und bleibe hilflos stehen. Was soll ich thun, Waitwell? Wohin soll ich laufen? Was soll ich daran wenden? mein Vermögen? mein Leben? Sage doch!

Sara. Bester Vater, alle Hilfe würde vergebens sein. Auch die unschätzbarste würde vergebens sein, die Sie mit Ihrem Leben für mich erkaufen wollten.

----

10. Auftritt.

Mellefont. Sara. Sir William. Waitwell.

Mellefont. Ich wag' es, den Fuß wieder in dieses Zimmer zu setzen? Lebt sie noch?

Sara. Treten Sie näher, Mellefont.

Mellefont. Ich sollt' Ihr Angesicht wieder sehen? Nein, Miß; ich komme ohne Trost, ohne Hilfe zurück. Die Verzweiflung allein bringt mich zurück — Aber wen sehe ich? Sie, Sir? Unglücklicher Vater! Sie sind zu einer schrecklichen Szene gekommen. Warum kamen Sie nicht eher? Sie kommen zu spät, Ihre Tochter zu retten! — Aber — nur getrost! — sich gerächet zu sehen, dazu sollen Sie nicht zu spät gekommen sein.

Sir William. Erinnern Sie sich, Mellefont, in diesem Augenblicke nicht, daß wir Feinde gewesen sind! Wir sind es nicht mehr und wollen es nie wieder werden. Erhalten Sie mir nur eine Tochter, und Sie sollen sich selbst eine Gattin erhalten haben.

Mellefont. Machen Sie mich zu Gott und wiederholen Sie dann Ihre Forderung. — Ich habe Ihnen, Miß, schon zu viel Unglück zugezogen, als daß ich mich bedenken dürfte, Ihnen auch das letzte anzukündigen: Sie müssen sterben. Und wissen Sie, durch wessen Hand Sie sterben?

Sara. Ich will es nicht wissen, und es ist mir schon zu viel, daß ich es argwohnen kann.

Mellefont. Sie müssen es wissen; denn wer könnte mir dafür stehen, daß Sie nicht falsch argwohnten? Dies schreibet

Marwood. (Er liefet.) „Wenn Sie diesen Zettel lesen werden, Mellefont, wird Ihre Untreue in dem Anlasse derselben schon bestraft sein. Ich hatte mich ihr entdeckt, und vor Schrecken war sie in Ohnmacht gefallen. Betty gab sich alle Mühe, sie wieder zu sich selbst zu bringen. Ich ward gewahr, daß sie ein Kordialpulver beiseite legte, und hatte den glücklichen Einfall, es mit einem Giftpulver zu vertauschen. Ich stellte mich gerührt und dienstfertig und machte es selbst zurechte. Ich sah es ihr geben und ging triumphierend fort. Rache und Wut haben mich zu einer Mörderin gemacht; ich will aber keine von den gemeinen Mörderinnen sein, die sich ihrer That nicht zu rühmen wagen. Ich bin auf dem Wege nach Dover; Sie können mich verfolgen und meine eigne Hand wider mich zeugen lassen. Komme ich unverfolgt in den Hafen, so will ich Arabellen unverletzt zurücklassen. Bis dahin aber werde ich sie als „einen Geisel betrachten. Marwood." — Nun wissen Sie alles, Miß. Hier, Sir, verwahren Sie dieses Papier. Sie müssen die Mörderin zur Strafe ziehen lassen, und dazu ist es Ihnen unentbehrlich. — Wie erstarrt er dasteht!

Sara. Geben Sie mir dieses Papier, Mellefont. Ich will mich mit meinen Augen überzeugen. (Er gibt es ihr, und sie sieht es einen Augenblick an.) Werde ich so viel Kräfte noch haben? (Sie zerreißt es.)

Mellefont. Was machen Sie, Miß!

Sara. Marwood wird ihrem Schicksale nicht entgehen; aber weder Sie noch mein Vater sollen ihre Ankläger werden. Ich sterbe und vergeb' es der Hand, durch die mich Gott heimsucht. — Ach, mein Vater, welcher finstere Schmerz hat sich Ihrer bemächtiget? — Noch liebe ich Sie, Mellefont, und wenn Sie lieben ein Verbrechen ist, wie schuldig werde ich in jener Welt erscheinen! — Wenn ich hoffen dürfte, liebster Vater, daß Sie einen Sohn anstatt einer Tochter annehmen wollten! Und auch eine Tochter wird Ihnen mit ihm nicht fehlen, wenn Sie Arabellen dafür erkennen wollen. Sie müssen sie zurückholen, Mellefont, und die Mutter mag entfliehen. — Da mich mein Vater liebt, warum soll es mir nicht erlaubt sein, mit seiner Liebe als mit einem Erbteile umzugehen? Ich vermache diese väterliche Liebe Ihnen und Arabellen. Reden Sie dann und wann mit ihr von einer Freundin, aus deren Beispiele sie gegen alle Liebe auf ihrer Hut zu sein lerne. — Den letzten Segen, mein Vater! — Wer wollte die Fügungen des Höchsten zu richten wagen? — Tröste deinen Herrn, Waitwell. Doch auch du stehst in einem trostlosen Kummer vergraben, der du in mir weder Geliebte noch Tochter verlierest? —

Sir William. Wir sollten dir Mut einsprechen, und dein sterbendes Auge spricht ihn uns ein. Nicht mehr meine irdische Tochter, schon halb ein Engel, was vermag der Segen eines wimmernden Vaters auf einen Geist, auf welchen alle Segen des Himmels herabströmen? Laß mir einen Strahl des Lichtes, welches dich über alles Menschliche so weit erhebt. Oder bitte Gott, den Gott, der nichts so gewiß als die Bitten eines frommen Sterbenden erhört, bitte ihn, daß dieser Tag auch der letzte meines Lebens sei.

Sara. Die bewährte Tugend muß Gott der Welt lange zum Beispiele lassen, und nur die schwache Tugend, die allzuvielen Prüfungen vielleicht unterliegen würde, hebt er plötzlich aus den gefährlichen Schranken. — Wem fließen diese Thränen, mein Vater? Sie fallen als feurige Tropfen auf mein Herz; und doch — doch sind sie mir minder schrecklich, als die stumme Verzweiflung. Entreißen Sie sich ihr, Mellefont! — Mein Auge bricht. — Dies war der letzte Seufzer! — Noch denke ich an Betty und verstehe nun ihr ängstliches Händeringen. Das arme Mädchen! Daß ihr ja niemand eine Unvorsichtigkeit vorwerfe, die durch ihr Herz ohne Falsch, und also auch ohne Argwohn der Falschheit, entschuldiget wird. — Der Augenblick ist da! Mellefont — mein Vater —

Mellefont. Sie stirbt! — Ach! diese kalte Hand noch einmal zu küssen, (indem er zu ihren Füßen fällt) — Nein, ich will es nicht wagen, sie zu berühren. Die gemeine Sage schreckt mich, daß der Körper eines Erschlagenen durch die Berührung seines Mörders zu bluten anfange. Und wer ist ihr Mörder? Bin ich es nicht mehr als Marwood? (Steht auf.) — Nun ist sie tot, Sir; nun hört sie uns nicht mehr; nun verfluchen Sie mich! Lassen Sie Ihren Schmerz in verdiente Verwünschungen aus! Es müsse keine mein Haupt verfehlen, und die gräßlichste derselben müsse gedoppelt erfüllt werden! — Was schweigen Sie noch? Sie ist tot; sie ist gewiß tot! Nun bin ich wieder nichts als Mellefont. Ich bin nicht mehr der Geliebte einer zärtlichen Tochter, die Sie in ihm zu schonen Ursach hätten. — Was ist das? Ich will nicht, daß Sie einen barmherzigen Blick auf mich werfen sollen! Das ist Ihre Tochter! Ich bin ihr Verführer! Denken Sie nach, Sir! — Wie soll ich Ihre Wut besser reizen? Diese blühende Schönheit, über die Sie allein ein Recht hatten, ward wider

Ihren Willen mein Raub! Meinetwegen vergaß sich diese unerfahrne Tugend! Meinetwegen riß sie sich aus den Armen eines geliebten Vaters! Meinetwegen mußte sie sterben! — Sie machen mich mit Ihrer Langmut ungeduldig, Sir! Lassen Sie mich es hören, daß Sie Vater sind.

Sir William. Ich bin Vater, Mellefont, und bin es zu sehr, als daß ich den letzten Willen meiner Tochter nicht verehren sollte. — Laß dich umarmen, mein Sohn, den ich teurer nicht erkaufen könnte!

Mellefont. Nicht so, Sir! Diese Heilige befahl mehr, als die menschliche Natur vermag! Sie können mein Vater nicht sein. — Sehen Sie, Sir, (indem er den Dolch aus dem Busen zieht) dieses ist der Dolch, den Marwood heute auf mich zuckte. Zu meinem Unglücke mußte ich sie entwaffnen. Wenn ich als das schuldige Opfer ihrer Eifersucht gefallen wäre, so lebte Sara noch. Sie hätten Ihre Tochter noch und hätten sie ohne Mellefont. Es stehet bei mir nicht, das Geschehene ungeschehen zu machen; aber mich wegen des Geschehenen zu strafen, — das steht bei mir! (Er ersticht sich und fällt an dem Stuhle der Sara nieder.)

Sir William. Halt ihn, Waitwell! — Was für ein neuer Streich auf mein gebeugtes Haupt! — O, wenn das dritte hier erkaltende Herz das meine wäre!

Mellefont (sterbend). Ich fühl' es, — daß ich nicht fehlgestoßen habe! — Wollen Sie mich nun Ihren Sohn nennen, Sir, und mir als diesem die Hand drücken, so sterb' ich zufrieden. (Sir William umarmt ihn.) — Sie haben von einer Arabella gehört, für die die sterbende Sara Sie bat. Ich würde auch für sie bitten — aber sie ist der Marwood Kind sowohl als meines — Was für fremde Empfindungen ergreifen mich! Gnade! o Schöpfer, Gnade!

Sir William. Wenn fremde Bitten jetzt kräftig sind, Waitwell, so laßt uns ihm diese Gnade erbitten helfen! Er stirbt! Ach, er war mehr unglücklich als lasterhaft. — —

11. Auftritt.
Norton. Die Vorigen.

Norton. Aerzte, Sir. —

Sir William. Wenn sie Wunder thun können, so laß sie herein kommen! — Laß mich nicht länger, Waitwell, bei diesem tötenden Anblicke verweilen. Ein Grab soll beide umschließen. Komm, schleunige Anstalt zu machen, und dann laß uns auf Arabellen denken. Sie sei, wer sie sei: sie ist ein Vermächtnis meiner Tochter. (Sie gehen ab, und das Theater fällt zu.)

Philotas.

Ein Trauerspiel.

("Verfertiget im Jahr 1759." Zuerst separat gedruckt: Berlin, bei C. F. Voß, 1759.)

Personen.

Aridäus, König.

Strato, Feldherr des Aridäus.

Philotas, gefangen.

Parmenio, Soldat.

Die Szene ist ein Zelt in dem Lager des Aridäus.

———

1. Auftritt.

Philotas.

So bin ich wirklich gefangen? — Gefangen! — Ein würdiger Anfang meiner kriegerischen Lehrjahre! — O, ihr Götter! O, mein Vater! — Wie gern überredte ich mich, daß alles ein Traum sei! Meine frühste Kindheit hat nie etwas anders als Waffen und Läger und Schlachten und Stürme geträumet. Könnte der Jüngling nicht von Verlust und Entwaffnung träumen? — Schmeichle dir nur, Philotas! Wenn ich sie nicht sähe, nicht fühlte, die Wunde, durch die der erstarrten Hand das Schwert entsank! — Man hat sie mir wider Willen verbunden. O, der grausamen Barmherzigkeit eines listigen Feindes! Sie ist nicht tödlich, sagte der Arzt und glaubte mich zu trösten. — Nichtswürdiger, sie sollte tödlich sein! — Und nur eine Wunde, nur eine! — Wüßte ich, daß ich sie tödlich machte, wenn ich sie wieder aufriss' und wieder verbinden ließ' und wieder aufriss' — Ich rase, ich Unglücklicher! — Und was für ein höhnisches Gesicht — jetzt fällt mir es ein — mir der alte Krieger machte, der mich vom Pferde riß! Er nannte mich Kind! — Auch sein König muß mich für ein Kind, für ein verzärteltes Kind halten. In was für ein Zelt hat er mich bringen lassen! Aufgeputzt, mit allen Bequemlichkeiten versehen! Es muß einer von seinen Beischläferinnen gehören. Ein ekler Aufenthalt für einen Soldaten! Und anstatt bewacht zu werden, werde ich bedienet. Hohnsprechende Höflichkeit! —

.

2. Auftritt.

Strato. Philotas.

Strato. Prinz —

Philotas. Schon wieder ein Besuch? Alter, ich bin gern allein.

Strato. Prinz, ich komme auf Befehl des Königs —

Philotas. Ich verstehe dich! Es ist wahr, ich bin deines Königs Gefangener, und es stehet bei ihm, wie er mir will begegnen lassen — Aber höre, wenn du der bist, dessen Miene du trägst — bist du ein alter, ehrlicher Kriegsmann, so nimm dich meiner an und bitte den König, daß er mir als einem Soldaten und nicht als einem Weibe begegnen lasse.

Strato. Er wird gleich bei dir sein; ich komme, ihn zu melden.

Philotas. Der König bei mir? und du kömmst, ihn zu melden? — Ich will nicht, daß er mir eine von den Erniedrigungen erspare, die sich ein Gefangener muß gefallen lassen. — Komm, führe mich zu ihm! Nach dem Schimpfe, entwaffnet zu sein, ist mir nichts mehr schimpflich.

Strato. Prinz, deine Bildung, voll jugendlicher Anmut, verspricht ein sanftres Gemüt.

Philotas. Laß meine Bildung unverspottet! Dein Gesicht voll Narben ist freilich ein schöners Gesicht — —

Strato. Bei den Göttern! eine große Antwort! Ich muß dich bewundern und lieben.

Philotas. Möchtest du doch, wenn du mich nur erst gefürchtet hättest.

Strato. Immer heldenmütiger! Wir haben den schrecklichsten Feind vor uns, wenn unter seiner Jugend der Philotas' viel sind.

Philotas. Schmeichle mir nicht! — Euch schrecklich zu werden, müssen sie mit meinen Gesinnungen größre Thaten verbinden. — Darf ich deinen Namen wissen?

Strato. Strato.

Philotas. Strato? Der tapfre Strato, der meinen Vater am Lykus schlug? —

Strato. Gedenke mir dieses zweideutigen Sieges nicht! Und wie blutig rächte sich dein Vater in der Ebene Methymna! So ein Vater muß so einen Sohn haben.

Philotas. O, dir darf ich es klagen, du würdigster der Feinde meines Vaters, dir darf ich mein Schicksal klagen. — Nur du kannst mich ganz verstehen; denn auch dich, auch dich hat das herrschende Feuer der Ehre, der Ehre, fürs Vaterland zu bluten, in deiner Jugend verzehrt. Wärest du sonst, was du bist? — Wie habe ich ihn nicht, meinen Vater, seit sieben Tagen — denn erst sieben Tage kleidet mich die männliche Toga — wie habe ich ihn nicht gebeten, gefleht, beschworen, siebenmal alle sieben Tage auf den Knieen beschworen,

zu verstatten, daß ich nicht umsonst der Kindheit entwachsen
sei, und mich mit seinen Streitern ausziehen zu lassen, die
mir schon längst so manche Thräne der Nacheiferung gekostet.
Gestern bewegte ich ihn, den besten Vater, denn Aristodem
half mir bitten. — Du kennst ihn, den Aristodem; er ist
meines Vaters Strato. — „Gib mir, König, den Jüngling
morgen mit," sprach Aristodem; „ich will das Gebirge durch=
streifen, um den Weg nach Cäsena offen zu halten." — „Wenn
ich euch nur begleiten könnte!" seufzte mein Vater. —
Er liegt noch an seinen Wunden krank. — „Doch es sei!"
und hiermit umarmte mich mein Vater. O, was fühlte der
glückliche Sohn in dieser Umarmung! — Und die Nacht, die
darauf folgte! Ich schloß kein Auge: doch verweilten mich
Träume der Ehre und des Sieges bis zur zweiten Nacht=
wache auf dem Lager. — Da sprang ich auf, warf mich in
den neuen Panzer, strich die ungelockten Haare unter den
Helm, wählte unter den Schwertern meines Vaters, dem ich
gewachsen zu sein glaubte, stieg zu Pferde und hatte ein Roß
schon müde gespornt, noch ehe die silberne Trommete die be=
fohlne Mannschaft weckte. Sie kamen, und ich sprach mit
jedem meiner Begleiter, und da drückte mich mancher wackere
Krieger an seine narbigte Brust! Nur mit meinem Vater sprach
ich nicht; denn ich zitterte, wenn er mich noch einmal sähe,
er möchte sein Wort widerrufen. — Nun zogen wir aus! An
der Seite der unsterblichen Götter kann man nicht glücklicher
sein, als ich an der Seite Aristodems mich fühlte! Auf jeden
seiner anfeuernden Blicke hätte ich, ich allein, ein Heer an=
gegriffen und mich in der feindlichen Eisen gewissesten Tod
gestürzet. In stiller Entschlossenheit freute ich mich auf jeden
Hügel, von dem ich in der Ebene Feinde zu entdecken hoffte,
auf jede Krümmung des Thals, hinter der ich auf sie zu
stoßen mir schmeichelte. Und da ich sie endlich von der wal=
digten Höhe auf uns stürzen sahe, sie mit der Spitze des
Schwerts meinen Gefährten zeigte, ihnen bergan entgegenflog
— rufe dir, ruhmvoller Greis, die seligste deiner jugendlichen
Entzückungen zurück — du konntest nie entzückter sein! —
Aber nun, nun sieh mich, Strato, sieh mich von dem Gipfel
meiner hohen Erwartungen schimpflich herabstürzen! O, wie
schaudert mich, diesen Fall in Gedanken noch einmal zu stürzen!
— Ich war zu weit vorausgeeilt; ich ward verwundet und
— gefangen! Armseliger Jüngling, nur auf Wunden hieltest
du dich, nur auf den Tod gefaßt — und wirst gefangen.

So schicken die strengen Götter, unsre Fassung zu vereiteln, nur immer unvorgesehenes Uebel? — Ich weine; ich muß weinen, ob ich mich schon, von dir darum verachtet zu werden, scheue. Aber verachte mich nicht! — Du wendest dich weg?

Strato. Ich bin unwillig; du hättest mich nicht so bewegen sollen. — Ich werde mit dir zum Kinde —

Philotas. Nein, höre, warum ich weine! Es ist kein kindisches Weinen, das du mit deiner männlichen Thräne zu begleiten würdigest — Was ich für mein größtes Glück hielt, die zärtliche Liebe, mit der mich mein Vater liebt, wird mein größtes Unglück. Ich fürchte, ich fürchte, er liebt mich mehr, als er sein Reich liebt! Wozu wird er sich nicht verstehen, was wird ihm dein König nicht abbringen, mich aus der Gefangenschaft zu retten! Durch mich Elenden wird er an einem Tage mehr verlieren, als er in drei langen, mühsamen Jahren durch das Blut seiner Edeln, durch sein eignes Blut gewonnen hat. Mit was für einem Angesichte soll ich wieder vor ihm erscheinen, ich, sein schlimmster Feind? Und meines Vaters Unterthanen — künftig einmal die meinigen, wenn ich sie zu regieren mich würdig gemacht hätte — wie werden sie den ausgelösten Prinzen ohne die spöttischste Verachtung unter sich dulden können? Wann ich denn vor Scham sterbe und unbedauert hinab zu den Schatten schleiche, wie finster und stolz werden die Seelen der Helden bei mir vorbeiziehen, die dem Könige die Vorteile mit ihrem Leben erkaufen mußten, deren er sich als Vater für einen unwürdigen Sohn begibt. — O, das ist mehr, als eine fühlende Seele ertragen kann.

Strato. Fasse dich, lieber Prinz! Es ist der Fehler des Jünglings, sich immer für glücklicher oder unglücklicher zu halten, als er ist. Dein Schicksal ist so grausam noch nicht; der König nähert sich, und du wirst aus seinem Munde mehr Trost hören.

---

5. Auftritt.

König Aridäus. Philotas. Strato.

Aridäus. Kriege, die Könige unter sich zu führen gezwungen werden, sind keine persönliche Feindschaften. — Laß dich umarmen, mein Prinz! O, welcher glücklichen Tage erinnert mich deine blühende Jugend! So blühte die Jugend deines Vaters! Dies war sein offnes, sprechendes Auge, dies seine ernste, redliche Miene, dies sein edler Anstand! — Noch

einmal laß dich umarmen; ich umarme deinen jüngern Vater
in dir. — Haft du es nie von ihm gehört, Prinz, wie ver=
traute Freunde wir in deinem Alter waren? Das war das
selige Alter, da wir uns noch ganz unserm Herzen überlassen
durften. Bald aber wurden wir beide zum Throne gerufen,
und der sorgende König, der eifersüchtige Nachbar unterdrückte,
leider! den gefälligen Freund. —

Philotas. Verzeih, o König, wenn du mich in Er=
widerung so süßer Worte zu kalt findest. Man hat meine
Jugend denken, aber nicht reden gelehrt. — Was kann es
mir jetzt helfen, daß du und mein Vater einst Freunde waren?
Waren, so sagst du selbst. Der Haß, den man auf verloschne
Freundschaft pfropfet, muß unter allen die tödlichsten Früchte
bringen; — oder ich kenne das menschliche Herz noch zu wenig.
— Verzögere daher, König, verzögere meine Verzweiflung nur
nicht. Du hast als der höfliche Staatsmann gesprochen; sprich
nun als der Monarch, der den Nebenbuhler seiner Größe ganz
in seiner Gewalt hat.

Strato. O laß ihn, König, die Ungewißheit seines
Schicksals nicht länger peinigen! —

Philotas. Ich danke, Strato! — Ja, laß mich es nur
gleich hören, wie verabscheuungswürdig du einen unglücklichen
Sohn seinem Vater machen willst. Mit welchem schimpflichen
Frieden, mit wieviel Ländern soll er ihn erkaufen? Wie klein
und verächtlich soll er werden, um nicht verwaist zu bleiben?
O mein Vater! —

Aridäus. Auch diese frühe männliche Sprache, Prinz,
war deines Vaters! So höre ich dich gern! Und möchte,
meiner nicht minder würdig, auch mein Sohn jetzt vor deinem
Vater so sprechen! —

Philotas. Wie meinst du das? —

Aridäus. Die Götter — ich bin es überzeugt — wachen
für unsre Tugend, wie sie für unser Leben wachen. Die so
lang als mögliche Erhaltung beider ist ihr geheimes, ewiges
Geschäft. Wo weiß ein Sterblicher, wie böse er im Grunde
ist, wie schlecht er handeln würde, ließen sie jeden verführerischen
Anlaß, sich durch kleine Thaten zu beschimpfen, ganz auf ihn
wirken! — Ja, Prinz, vielleicht wäre ich der, den du mich
glaubst; vielleicht hätte ich nicht edel genug gedacht, das wunder=
liche Kriegsglück, das dich mir in die Hände liefert, bescheiden
zu nützen; vielleicht würde ich durch dich ertrotzt haben, was
ich zu erfechten nicht länger wagen mögen; vielleicht — Doch)

fürchte nichts; allen diesen Vielleicht hat eine höhere Macht vorgebauet; ich kann deinen Vater seinen Sohn nicht teurer erkaufen lassen als — durch den meinigen.

Philotas. Ich erstaune! Du gibst mir zu verstehen —

Aridäus. Daß mein Sohn deines Vaters Gefangener ist, wie du meiner. —

Philotas. Dein Sohn meines Vaters? Dein Polytimet? — Seit wann? Wie? Wo?

Aridäus. So wollt' es das Schicksal! Aus gleichen Wagschalen nahm es auf einmal gleiche Gewichte, und die Schalen blieben noch gleich.

Strato. Du willst nähere Umstände wissen. — Eben dasselbe Geschwader, dem du zu hitzig entgegen eiltest, führte Polytimet; und als dich die Deinigen verloren erblickten, erhob sie Wut und Verzweiflung über alle menschliche Stärke. Sie brachen ein, und alle stürmten sie auf den einen, in welchem sie ihres Verlustes Ersetzung sahen. Das Ende weißt du. — Nun nimm noch von einem alten Soldaten die Lehre an: der Angriff ist kein Wettrennen; nicht der, welcher zuerst, sondern welcher zum sichersten auf den Feind trifft, hat sich dem Siege genähert. Das merke dir, zu feuriger Prinz; sonst möchte der werdende Held im ersten Keime ersticken.

Aridäus. Strato, du machst den Prinzen durch deine zwar freundschaftliche Warnung verdrießlich. Wie finster er dasteht! —

Philotas. Nicht das! Aber laßt mich; in tiefe Anbetung der Vorsicht verloren —

Aridäus. Die beste Anbetung, Prinz, ist dankende Freude. Ermuntre dich! Wir Väter wollen uns unsre Söhne nicht lange vorenthalten. Mein Herold hält sich bereits fertig; er soll gehen und die Auswechslung beschleunigen. Aber du weißt wohl: freudige Nachrichten, die wir allein vom Feinde erfahren, scheinen Fallstricke. Man könnte argwohnen, du seist vielleicht an deiner Wunde gestorben. Es wird daher nötig sein, daß du selbst mit dem Herolde einen unverdächtigen Boten an deinen Vater sendest. Komm mit mir! Suche dir einen unter den Gefangenen, den du deines Vertrauens würdigen kannst. —

Philotas. So willst du, daß ich mich vervielfältiget ver= abscheuen soll? In jedem der Gefangenen werde ich mich selbst erblicken. — Schenke mir diese Verwirrung. —

Aridäus. Aber —

Philotas. Unter den Gefangenen muß sich Parmenio befinden. Den schicke mir her; ich will ihn abfertigen.

Aridäus. Wohl; auch so! Komm, Strato! Prinz, wir sehen uns bald wieder.

---

4. Auftritt.

Philotas.

Götter! Näher konnte der Blitz, ohne mich ganz zu zerschmettern, nicht vor mir niederschlagen. Wunderbare Götter! Die Flamme kehrt zurück; der Dampf verfliegt, und ich war nur betäubt. — So war das mein ganzes Elend, zu sehen, wie elend ich hätte werden können? wie elend mein Vater durch mich? Nun darf ich wieder vor dir erscheinen, mein Vater! Zwar noch mit niedergeschlagenen Augen; doch nur die Scham wird sie niederschlagen, nicht das brennende Bewußtsein, dich mit mir ins Verderben gerissen zu haben. Nun darf ich nichts von dir fürchten als einen Verweis mit Lächeln, kein stummes Trauren, keine durch die stärkere Gewalt der väterlichen Liebe erstickte Verwünschungen. —

Aber — ja, bei dem Himmel! ich bin zu gütig gegen mich. Darf ich mir alle Fehler vergeben, die mir die Vorsicht zu vergeben scheinet? Soll ich mich nicht strenger richten, als sie und mein Vater mich richten? Die Allzugütigen! — Sonst jede der traurigen Folgen meiner Gefangenschaft konnten die Götter vernichten; nur eine konnten sie nicht: die Schande! Zwar jene leicht verfliegende wohl, die von der Zunge des Pöbels strömt, aber nicht die wahre, daurende Schande, die hier der innere Richter, mein unparteiisches Selbst, über mich ausspricht! —

Und wie leicht ich mich verblende! Verlieret mein Vater durch mich nichts? Der Ausschlag, den der gefangene Polytimet — wenn ich nicht gefangen wäre — auf seine Seite brächte, der ist nichts? — Nur durch mich wird er nichts! — Das Glück hätte sich erkläret, für wen es sich erklären sollte; das Recht meines Vaters triumphierte, wäre Polytimet, nicht Philotas und Polytimet gefangen! —

Und nun — welcher Gedanke war es, den ich jetzt dachte? Nein, den ein Gott in mir dachte — Ich muß ihm nachhängen! Laß dich fesseln, flüchtiger Gedanke! — Jetzt denke ich ihn wieder! Wie weit er sich verbreitet und immer weiter, und nun durchstrahlt er meine ganze Seele! —

Was sagte der König? Warum wollte er, daß ich zu-

gleich selbst einen unverdächtigen Boten an meinen Vater
schicken sollte? Damit mein Vater nicht argwohne — so waren
ja seine eigne Worte — ich sei bereits an meiner Wunde
gestorben. — Also meint er doch, wenn ich bereits an meiner
Wunde gestorben wäre, so würde die Sache ein ganz anders
Ansehen gewinnen? Würde sie das? Tausend Dank für diese
Nachricht! Tausend Dank! — Und freilich! Denn mein Vater
hätte alsdann einen gefangenen Prinzen, für den er sich alles
bedingen könnte; und der König, sein Feind, hätte — den
Leichnam eines gefangenen Prinzen, für den er nichts fordern
könnte, den er — müßte begraben oder verbrennen lassen,
wenn er ihm nicht zum Abscheu werden sollte.

Gut! das begreif' ich! Folglich, wenn ich, ich elender
Gefangener, meinem Vater den Sieg noch in die Hände spielen
will, worauf kömmt es an? Aufs Sterben. Auf weiter nichts?
— O, fürwahr, der Mensch ist mächtiger, als er glaubt, der
Mensch, der zu sterben weiß!

Aber ich? Ich, der Keim, die Knospe eines Menschen,
weiß ich zu sterben? Nicht der Mensch, der vollendete Mensch
allein muß es wissen; auch der Jüngling, auch der Knabe;
oder er weiß gar nichts. Wer zehn Jahr gelebt hat, hat
zehn Jahr Zeit gehabt, sterben zu lernen; und was man in
zehn Jahren nicht lernt, das lernt man auch in zwanzig, in
dreißig und mehrern nicht.

Alles, was ich werden können, muß ich durch das zeigen,
was ich schon bin. Und was könnte ich, was wollte ich werden?
Ein Held. — Wer ist ein Held? — O, mein abwesender vortrefflicher Vater, jetzt sei ganz in meiner Seele gegenwärtig!
— Hast du mich nicht gelehrt, ein Held sei ein Mann, der
höhere Güter kenne als das Leben? Ein Mann, der sein
Leben dem Wohle des Staats geweihet; sich, den einzeln,
dem Wohle vieler? Ein Held sei ein Mann — Ein Mann?
Also kein Jüngling, mein Vater? — Seltsame Frage! Gut,
daß sie mein Vater nicht gehöret hat! Er müßte glauben, ich
sähe es gern, wenn er nein darauf antwortete. — Wie alt
muß die Fichte sein, die zum Maste dienen soll? Wie alt?
Sie muß hoch genug und muß stark genug sein.

Jedes Ding, sagte der Weltweise, der mich erzog, ist
vollkommen, wenn es seinen Zweck erfüllen kann. Ich kann
meinen Zweck erfüllen, ich kann zum besten des Staats sterben:
ich bin vollkommen also, ich bin ein Mann. Ein Mann, ob
ich gleich noch vor wenig Tagen ein Knabe war.

Welch Feuer tobt in meinen Adern? Welche Begeisterung befällt mich? Die Brust wird dem Herzen zu eng! — Geduld, mein Herz! Bald will ich dir Luft machen! Bald will ich dich deines einförmigen, langweiligen Dienstes erlassen! Bald sollst du ruhen und lange ruhen —

Wer kömmt? Es ist Parmenio. — Geschwind entschlossen! — Was muß ich zu ihm sagen? Was muß ich durch ihn meinem Vater sagen lassen? — Recht! das muß ich sagen, das muß ich sagen lassen.

---

5. Auftritt.

Parmenio. Philotas.

Philotas. Tritt näher, Parmenio. — Nun? warum so schüchtern? So voller Scham? Wessen schämst du dich? Deiner oder meiner?

Parmenio. Unser beider, Prinz.

Philotas. Immer sprich, wie du denkst. Freilich, Parmenio, müssen wir beide nicht viel taugen, weil wir uns hier befinden. Hast du meine Geschichte bereits gehöret?

Parmenio. Leider!

Philotas. Und als du sie hörtest? —

Parmenio. Ich bedauerte dich, ich bewunderte dich, ich verwünschte dich, ich weiß selbst nicht, was ich alles that.

Philotas. Ja, ja! Nun aber, da du doch wohl auch erfahren, daß das Unglück so groß nicht ist, weil gleich darauf Polytimet von den Unsrigen — —

Parmenio. Ja nun, nun möchte ich fast lachen. Ich finde, daß das Glück zu einem kleinen Schlage, den es uns versetzen will, oft erschrecklich weit ausholt. Man sollte glauben, es wolle uns zerschmettern, und hat uns am Ende nichts als eine Mücke auf der Stirne totgeschlagen.

Philotas. Zur Sache! — Ich soll dich mit dem Herolde des Königs zu meinem Vater schicken.

Parmenio. Gut! So wird deine Gefangenschaft der meinigen das Wort sprechen. Ohne die gute Nachricht, die ich ihm von dir bringen werde, und die eine freundliche Miene wohl wert ist, hätte ich mir eine ziemlich frostige von ihm versprechen müssen.

Philotas. Nein, ehrlicher Parmenio; nun im Ernst! Mein Vater weiß es, daß dich der Feind verblutet und schon

halb erstarrt von der Walstatt aufgehoben. Laß prahlen,
wer prahlen will; der ist leicht gefangen zu nehmen, den der
nahende Tod schon entwaffnet hat. — Wie viel Wunden hast
du nun, alter Knecht? —

Parmenio. O, davon konnte ich sonst eine lange Liste
hersagen. Jetzt aber habe ich sie um ein gut Teil verkürzt.

Philotas. Wie das?

Parmenio. Ha! Ich rechne nun nicht mehr die Glieder,
an welchen ich verwundet bin; Zeit und Atem zu ersparen,
zähle ich die, an welchen ich es nicht bin. — Kleinigkeiten bei
dem allen! Wozu hat man die Knochen anders, als daß sich
die feindlichen Eisen darauf schartig hauen sollen?

Philotas. Das ist wacker! — Aber nun — was willst
du meinem Vater sagen?

Parmenio. Was ich sehe: daß du dich wohl befindest.
Denn deine Wunde, wenn man mir anders die Wahrheit ge=
sagt hat, —

Philotas. Ist so gut als keine.

Parmenio. Ein kleines, liebes Andenken, dergleichen uns
ein inbrünstiges Mädchen in die Lippe beißt. Nicht wahr,
Prinz?

Philotas. Was weiß ich davon?

Parmenio. Nu, nu; kömmt Zeit, kömmt Erfahrung. —
Ferner will ich deinem Vater sagen, was ich glaube, daß du
wünschest — —

Philotas. Und was ist das?

Parmenio. Je eher je lieber wieder bei ihm zu sein.
Deine kindliche Sehnsucht, deine bange Ungeduld —

Philotas. Mein Heimweh lieber gar. Schalk! warte,
ich will dich anders denken lehren!

Parmenio. Bei dem Himmel, das mußt du nicht! Mein
lieber frühzeitiger Held, laß dir das sagen: Du bist noch
Kind! Gib nicht zu, daß der rauhe Soldat das zärtliche Kind
so bald in dir ersticke. Man möchte sonst von deinem Herzen
nicht zum besten denken; man möchte deine Tapferkeit für
angeborne Wildheit halten. Ich bin auch Vater, Vater eines
einzigen Sohnes, der nur wenig älter als du, mit gleicher
Hitze — du kennst ihn ja.

Philotas. Ich kenne ihn. Er verspricht alles, was sein
Vater geleistet hat.

Parmenio. Aber wüßte ich, daß sich der junge Wildfang
nicht in allen Augenblicken, die ihm der Dienst frei läßt, nach

seinem Vater sehnte und sich nicht so nach ihm sehnte, wie sich ein Lamm nach seiner Mutter sehnet: so möchte ich ihn gleich — siehst du! — nicht erzeugt haben. Jetzt muß er mich noch mehr lieben als ehren. Mit dem Ehren werde ich mich so Zeit genug müssen begnügen lassen; wenn nämlich die Natur den Strom seiner Zärtlichkeit einen andern Weg leitet, wenn er selbst Vater wird. — Werde nicht ungehalten, Prinz.

Philotas. Wer kann auf dich ungehalten werden? — Du hast recht! Sage meinem Vater alles, was du glaubest, daß ihm ein zärtlicher Sohn bei dieser Gelegenheit muß sagen lassen. Entschuldige meine jugendliche Unbedachtsamkeit, die ihn und sein Reich fast ins Verderben gestürzt hätte. Bitte ihn, mir meinen Fehler zu vergeben. Versichre ihn, daß ich ihn nie durch einen ähnlichen Fehler wieder daran erinnern will, daß ich alles thun will, damit er ihn auch vergessen kann. Beschwöre ihn —

Parmenio. Laß mich nur machen! So etwas können wir Soldaten recht gut sagen. — Und besser als ein gelehrter Schwätzer; denn wir sagen es treuherziger. — Laß mich nur machen! Ich weiß schon alles. — Lebe wohl, Prinz; ich eile —

Philotas. Verzieh!

Parmenio. Nun? — Und welch feierliches Ansehen gibst du dir auf einmal?

Philotas. Der Sohn hat dich abgefertiget, aber noch nicht der Prinz. — Jener mußte fühlen, dieser muß überlegen. Wie gern wollte der Sohn gleich jetzt, wie gern wollte er noch eher als möglich wieder um seinen Vater, um seinen geliebten Vater sein; aber der Prinz — der Prinz kann nicht. — Höre!

Parmenio. Der Prinz kann nicht?

Philotas. Und will nicht.

Parmenio. Will nicht?

Philotas. Höre!

Parmenio. Ich erstaune — —

Philotas. Ich sage, du sollst hören und nicht erstaunen. Höre!

Parmenio. Ich erstaune, weil ich höre. Es hat geblitzt, und ich erwarte den Schlag. — Rede! — Aber, junger Prinz, keine zweite Uebereilung! —

Philotas. Aber, Soldat, kein Vernünfteln! — Höre! Ich habe meine Ursachen, nicht eher ausgelöset zu sein als

morgen. Nicht eher als morgen! Hörst du? — Sage also
unserm Könige, daß er sich an die Eilfertigkeit des feindlichen
Herolds nicht kehre. Eine gewisse Bedenklichkeit, ein gewisser
Anschlag nötige den Philotas zu dieser Verzögerung. — Hast
du mich verstanden?

Parmenio. Nein!

Philotas. Nicht? Verräter! —

Parmenio. Sachte, Prinz! Ein Papagei versteht nicht,
aber er behält, was man ihm vorsagt. Sei unbesorgt. Ich
will deinem Vater alles wieder herplappern, was ich von
dir höre.

Philotas. Ha! Ich untersagte dir, zu vernünfteln, und
das verdreußt dich. Aber wie bist denn du so verwöhnt?
Haben dir alle deine Befehlshaber Gründe gesagt? —

Parmenio. Alle, Prinz, ausgenommen die jungen.

Philotas. Vortrefflich! Parmenio, wenn ich so empfind=
lich wäre als du — —

Parmenio. Und doch kann nur derjenige meinen blin=
den Gehorsam heischen, dem die Erfahrung doppelte Augen
gegeben.

Philotas. Bald werde ich dich also um Verzeihung
bitten müssen. — Nun wohl, ich bitte dich um Verzeihung,
Parmenio. Murre nicht, Alter! Sei wieder gut, alter Vater!
— Du bist freilich klüger als ich. Aber nicht die Klügsten
allein haben die besten Einfälle. Gute Einfälle sind Geschenke
des Glückes, und das Glück, weißt du wohl, beschenkt den
Jüngling oft lieber als den Greis. Denn das Glück ist blind.
Blind, Parmenio, stockblind gegen alles Verdienst. Wenn es
das nicht wäre, müßtest du nicht schon lange Feldherr sein?

Parmenio. Sieh, wie du zu schmeicheln weißt, Prinz
— Aber im Vertrauen, lieber Prinz! Willst du mich nicht
etwa bestechen? mit Schmeicheleien bestechen?

Philotas. Ich, schmeicheln! Und dich bestechen! Du bist
der Mann, der sich bestechen läßt!

Parmenio. Wenn du so fortfährst, so kann ich es werden.
Schon traue ich mir selbst nicht mehr recht!

Philotas. Was wollte ich also sagen? — So einen guten
Einfall nun, wollte ich sagen, als das Glück oft in das albernste
Gehirn wirft, so einen habe auch ich jetzo ertappt. Bloß er=
tappt; von dem meinigen ist nicht das Geringste dazu gekom=
men. Denn hätte mein Verstand, meine Erfindungskraft einigen
Anteil daran, würde ich ihn nicht gern mit dir überlegen wollen?

Aber so kann ich ihn nicht mit dir überlegen; er verschwindet, wenn ich ihn mitteile, so zärtlich, so fein ist er, ich getraue mir ihn nicht in Worte zu kleiden; ich denke ihn nur, wie mich der Philosoph Gott zu denken gelehrt hat, und aufs höchste könnte ich dir nur sagen, was er nicht ist — Möglich zwar genug, daß es im Grunde ein kindischer Einfall ist, ein Einfall, den ich für einen glücklichen Einfall halte, weil ich noch keinen glücklichern gehabt habe. Aber mag er doch; kann er nichts nützen, so kann er doch auch nichts schaden. Das weiß ich gewiß: es ist der unschädlichste Einfall von der Welt, so unschädlich als — als ein Gebet. Wirst du deswegen zu beten unterlassen, weil du nicht ganz gewiß weißt, ob dir das Gebet helfen wird? — Verdirb mir immer also meine Freude nicht, Parmenio, ehrlicher Parmenio! Ich bitte dich, ich um= arme dich — Wenn du mich nur ein klein wenig lieb hast — Willst du? Kann ich mich darauf verlassen? Willst du machen, daß ich erst morgen ausgewechselt werde? Willst du?

Parmenio. Ob ich will? Muß ich nicht? muß ich nicht? — Höre, Prinz, wenn du einmal König wirst, gib dich nicht mit dem Befehlen ab. Befehlen ist ein unsicheres Mittel, befolgt zu werden. Wem du etwas recht Schweres aufzulegen hast, mit dem mache es, wie du es jetzt mit mir gemacht hast, und wenn er dir alsdenn seinen Gehorsam verweigert — Unmöglich! Er kann dir ihn nicht verweigern! Ich muß auch wissen, was ein Mann verweigern kann.

Philotas. Was Gehorsam? Was hat die Freundschaft, die du mir erweisest, mit dem Gehorsame zu thun? Willst du, mein Freund? —

Parmenio. Hör' auf! hör' auf! Du hast mich schon ganz. Ja doch, ich will alles. Ich will es, ich will es deinem Vater sagen, daß er dich erst morgen auslösen soll. Warum zwar erst morgen, — das weiß ich nicht! Das brauch' ich nicht zu wissen. Das braucht auch er nicht zu wissen. Genug, ich weiß, daß du es willst. Und ich will alles, was du willst. Willst du sonst nichts? Soll ich sonst nichts thun? Soll ich für dich durchs Feuer rennen? mich für dich vom Felsen herabstürzen? Be= fiehl nur, mein lieber kleiner Freund, befiehl! Jetzt thue ich dir alles! Sogar — sage ein Wort, und ich will für dich ein Verbrechen, ein Bubenstück begehen! Die Haut schaudert mir zwar; aber doch, Prinz, wenn du willst, ich will, ich will —

Philotas. O mein bester, feuriger Freund! O du — wie soll ich dich nennen? — Du Schöpfer meines künftigen

Ruhmes! Dir schwöre ich bei allem, was mir am heiligsten ist, bei der Ehre meines Vaters, bei dem Glücke seiner Waffen, bei der Wohlfahrt seines Landes schwöre ich dir, nie in meinem Leben diese deine Bereitwilligkeit, deinen Eifer zu vergessen! Möchte ich ihn auch würdig genug belohnen können! — Höret, ihr Götter, meinen Schwur! — Und nun, Parmenio, schwöre auch du! Schwöre mir, dein Wort treulich zu halten. —

    Parmenio. Ich, schwören? Ich bin zu alt zum Schwören.

    Philotas. Und ich bin zu jung, dir ohne Schwur zu trauen. Schwöre mir! Ich habe dir bei meinem Vater geschworen, schwöre du mir bei deinem Sohne. Du liebst ihn doch, deinen Sohn? Du liebst ihn doch recht herzlich?

    Parmenio. So herzlich wie dich! — Du willst es, und ich schwöre. Ich schwöre dir bei meinem einzigen Sohne, bei meinem Blute, das in seinen Adern wallet, bei dem Blute, das ich gern für deinen Vater geblutet, das auch er gern für dich einst bluten wird, bei diesem Blute schwöre ich dir, mein Wort zu halten! Und wenn ich es nicht halte, so falle mein Sohn in seiner ersten Schlacht und erlebe sie nicht, die glorreichen Tage deiner Regierung! — Höret, ihr Götter, meinen Schwur —

    Philotas. Höret ihn noch nicht, ihr Götter! — Du hast mich zum besten, Alter. In der ersten Schlacht fallen, meine Regierung nicht erleben, ist das ein Unglück? Ist früh sterben ein Unglück?

    Parmenio. Das sag' ich nicht. Doch nur deswegen, um dich auf dem Throne zu sehen, um dir zu dienen, möchte ich — was ich sonst durchaus nicht möchte — noch einmal jung werden. — Dein Vater ist gut; aber du wirst besser als er.

    Philotas. Kein Lob zum Nachteile meines Vaters! — Aendere deinen Schwur! Komm, ändere ihn so: Wenn du dein Wort nicht hältst, so möge dein Sohn ein Feiger, ein Nichtswürdiger werden; er möge, wenn er zwischen Tod und Schande zu wählen hat, die Schande wählen; er möge neunzig Jahr ein Spott der Weiber leben und noch im neunzigsten Jahre ungern sterben.

    Parmenio. Ich entsetze mich — doch schwöre ich: das mög' er! — Höret den gräßlichsten der Schwüre, ihr Götter!

    Philotas. Höret ihn! — Nun gut, nun kannst du gehen, Parmenio. Wir haben einander lange genug aufgehalten und fast zu viel Umstände über eine Kleinigkeit gemacht. Denn ist es nicht eine wahre Kleinigkeit, meinem Vater zu sagen, ihn zu überreden, daß er mich nicht eher als morgen auswechsle? Und wenn er ja die Ursache wissen will, wohl, so erdenke dir unterweges eine Ursache.

Parmenio. Das will ich auch! Ich habe zwar, so alt ich geworden bin, noch nie auf eine Unwahrheit gesonnen. Aber doch, dir zuliebe, Prinz — Laß mich nur; das Böse lernt sich auch noch im Alter. — Lebe wohl!

Philotas. Umarme mich! — Geh!

------

6. Auftritt.

Philotas.

Es soll so viele Betrüger in der Welt geben, und das Betrügen ist doch so schwer, wenn es auch in der besten Absicht geschieht. — Habe ich mich nicht wenden und winden müssen! — Mache nur, guter Parmenio, daß mich mein Vater erst morgen auslöset, und er soll mich gar nicht auszulösen brauchen. — Nun habe ich Zeit genug gewonnen! — Zeit genug, mich in meinem Vorsatze zu bestärken — Zeit genug, die sichersten Mittel zu wählen. — Mich in meinem Vorsatze zu bestärken? — Wehe mir, wenn ich dessen bedarf! — Standhaftigkeit des Alters, wenn du mein Teil nicht bist, o, so stehe du mir bei, Hartnäckigkeit des Jünglings!

Ja, es bleibt dabei! es bleibt fest dabei! — Ich fühl' es, ich werde ruhig, — ich bin ruhig! — Der du jetzt da stehest, Philotas — (indem er sich selbst betrachtet) — Ha! es muß ein trefflicher, ein großer Anblick sein: ein Jüngling, gestreckt auf den Boden, das Schwert in der Brust! —

Das Schwert? Götter! o ich Elender! ich Aermster! — Und jetzt erst werde ich es gewahr? Ich habe kein Schwert; ich habe nichts! Es ward die Beute des Kriegers, der mich gefangen nahm. — Vielleicht hätte er es mir gelassen, aber Gold war der Heft. — Unseliges Gold, bist du denn immer das Verderben der Tugend!

Kein Schwert! Ich kein Schwert? — Götter, barmherzige Götter, dies einzige schenket mir! Mächtige Götter, die ihr Erde und Himmel erschaffen, ihr könntet mir kein Schwert schaffen, — wenn ihr wolltet? — Was ist nun mein großer, schimmernder Entschluß? Ich werde mir selbst ein bitteres Gelächter.—

Und da kommt er auch schon wieder, der König. — Still! Wenn ich das Kind spielte? — Dieser Gedanke verspricht etwas. — Ja! Vielleicht bin ich glücklich —

7. Auftritt.

Aridäus. Philotas.

Aridäus. Nun sind die Boten fort, mein Prinz. Sie sind auf den schnellsten Pferden abgegangen, und das Hauptlager deines Vaters ist so nahe, daß wir in wenig Stunden Antwort erhalten können.

Philotas. Du bist also, König, wohl sehr ungeduldig, deinen Sohn wieder zu umarmen?

Aridäus. Wird es dein Vater weniger sein, dich wieder an seine Brust zu drücken? — Laß' mich aber, liebster Prinz, deine Gesellschaft genießen. In ihr wird mir die Zeit schneller verschwinden; und vielleicht, daß es auch sonst glückliche Folgen hat, wenn wir uns näher kennen. Liebenswürdige Kinder sind schon oft die Mittelspersonen zwischen veruneinigten Vätern gewesen. Folge mir also in mein Zelt, wo die besten meiner Befehlshaber deiner warten. Sie brennen vor Begierde, dich zu sehen und zu bewundern.

Philotas. Männer, König, müssen kein Kind bewundern. Laß mich also nur immer hier. Scham und Aergernis würden mich eine sehr einfältige Person spielen lassen. Und was deine Unterredung mit mir anbelangt — da seh' ich vollends nicht, was daraus kommen könnte. Ich weiß weiter nichts, als daß du und mein Vater in Krieg verwickelt sind; und das Recht — das Recht, glaub' ich, ist auf Seiten meines Vaters. Das glaub' ich, König, und will es nun einmal glauben — wenn du mir auch das Gegenteil unwidersprechlich zeigen könntest. Ich bin Sohn und Soldat und habe weiter keine Einsicht als die Einsicht meines Vaters und meines Feldherrn.

Aridäus. Prinz, es zeiget einen großen Verstand, seinen Verstand so zu verleugnen. Doch thut es mir leid, daß ich mich also auch vor dir nicht soll rechtfertigen können. — Unseliger Krieg! —

Philotas. Ja wohl, unseliger Krieg! — Und wehe seinem Urheber!

Aridäus. Prinz! Prinz! erinnere dich, daß dein Vater das Schwert zuerst gezogen. Ich mag in deine Verwünschung

nicht einstimmen. Er hatte sich übereilt, er war zu arg=
wöhnisch —

Philotas. Nun ja; mein Vater hat das Schwert zuerst
gezogen. Aber entsteht die Feuersbrunst erst dann, wenn die
lichte Flamme durch das Dach schlägt? Wo ist das geduldige,
galllose, unempfindliche Geschöpf, das durch unaufhörliches
Necken nicht zu erbittern wäre? — Bedenke, — denn du
zwingst mich mit aller Gewalt, von Dingen zu reden, die mir
nicht zukommen — bedenke, welch eine stolze, verächtliche Ant=
wort du ihm erteiltest, als er — Doch du sollst mich nicht
zwingen; ich will nicht davon sprechen! Unsere Schuld und
Unschuld sind unendlicher Mißdeutungen, unendlicher Be=
schönigungen fähig. Nur dem untrüglichen Auge der Götter
erscheinen wir, wie wir sind; nur das kann uns richten. Die
Götter aber, du weißt es, König, sprechen ihr Urteil durch
das Schwert des Tapfersten. Laß uns den blutigen Spruch
anhören! Warum wollen wir uns kleinmütig von diesem
höchsten Gerichte wieder zu den niedrigern wenden? Sind
unsre Fäuste schon so müde, daß die geschmeidige Zunge sie
ablösen müsse?

Aridäus. Prinz, ich höre dich mit Erstaunen —

Philotas. Ach! — Auch ein Weib kann man mit Er=
staunen hören!

Aridäus. Mit Erstaunen, Prinz, und nicht ohne Jammer!
— Dich hat das Schicksal zur Krone bestimmt, dich! — Dir
will es die Glückseligkeit eines ganzen, mächtigen, edeln Volkes
anvertrauen, dir! — Welch eine schreckliche Zukunft enthüllt
sich mir! Du wirst dein Volk mit Lorbeern und mit Elend
überhäufen. Du wirst mehr Siege als glückliche Unterthanen
zählen. — Wohl mir, daß meine Tage in die deinigen nicht
reichen werden! Aber wehe meinem Sohne, meinem redlichen
Sohne! Du wirst es ihm schwerlich vergönnen, den Harnisch
abzulegen —

Philotas. Beruhige den Vater, o König! Ich werde
deinem Sohne weit mehr vergönnen! weit mehr!

Aridäus. Weit mehr? Erkläre dich —

Philotas. Habe ich ein Rätsel gesprochen? — O, ver=
lange nicht, König, daß ein Jüngling wie ich alles mit Be=
dachte und Absichten sprechen soll. — Ich wollte nur sagen: Die
Frucht ist oft ganz anders, als die Blüte sie verspricht. Ein
weibischer Prinz, hat mich die Geschichte gelehret, ward oft ein
kriegerischer König. Könnte mit mir sich nicht das Gegenteil

zutragen? — Oder vielleicht war auch dieses meine Meinung, daß ich noch einen weiten und gefährlichen Weg zum Throne habe. Wer weiß, ob die Götter mich ihn vollenden laßen? — Und laß mich ihn nicht vollenden, Vater der Götter und Menschen, wenn du in der Zukunft mich als einen Verschwender des Kostbarsten, was du mir anvertrauet, des Blutes meiner Unterthanen, siehest! --

Aridäus. Ja, Prinz, was ist ein König, wenn er kein Vater ist! Was ist ein Held ohne Menschenliebe! Nun erkenne ich auch diese in dir und bin wieder ganz dein Freund! — Aber komm, komm; wir müssen hier nicht allein bleiben. Wir sind einer dem andern zu ernsthaft. Folge mir!

Philotas. Verzeih, König —

Aridäus. Weigere dich nicht!

Philotas. So wie ich bin, mich vor vielen sehen zu laßen? — —

Aridäus. Warum nicht?

Philotas. Ich kann nicht, König; ich kann nicht.

Aridäus. Und die Ursache?

Philotas. O, die Ursache! — Sie würde dich zum Lachen bewegen.

Aridäus. Um so viel lieber laß sie mich hören. Ich bin ein Mensch und weine und lache gern.

Philotas. Nun, so lache denn! — Sieh, König, ich habe kein Schwert, und ich möchte nicht gern ohne dieses Kennzeichen des Soldaten unter Soldaten erscheinen.

Aridäus. Mein Lachen wird zur Freude. Ich habe in voraus hierauf gedacht, und du wirst sogleich befriediget werden. Strato hat Befehl, dir dein Schwert wieder zu schaffen.

Philotas. Also laß uns ihn hier erwarten.

Aridäus. Und alsdenn begleitest du mich doch? —

Philotas. Alsdenn werde ich dir auf dem Fuße nach=folgen.

Aridäus. Gewünscht! da kömmt er! Nun, Strato —

---

8. Auftritt.

Strato (mit einem Schwert in der Hand). **Aridäus. Philotas.**

Strato. König, ich kam zu dem Soldaten, der den Prinzen gefangen genommen, und forderte des Prinzen Schwert in deinem Namen von ihm zurück. Aber höre, wie edel sich der Soldat weigerte. „Der König," sprach er, „muß mir das Schwert nicht nehmen. Es ist ein gutes Schwert, und ich werde es für ihn brauchen. Auch muß ich ein Andenken von dieser meiner That behalten. Bei den Göttern, sie war keine von meinen geringsten! Der Prinz ist ein kleiner Dämon. Vielleicht aber ist es euch nur um den kostbaren Heft zu thun" — Und hiermit, ehe ich es verhindern konnte, hatte seine starke Hand den Heft abgewunden und warf mir ihn verächtlich zu Füßen — „Da ist er!" fuhr er fort. „Was kümmert mich euer Gold?"

Aridäus. O Strato, mache mir den Mann wieder gut! —

Strato. Ich that es. Und hier ist eines von deinen Schwertern!

Aridäus. Gib her! — Willst du es, Prinz, für das deinige annehmen?

Philotas. Laß sehen! — Ha! — (beiseite) Habet Dank, ihr Götter! (Indem er es lange und ernsthaft betrachtet.) — Ein Schwert!

Strato. Habe ich nicht gut gewählet, Prinz?

Aridäus. Was findest du deiner tiefsinnigen Aufmerk= samkeit so wert daran?

Philotas. Daß es ein Schwert ist! — (Indem er wieder zu sich kömmt.) Und ein schönes Schwert! Ich werde bei diesem Tausche nichts verlieren. — Ein Schwert!

Aridäus. Du zitterst, Prinz.

Philotas. Vor Freuden! — Ein wenig zu kurz scheinet es mir bei alle dem. Aber was zu kurz? Ein Schritt näher auf den Feind ersetzt, was ihm an Eisen abgehet. — Liebes Schwert! Welch eine schöne Sache ist ein Schwert, zum Spiele und zum Gebrauche! Ich habe nie mit etwas andern gespielt. —

Aridäus (zum Strato). O der wunderbaren Vermischung von Kind und Held!

Philotas (beiseite). Liebes Schwert! Wer doch bald mit dir allein wäre! — Aber, gewagt!

Aridäus. Nun lege das Schwert an, Prinz, und folge mir.

Philotas. Sogleich! — Doch seinen Freund und sein Schwert muß man nicht bloß von außen kennen. (Er zieht es, und Strato tritt zwischen ihn und den König.)

Strato. Ich verstehe mich mehr auf den Stahl als auf die Arbeit. Glaube mir, Prinz, der Stahl ist gut. Der König hat in seinen männlichen Jahren mehr als einen Helm damit gespalten.

Philotas. So stark werde ich nicht werden! Immerhin! — Tritt mir nicht so nahe, Strato.

Strato. Warum nicht?

Philotas. So! (Indem er zurückspringt und mit dem Schwerte einen Streich durch die Luft thut.) Es hat den Zug, wie es ihn haben muß.

Aridäus. Prinz, schone deines verwundeten Armes! Du wirst dich erhitzen! —

Philotas. Woran erinnerst du mich, König? — An mein Unglück; nein, an meine Schande! Ich ward verwundet und gefangen! Ja! Aber ich will es nie wieder werden! Bei diesem meinem Schwerte, ich will es nie wieder werden! Nein, mein Vater, nein! Heut sparet dir ein Wunder das schimpfliche Lösegeld für deinen Sohn; künftig spar' es dir sein Tod! Sein gewisser Tod, wenn er sich wieder umringt siehet! — Wieder umringt? — Entsetzen! — Ich bin es! Ich bin umringt! Was nun? Gefährte! Freunde! Brüder! Wo seid ihr? Alle tot? Ueberall Feinde? — Ueberall! — Hier durch, Philotas! Ha! Nimm das, Verwegner! — Und du das! — Und du das! (Um sich hauend.)

Strato. Prinz! was geschieht dir? Fasse dich! (Geht auf ihn zu.)

Philotas (sich von ihm entfernend). Auch du, Strato? auch du? — O Feind, sei großmütig! Töte mich! Nimm mich nicht gefangen! — Nein, ich gebe mich nicht gefangen! Und wenn ihr alle Stratos wäret, die ihr mich umringet! Doch will ich mich gegen euch alle, gegen eine Welt will ich mich wehren! — Thut euer Bestes, Feinde! — Aber ihr wollt nicht? Ihr wollt mich nicht töten, Grausame? Ihr wollt mich mit Gewalt lebendig? — Ich lache nur! Mich lebendig gefangen? Mich? — Eher will ich dieses mein Schwert, will ich in diese meine Brust — eher — (Er durchsticht sich.)

Aridäus. Götter! Strato!

Strato. König!

Philotas. Das wollt' ich! (Zurücksinkend.)

Aridäus. Halt ihn, Strato! — Hilfe! dem Prinzen zu Hilfe! — Prinz, welche wütende Schwermut —

Philotas. Vergib mir, König! ich habe dir einen töd-lichern Streich versetzt als mir! — Ich sterbe! und bald wer-den beruhigte Länder die Frucht meines Todes genießen. — Dein Sohn, König, ist gefangen, und der Sohn meines Vaters ist frei —

Aridäus. Was hör' ich?

Strato. So war es Vorsatz, Prinz? — Aber als unser Gefangener hattest du kein Recht über dich selbst.

Philotas. Sage das nicht, Strato! — Sollte die Frei= heit, zu sterben, die uns die Götter in allen Umständen des Lebens gelassen haben, sollte diese ein Mensch dem andern verkümmern können? —

Strato. O König! — Das Schrecken hat ihn versteinert! — König!

Aridäus. Wer ruft?

Strato. König!

Aridäus. Schweig!

Strato. Der Krieg ist aus, König!

Aridäus. Aus? Das leugst du, Strato! — Der Krieg ist nicht aus, Prinz! — Stirb nur! stirb! Aber nimm das mit, nimm den quälenden Gedanken mit: Als ein wahrer un= erfahrner Knabe hast du geglaubt, daß die Väter alle von einer Art, alle von der weichlichen, weibischen Art deines Vaters sind. — Sie sind es nicht alle! Ich bin es nicht! Was liegt mir an meinem Sohne? Und denkst du, daß er nicht eben sowohl zum Besten seines Vaters sterben kann, als du zum Besten des deinigen? — Er sterbe! Auch sein Tod er= spare mir das schimpfliche Lösegeld! — Strato, ich bin nun verwaiset, ich armer Mann! — Du hast einen Sohn; er sei der meinige! — — Denn einen Sohn muß man doch haben. — Glücklicher Strato!

Philotas. Noch lebt auch dein Sohn, König! und wird leben! Ich hör' es!

Aridäus. Lebt er noch? — So muß ich ihn wieder haben. Stirb du nur! Ich will ihn doch wieder haben! und für dich! — Oder ich will deinem toten Körper soviel Unehre, so viel Schmach erzeigen lassen! — Ich will ihn —

Philotas. Den toten Körper! — Wenn du dich rächen willst, König, so erwecke ihn wieder! —

Aridäus. Ach! — wo gerat' ich hin!

Philotas. Du dauerst mich! — Lebe wohl, Strato! Dort, wo alle tugendhafte Freunde und alle tapfere Glieder e i n e s seligen Staates sind, im Elysium sehen wir uns wieder! — Auch wir, König; sehen uns wieder —

Aridäus. Und versöhnt! — Prinz!

Philotas. O, so empfanget meine triumphierende Seele, ihr Götter, und dein Opfer, Göttin des Friedens! —

Aridäus. Höre mich, Prinz! —

Strato. Er stirbt! — Bin ich ein Verräter, König, wenn ich deinen Feind beweine? Ich kann mich nicht halten. Ein wunderbarer Jüngling!

Aridäus. Beweine ihn nur! — Auch ich! — Komm! Ich muß meinen Sohn wieder haben! Aber rede mir nicht ein, wenn ich ihn zu teuer erkaufe! — Umsonst haben wir Ströme Bluts vergossen, umsonst Länder erobert. Da zieht er mit unsrer Beute davon, der größere Sieger! — Komm! Schaffe mir meinen Sohn! Und wenn ich ihn habe, will ich nicht mehr König sein. Glaubt ihr, Menschen, daß man es nicht satt wird? — (Gehen ab).

———×———

Minna von Barnhelm

oder

Das Soldatenglück.

Ein Lustspiel in fünf Aufzügen.

(„Verfertiget im Jahr 1763." Zuerst separat gedruckt: Berlin, bei C. F. Voß, 1767.)

Perſonen.

Major von Tellheim, verabſchiedet.
Minna von Barnhelm.
Graf von Bruchſall, ihr Oheim.
Franziska, ihr Mädchen.
Juſt, Bedienter des Majors.
Paul Werner, geweſener Wachtmeiſter des Majors.
Der Wirt.
Eine Dame in Trauer.
Ein Feldjäger.
Riccaut de la Marliniere.

Die Szene iſt abwechſelnd in dem Saale eines Wirtshauſes und
einem daran ſtoßenden Zimmer.

Erster Aufzug.

1. Auftritt.

Juft (ſitzet in einem Winkel, ſchlummert und redet im Traume). Schurke von einem Wirte! Du, uns? — Friſch, Bruder! — Schlage zu, Bruder! (Er holt aus und erwacht durch die Bewegung.) He da! ſchon wieder? Ich mache kein Auge zu, ſo ſchlage ich mich mit ihm herum. Hätte er nur erſt die Hälfte von allen den Schlägen! — — Doch ſieh, es iſt Tag! Ich muß nur bald meinen armen Herrn aufſuchen. Mit meinem Willen ſoll er keinen Fuß mehr in das vermaledeite Haus ſetzen. Wo wird er die Nacht zugebracht haben?

---

2. Auftritt.

Der Wirt. Juft.

Der Wirt. Guten Morgen, Herr Juſt, guten Morgen! Ei, ſchon ſo früh auf? Oder ſoll ich ſagen: noch ſo ſpät auf?

Juft. Sage Er, was Er will.

Der Wirt. Ich ſage nichts als „guten Morgen"; und das verdient doch wohl, daß Herr Juſt „großen Dank" darauf ſagt?

Juft. Großen Dank!

Der Wirt. Man iſt verdrießlich, wenn man ſeine gehörige Ruhe nicht haben kann. Was gilt's, der Herr Major iſt nicht nach Hauſe gekommen, und Er hat hier auf ihn gelauert?

Juft. Was der Mann nicht alles erraten kann!

Der Wirt. Ich vermute, ich vermute.

Juft (kehrt ſich um und will gehen). Sein Diener!

Der Wirt (hält ihn). Nicht doch, Herr Juſt!

Juft. Nun gut; nicht Sein Diener!

Der Wirt. Ei, Herr Juſt! ich will doch nicht hoffen, Herr Juſt, daß Er noch von geſtern her böſe iſt? Wer wird ſeinen Zorn über Nacht behalten?

Juſt. Ich; und über alle folgende Nächte.

Der Wirt. Iſt das chriſtlich?

Juſt. Ebenſo chriſtlich, als einen ehrlichen Mann, der nicht gleich bezahlen kann, aus dem Hauſe ſtoßen, auf die Straße werfen.

Der Wirt. Pfui, wer könnte ſo gottlos ſein?

Juſt. Ein chriſtlicher Gaſtwirt. — Meinen Herrn! ſo einen Mann! ſo einen Offizier!

Der Wirt. Den hätte ich aus dem Hauſe geſtoßen? auf die Straße geworfen? Dazu habe ich viel zu viel Achtung für einen Offizier und viel zu viel Mitleid mit einem abge= dankten! Ich habe ihm aus Not ein ander Zimmer einräumen müſſen. — Denke Er nicht mehr daran, Herr Juſt. (Er ruft in die Szene.) Holla! — Ich will's auf andere Weiſe wieder gut machen. (Ein Junge kommt.) Bring ein Gläschen; Herr Juſt will ein Gläschen haben, und was Gutes!

Juſt. Mache Er ſich keine Mühe, Herr Wirt. Der Tropfen ſoll zu Gift werden, den — doch ich will nicht ſchwören; ich bin noch nüchtern.

Der Wirt (zu dem Jungen, der eine Flaſche Lilör und ein Glas bringt). Gib her; geh! — Nun, Herr Juſt, was ganz Vortreffliches, ſtark, lieblich, geſund. (Er füllt und reicht ihm zu.) Das kann einen überwachten Magen wieder in Ordnung bringen!

Juſt. Bald dürfte ich nicht! — — Doch warum ſoll ich meiner Geſundheit ſeine Grobheit entgelten laſſen — (Er nimmt und trinkt.)

Der Wirt. Wohl bekomm's, Herr Juſt!

Juſt (indem er das Gläschen wieder zurückgibt). Nicht übel! — Aber, Herr Wirt, Er iſt doch ein Grobian!

Der Wirt. Nicht doch, nicht doch! — Geſchwind noch eins; auf einem Beine iſt nicht gut ſtehen.

Juſt (nachdem er getrunken). Das muß ich ſagen: gut, ſehr gut! — Selbſt gemacht, Herr Wirt? —

Der Wirt. Behüte! veritabler Danziger! echter, doppelter Lachs.

Juſt. Sieht Er, Herr Wirt, wenn ich heucheln könnte, ſo würde ich für ſo was heucheln; aber ich kann nicht; es muß raus — Er iſt doch ein Grobian, Herr Wirt!

Der Wirt. In meinem Leben hat mir das noch niemand geſagt. — Noch eins, Herr Juſt; aller guten Dinge ſind drei!

Juſt. Meinetwegen! (Er trinkt.) Gut Ding, wahrlich gut Ding! — Aber auch die Wahrheit iſt gut Ding. — Herr Wirt, Er iſt doch ein Grobian!

Der Wirt. Wenn ich es wäre, würde ich das wohl so mit anhören?

Juft. O ja, denn felten hat ein Grobian Galle.

Der Wirt. Nicht noch eins, Herr Juft? Eine vierfache Schnur hält defto beffer.

Juft. Nein, zu viel ift zu viel! Und was hilft's Ihm, Herr Wirt? Bis auf den letzten Tropfen in der Flafche würde ich bei meiner Rede bleiben. Pfui, Herr Wirt, fo guten Danziger zu haben und fo fchlechte Mores! — Einem Manne wie meinem Herrn, der Jahr und Tag bei Ihm ge= wohnt, von dem Er fchon fo manchen fchönen Thaler gezogen, der in feinem Leben keinen Heller fchuldig geblieben ift; weil er ein paar Monate her nicht prompt bezahlt, weil er nicht mehr fo viel aufgehen läßt, — in der Abwefenheit das Zimmer auszuräumen!

Der Wirt. Da ich aber das Zimmer notwendig brauchte? Da ich vorausfahe, daß der Herr Major es felbft gutwillig würde geräumt haben, wenn wir nur lange auf feine Zurück= kunft hätten warten können? Sollte ich denn fo eine fremde Herrfchaft wieder von meiner Thüre wegfahren laffen? Sollte ich einem andern Wirte fo einen Verdienft mutwillig in den Rachen jagen? Und ich glaube nicht einmal, daß fie fonft wo untergekommen wäre. Die Wirtshäufer find jetzt alle ftark befetzt. Sollte eine fo junge, fchöne, liebenswürdige Dame auf der Straße bleiben? Dazu ift Sein Herr viel zu galant! Und was verliert er denn dabei? Habe ich ihm nicht ein anderes Zimmer dafür eingeräumt?

Juft. Hinten an dem Taubenfchlage; die Ausficht zwifchen des Nachbars Feuermauern — —

Der Wirt. Die Ausficht war wohl fehr fchön, ehe fie der verzweifelte Nachbar verbaute. Das Zimmer ift doch fonft galant und tapeziert —

Juft. Gewefen!

Der Wirt. Nicht doch, die eine Wand ift es noch. Und Sein Stübchen daneben, Herr Juft; was fehlt dem Stübchen? Es hat einen Kamin, der zwar im Winter ein wenig raucht —

Juft. Aber doch im Sommer recht hübfch läßt. — Herr, ich glaube gar, Er veriert uns noch obendrein? —

Der Wirt. Nu, nu, Herr Juft, Herr Juft —

Juft. Mache Er Herr Juften den Kopf nicht warm, oder —

Der Wirt. Ich macht' ihn warm? der Danziger thut's! —

Juſt. Einen Offizier wie meinen Herrn! Oder meint Er,
daß ein abgedankter Offizier nicht auch ein Offizier iſt, der
Ihm den Hals brechen kann? Warum waret ihr denn im
Kriege ſo geſchmeidig, ihr Herren Wirte? Warum war denn
da jeder Offizier ein würdiger Mann und jeder Soldat
ein ehrlicher, braver Kerl? Macht euch das bißchen Friede
ſchon ſo übermütig?

Der Wirt. Was ereifert Er ſich nun, Herr Juſt? —

Juſt. Ich will mich ereifern. —

3. Auftritt.

v. Tellheim. Der Wirt. Juſt.

v. Tellheim (im Hereintreten). Juſt!

Juſt (in der Meinung, daß ihn der Wirt nenne). Juſt? — So bekannt ſind wir? —

v. Tellheim. Juſt!

Juſt. Ich dächte, ich wäre wohl Herr Juſt für Ihn!

Der Wirt (der den Major gewahr wird). St! ſt! Herr, Herr,
Herr Juſt — ſeh' Er ſich doch um; Sein Herr — —

v. Tellheim. Juſt, ich glaube, du zankſt? Was habe
ich dir befohlen?

Der Wirt. O, Ihro Gnaden! zanken? Da ſei Gott
vor! Ihr unterthänigſter Knecht ſollte ſich unterſtehen, mit
einem, der die Gnade hat, Ihnen anzugehören, zu zanken?

Juſt. Wenn ich ihm doch eins auf den Katzenbuckel
geben dürfte! — —

Der Wirt. Es iſt wahr, Herr Juſt ſpricht für ſeinen
Herrn, und ein wenig hitzig. Aber daran thut er recht; ich
ſchätze ihn um ſo viel höher; ich liebe ihn darum. —

Juſt. Daß ich ihm nicht die Zähne austreten ſoll!

Der Wirt. Nur ſchade, daß er ſich umſonſt erhitzet. Denn
ich bin gewiß verſichert, daß Ihro Gnaden keine Ungnade
deswegen auf mich geworfen haben, weil — die Not — mich
notwendig —

v. Tellheim. Schon zu viel, mein Herr! Ich bin Ihnen
ſchuldig; Sie räumen mir in meiner Abweſenheit das Zimmer
aus; Sie müſſen bezahlt werden; ich muß wo anders unterzukommen ſuchen. Sehr natürlich! —

Der Wirt. Wo anders? Sie wollen ausziehen, gnädiger
Herr? Ich unglücklicher Mann! ich geſchlagner Mann! Nein,

nimmermehr! Eher muß die Dame das Quartier wieder
räumen. Der Herr Major kann ihr, will ihr sein Zimmer
nicht lassen; das Zimmer ist sein; sie muß fort; ich kann ihr
nicht helfen. — Ich gehe, gnädiger Herr — —

v. Tellheim. Freund, nicht zwei dumme Streiche für
einen! Die Dame muß in dem Besitze des Zimmers bleiben —

Der Wirt. Und Ihro Gnaden sollten glauben, daß ich
aus Mißtrauen, aus Sorge für meine Bezahlung — —? Als
wenn ich nicht wüßte, daß mich Ihro Gnaden bezahlen können,
sobald Sie nur wollen. — — Das versiegelte Beutelchen, —
fünfhundert Thaler Louisdor stehet drauf, — — welches Ihro
Gnaden in dem Schreibepulte stehen gehabt, — — ist in guter
Verwahrung. —

v. Tellheim. Das will ich hoffen, so wie meine übrige
Sachen. — Just soll sie in Empfang nehmen, wenn er Ihnen
die Rechnung bezahlt hat. — —

Der Wirt. Wahrhaftig, ich erschrak recht, als ich das
Beutelchen fand. — Ich habe immer Ihro Gnaden für einen
ordentlichen und vorsichtigen Mann gehalten, der sich niemals
ganz ausgibt. — — Aber dennoch — — wenn ich bar Geld
in dem Schreibepulte vermutet hätte — —

v. Tellheim. Würden Sie höflicher mit mir verfahren
sein. Ich verstehe Sie. — Gehen Sie nur, mein Herr; lassen
Sie mich; ich habe mit meinem Bedienten zu sprechen. — —

Der Wirt. Aber, gnädiger Herr — —

v. Tellheim. Komm, Just, der Herr will nicht erlauben,
daß ich dir in seinem Hause sage, was du thun sollst. — —

Der Wirt. Ich gehe ja schon, gnädiger Herr! — Mein
ganzes Haus ist zu Ihren Diensten.

---

4. Auftritt.

v. Tellheim. Just.

Just (der mit dem Fuße stampft und dem Wirte nachspuckt). **Pfui!**

v. Tellheim. Was gibt's?

Just. Ich ersticke vor Bosheit.

v. Tellheim. Das wäre so viel als an Vollblütigkeit.

Just. Und Sie, — Sie erkenne ich nicht mehr, mein
Herr. Ich sterbe vor Ihren Augen, wenn Sie nicht der
Schutzengel dieses hämischen, unbarmherzigen Nackers sind!
Trotz Galgen und Schwert und Rad hätte ich ihn — hätte

ich ihn mit diesen Händen erdrosseln, mit diesen Zähnen zer=
reißen wollen. —

v. Tellheim. Bestie!

Just. Lieber Bestie als so ein Mensch!

v. Tellheim. Was willst du aber?

Just. Ich will, daß Sie es empfinden sollen, wie sehr
man Sie beleidiget.

v. Tellheim. Und dann?

Just. Daß Sie sich rächten. — Nein, der Kerl ist Ihnen
zu gering. —

v. Tellheim. Sondern, daß ich es dir auftrüge, mich zu
rächen? Das war von Anfang mein Gedanke. Er hätte mich
nicht wieder mit Augen sehen und seine Bezahlung aus deinen
Händen empfangen sollen. Ich weiß, daß du eine Handvoll
Geld mit einer ziemlich verächtlichen Miene hinwerfen kannst. —

Just. So? eine vortreffliche Rache! —

v. Tellheim. Aber die wir noch verschieben müssen. Ich
habe keinen Heller bares Geld mehr! ich weiß auch keines
aufzutreiben.

Just. Kein bares Geld? Und was ist denn das für
ein Beutel mit fünfhundert Thaler Louisdor, den der Wirt
in Ihrem Schreibpulte gefunden?

v. Tellheim. Das ist Geld, welches mir aufzuheben ge=
geben worden.

Just. Doch nicht die hundert Pistolen, die Ihnen Ihr
alter Wachtmeister vor vier oder fünf Wochen brachte?

v. Tellheim. Die nämlichen, von Paul Wernern. Warum
nicht?

Just. Diese haben Sie noch nicht gebraucht? Mein Herr,
mit diesen können Sie machen, was Sie wollen. Auf meine
Verantwortung —

v. Tellheim. Wahrhaftig?

Just. Werner hörte von mir, wie sehr man Sie mit Ihren
Forderungen an die Generalkriegeskasse aufzieht. Er hörte —

v. Tellheim. Daß ich sicherlich zum Bettler werden
würde, wenn ich es nicht schon wäre. — Ich bin dir sehr
verbunden, Just. — Und diese Nachricht vermochte Wernern,
sein bißchen Armut mit mir zu teilen. — Es ist mir doch
lieb, daß ich es erraten habe. — Höre, Just, mache mir zu=
gleich auch deine Rechnung; wir sind geschiedene Leute. — —

Just. Wie? Was?

v. Tellheim. Kein Wort mehr; es kömmt jemand. —

5. Auftritt.

Eine Dame in Trauer. v. Tellheim. Just.

Die Dame. Ich bitte um Verzeihung, mein Herr! —

v. Tellheim. Wen suchen Sie, Madame? —

Die Dame. Eben den würdigen Mann, mit welchem ich die Ehre habe zu sprechen. Sie kennen mich nicht mehr? Ich bin die Witwe Ihres ehemaligen Stabsrittmeisters —

v. Tellheim. Um des Himmels willen, gnädige Frau! welche Veränderung! —

Die Dame. Ich stehe von dem Krankenbette auf, auf das mich der Schmerz über den Verlust meines Mannes warf. Ich muß Ihnen früh beschwerlich fallen, Herr Major. Ich reise auf das Land, wo mir eine gutherzige, aber eben auch nicht glückliche Freundin eine Zuflucht vors erste angeboten. —

v. Tellheim (zu Just). Geh, laß uns allein. —

6. Auftritt.

Die Dame. v. Tellheim.

v. Tellheim. Reden Sie frei, gnädige Frau! Vor mir dürfen Sie sich Ihres Unglücks nicht schämen. Kann ich Ihnen worin dienen?

Die Dame. Mein Herr Major —

v. Tellheim. Ich beklage Sie, gnädige Frau! Worin kann ich Ihnen dienen? Sie wissen, Ihr Gemahl war mein Freund; mein Freund, sage ich; ich war immer karg mit diesem Titel.

Die Dame. Wer weiß es besser als ich, wie wert Sie seiner Freundschaft waren, wie wert er der Ihrigen war! Sie würden sein letzter Gedanke, Ihr Name der letzte Ton seiner sterbenden Lippen gewesen sein, hätte nicht die stärkere Natur dieses traurige Vorrecht für seinen unglücklichen Sohn, für seine unglückliche Gattin gefordert —

v. Tellheim. Hören Sie auf, Madame! Weinen wollte ich mit Ihnen gern; aber ich habe heute keine Thränen. Verschonen Sie mich! Sie finden mich in einer Stunde, wo ich leicht zu verleiten wäre, wider die Vorsicht zu murren. — O, mein rechtschaffener Marloff! Geschwind, gnädige Frau, was

haben Sie zu befehlen? Wenn ich Ihnen zu dienen im stande
bin, wenn ich es bin —

Die Dame. Ich darf nicht abreisen, ohne seinen letzten
Willen zu vollziehen. Er erinnerte sich kurz vor seinem Ende,
daß er als Ihr Schuldner sterbe, und beschwor mich, diese Schuld
mit der ersten Barschaft zu tilgen. Ich habe seine Equipage
verkauft und komme, seine Handschrift einzulösen. —

v. Tellheim. Wie, gnädige Frau? darum kommen Sie?

Die Dame. Darum. Erlauben Sie, daß ich das Geld
aufzähle.

v. Tellheim. Nicht doch, Madame! Marloff mir schuldig?
das kann schwerlich sein. Lassen Sie doch sehen. (Er ziehet sein
Taschenbuch heraus und sucht.) Ich finde nichts.

Die Dame. Sie werden seine Handschrift verlegt haben,
und die Handschrift thut nichts zur Sache. — Erlauben Sie —

v. Tellheim. Nein, Madame! so etwas pflege ich nicht zu
verlegen. Wenn ich sie nicht habe, so ist es ein Beweis, daß
ich nie eine gehabt habe, oder daß sie getilgt und von mir
schon zurückgegeben worden.

Die Dame. Herr Major! —

v. Tellheim. Ganz gewiß, gnädige Frau. Marloff ist
mir nichts schuldig geblieben. Ich wüßte mich auch nicht zu
erinnern, daß er mir jemals etwas schuldig gewesen wäre.
Nicht anders, Madame; er hat mich vielmehr als seinen
Schuldner hinterlassen. Ich habe nie etwas thun können,
mich mit einem Manne abzufinden, der sechs Jahre Glück und
Unglück, Ehre und Gefahr mit mir geteilet. Ich werde es nicht
vergessen, daß ein Sohn von ihm da ist. Er wird mein Sohn
sein, sobald ich sein Vater sein kann. Die Verwirrung, in der
ich mich jetzt selbst befinde —

Die Dame. Edelmütiger Mann! Aber denken Sie auch
von mir nicht zu klein. Nehmen Sie das Geld, Herr Major;
so bin ich wenigstens beruhiget. —

v. Tellheim. Was brauchen Sie zu Ihrer Beruhigung
weiter als meine Versicherung, daß mir dieses Geld nicht gehöret? Oder wollen Sie, daß ich die unerzogene Waise meines
Freundes bestehlen soll? Bestehlen, Madame, das würde es
in dem eigentlichsten Verstande sein. Ihm gehört es, für ihn
legen Sie es an. —

Die Dame. Ich verstehe Sie; verzeihen Sie nur, wenn
ich noch nicht recht weiß, wie man Wohlthaten annehmen muß.
Woher wissen es denn aber auch Sie, daß eine Mutter mehr

für ihren Sohn thut, als sie für ihr eigen Leben thun würde? Ich gehe —

v. Tellheim. Gehen Sie, Madame, gehen Sie! Reisen Sie glücklich! Ich bitte Sie nicht, mir Nachricht von Ihnen zu geben. Sie möchte mir zu einer Zeit kommen, wo ich sie nicht nutzen könnte. Aber noch eins, gnädige Frau; bald hätte ich das Wichtigste vergessen. Marloff hat noch an der Kasse unsers ehemaligen Regiments zu fordern. Seine Forderungen sind so richtig wie die meinigen. Werden meine bezahlt, so müssen auch die seinigen bezahlt werden. Ich hafte dafür. —

Die Dame. O! mein Herr — Aber ich schweige lieber. — Künftige Wohlthaten so vorbereiten, heißt sie in den Augen des Himmels schon erwiesen haben. Empfangen Sie seine Belohnung und meine Thränen! (Geht ab.)

---

7. Auftritt.

v. Tellheim. Armes, braves Weib! Ich muß nicht vergessen, den Bettel zu vernichten. (Er nimmt aus seinem Taschenbuche Briefschaften, die er zerreißt.) Wer steht mir dafür, daß eigner Mangel mich nicht einmal verleiten könnte, Gebrauch davon zu machen?

---

8. Auftritt.

Just. v. Tellheim.

v. Tellheim. Bist du da?

Just (indem er sich die Augen wischt). Ja!

v. Tellheim. Du hast geweint?

Just. Ich habe in der Küche meine Rechnung geschrieben, und die Küche ist voll Rauch. Hier ist sie, mein Herr!

v. Tellheim. Gib her.

Just. Haben Sie Barmherzigkeit mit mir, mein Herr. Ich weiß wohl, daß die Menschen mit Ihnen keine haben; aber —

v. Tellheim. Was willst du?

Just. Ich hätte mir eher den Tod als meinen Abschied vermutet.

v. Tellheim. Ich kann dich nicht länger brauchen; ich muß mich ohne Bedienten behelfen lernen. (Schlägt die Rechnung auf und liefet.) „Was der Herr Major mir schuldig: Drei und einen halben Monat Lohn, den Monat 6 Thaler, macht 21 Thaler. Seit dem Ersten dieses an Kleinigkeiten ausgelegt 1 Thaler 7 Gr. 9 Pf." Summa summarum 22 Thaler 7 Gr. 9 Pf." — Gut, und es ist billig, daß ich diesen laufenden Monat ganz bezahle.

Just. Die andere Seite, Herr Major —

v. Tellheim. Noch mehr? (liefet.) „Was dem Herrn Major ich schuldig: An den Feldscher für mich bezahlt 25 Thaler. Für Wartung und Pflege während meiner Kur für mich bezahlt 39 Thaler. Meinem abgebrannten und geplünderten Vater auf meine Bitte vorgeschossen, ohne die zwei Beutepferde zu rechnen, die er ihm geschenkt, 50 Thaler. Summa summarum 114 Thaler. Davon abgezogen vorstehende 22 Thl. 7 Gr. 9 Pf. Bleibe dem Herrn Major schuldig 91 Thaler 16 Gr. 3 Pf." — Kerl, du bist toll! —

Just. Ich glaube es gern, daß ich Ihnen weit mehr koste. Aber es wäre verlorne Tinte, es dazu zu schreiben. Ich kann Ihnen das nicht bezahlen; und wenn Sie mir vollends die Livrei nehmen, die ich auch noch nicht verdient habe, — so wollte ich lieber, Sie hätten mich im Lazarette krepieren lassen.

v. Tellheim. Wofür siehst du mich an? Du bist mir nichts schuldig, und ich will dich einem von meinen Bekannten empfehlen, bei dem du es besser haben sollst als bei mir.

Just. Ich bin Ihnen nichts schuldig, und doch wollen Sie mich verstoßen?

v. Tellheim. Weil ich dir nichts schuldig werden will.

Just. Darum? nur darum? — So gewiß ich Ihnen schuldig bin, so gewiß Sie mir nichts schuldig werden können, so gewiß sollen Sie mich nun nicht verstoßen. — Machen Sie, was Sie wollen, Herr Major; ich bleibe bei Ihnen; ich muß bei Ihnen bleiben. —

v. Tellheim. Und deine Hartnäckigkeit, dein Trotz, dein wildes, ungestümes Wesen gegen alle, von denen du meinest, daß sie dir nichts zu sagen haben, deine tückische Schadenfreude, deine Rachsucht — —

Just. Machen Sie mich so schlimm, wie Sie wollen; ich will darum doch nicht schlechter von mir denken als von meinem Hunde. Vorigen Winter ging ich in der Dämmerung an dem Kanale und hörte etwas winseln. Ich stieg herab und griff nach der Stimme und glaubte, ein Kind zu retten, und zog einen Pudel aus dem Wasser. Auch gut, dachte ich). Der Pudel kam mir nach; aber ich bin kein Liebhaber von Pudeln. Ich jagte ihn fort, umsonst; ich prügelte ihn von mir, umsonst. Ich ließ ihn des Nachts nicht in meine Kammer; er blieb vor der Thüre auf der Schwelle. Wo er mir zu nahe kam, stieß ich ihn mit dem Fuße; er schrie, sahe mich an und wedelte mit dem Schwanze. Noch hat er keinen Bissen Brot aus meiner Hand bekommen; und doch bin ich der einzige, dem er hört und der ihn anrühren darf. Er springt vor mir her und macht mir seine Künste unbefohlen vor. Es ist ein häßlicher Pudel, aber ein gar zu guter Hund. Wenn er es länger treibt, so höre ich endlich auf, den Pudeln gram zu sein.

v. Tellheim (beiseite). So wie ich ihm! Nein, es gibt keine völlige Unmenschen! — — Just, wir bleiben beisammen.

Just. Ganz gewiß! — Sie wollten sich ohne Bedienten behelfen? Sie vergessen Ihre Blessuren und daß Sie nur eines Armes mächtig sind. Sie können sich ja nicht allein ankleiden. Ich bin Ihnen unentbehrlich und bin, — — ohne mich selbst zu rühmen, Herr Major — und bin ein Bedienter, der — wenn das Schlimmste zum Schlimmsten kömmt, — für seinen Herrn betteln und stehlen kann.

v. Tellheim. Just, wir bleiben nicht beisammen.

Just. Schon gut!

---

9. Auftritt.

Ein Bedienter. v. Tellheim. Just.

Der Bediente. Bst! Kamerad!

Just. Was gibt's?

Der Bediente. Kann Er mir nicht den Offizier nachweisen, der gestern noch in diesem Zimmer (auf eines an der Seite zeigend, von welcher er herkömmt) gewohnt hat?

Just. Das dürfte ich leicht können. Was bringt Er ihm?

Der Bediente. Was wir immer bringen, wenn wir nichts bringen: ein Kompliment. Meine Herrschaft hört, daß er durch sie verdrängt worden. Meine Herrschaft weiß zu leben, und ich soll ihn deßfalls um Verzeihung bitten.

Just. Nun, so bitte Er ihn um Verzeihung; da steht er.

Der Bediente. Was ist er? Wie nennt man ihn?

v. Tellheim. Mein Freund, ich habe Euern Auftrag schon gehört. Es ist eine überflüssige Höflichkeit von Eurer

Herrschaft, die ich erkenne, wie ich soll. Macht ihr meinen Empfehl. — Wie heißt Eure Herrschaft? —

Der Bediente. Wie sie heißt? Sie läßt sich gnädiges Fräulein heißen.

v. Tellheim. Und ihr Familienname?

Der Bediente. Den habe ich noch nicht gehört, und barnach zu fragen, ist meine Sache nicht. Ich richte mich so ein, daß ich meistenteils aller sechs Wochen eine neue Herrschaft habe. Der Henker behalte alle ihre Namen! —

Just. Bravo, Kamerad!

Der Bediente. Zu dieser bin ich erst vor wenig Tagen in Dresden gekommen. Sie sucht, glaube ich, hier ihren Bräutigam. —

v. Tellheim. Genug, mein Freund. Den Namen Eurer Herrschaft wollte ich wissen, aber nicht ihre Geheimnisse. Geht nur!

Der Bediente. Kamerad, das wäre kein Herr für mich!

---

10. Auftritt.

v. Tellheim. Just.

v. Tellheim. Mache, Just, mache, daß wir aus diesem Hause kommen! Die Höflichkeit der fremden Dame ist mir empfindlicher als die Grobheit des Wirts. Hier nimm diesen Ring, die einzige Kostbarkeit, die mir übrig ist, von der ich nie geglaubt hätte einen solchen Gebrauch zu machen! — Versetze ihn! laß dir achtzig Friedrichsdor darauf geben; die Rechnung des Wirts kann keine dreißig betragen. Bezahle ihn und räume meine Sachen — Ja, wohin? — Wohin du willst. Der wohlfeilste Gasthof der beste. Du sollst mich hier nebenan auf dem Kaffeehause treffen. Ich gehe; mache deine Sache gut. —

Just. Sorgen Sie nicht, Herr Major! —

v. Tellheim (kömmt wieder zurück). Vor allen Dingen, daß meine Pistolen, die hinter dem Bette gehangen, nicht vergessen werden.

Just. Ich will nichts vergessen.

v. Tellheim (kömmt nochmals zurück). Noch eins: nimm mir auch deinen Pudel mit; hörst du, Just! —

---

11. Auftritt.

Just. Der Pudel wird nicht zurückbleiben. Dafür laß' ich den Pudel sorgen. — Hm! auch den kostbaren Ring hat der Herr noch gehabt? Und trug ihn in der Tasche, anstatt am Finger? — Guter Wirt, wir sind so kahl noch nicht, als wir scheinen. Bei ihm, bei ihm selbst will ich dich versetzen, schönes Ringelchen! Ich weiß, er ärgert sich, daß du in seinem Hause nicht ganz sollst verzehrt werden! — Ah —

---

12. Auftritt.

Paul Werner. Just.

Just. Sieh da, Werner! guten Tag, Werner! willkommen in der Stadt!

Werner. Das verwünschte Dorf! Ich kann's unmöglich wieder gewohnet werden. Lustig, Kinder, lustig! ich bringe frisches Geld! Wo ist der Major?

Just. Er muß dir begegnet sein; er ging eben die Treppe herab.

Werner. Ich komme die Hintertreppe herauf. Nun, wie geht's ihm? Ich wäre schon vorige Woche bei euch gewesen, aber —

Just. Nun? was hat dich abgehalten? —

Werner. — Just, — hast du von dem Prinzen Heraklius gehört?

Just. Heraklius? Ich wüßte nicht.

Werner. Kennst du den großen Helden im Morgenlande nicht?

Just. Die Weisen aus dem Morgenlande kenn' ich wohl, die ums Neujahr mit den Sternen herumlaufen. — —

Werner. Mensch, ich glaube, du liesest ebensowenig die Zeitungen als die Bibel? — Du kennst den Prinz Heraklius nicht? den braven Mann nicht, der Persien weggenommen und nächster Tage die ottomanische Pforte einsprengen wird? Gott sei Dank, daß doch noch irgendwo in der Welt Krieg ist! Ich habe lange genug gehofft, es sollte hier wieder losgehen. Aber da sitzen sie und heilen sich die Haut. Nein, Soldat war ich, Soldat muß ich wieder sein! Kurz, — (indem er sich schüchtern umsieht, ob ihn jemand behorcht) im Vertrauen, Just,

ich wandere nach Persien, um unter Sr. Königlichen Hoheit dem
Prinzen Heraklius ein paar Feldzüge wider den Türken zu machen.

Just. Du?

Werner. Ich, wie du mich hier siehst! Unsere Vor=
fahren zogen fleißig wider den Türken, und das sollten wir
noch thun, wenn wir ehrliche Kerls und gute Christen wären.
Freilich begreife ich wohl, daß ein Feldzug wider den Türken
nicht halb so lustig sein kann als einer wider den Franzosen;
aber dafür muß er auch desto verdienstlicher sein, in diesem
und in jenem Leben. Die Türken haben dir alle Säbels mit
Diamanten besetzt —

Just. Um mir von so einem Säbel den Kopf spalten zu
lassen, reise ich nicht eine Meile. Du wirst doch nicht toll.
sein und dein schönes Schulzengerichte verlassen? —

Werner. O, das nehme ich mit! — Merkst du was?
— Das Gütchen ist verkauft — —

Just. Verkauft?

Werner. St! — hier sind hundert Dukaten, die ich
gestern auf den Kauf bekommen; die bring' ich dem Major —

Just. Und was soll der damit?

Werner. Was er damit soll? Verzehren soll er sie,
verspielen, vertrinken, ver— wie er will. Der Mann muß
Geld haben, und es ist schlecht genug, daß man ihm das
Seinige so sauer macht! Aber ich wüßte schon, was ich thäte,
wenn ich an seiner Stelle wäre! Ich dächte: hol' euch hier
alle der Henker! und ginge mit Paul Wernern nach Persien!
— Blitz! — der Prinz Heraklius muß ja wohl von dem
Major Tellheim gehört haben, wenn er auch schon seinen ge=
wesenen Wachtmeister Paul Wernern nicht kennt. Unsere
Affaire bei den Katzenhäusern —

Just. Soll ich dir die erzählen? —

Werner. Du mir? — Ich merke wohl, daß eine schöne
Disposition über deinen Verstand geht. Ich will meine
Perlen nicht vor die Säue werfen. — Da nimm die hundert
Dukaten; gib sie dem Major. Sage ihm, er soll mir auch
die aufheben. Ich muß jetzt auf den Markt; ich habe zwei
Wispel Roggen herein geschickt; was ich daraus löse, kann er
gleichfalls haben. —

Just. Werner, du meinst es herzlich gut; aber wir mögen
dein Geld nicht. Behalte deine Dukaten, und deine hundert
Pistolen kannst du auch unversehrt wieder bekommen, sobald
als du willst.

Werner. So? hat denn der Major noch Geld?

Just. Nein.

Werner. Hat er sich wo welches geborgt?

Just. Nein.

Werner. Und wovon lebt ihr denn?

Just. Wir lassen anschreiben, und wenn man nicht mehr anschreiben will und uns zum Hause herauswirft, so versetzen wir, was wir noch haben, und ziehen weiter. — Höre nur, Paul, dem Wirte hier müssen wir einen Possen spielen.

Werner. Hat er dem Major was in den Weg gelegt? — Ich bin dabei! —

Just. Wie wär's, wenn wir ihm des Abends, wenn er aus der Tabagie kommt, aufpaßten und ihn brav durchprügelten? —

Werner. Des Abends? — aufpaßten? — ihrer zwei einem? — Das ist nichts. —

Just. Oder, wenn wir ihm das Haus über dem Kopf ansteckten? —

Werner. Sengen und brennen? — Kerl, man hört's, daß du Packknecht gewesen bist und nicht Soldat; — pfui!

Just. Oder, wenn wir ihm seine Tochter zur Hure machten? Sie ist zwar verdammt häßlich — —

Werner. O, da wird sie's lange schon sein! Und allenfalls brauchst du auch hierzu keinen Gehilfen. Aber was hast du denn? Was gibt's denn?

Just. Komm nur, du sollst dein Wunder hören!

Werner. So ist der Teufel wohl hier gar los?

Just. Ja wohl, komm nur!

Werner. Desto besser! Nach Persien also, nach Persien!

Zweiter Aufzug.

1. Auftritt.

Die Szene ist in dem Zimmer des Fräuleins.

Minna von Barnhelm. Franziska.

Das Fräulein (im Negligee, nach ihrer Uhr sehend). Franziska, wir sind auch sehr früh aufgestanden. Die Zeit wird uns lang werden.

Franziska. Wer kann in den verzweifelten großen Städten schlafen? Die Karossen, die Nachtwächter, die Trommeln, die

Katzen, die Korporals — das hört nicht auf zu rasseln, zu schreien, zu wirbeln, zu mauen, zu fluchen, gerade, als ob die Nacht zu nichts weniger wäre als zur Ruhe. — Eine Tasse Thee, gnädiges Fräulein? —

Das Fräulein. Der Thee schmeckt mir nicht. —

Franziska. Ich will von unserer Schokolade machen lassen.

Das Fräulein. Laß machen, für dich!

Franziska. Für mich? Ich wollte eben so gern für mich allein plaudern, als für mich allein trinken. — Freilich wird uns die Zeit so lang werden. — Wir werden vor Langerweile uns putzen müssen und das Kleid versuchen, in welchem wir den ersten Sturm geben wollen.

Das Fräulein. Was redest du von Stürmen, da ich bloß herkomme, die Haltung der Kapitulation zu fordern?

Franziska. Und der Herr Offizier, den wir vertrieben und dem wir das Kompliment darüber machen lassen, er muß auch nicht die feinste Lebensart haben, sonst hätte er wohl um die Ehre können bitten lassen, uns seine Aufwartung machen zu dürfen. —

Das Fräulein. Es sind nicht alle Offiziere Tellheims. Die Wahrheit zu sagen, ich ließ ihm das Kompliment auch bloß machen, um Gelegenheit zu haben, mich nach diesem bei ihm zu erkundigen. — Franziska, mein Herz sagt es mir, daß meine Reise glücklich sein wird, daß ich ihn finden werde. —

Franziska. Das Herz, gnädiges Fräulein? Man traue doch ja seinem Herzen nicht zu viel. Das Herz redet uns gewaltig gern nach dem Maule. Wenn das Maul ebenso geneigt wäre, nach dem Herzen zu reden, so wäre die Mode längst aufgekommen, die Mäuler unterm Schlosse zu tragen.

Das Fräulein. Ha! ha! mit deinen Mäulern unterm Schlosse! Die Mode wäre mir eben recht!

Franziska. Lieber die schönsten Zähne nicht gezeigt, als alle Augenblicke das Herz darüber springen lassen!

Das Fräulein. Was? bist du so zurückhaltend? —

Franziska. Nein, gnädiges Fräulein; sondern ich wollte es gern mehr sein. Man spricht selten von der Tugend, die man hat, aber desto öfter von der, die uns fehlt.

Das Fräulein. Siehst du, Franziska? da hast du eine sehr gute Anmerkung gemacht.

Franziska. Gemacht? Macht man das, was einem so einfällt?

Das Fräulein. Und weißt du, warum ich eigentlich diese

Anmerkung so gut finde? Sie hat viel Beziehung auf meinen Tellheim.

Franziska. Was hätte bei Ihnen nicht auch Beziehung auf ihn?

Das Fräulein. Freund und Feind sagen, daß er der tapferste Mann von der Welt ist. Aber wer hat ihn von Tapferkeit jemals reden hören? Er hat das rechtschaffenste Herz, aber Rechtschaffenheit und Edelmut sind Worte, die er nie auf die Zunge bringt.

Franziska. Von was für Tugenden spricht er denn?

Das Fräulein. Er spricht von keiner; denn ihm fehlt keine.

Franziska. Das wollte ich nur hören.

Das Fräulein. Warte, Franziska, ich besinne mich. Er spricht sehr oft von Oekonomie. Im Vertrauen, Franziska, ich glaube, der Mann ist ein Verschwender.

Franziska. Noch eins, gnädiges Fräulein. Ich habe ihn auch sehr oft der Treue und Beständigkeit gegen Sie erwähnen hören. Wie, wenn der Herr auch ein Flattergeist wäre?

Das Fräulein. Du Unglückliche! — Aber meinest du das im Ernste, Franziska?

Franziska. Wie lange hat er Ihnen nun schon nicht geschrieben?

Das Fräulein. Ach! seit dem Frieden hat er mir nur ein einziges Mal geschrieben.

Franziska. Auch ein Seufzer wider den Frieden! Wunderbar! der Friede sollte nur das Böse wieder gut machen, das der Krieg gestiftet, und er zerrüttet auch das Gute, was dieser sein Gegenpart etwa noch veranlasset hat. Der Friede sollte so eigensinnig nicht sein! — Und wie lange haben wir schon Friede? Die Zeit wird einem gewaltig lang, wenn es so wenig Neuigkeiten gibt. — Umsonst gehen die Posten wieder richtig; niemand schreibt; denn niemand hat was zu schreiben.

Das Fräulein. Es ist Friede, schrieb er mir, und ich nähere mich der Erfüllung meiner Wünsche. Aber, daß er mir dieses nur einmal, nur ein einziges Mal geschrieben —

Franziska. — Daß er uns zwingt, dieser Erfüllung der Wünsche selbst entgegen zu eilen; finden wir ihn nur, das soll er uns entgelten! — Wenn indes der Mann doch Wünsche erfüllt hätte, und wir erführen hier —

Das Fräulein (ängstlich und hitzig). Daß er tot wäre?

Franziska. Für Sie, gnädiges Fräulein, in den Armen einer andern. —

Das Fräulein. Du Quälgeist! Warte, Franziska, er soll dir es gedenken! — Doch schwatze nur; sonst schlafen wir wieder ein. — Sein Regiment ward nach dem Frieden zerrissen. Wer weiß, in welche Verwirrung von Rechnungen und Nachweisungen er dadurch geraten? Wer weiß, zu welchem andern Regimente, in welche entlegne Provinz er versetzt worden? Wer weiß, welche Umstände — Es pocht jemand.

Franziska. Herein!

---

2. Auftritt.

Der Wirt. Die Vorigen.

Der Wirt (den Kopf voransteckend). Ist es erlaubt, meine gnädige Herrschaft? —

Franziska. Unser Herr Wirt? — Nur vollends herein.

Der Wirt (mit einer Feder hinter dem Ohre, ein Blatt Papier und Schreibezeug in der Hand). Ich komme, gnädiges Fräulein, Ihnen einen unterthänigen guten Morgen zu wünschen, — (zur Franziska) und auch Ihr, mein schönes Kind, —

Franziska. Ein höflicher Mann!

Das Fräulein. Wir bedanken uns.

Franziska. Und wünschen Ihm auch einen guten Morgen.

Der Wirt. Darf ich mich unterstehen, zu fragen, wie Ihro Gnaden die erste Nacht unter meinem schlechten Dache geruhet? —

Franziska. Das Dach ist so schlecht nicht, Herr Wirt; aber die Betten hätten können besser sein.

Der Wirt. Was höre ich? Nicht wohl geruht? Vielleicht, daß die gar zu große Ermüdung von der Reise —

Das Fräulein. Es kann sein.

Der Wirt. Gewiß, gewiß! denn sonst — — Indes, sollte etwas nicht vollkommen nach Ihro Gnaden Bequemlichkeit gewesen sein, so geruhen Ihro Gnaden nur zu befehlen.

Franziska. Gut, Herr Wirt, gut! Wir sind auch nicht blöde; und am wenigsten muß man im Gasthofe blöde sein. Wir wollen schon sagen, wie wir es gern hätten.

Der Wirt. Hiernächst komme ich zugleich — (Indem er die Feder hinter dem Ohre hervorzieht.)

Franziska. Nun? —

Der Wirt. Ohne Zweifel kennen Ihro Gnaden schon die weisen Verordnungen unsrer Polizei.

Das Fräulein. Nicht im geringsten, Herr Wirt. —

Der Wirt. Wir Wirte sind angewiesen, keinen Fremden, wes Standes und Geschlechts er auch sei, vierundzwanzig Stunden zu behausen, ohne seinen Namen, Heimat, Charakter, hiesige Geschäfte, vermutliche Dauer des Aufenthalts und so weiter gehörigen Orts schriftlich einzureichen.

Das Fräulein. Sehr wohl.

Der Wirt. Ihro Gnaden werden also sich gefallen lassen — (Indem er an einen Tisch tritt und sich fertig macht, zu schreiben.)

Das Fräulein. Sehr gern. — Ich heiße —

Der Wirt. Einen kleinen Augenblick Geduld! — (Er schreibt.) „Dato, den 22. August a. c. allhier zum Könige von Spanien angelangt" — Nun dero Namen, gnädiges Fräulein?

Das Fräulein. Das Fräulein von Barnhelm.

Der Wirt (schreibt). „von Barnhelm" — Kommend? woher, gnädiges Fräulein?

Das Fräulein. Von meinen Gütern aus Sachsen.

Der Wirt (schreibt). „Gütern aus Sachsen" — Aus Sachsen! Ei, ei, aus Sachsen, gnädiges Fräulein? aus Sachsen?

Franziska. Nun? warum nicht? Es ist doch wohl hier= zulande keine Sünde, aus Sachsen zu sein?

Der Wirt. Eine Sünde? Behüte! das wäre ja eine ganz neue Sünde! — Aus Sachsen also? Ei, ei! aus Sachsen! Das liebe Sachsen! — Aber wo mir recht ist, gnädiges Fräu= lein, Sachsen ist nicht klein und hat mehrere — wie soll ich es nennen? — Distrikte, Provinzen. — Unsere Polizei ist sehr exakt, gnädiges Fräulein. —

Das Fräulein. Ich verstehe: von meinen Gütern aus Thüringen also.

Der Wirt. Aus Thüringen! Ja, das ist besser, gnädiges Fräulein, das ist genauer. — (Schreibt und liest.) „Das Fräulein von Barnhelm, kommend von ihren Gütern aus Thüringen, nebst einer Kammerfrau und zwei Bedienten" —

Franziska. Einer Kammerfrau? das soll ich wohl sein?

Der Wirt. Ja, mein schönes Kind. —

Franziska. Nun, Herr Wirt, so setzen Sie anstatt Kammerfrau Kammerjungfer. — Ich höre, die Polizei ist sehr exakt: es möchte ein Mißverständnis geben, welches mir bei meinem Aufgebote einmal Händel machen könnte. Denn ich bin wirklich noch Jungfer und heiße Franziska, mit dem schlechtsnamen Willig, Franziska Willig. Ich bin aua Thüringen. Mein Vater war Müller auf einem von" Gütern des gnädigen Fräuleins. Es heißt Klein=Rammsi. Die Mühle hat jetzt mein Bruder. Ich kam sehr jung den Hof und ward mit dem gnädigen Fräulein erzogen. Wir sind von einem Alter, künftige Lichtmeß einundzwanzig Jahr. Ich habe alles gelernt, was das gnädige Fräulein gelernt hat. Es soll mir lieb sein, wenn mich die Polizei recht kennt.

Der Wirt. Gut, mein schönes Kind, das will ich mir auf weitere Nachfrage merken. — Aber nunmehr, gnädiges Fräulein, dero Verrichtungen allhier? —

Das Fräulein. Meine Verrichtungen?

Der Wirt. Suchen Ihro Gnaden etwas bei des Königs Majestät?

Das Fräulein. O nein!

Der Wirt. Oder bei unsern hohen Justizkollegiis?

Das Fräulein. Auch nicht.

Der Wirt. Oder —

Das Fräulein. Nein, nein. Ich bin lediglich in meinen eigenen Angelegenheiten hier.

Der Wirt. Ganz wohl, gnädiges Fräulein; aber wie nennen sich diese eigene Angelegenheiten?

Das Fräulein. Sie nennen sich — Franziska, ich glaube, wir werden vernommen.

Franziska. Herr Wirt, die Polizei wird doch nicht die Geheimnisse eines Frauenzimmers zu wissen verlangen?

Der Wirt. Allerdings, mein schönes Kind, die Polizei will alles, alles wissen, und besonders Geheimnisse.

Franziska. Ja nun, gnädiges Fräulein, was ist zu thun? — So hören Sie nur, Herr Wirt; — aber daß es ja unter uns und der Polizei bleibt! —

Das Fräulein. Was wird ihm die Närrin sagen?

Franziska. Wir kommen, dem Könige einen Offizier wegzukapern —

Der Wirt. Wie? was? Mein Kind! mein Kind!

Franziska. Oder uns von dem Offiziere kapern zu lassen. Beides ist eins.

Das Fräulein. Franziska, bist du toll? — Herr Wirt, die Nasenweise hat Sie zum besten.

Der Wirt. Ich will nicht hoffen! Zwar mit meiner

Wenigkeit kann sie scherzen so viel, wie sie will; nur mit einer hohen Polizei —

Das Fräulein. Wissen Sie was, Herr Wirt? — Ich weiß mich in dieser Sache nicht zu nehmen. Ich dächte, Sie ließen die ganze Schreiberei bis auf die Ankunft meines Oheims. Ich habe Ihnen schon gestern gesagt, warum er nicht mit mir zugleich angekommen. Er verunglückte zwei Meilen von hier mit seinem Wagen und wollte durchaus nicht, daß mich dieser Zufall eine Nacht mehr kosten sollte. Ich mußte also voran. Wenn er vierundzwanzig Stunden nach mir eintrifft, so ist es das Längste.

Der Wirt. Nun ja, gnädiges Fräulein, so wollen wir ihn erwarten.

Das Fräulein. Er wird auf Ihre Fragen besser antworten können. Er wird wissen, wem und wie weit er sich zu entdecken hat, was er von seinen Geschäften anzeigen muß, und was er davon verschweigen darf.

Der Wirt. Desto besser! Freilich, freilich kann man von einem jungen Mädchen (die Franziska mit einer bedeutenden Miene ansehend) nicht verlangen, daß es eine ernsthafte Sache mit ernsthaften Leuten ernsthaft traktiere —

Das Fräulein. Und die Zimmer für ihn sind doch in Bereitschaft, Herr Wirt?

Der Wirt. Völlig, gnädiges Fräulein, völlig, bis auf das eine —

Franziska. Aus dem Sie vielleicht auch noch erst einen ehrlichen Mann vertreiben müssen?

Der Wirt. Die Kammerjungfern aus Sachsen, gnädiges Fräulein, sind wohl sehr mitleidig? —

Das Fräulein. Doch, Herr Wirt, das haben Sie nicht gut gemacht. Lieber hätten Sie uns nicht einnehmen sollen.

Der Wirt. Wie so, gnädiges Fräulein, wie so?

Das Fräulein. Ich höre, daß der Offizier, welcher durch uns verdrängt worden —

Der Wirt. Ja nur ein abgedankter Offizier ist, gnädiges Fräulein —

Das Fräulein. Wenn schon! —

Der Wirt. Mit dem es zu Ende geht. —

Das Fräulein. Desto schlimmer! Es soll ein sehr verdienter Mann sein.

Der Wirt. Ich sage Ihnen ja, daß er abgedankt ist.

Das Fräulein. Der König kann nicht alle verdiente Männer kennen.

Der Wirt. O gewiß, er kennt sie, er kennt sie alle. —

Das Fräulein. So kann er sie nicht alle belohnen.

Der Wirt. Sie wären alle belohnt, wenn sie darnach gelebt hätten. Aber so lebten die Herren, während des Krieges, als ob ewig Krieg bleiben würde, als ob das Dein und Mein ewig aufgehoben sein würde. Jetzt liegen alle Wirtshäuser und Gasthöfe von ihnen voll, und ein Wirt hat sich wohl mit ihnen in acht zu nehmen. Ich bin mit diesem noch so ziemlich weggekommen. Hatte er gleich kein Geld mehr, so hatte er doch noch Geldeswert, und zwei, drei Monate hätte ich ihn freilich noch ruhig können sitzen lassen. Doch besser ist besser. — Apropos, gnädiges Fräulein, Sie verstehen sich doch auf Juwelen? —

Das Fräulein. Nicht sonderlich.

Der Wirt. Was sollten Ihro Gnaden nicht? — Ich muß Ihnen einen Ring zeigen, einen kostbaren Ring. Zwar gnädiges Fräulein haben da auch einen sehr schönen am Finger, und je mehr ich ihn betrachte, je mehr muß ich mich wundern, daß er dem meinigen so ähnlich ist. — O! sehen Sie doch, sehen Sie doch! (Indem er ihn aus dem Futteral herausnimmt und dem Fräulein zureicht.) Welch ein Feuer! der mittelste Brillant allein wiegt über fünf Karat.

Das Fräulein (ihn betrachtend). Wo bin ich? was seh' ich? Dieser Ring —

Der Wirt. Ist seine funfzehnhundert Thaler unter Brüdern wert.

Das Fräulein. Franziska! — Sieh doch! —

Der Wirt. Ich habe mich auch nicht einen Augenblick bedacht, achtzig Pistolen darauf zu leihen.

Das Fräulein. Erkennst du ihn nicht, Franziska?

Franziska. Der nämliche! — Herr Wirt, wo haben Sie diesen Ring her? —

Der Wirt. Nun, mein Kind? Sie hat doch wohl kein Recht daran?

Franziska. Wir kein Recht an diesem Ringe? — Inwärts auf dem Kasten muß des Fräuleins verzogener Name stehn. — Weisen Sie doch, Fräulein.

Das Fräulein. Er ist's, er ist's! — Wie kommen Sie zu diesem Ringe, Herr Wirt?

Der Wirt. Ich? auf die ehrlichste Weise von der

Welt. — Gnädiges Fräulein, gnädiges Fräulein, Sie werden mich nicht in Schaden und Unglück bringen wollen? Was weiß ich, wo sich der Ring eigentlich herschreibt? Während= des Krieges hat manches seinen Herrn, sehr oft, mit und ohne Vorbewußt des Herrn, verändert. Und Krieg war Krieg. Es werden mehr Ringe aus Sachsen über die Grenze ge= gangen sein. — Geben Sie mir ihn wieder, gnädiges Fräu= lein, geben Sie mir ihn wieder!

Franziska. Erst geantwortet: von wem haben Sie ihn?

Der Wirt. Von einem Manne, dem ich so was nicht zutrauen kann, von einem sonst guten Manne —

Das Fräulein. Von dem besten Manne unter der Sonne, wenn Sie ihn von seinem Eigentümer haben. — Geschwind bringen Sie mir den Mann! Er ist es selbst, oder wenigstens muß er ihn kennen.

Der Wirt. Wer denn? wen denn, gnädiges Fräulein?

Franziska. Hören Sie denn nicht? unsern Major.

Der Wirt. Major? Recht, er ist Major, der dieses Zimmer vor Ihnen bewohnt hat, und von dem ich ihn habe.

Das Fräulein. Major von Tellheim.

Der Wirt. Von Tellheim, ja! Kennen Sie ihn?

Das Fräulein. Ob ich ihn kenne? Er ist hier? Tellheim ist hier? Er? er hat in diesem Zimmer gewohnt? Er! er hat Ihnen diesen Ring versetzt? Wie kömmt der Mann in diese Verlegenheit? Wo ist er? Er ist Ihnen schuldig? — — Franziska, die Schatulle her! Schließ auf! (Indem sie Franziska auf den Tisch setzet und öffnet.) Was ist er Ihnen schuldig? Wem ist er mehr schuldig? Bringen Sie mir alle seine Schuldner. Hier ist Geld. Hier sind Wechsel. Alles ist sein!

Der Wirt. Was hör' ich?

Das Fräulein. Wo ist er? wo ist er?

Der Wirt. Noch vor einer Stunde war er hier.

Das Fräulein. Häßlicher Mann, wie konnten Sie gegen ihn so unfreundlich, so hart, so grausam sein?

Der Wirt. Ihro Gnaden verzeihen —

Das Fräulein. Geschwind, schaffen Sie mir ihn zur Stelle.

Der Wirt. Sein Bedienter ist vielleicht noch hier. Wollen Ihro Gnaden, daß er ihn aufsuchen soll?

Das Fräulein. Ob ich will? Eilen Sie, laufen Sie; für diesen Dienst allein will ich es vergessen, wie schlecht Sie mit ihm umgegangen sind. —

Franziska. Fix, Herr Wirt, hurtig, fort, fort! (Stößt ihn heraus.)

3. Auftritt.

Das Fräulein. Franziska.

Das Fräulein. Nun habe ich ihn wieder, Franziska! Siehst du, nun habe ich ihn wieder! Ich weiß nicht, wo ich vor Freuden bin! Freue dich doch mit, liebe Franziska. Aber freilich, warum du? Doch du sollst dich, du mußt dich mit mir freuen. Komm, Liebe, ich will dich beschenken, damit du dich mit mir freuen kannst. Sprich, Franziska, was soll ich dir geben? Was steht dir von meinen Sachen an? Was hätteft du gern? Nimm, was du willst; aber freue dich nur. Ich sehe wohl, du wirst dir nichts nehmen. Warte! (sie faßt in die Schatulle) da, liebe Franziska (und gibt ihr Geld), kaufe dir, was du gern hätteft. Fordere mehr, wenn es nicht zulangt. Aber freue dich nur mit mir. Es ist so traurig, sich allein zu freuen. Nun, so nimm doch —

Franziska. Ich stehle es Ihnen, Fräulein; Sie sind trunken, von Fröhlichkeit trunken. —

Das Fräulein. Mädchen, ich habe einen zänkischen Rausch, nimm, oder — (Sie zwingt ihr das Geld in die Hand.) Und wenn du dich bedankst! — Warte; gut, daß ich daran denke. (Sie greift nochmals in die Schatulle nach Geld.) Das, liebe Franziska, stecke beiseite für den erften blessierten armen Soldaten, der uns anspricht. —

4. Auftritt.

Der Wirt. Das Fräulein. Franziska.

Das Fräulein. Nun? wird er kommen?

Der Wirt. Der widerwärtige, ungeschliffene Kerl!

Das Fräulein. Wer?

Der Wirt. Sein Bedienter. Er weigert sich, nach ihm zu gehen.

Franziska. Bringen Sie doch den Schurken her. — Des Majors Bediente kenne ich ja wohl alle. Welcher wäre denn das?

Das Fräulein. Bringen Sie ihn geschwind her. Wenn er uns sieht, wird er schon gehen.

(Der Wirt geht ab.)

5. Auftritt.

Das Fräulein. Franziska.

Das Fräulein. Ich kann den Augenblick nicht erwarten. Aber, Franziska, du bist noch immer so kalt? Du willst dich noch nicht mit mir freuen?

Franziska. Ich wollte von Herzen gern; wenn nur —

Das Fräulein. Wenn nur?

Franziska. Wir haben den Mann wiedergefunden; aber wie haben wir ihn wiedergefunden? Nach allem, was wir von ihm hören, muß es ihm übel gehn. Er muß unglücklich sein. Das jammert mich.

Das Fräulein. Jammert dich? — Laß dich dafür umarmen, meine liebste Gespielin! Das will ich dir nie vergessen! — Ich bin nur verliebt, und du bist gut. —

---

6. Auftritt.

Der Wirt. Just. Die Vorigen.

Der Wirt. Mit genauer Not bring' ich ihn.

Franziska. Ein fremdes Gesicht! Ich kenne ihn nicht.

Das Fräulein. Mein Freund, ist Er bei dem Major von Tellheim?

Just. Ja.

Das Fräulein. Wo ist Sein Herr?

Just. Nicht hier.

Das Fräulein. Aber Er weiß ihn zu finden?

Just. Ja.

Das Fräulein. Will Er ihn nicht geschwind herholen?

Just. Nein.

Das Fräulein. Er erweiset mir damit einen Gefallen. —

Just. Ei!

Das Fräulein. Und Seinem Herrn einen Dienst. —

Just. Vielleicht auch nicht. —

Das Fräulein. Woher vermutet Er das?

Just. Sie sind doch die fremde Herrschaft, die ihn diesen Morgen komplimentieren lassen?

Das Fräulein. Ja.

Just. So bin ich schon recht.

Das Fräulein. Weiß Sein Herr meinen Namen?

Juſt. Nein; aber er kann die allzu höflichen Damen ebenſowenig leiden als die allzu groben Wirte.

Der Wirt. Das ſoll wohl mit auf mich gehen?

Juſt. Ja.

Der Wirt. So laß Er es doch dem gnädigen Fräulein nicht entgelten, und hole Er ihn geſchwind her.

Das Fräulein (zu Franziska). Franziska, gib ihm etwas —

Franziska (die dem Juſt Geld in die Hand drücken will). Wir ver= langen Seine Dienſte nicht umſonſt. —

Juſt. Und ich Ihr Geld nicht ohne Dienſte.

Franziska. Eines für das andere. —

Juſt. Ich kann nicht. Mein Herr hat mir befohlen, auszuräumen. Das thu ich jetzt, und daran, bitte ich, mich nicht weiter zu verhindern. Wenn ich fertig bin, ſo will ich es ihm ja wohl ſagen, daß er herkommen kann. Er iſt nebenan auf dem Kaffeehauſe, und wenn er da nichts Beſſers zu thun findet, wird er auch wohl kommen. (Will fortgehn.)

Franziska. So warte Er doch. — Das gnädige Fräu= lein iſt des Herrn Majors — Schweſter.

Das Fräulein. Ja, ja, ſeine Schweſter.

Juſt. Das weiß ich beſſer, daß der Major keine Schweſter hat. Er hat mich in ſechs Monaten zweimal an ſeine Familie nach Kurland geſchickt. — Zwar es gibt mancherlei Schweſtern —

Franziska. Unverſchämter!

Juſt. Muß man es nicht ſein, wenn einen die Leute ſollen gehen laſſen? (Geht ab.)

Franziska. Das iſt ein Schlingel!

Der Wirt. Ich ſagt' es ja. Aber laſſen Sie ihn nur! Weiß ich doch nunmehr, wo ſein Herr iſt. Ich will ihn gleich ſelbſt holen. — Nur, gnädiges Fräulein, bitte ich unterthänigſt, ſodann ja mich bei dem Herrn Major zu entſchuldigen, daß ich ſo unglücklich geweſen, wider meinen Willen einen Mann von ſeinen Verdienſten —

Das Fräulein. Gehen Sie nur geſchwind, Herr Wirt. Das will ich alles wieder gut machen. (Der Wirt geht ab, und hierauf) Franziska, lauf ihm nach: er ſoll ihm meinen Namen nicht nennen! (Franziska dem Wirte nach.)

7. Auftritt.

Das Fräulein und hierauf Franziska.

Das Fräulein. Ich habe ihn wieder! — Bin ich allein? — Ich will nicht umsonst allein sein. (Sie faltet die Hände.) Auch bin ich nicht allein! (und blickt aufwärts) Ein einziger dankbarer Gedanke gen Himmel ist das vollkommenste Gebet! — Ich hab' ihn! ich hab' ihn! (Mit ausgebreiteten Armen.) Ich bin glück= lich! und fröhlich! Was kann der Schöpfer lieber sehen als ein fröhliches Geschöpf! — (Franziska kömmt.) Bist du wieder da, Franziska? — Er jammert dich? Mich jammert er nicht. Unglück ist auch gut. Vielleicht, daß ihm der Himmel alles nahm, um ihm in mir alles wieder zu geben!

Franziska. Er kann den Augenblick hier sein. — Sie sind noch in Ihrem Negligee, gnädiges Fräulein. Wie, wenn Sie sich geschwind ankleideten?

Das Fräulein. Geh! ich bitte dich. Er wird mich von nun an öftrer so als geputzt sehen.

Franziska. O, Sie kennen sich, mein Fräulein.

Das Fräulein. (Nach einem kurzen Nachdenken). Wahrhaftig, Mädchen, du hast es wiederum getroffen.

Franziska. Wenn wir schön sind, sind wir ungeputzt am schönsten.

Das Fräulein. Müssen wir denn schön sein? — Aber, daß wir uns schön glauben, war vielleicht notwendig. — Nein, wenn ich ihm, ihm nur schön bin! — Franziska, wenn alle Mädchens so sind, wie ich mich jetzt fühle, so sind wir — sonderbare Dinger. — Zärtlich und stolz, tugendhaft und eitel, wollüstig und fromm — Du wirst mich nicht verstehen. Ich verstehe mich wohl selbst nicht. — Die Freude macht drehend, wirblicht. —

Franziska. Fassen Sie sich, mein Fräulein, ich höre kommen. —

Das Fräulein. Mich fassen? Ich sollte ihn ruhig empfangen?

---

8. Auftritt.

v. Tellheim. Der Wirt. Die Vorigen.

v. Tellheim (tritt herein, und indem er sie erblickt, fliegt er auf sie zu). Ah! meine Minna!

Das Fräulein (ihm entgegenfliehend). Ah! mein Tellheim! —

v. Tellheim (stutzt auf einmal und tritt wieder zurück). Verzeihen Sie, gnädiges Fräulein, das Fräulein von Barnhelm hier zu finden —

Das Fräulein. Kann Ihnen doch so gar unerwartet nicht sein? — (Indem sie ihm näher tritt und er mehr zurückweicht). Ich soll Ihnen verzeihen, daß ich noch Ihre Minna bin? Verzeih Ihnen der Himmel, daß ich noch das Fräulein von Barnhelm bin! —

v. Tellheim. Gnädiges Fräulein — (Sieht starr auf den Wirt und zuckt die Schultern.)

Das Fräulein (wird den Wirt gewahr und winkt der Franziska). Mein Herr, —

v. Tellheim. Wenn wir uns beiderseits nicht irren —

Franziska. Je, Herr Wirt, wen bringen Sie uns denn da? Geschwind kommen Sie, lassen Sie uns den Rechten suchen.

Der Wirt. Ist es nicht der Rechte? Ei ja doch!

Franziska. Ei nicht doch! Geschwind kommen Sie; ich habe Ihrer Jungfer Tochter noch keinen guten Morgen gesagt.

Der Wirt. O! viel Ehre — (Doch ohne von der Stelle zu gehen.)

Franziska (faßt ihn an). Kommen Sie, wir wollen den Küchenzettel machen. — Lassen Sie sehen, was wir haben werden. —

Der Wirt. Sie sollen haben vors erste —

Franziska. Still, ja stille! Wenn das Fräulein jetzt schon weiß, was sie zu Mittag speisen soll, so ist es um ihren Appetit geschehen. Kommen Sie, das müssen Sie mir allein sagen. (Führet ihn mit Gewalt ab.)

---

9. Auftritt.

v. Tellheim. Das Fräulein.

Das Fräulein. Nun irren wir uns noch?

v. Tellheim. Daß es der Himmel wollte! — Aber es gibt nur eine, und Sie sind es. —

Das Fräulein. Welche Umstände! Was wir uns zu sagen haben, kann jedermann hören.

v. Tellheim. Sie hier? Was suchen Sie hier, gnädiges Fräulein?

Das Fräulein. Nichts suche ich mehr. (Mit offenen Armen auf ihn zugehend.) Alles, was ich suchte, habe ich gefunden.

v. Tellheim (zurückweichend). Sie suchten einen glücklichen, einen Ihrer Liebe würdigen Mann, und finden — einen Elenden.

Das Fräulein. So lieben Sie mich nicht mehr? — und lieben eine andere?

v. Tellheim. Ah! der hat Sie nie geliebt, mein Fräu-lein, der eine andere nach Ihnen lieben kann.

Das Fräulein. Sie reißen nur einen Stachel aus meiner Seele. — Wenn ich Ihr Herz verloren habe, was liegt daran, ob mich Gleichgültigkeit oder mächtigere Reize darum gebracht? — Sie lieben mich nicht mehr, und lieben auch keine andere? — Unglücklicher Mann, wenn Sie gar nichts lieben! —

v. Tellheim. Recht, gnädiges Fräulein; der Unglückliche muß gar nichts lieben. Er verdient sein Unglück, wenn er diesen Sieg nicht über sich selbst zu erhalten weiß; wenn er es sich gefallen lassen kann, daß die, welche er liebt, an seinem Unglück Anteil nehmen dürfen. — Wie schwer ist dieser Sieg! — Seitdem mir Vernunft und Notwendigkeit befehlen, Minna von Barnhelm zu vergessen, was für Mühe habe ich angewandt! Eben wollte ich anfangen zu hoffen, daß diese Mühe nicht ewig vergebens sein würde: — und Sie er-scheinen, mein Fräulein! —

Das Fräulein. Versteh' ich Sie recht? — Halten Sie, mein Herr; lassen Sie sehen, wo wir sind, ehe wir uns weiter verirren! — Wollen Sie mir die einzige Frage beantworten?

v. Tellheim. Jede, mein Fräulein. —

Das Fräulein. Wollen Sie mir auch ohne Wendung, ohne Winkelzug antworten? Mit nichts als einem trocknen Ja oder Nein?

v. Tellheim. Ich will es, — wenn ich kann.

Das Fräulein. Sie können es. — Gut: ohngeachtet der Mühe, die Sie angewendet, mich zu vergessen, — lieben Sie mich noch, Tellheim?

v. Tellheim. Mein Fräulein, diese Frage. —

Das Fräulein. Sie haben versprochen, mit nichts als Ja oder Nein zu antworten.

v. Tellheim. Und hinzugesetzt: wenn ich kann.

Das Fräulein. Sie können; Sie müssen wissen, was in Ihrem Herzen vorgeht. — Lieben Sie mich noch, Tellheim? — Ja oder Nein.

v. Tellheim. Wenn mein Herz --

Das Fräulein. Ja oder Nein!

v. Tellheim. Nun, ja!

Das Fräulein. Ja?

v. Tellheim. Ja, ja! — Allein —

Das Fräulein. Geduld! — Sie lieben mich noch: genug für mich. — In was für einen Ton bin ich mit Ihnen gefallen! Ein widriger, melancholischer, ansteckender Ton. — Ich nehme den meinigen wieder an. — Nun, mein lieber Unglücklicher, Sie lieben mich noch und haben Ihre Minna noch, und sind unglücklich? Hören Sie doch, was Ihre Minna für ein eingebildetes, albernes Ding war, — ist. Sie ließ, sie läßt sich träumen, Ihr ganzes Glück sei sie. — Geschwind kramen Sie Ihr Unglück aus. Sie mag versuchen, wie viel sie dessen aufwiegt. — Nun?

v. Tellheim. Mein Fräulein, ich bin nicht gewohnt zu klagen.

Das Fräulein. Sehr wohl. Ich wüßte auch nicht, was mir an einem Soldaten nach dem Prahlen weniger gefiele, als das Klagen. Aber es gibt eine gewisse kalte, nachlässige Art, von seiner Tapferkeit und von seinem Unglücke zu sprechen —

v. Tellheim. Die im Grunde doch auch geprahlt und geklagt ist.

Das Fräulein. O mein Rechthaber, so hätten Sie sich auch gar nicht unglücklich nennen sollen. — Ganz geschwiegen, oder ganz mit der Sprache heraus. — Eine Vernunft, eine Notwendigkeit, die Ihnen mich zu vergessen befiehlt? — Ich bin eine große Liebhaberin von Vernunft; ich habe sehr viel Ehrerbietung für die Notwendigkeit. — Aber lassen Sie doch hören, wie vernünftig diese Vernunft, wie notwendig diese Notwendigkeit ist.

v. Tellheim. Wohl denn; so hören Sie, mein Fräulein. — Sie nennen mich Tellheim; der Name trifft ein. — Aber sie meinen, ich sei der Tellheim, den Sie in Ihrem Vaterlande gekannt haben, der blühende Mann, voller Ansprüche, voller Ruhmbegierde, der seines ganzen Körpers, seiner ganzen Seele mächtig war, vor dem die Schranken der Ehre und des Glücks eröffnet standen, der Ihres Herzens und Ihrer Hand, wann er schon Ihrer noch nicht würdig war, täglich würdiger zu werden hoffen durfte. — Dieser Tellheim bin ich ebensowenig, — als ich mein Vater bin. Beide sind gewesen. — Ich bin Tellheim, der verabschiedete, der an seiner Ehre gekränkte, der Krüppel, der Bettler. —

Jenem, mein Fräulein, versprachen Sie sich; wollen Sie diesem Wort halten?

Das Fräulein. Das klingt sehr tragisch! — Doch, mein Herr, bis ich jenen wiederfinde, — in die Tellheims bin ich nun einmal vernarret, — dieser wird mir schon aus der Not helfen müssen. — Deine Hand, lieber Bettler! (Indem sie ihn bei der Hand ergreift.)

v. Tellheim (der die andere Hand mit dem Hute vor das Gesicht schlägt und sich von ihr abwendet). Das ist zuviel! — Wo bin ich? — Lassen Sie mich, Fräulein! Ihre Güte foltert mich! — Lassen Sie mich!

Das Fräulein. Was ist Ihnen? wo wollen Sie hin?

v. Tellheim. Von Ihnen! —

Das Fräulein. Von mir? (Indem sie seine Hand an ihre Brust zieht.) Träumer!

v. Tellheim. Die Verzweiflung wird mich tot zu Ihren Füßen werfen.

Das Fräulein. Von mir?

v. Tellheim. Von Ihnen. — Sie nie, nie wieder zu sehen. — Oder doch so entschlossen, so fest entschlossen, — keine Niederträchtigkeit zu begehen, — Sie keine Unbesonnenheit begehen zu lassen. — Lassen Sie mich, Minna! (Reißt sich los und ab.)

Das Fräulein (ihm nach). Minna Sie lassen? Tellheim! Tellheim!

Dritter Aufzug.

1. Auftritt.

Die Szene: der Saal.

Just (einen Brief in der Hand). Muß ich doch noch einmal in das verdammte Haus kommen! — Ein Briefchen von meinem Herrn an das gnädige Fräulein, das seine Schwester sein will. — Wenn sich nur da nichts anspinnt! — Sonst wird des Brieftragens kein Ende werden. — Ich wäre es gern los; aber ich möchte auch nicht gern ins Zimmer hinein. — Das Frauenszeug fragt so viel, und ich antworte so ungern! — Ha, die Thüre geht auf. Wie gewünscht! das Kammerkätzchen!

---

2. Auftritt.

Franziska. Just.

Franziska (zur Thüre hinein, aus der sie kömmt). Sorgen Sie nicht: ich will schon aufpassen. — Sieh! (Indem sie Justen gewahr wird.) Da stieße mir ja gleich was auf. Aber mit dem Vieh ist nichts anzufangen.

Just. Ihr Diener —

Franziska. Ich wollte so einen Diener nicht —

Just. Nu, nu, verzeih Sie mir die Redensart! — Da bring' ich ein Briefchen von meinem Herrn an Ihre Herrschaft, das gnädige Fräulein — Schwester. — War's nicht so? Schwester.

Franziska. Geb Er her! (Reißt ihm den Brief aus der Hand.)

Just. Sie soll so gut sein, läßt mein Herr bitten, und es übergeben. Hernach soll Sie so gut sein, läßt mein Herr bitten — daß Sie nicht etwa denkt, ich bitte was! —

Franziska. Nun denn?

Just. Mein Herr versteht den Rummel. Er weiß, daß der Weg zu den Fräuleins durch die Kammermädchens geht, — bild' ich mir ein! — Die Jungfer soll also so gut sein, — läßt mein Herr bitten, — und ihm sagen lassen, ob er nicht das Vergnügen haben könnte, die Jungfer auf ein Viertelstündchen zu sprechen.

Franziska. Mich?

Just. Verzeih Sie mir, wenn ich Ihr einen unrechten Titel gebe. — Ja, Sie! — Nur auf ein Viertelstündchen, aber allein, ganz allein, insgeheim, unter vier Augen. Er hätte Ihr was sehr Notwendiges zu sagen.

Franziska. Gut! ich habe ihm auch viel zu sagen. — Er kann nur kommen; ich werde zu seinem Befehle sein.

Just. Aber, wann kann er kommen? Wann ist es Ihr am gelegensten, Jungfer? So in der Dämmerung? —

Franziska. Wie meint Er das? — Sein Herr kann kommen, wann er will; und damit packe Er sich nur!

Just. Herzlich gern! (Will fortgehen.)

Franziska. Hör' Er doch! noch auf ein Wort. — Wo sind denn die andern Bedienten des Majors?

Just. Die andern? Dahin, dorthin, überallhin.

Franziska. Wo ist Wilhelm?

Just. Der Kammerdiener? den läßt der Major reisen.

Franziska. So? Und Philipp, wo ist der?

Just. Der Jäger? den hat der Herr aufzuheben gegeben.

Franziska. Weil er jetzt keine Jagd hat, ohne Zweifel. Aber Martin?

Just. Der Kutscher? der ist weggeritten.

Franziska. Und Fritz?

Just. Der Läufer? der ist avanciert.

Franziska. Wo war Er denn, als der Major bei uns in Thüringen im Winterquartiere stand? Er war wohl noch nicht bei ihm.

Just. O ja, ich war Reitknecht bei ihm; aber ich lag im Lazarett.

Franziska. Reitknecht? Und jetzt ist Er?

Just. Alles in allem, Kammerdiener und Jäger, Läufer und Reitknecht.

Franziska. Das muß ich gestehen! So viele gute, tüchtige Leute von sich zu lassen und gerade den Aller= schlechtesten zu behalten! Ich möchte doch wissen, was Sein Herr an Ihm fände!

Just. Vielleicht findet er, daß ich ein ehrlicher Kerl bin.

Franziska. O, man ist auch verzweifelt wenig, wenn man weiter nichts ist als ehrlich. — Wilhelm war ein andrer Mensch! — Reisen läßt ihn der Herr?

Just. Ja, er läßt ihn, — da er's nicht hindern kann.

Franziska. Wie?

Just. O, Wilhelm wird sich alle Ehre auf seinen Reisen machen. Er hat des Herrn ganze Garderobe mit.

Franziska. Was? Er ist doch nicht damit durchgegangen?

Just. Das kann man nun eben nicht sagen; sondern als wir von Nürnberg weggingen, ist er uns nur nicht da= mit nachgekommen.

▲ Franziska. O der Spitzbube!

Just. Es war ein ganzer Mensch! er konnte frisieren und rasieren und parlieren — und scharmieren — Nicht wahr?

Franziska. Sonach hätte ich den Jäger nicht von mir gethan, wenn ich wie der Major gewesen wäre. Konnte er ihn schon nicht als Jäger nützen, so war es doch sonst ein tüchtiger Bursche. — Wem hat er ihn denn aufzuheben ge= geben?

Just. Dem Kommendanten von Spandau.

Franziska. Der Festung? Die Jagd auf den Wällen kann doch da auch nicht groß sein.

Just. O, Philipp jagt auch da nicht.

Franziska. Was thut er denn?

Just. Er karrt.

Franziska. Er karrt?

Just. Aber nur auf drei Jahre. Er machte ein kleines Komplott unter des Herrn Kompanie und wollte sechs Mann durch die Vorposten bringen. —

Franziska. Ich erstaune; der Bösewicht!

Just. O, es ist ein tüchtiger Kerl, ein Jäger, der fünfzig Meilen in der Runde, durch Wälder und Moräste, alle Fußsteige, alle Schleifwege kennt. Und schießen kann er!

Franziska. Gut, daß der Major nur noch den braven Kutscher hat!

Just. Hat er ihn noch?

Franziska. Ich denke, Er sagte, Martin wäre weggeritten? So wird er doch wohl wiederkommen?

Just. Meint Sie?

Franziska. Wo ist er denn hingeritten?

Just. Es geht nun in die zehnte Woche, da ritt er mit des Herrn einzigem und letztem Reitpferde — nach der Schwemme.

Franziska. Und ist noch nicht wieder da? O, der Galgenstrick!

Just. Die Schwemme kann den braven Kutscher auch wohl verschwemmt haben! — Es war gar ein rechter Kutscher! Er hatte in Wien zehn Jahre gefahren. So einen kriegt der Herr gar nicht wieder. Wenn die Pferde in vollem Rennen waren, so durfte er nur machen: Brr! und auf einmal standen sie wie die Mauern. Dabei war er ein ausgelernter Roßarzt!

Franziska. Nun ist mir für das Avancement des Läufers bange.

Just. Nein, nein, damit hat's seine Richtigkeit. Er ist Trommelschläger bei einem Garnisonregimente geworden.

Franziska. Dacht' ich's doch.

Just. Fritz hing sich an ein liederliches Mensch, kam des Nachts niemals nach Hause, machte auf des Herrn Namen überall Schulden und tausend infame Streiche. Kurz, der Major sahe, daß er mit aller Gewalt höher wollte (das Hängen pantomimisch anzeigend); er brachte ihn also auf guten Weg.

Franziska. O, der Bube!

Just. Aber ein perfekter Läufer ist er, das ist gewiß.

Wenn ihm der Herr funfzig Schritte vorgab, so konnte er ihn
mit seinem besten Renner nicht einholen. Fritz hingegen
kann dem Galgen tausend Schritte vorgeben, und ich wette
mein Leben, er holt ihn ein. — Es waren wohl alles Ihre
guten Freunde, Jungfer? Der Wilhelm und der Philipp,
der Martin und der Fritz? — Nun, Just empfiehlt sich!
(Geht ab.)

---

3. Auftritt.

Franziska und hernach der Wirt.

Franziska (die ihm ernsthaft nachsieht). Ich verdiene den Biß!
— Ich bedanke mich, Just. Ich setzte die Ehrlichkeit zu tief
herab. Ich will die Lehre nicht vergessen. — Ah! der unglückliche Mann! (Kehrt sich um und will nach dem Zimmer des Fräuleins
gehen, indem der Wirt kömmt.)

Der Wirt. Warte Sie doch, mein schönes Kind.

Franziska. Ich habe jetzt nicht Zeit, Herr Wirt. —

Der Wirt. Nur ein kleines Augenblickchen! — Noch
keine Nachricht weiter von dem Herrn Major? Das konnte
doch unmöglich sein Abschied sein! —

Franziska. Was denn?

Der Wirt. Hat es Ihr das gnädige Fräulein nicht er-
zählt? — Als ich Sie, mein schönes Kind, unten in der
Küche verließ, so kam ich von ungefähr wieder hier in den
Saal. —

Franziska. Von ungefähr, in der Absicht, ein wenig
zu horchen.

Der Wirt. Ei, mein Kind, wie kann Sie das von mir
denken? Einem Wirte läßt nichts übler als Neugierde. —
Ich war nicht lange hier, so prellte auf einmal die Thüre
bei dem gnädigen Fräulein auf. Der Major stürzte heraus;
das Fräulein ihm nach; beide in einer Bewegung, mit Blicken,
in einer Stellung — so was läßt sich nur sehen. Sie ergriff ihn; er riß sich los; sie ergriff ihn wieder. „Tellheim!"
— „Fräulein! lassen Sie mich!" — „Wohin?" — So zog
er sie bis an die Treppe. Mir war schon bange, er würde
sie mit herabreißen. Aber er wand sich noch los. Das
Fräulein blieb an der obersten Schwelle stehn, sah ihm nach,
rief ihm nach, rang die Hände. Auf einmal wandte sie sich
um, lief nach dem Fenster, von dem Fenster wieder zur Treppe,

von der Treppe in dem Saale hin und wieder. Hier stand ich; hier ging sie dreimal bei mir vorbei, ohne mich zu sehen. Endlich war es, als ob sie mich sähe; aber, Gott sei bei uns! ich glaube, das Fräulein sahe mich für Sie an, mein Kind. „Franziska," rief sie, die Augen auf mich gerichtet, „bin ich nun glücklich?" Drauf sahe sie steif an die Decke, und wiederum: „bin ich nun glücklich?" Drauf wischte sie sich Thränen aus dem Auge und lächelte und fragte mich wiederum: „Franziska, bin ich nun glücklich?" — Wahrhaftig, ich wußte nicht, wie mir war. Bis sie nach ihrer Thüre lief; da kehrte sie sich nochmals nach mir um: „So komm doch, Franziska; wer jammert dich nun?" — Und damit hinein.

Franziska. O Herr Wirt, das hat Ihnen geträumt.

Der Wirt. Geträumt? Nein, mein schönes Kind, so umständlich träumt man nicht. — Ja, ich wollte wie viel drum geben, — ich bin nicht neugierig, — aber ich wollte wie viel drum geben, wenn ich den Schlüssel dazu hätte.

Franziska. Den Schlüssel? zu unsrer Thüre, Herr Wirt, der steckt innerhalb; wir haben ihn zur Nacht hereingezogen; wir sind furchtsam.

Der Wirt. Nicht so einen Schlüssel; ich will sagen, mein schönes Kind, den Schlüssel, die Auslegung gleichsam, so den eigentlichen Zusammenhang von dem, was ich gesehen. —

Franziska. Ja so! — Nun, adieu, Herr Wirt. Werden wir bald essen, Herr Wirt?

Der Wirt. Mein schönes Kind, nicht zu vergessen, was ich eigentlich sagen wollte.

Franziska. Nun? aber nur kurz —

Der Wirt. Das gnädige Fräulein hat noch meinen Ring; ich nenne ihn meinen —

Franziska. Er soll ihnen unverloren sein.

Der Wirt. Ich trage darum auch keine Sorge; ich will's nur erinnern. Sieht Sie, ich will ihn gar nicht einmal wieder haben. Ich kann mir doch wohl an den Fingern abzählen, woher sie den Ring kannte, und woher er dem ihrigen so ähnlich sah. Er ist in ihren Händen am besten aufgehoben. Ich mag ihn gar nicht mehr und will indes die hundert Pistolen, die ich darauf gegeben habe, auf des gnädigen Fräuleins Rechnung setzen. Nicht so recht, mein schönes Kind?

4. Auftritt.

Paul Werner. Der Wirt. Franziska.

Werner. Da ist er ja!

Franziska. Hundert Pistolen? Ich meinte, nur achtzig.

Der Wirt. Es ist wahr, nur neunzig, nur neunzig. Das will ich thun, mein schönes Kind, das will ich thun.

Franziska. Alles das wird sich finden, Herr Wirt.

Werner (der ihnen hinterwärts näher kömmt und auf einmal der Franziska auf die Schulter klopft). Frauenzimmerchen! Frauenzimmerchen!

Franziska (erschrickt). Heh!

Werner. Erschreck' Sie nicht! — Frauenzimmerchen, Frauenzimmerchen, ich seh', Sie ist hübsch und ist wohl gar fremd — Und hübsche fremde Leute müssen gewarnt werden — Frauenzimmerchen, Frauenzimmerchen, nehm' Sie sich vor dem Manne in acht! (Auf den Wirt zeigend.)

Der Wirt. Je, unvermutete Freude! Herr Paul Werner! Willkommen bei uns, willkommen! — Ah, es ist doch immer noch der lustige, spaßhafte, ehrliche Werner! — Sie soll sich vor mir in acht nehmen, mein schönes Kind! Ha, ha, ha!

Werner. Geh Sie ihm überall aus dem Wege!

Der Wirt. Mir! mir! — Bin ich denn so gefährlich? — Ha, ha, ha! — Hör' Sie doch, mein schönes Kind! Wie gefällt Ihr der Spaß?

Werner. Daß es doch immer seines gleichen für Spaß erklären, wenn man ihnen die Wahrheit sagt.

Der Wirt. Die Wahrheit! ha, ha, ha! — Nicht wahr, mein schönes Kind, immer besser! Der Mann kann spaßen! Ich gefährlich? — ich? — So vor zwanzig Jahren war was dran. Ja, ja, mein schönes Kind, da war ich gefährlich; da wußte manche davon zu sagen; aber jetzt —

Werner. O über den alten Narren!

Der Wirt. Da steckt's eben! Wenn wir alt werden, ist es mit unsrer Gefährlichkeit aus. Es wird Ihm auch nicht besser gehn, Herr Werner!

Werner. Potz Geck und kein Ende! — Frauenzimmerchen, so viel Verstand wird Sie mir wohl zutrauen, daß ich von der Gefährlichkeit nicht rede. Der eine Teufel hat ihn verlassen, aber es sind dafür sieben andere in ihn gefahren —

Der Wirt. O, hör' Sie doch, hör' Sie doch! Wie er das nun wieder so herum zu bringen weiß! — Spaß über

Spaß, und immer was Neues! O, es ist ein vortrefflicher Mann, der Herr Paul Werner! — (Zur Franziska, als ins Ohr.) Ein wohlhabender Mann und noch ledig. Er hat drei Meilen von hier ein schönes Freischulzengerichte. Der hat Beute gemacht im Kriege! — Und ist Wachtmeister bei unserm Herrn Major gewesen. O, das ist ein Freund von unserm Herrn Major! das ist ein Freund! der sich für ihn tot schlagen ließe! —

Werner. Ja! und das ist ein Freund von meinem Major! das ist ein Freund! — den der Major sollte tot schlagen lassen.

Der Wirt. Wie? was? — Nein, Herr Werner, das ist nicht guter Spaß. — Ich kein Freund vom Herrn Major? — Nein, den Spaß versteh' ich nicht.

Werner. Just hat mir schöne Dinge erzählt.

Der Wirt. Just? Ich dacht's wohl, daß Just durch Sie spräche. Just ist ein böser, garstiger Mensch. Aber hier ist ein schönes Kind zur Stelle; das kann reden; das mag sagen, ob ich kein Freund von dem Herrn Major bin? ob ich ihm keine Dienste erwiesen habe? Und warum sollte ich nicht sein Freund sein? Ist er nicht ein verdienter Mann? Es ist wahr, er hat das Unglück gehabt, abgedankt zu werden: aber was thut das? Der König kann nicht alle verdiente Männer kennen; und wenn er sie auch alle kennte, so kann er sie nicht alle belohnen.

Werner. Das heißt Ihn Gott sprechen! — Aber Just — freilich ist an Justen auch nicht viel Besonders; doch ein Lügner ist Just nicht; und wenn das wahr wäre, was er mir gesagt hat ———

Der Wirt. Ich will von Justen nichts hören! Wie gesagt, das schöne Kind hier mag sprechen! (Zu ihr ins Ohr.) Sie weiß, mein Kind, den Ring! — Erzähl' Sie es doch Herr Wernern. Da wird er mich besser kennen lernen. Und damit es nicht herauskömmt, als ob Sie mir nur zu Gefallen rede, so will ich nicht einmal dabei sein. Ich will nicht dabei sein; ich will gehen; aber Sie sollen mir es wiedersagen, Herr Werner, Sie sollen mir es wiedersagen, ob Just nicht ein garstiger Verleumder ist.

5. Auftritt.

Paul Werner. Franziska.

Werner. Frauenzimmerchen, kennt Sie denn meinen Major?

Franziska. Den Major von Tellheim? Ja wohl kenn' ich den braven Mann.

Werner. Ist es nicht ein braver Mann? Ist Sie dem Manne wohl gut? —

Franziska. Vom Grunde meines Herzens.

Werner. Wahrhaftig? Sieht Sie, Frauenzimmerchen, nun kömmt Sie mir noch einmal so schön vor. — Aber was sind denn das für Dienste, die der Wirt unserm Major will erwiesen haben?

Franziska. Ich wüßte eben nicht; es wäre denn, daß er sich das Gute zuschreiben wollte, welches glücklicherweise aus seinem schurkischen Betragen entstanden.

Werner. So wäre es ja wahr, was mir Just gesagt hat? — (Gegen die Seite, wo der Wirt abgegangen.) Dein Glück, daß du gegangen bist! — Er hat ihm wirklich die Zimmer ausgeräumt? — So einem Manne so einen Streich zu spielen, weil sich das Eselsgehirn einbildet, daß der Mann kein Geld mehr habe! Der Major kein Geld!

Franziska. So? hat der Major Geld?

Werner. Wie Heu! Er weiß nicht, wie viel er hat. Er weiß nicht, wer ihm schuldig ist. Ich bin ihm selber schuldig und bringe ihm ein altes Restchen. Sieht Sie, Frauenzimmerchen, hier in diesem Beutelchen (das er aus der einen Tasche zieht) sind hundert Louisdor, und in diesem Röllchen (das er aus der andern zieht) hundert Dukaten. Alles sein Geld!

Franziska. Wahrhaftig? Aber warum versetzt denn der Major? Er hat ja einen Ring versetzt —

Werner. Versetzt! Glaub' Sie doch so was nicht. Vielleicht daß er den Bettel hat gern wollen los sein.

Franziska. Es ist kein Bettel! es ist ein sehr kostbarer Ring, den er wohl noch dazu von lieben Händen hat.

Werner. Das wird's auch sein. Von lieben Händen! ja, ja! So was erinnert einen manchmal, woran man nicht gern erinnert sein will. Drum schafft man's aus den Augen.

Franziska. Wie?

Werner. Dem Soldaten geht's in Winterquartieren

wunderlich. Da hat er nichts zu thun und pflegt sich und macht vor Langerweile Bekanntschaften, die er nur auf den Winter meinet und die das gute Herz, mit dem er sie macht, für zeitlebens annimmt. Husch ist ihm denn ein Ringelchen an den Finger praktiziert; er weiß selbst nicht, wie es dran kömmt. Und nicht selten gäb' er gern den Finger mit drum, wenn er es nur wieder los werden könnte.

Franziska. Ei, und sollte es dem Major auch so gegangen sein?

Werner. Ganz gewiß. Besonders in Sachsen; wenn er zehn Finger an jeder Hand gehabt hätte, er hätte sie alle zwanzig voller Ringe gekriegt.

Franziska (beiseite). Das klingt ja ganz besonders und verdient untersucht zu werden. — — Herr Freischulze, oder Herr Wachtmeister —

Werner. Frauenzimmerchen, wenn's Ihr nichts verschlägt — Herr Wachtmeister, höre ich am liebsten.

Franziska. Nun, Herr Wachtmeister, hier habe ich ein Briefchen von dem Herrn Major an meine Herrschaft. Ich will es nur geschwind hereintragen und bin gleich wieder da. Will Er wohl so gut sein und so lange hier warten? Ich möchte gar zu gern mehr mit Ihm plaudern.

Werner. Plaudert Sie gern, Frauenzimmerchen? Nun meinetwegen; geh Sie nur; ich plaudre auch gern; ich will warten.

Franziska. O, warte Er doch ja! (Geht ab.)

---

6. Auftritt.

Paul Werner. Das ist kein unebnes Frauenzimmerchen! — Aber ich hätte ihr doch nicht versprechen sollen, zu warten. — Denn das Wichtigste wäre wohl, ich suchte den Major auf. — Er will mein Geld nicht und versetzt lieber? — Daran kenn' ich ihn. — Es fällt mir ein Schneller ein. — Als ich vor vierzehn Tagen in der Stadt war, besuchte ich die Rittmeisterin Marloff. Das arme Weib lag krank und jammerte, daß ihr Mann dem Major vierhundert Thaler schuldig geblieben wäre, die sie nicht wüßte, wie sie sie bezahlen sollte. Heute wollte ich sie wieder besuchen; — ich wollte ihr sagen, wenn ich das Geld für mein Gütchen ausgezahlt kriegte, daß ich ihr fünfhundert Thaler leihen könnte.

Denn ich muß ja wohl was davon in Sicherheit bringen, wenn's in Persien nicht geht. — Aber sie war über alle Berge. Und ganz gewiß wird sie dem Major nicht haben bezahlen können. — Ja, so will ich's machen, und das je eher, je lieber. — Das Frauenzimmerchen mag mir's nicht übel nehmen; ich kann nicht warten. (Geht in Gedanken ab und stößt fast auf den Major, der ihm entgegen kommt)

---

7. Auftritt.

v. Tellheim. Paul Werner.

v. Tellheim. So in Gedanken, Werner?

Werner. Da sind Sie ja; ich wollte eben gehn und Sie in Ihrem neuen Quartiere besuchen, Herr Major.

v. Tellheim. Um mir auf den Wirt des alten die Ohren voll zu fluchen. Gedenke mir nicht dran.

Werner. Das hätte ich beiher gethan; ja. Aber eigentlich wollte ich mich nur bei Ihnen bedanken, daß Sie so gut gewesen und mir die hundert Louisdor aufgehoben. Just hat mir sie wiedergegeben. Es wäre mir wohl freilich lieb, wenn Sie mir sie noch länger aufheben könnten. Aber Sie sind in ein neu Quartier gezogen, das weder Sie noch ich kennen. Wer weiß, wie's da ist. Sie könnten Ihnen da gestohlen werden, und Sie müßten mir sie ersetzen; da hülfe nichts davor. Also kann ich's Ihnen freilich nicht zumuten.

v. Tellheim (lächelnd). Seit wann bist du so vorsichtig, Werner?

Werner. Es lernt sich wohl. Man kann heute zu tage mit seinem Gelde nicht vorsichtig genug sein. — Darnach hatte ich noch was an Sie zu bestellen, Herr Major, von der Rittmeisterin Marloff; ich kam eben von ihr her. Ihr Mann ist Ihnen ja vierhundert Thaler schuldig geblieben; hier schickt sie Ihnen auf Abschlag hundert Dukaten. Das übrige will sie künftige Woche schicken. Ich möchte wohl selber Ursache sein, daß sie die Summe nicht ganz schickt. Denn sie war mir auch ein Thaler achtzig schuldig; und weil sie dachte, ich wäre gekommen, sie zu mahnen, — wie's denn auch wohl wahr war, — so gab sie mir sie und gab sie mir aus dem Röllchen, das sie für Sie schon zurechte gelegt hatte. — Sie können auch schon eher Ihre hundert Thaler ein acht Tage noch missen, als ich meine paar Groschen. — Da nehmen Sie doch! (Reicht ihm die Rolle Dukaten.)

v. Tellheim. Werner!

Werner. Nun? warum sehen Sie mich so starr an? — So nehmen Sie doch, Herr Major! —

v. Tellheim. Werner!

Werner. Was fehlt Ihnen? Was ärgert Sie?

v. Tellheim (bitter, indem er sich vor die Stirne schlägt und mit dem Fuße auftritt). Daß es — die vierhundert Thaler nicht ganz sind!

Werner. Nun, nun, Herr Major! Haben Sie mich denn nicht verstanden?

v. Tellheim. Eben weil ich dich verstanden habe! — Daß mich doch die besten Menschen heut am meisten quälen müssen!

Werner. Was sagen Sie?

v. Tellheim. Es geht dich nur zur Hälfte an! — Geh, Werner! (Indem er die Hand, mit der ihm Werner die Dukaten reicht, zurückstößt.)

Werner. Sobald ich das los bin!

v. Tellheim. Werner, wenn du nun von mir hörst, daß die Marloffin heute ganz früh selbst bei mir gewesen ist?

Werner. So?

v. Tellheim. Daß sie mir nichts mehr schuldig ist?

Werner. Wahrhaftig?

v. Tellheim. Daß sie mich bei Heller und Pfennig bezahlt hat, was wirst du dann sagen?

Werner (der sich einen Augenblick besinnt). Ich werde sagen, daß ich gelogen habe, und daß es eine hundsföttsche Sache ums Lügen ist, weil man drüber ertappt werden kann.

v. Tellheim. Und wirst dich schämen?

Werner. Aber der, der mich so zu lügen zwingt, was sollte der? Sollte der sich nicht auch schämen? Sehen Sie, Herr Major: wenn ich sagte, daß mich Ihr Verfahren nicht verdröße, so hätte ich wieder gelogen, und ich will nicht mehr lügen. —

v. Tellheim. Sei nicht verdrießlich, Werner! Ich erkenne dein Herz und deine Liebe zu mir. Aber ich brauche dein Geld nicht.

Werner. Sie brauchen es nicht? und verkaufen lieber und versetzen lieber und bringen sich lieber in der Leute Mäuler?

v. Tellheim. Die Leute mögen es immer wissen, daß ich nichts mehr habe. Man muß nicht reicher scheinen wollen, als man ist.

Werner. Aber warum ärmer? — Wir haben, so lange unser Freund hat.

v. Tellheim. Es ziemt sich nicht, daß ich dein Schuldner bin.

Werner. Ziemt sich nicht? — wenn an einem heißen

Tage, den uns die Sonne und der Feind heiß machte, sich Ihr Reitknecht mit den Kantinen verloren hatte und Sie zu mir kamen und sagten: Werner, hast du nichts zu trinken? und ich Ihnen meine Feldflasche reichte, nicht wahr, Sie nahmen und tranken? — Ziemte sich das? — Bei meiner armen Seele, wenn ein Trunk faules Wasser damals nicht oft mehr wert war als alle der Quark! (Indem er auch den Beutel mit den Louisdoren herauszieht und ihm beides hinreicht.) Nehmen Sie, lieber Major! Bilden Sie sich ein, es ist Wasser. Auch das hat Gott für alle geschaffen.

v. Tellheim. Du marterst mich; du hörst es ja, ich will dein Schuldner nicht sein.

Werner. Erst ziemte es sich nicht; nun wollen Sie nicht? Ja, das ist was anders. (Etwas ärgerlich.) Sie wollen mein Schuldner nicht sein? Wenn Sie es denn aber schon wären, Herr Major? Oder sind Sie dem Manne nichts schuldig, der einmal den Hieb auffing, der Ihnen den Kopf spalten sollte, und ein andermal den Arm vom Rumpfe hieb, der eben los= drücken und Ihnen die Kugel durch die Brust jagen wollte? — Was können Sie diesem Manne mehr schuldig werden? Oder hat es mit meinem Halse weniger zu sagen als mit meinem Beutel? — Wenn das vornehm gedacht ist, bei meiner armen Seele, so ist es auch sehr abgeschmackt gedacht!

v. Tellheim. Mit wem sprichst du so, Werner? Wir sind allein; jetzt darf ich es sagen; wenn uns ein dritter hörte, so wäre es Windbeutelei. Ich bekenne es mit Ver= gnügen, daß ich dir zweimal mein Leben zu danken habe. Aber, Freund, woran fehlte mir es, daß ich bei Gelegenheit nicht ebensoviel für dich würde gethan haben? He!

Werner. Nur an der Gelegenheit! Wer hat daran ge= zweifelt, Herr Major? Habe ich Sie nicht hundertmal für den gemeinsten Soldaten, wenn er ins Gedränge gekommen war, Ihr Leben wagen sehen?

v. Tellheim. Also!

Werner. Aber —

v. Tellheim. Warum verstehst du mich nicht recht? Ich sage: es ziemt sich nicht, daß ich dein Schuldner bin; ich will dein Schuldner nicht sein. Nämlich in den Umständen nicht, in welchen ich mich jetzt befinde.

Werner. So, so! Sie wollen es versparen bis auf bessere Zeiten; Sie wollen ein andermal Geld von mir borgen, wenn Sie keines brauchen, wenn Sie selbst welches haben und ich vielleicht keines.

v. Tellheim. Man muß nicht borgen, wenn man nicht wieder zu geben weiß.

Werner. Einem Mann wie Sie kann es nicht immer fehlen.

v. Tellheim. Du kennst die Welt! — Am wenigsten muß man sodann von einem borgen, der sein Geld selbst braucht.

Werner. O ja, so einer bin ich! Wozu braucht' ich's denn? — Wo man einen Wachtmeister nötig hat, gibt man ihm auch zu leben.

v. Tellheim. Du brauchst es, mehr als Wachtmeister zu werden, dich auf einer Bahn weiter zu bringen, auf der ohne Geld auch der Würdigste zurückbleiben kann.

Werner. Mehr als Wachtmeister zu werden? daran denke ich nicht. Ich bin ein guter Wachtmeister und dürfte leicht ein schlechter Rittmeister und sicherlich noch ein schlechtrer General werden. Die Erfahrung hat man.

v. Tellheim. Mache nicht, daß ich etwas Unrechtes von dir denken muß, Werner! Ich habe es nicht gern gehört, was mir Just gesagt hat. Du hast dein Gut verkauft und willst wieder herumschwärmen. Laß mich nicht von dir glauben, daß du nicht sowohl das Metier als die wilde, liederliche Lebensart liebest, die unglücklicherweise damit verbunden ist. Man muß Soldat sein für sein Land, oder aus Liebe zu der Sache, für die gefochten wird. Ohne Absicht heute hier, morgen da dienen, heißt wie ein Fleischerknecht reisen, weiter nichts.

Werner. Nun ja doch, Herr Major: ich will Ihnen folgen. Sie wissen besser, was sich gehört. Ich will bei Ihnen bleiben. — Aber, lieber Major, nehmen Sie doch auch derweile mein Geld. Heut oder morgen muß Ihre Sache aus sein. Sie müssen Geld die Menge bekommen. Sie sollen mir es sodann mit Interessen wiedergeben. Ich thu es ja nur der Interessen wegen.

v. Tellheim. Schweig davon!

Werner. Bei meiner armen Seele, ich thu es nur der Interessen wegen! --- Wenn ich manchmal dachte: wie wird es mit dir aufs Alter werden? wenn du zu schanden gehauen bist? wenn du nichts haben wirst? wenn du wirst betteln gehen müssen? so dachte ich wieder: Nein, du wirst nicht betteln gehn; du wirst zum Major Tellheim gehn; der wird seinen letzten Pfennig mit dir teilen; der wird dich zu Tode füttern; bei dem wirst du als ein ehrlicher Kerl sterben können.

v. Tellheim (indem er Werners Hand ergreift). Und, Kamerad, das denkst du nicht noch?

Werner. Nein, das denk' ich nicht mehr. — Wer von mir nichts annehmen will, wenn er's bedarf und ich's habe, der will mir auch nichts geben, wenn er's hat und ich's bedarf. — Schon gut! (Will gehn.)

v. Tellheim. Mensch, mache mich nicht rasend! Wo willst du hin? (Hält ihn zurück.) Wenn ich dich nun auf meine Ehre versichere, daß ich noch Geld habe; wenn ich dir auf meine Ehre verspreche, daß ich dir es sagen will, wenn ich keines mehr habe; daß du der erste und einzige sein sollst, bei dem ich mir etwas borgen will: — bist du dann zufrieden?

Werner. Muß ich nicht? — Geben Sie mir die Hand darauf, Herr Major.

v. Tellheim. Da, Paul! — Und nun genug davon. Ich kam hieher, um ein gewisses Mädchen zu sprechen. —

8. Auftritt.

Franziska (aus dem Zimmer des Fräuleins). v. Tellheim. Paul Werner.

Franziska (im Heraustreten). Sind Sie noch da, Herr Wacht=meister? — (Indem sie den Tellheim gewahr wird.) Und Sie sind auch da, Herr Major? — Den Augenblick bin ich zu Ihren Diensten. (Geht geschwind wieder in das Zimmer.)

9. Auftritt.

v. Tellheim. Paul Werner.

v. Tellheim. Das war sie! — Aber ich höre ja, du kennst sie, Werner?

Werner. Ja, ich kenne das Frauenzimmerchen. —

v. Tellheim. Gleichwohl, wenn ich mich recht erinnere, als ich in Thüringen Winterquartier hatte, warst du nicht bei mir?

Werner. Nein, da besorgte ich in Leipzig Montierungs=stücke.

v. Tellheim. Woher kennst du sie denn also?

Werner. Unsere Bekanntschaft ist noch blutjung. Sie ist von heute. Aber junge Bekanntschaft ist warm.

v. Tellheim. Also hast du ihr Fräulein wohl auch schon gesehen?

Werner. Ist ihre Herrschaft ein Fräulein? Sie hat mir gesagt, Sie kennten ihre Herrschaft.

v. Tellheim. Hörst du nicht? aus Thüringen her.

Werner. Ist das Fräulein jung?

v. Tellheim. Ja.

Werner. Schön?

v. Tellheim. Sehr schön.

Werner. Reich?

v. Tellheim. Sehr reich.

Werner. Ist Ihnen das Fräulein auch so gut wie das Mädchen? Das wäre ja vortrefflich!

v. Tellheim. Wie meinst du?

———————

10. Auftritt.

Franziska (wieder heraus, mit einem Briefe in der Hand). v. Tellheim. Paul Werner.

Franziska. Herr Major —

v. Tellheim. Liebe Franziska, ich habe dich noch nicht willkommen heißen können.

Franziska. In Gedanken werden Sie es doch schon gethan haben. Ich weiß, Sie sind mir gut. Ich Ihnen auch. Aber das ist gar nicht artig, daß Sie Leute, die Ihnen gut sind, so ängstigen.

Werner (für sich). Ha, nun merk' ich. Es ist richtig!

v. Tellheim. Mein Schicksal, Franziska! — Hast du ihr den Brief übergeben?

Franziska. Ja, und hier übergebe ich Ihnen — (reicht ihm den Brief).

v. Tellheim. Eine Antwort?

Franziska. Nein, Ihren eignen Brief wieder.

v. Tellheim. Was? Sie will ihn nicht lesen?

Franziska. Sie wollte wohl, aber - wir können Geschriebnes nicht gut lesen.

v. Tellheim. Schäkerin!

Franziska. Und wir denken, daß das Briefschreiben für die nicht erfunden ist, die sich mündlich mit einander unterhalten können, sobald sie wollen.

v. Tellheim. Welcher Vorwand! Sie muß ihn lesen. Er enthält meine Rechtfertigung, — alle die Gründe und Ursachen —

Franziska. Die will das Fräulein von Ihnen selbst hören, nicht lesen.

v. Tellheim. Von mir selbst hören? Damit mich jedes Wort, jede Miene von ihr verwirre, damit ich in jedem ihrer Blicke die ganze Größe meines Verlusts empfinde? —

Franziska. Ohne Barmherzigkeit! — Nehmen Sie! (Sie gibt ihm den Brief.) Sie erwartet Sie um drei Uhr. Sie will ausfahren und die Stadt besehen. Sie sollen mit ihr fahren.

v. Tellheim. Mit ihr fahren?

Franziska. Und was geben Sie mir, so laß' ich Sie beide ganz allein fahren? Ich will zu Hause bleiben.

v. Tellheim. Ganz allein?

Franziska. In einem schönen, verschloßnen Wagen.

v. Tellheim. Unmöglich!

Franziska. Ja, ja; im Wagen muß der Herr Major Katz aushalten! da kann er uns nicht entwischen. Darum geschieht es eben. — Kurz, Sie kommen, Herr Major, und Punkte drei. Nun? Sie wollten mich ja auch allein sprechen. Was haben Sie mir denn zu sagen? — Ja so, wir sind nicht allein. (Indem sie Wernern ansieht.)

v. Tellheim. Doch, Franziska, wir wären allein. Aber da das Fräulein den Brief nicht gelesen hat, so habe ich dir noch nichts zu sagen.

Franziska. So wären wir doch allein? Sie haben vor dem Herrn Wachtmeister keine Geheimnisse?

v. Tellheim. Nein, keine.

Franziska. Gleichwohl, dünkt mich, sollten Sie welche vor ihm haben.

v. Tellheim. Wie das?

Werner. Warum das, Frauenzimmerchen?

Franziska. Besonders Geheimnisse von einer gewissen Art — alle zwanzig, Herr Wachtmeister? (Indem sie beide Hände mit gespreizten Fingern in die Höhe hält.)

Werner. St! st! Frauenzimmerchen, Frauenzimmerchen!

v. Tellheim. Was heißt das?

Franziska. Husch ist's am Finger, Herr Wachtmeister? (Als ob sie einen Ring geschwind ansteckte.)

v. Tellheim. Was habt ihr?

Werner. Frauenzimmerchen, Frauenzimmerchen, Sie wird ja wohl Spaß verstehn?

v. Tellheim. Werner, du haft doch nicht vergeffen, was
ich dir mehrmal gefagt habe, daß man über einen gewiffen
Punkt mit dem Frauenzimmer nie fcherzen muß?

Werner. Bei meiner armen Seele, ich kann's vergeffen
haben! — Frauenzimmerchen, ich bitte —

Franziska. Nun, wenn es Spaß gewefen ift; dasmal
will ich es Ihm verzeihen.

v. Tellheim. Wenn ich denn durchaus kommen muß,
Franziska! fo mache doch nur, daß das Fräulein den Brief
vorher noch liefet. Das wird mir die Peinigung erfparen,
Dinge noch einmal zu denken, noch einmal zu fagen, die ich
fo gern vergeffen möchte. Da, gib ihr ihn! (Indem er den Brief
umkehrt und ihr ihn zureichen will, wird er gewahr, daß er erbrochen ift.) Aber
fehe ich recht? Der Brief, Franziska, ift ja erbrochen.

Franziska. Das kann wohl fein. (Befieht ihn.) Wahrhaftig,
er ift erbrochen. Wer muß ihn denn erbrochen haben? Doch
gelefen haben wir ihn wirklich nicht, Herr Major, wirklich
nicht. Wir wollen ihn auch nicht lefen, denn der Schreiber
kömmt felbft. Kommen Sie ja; und wiffen Sie was, Herr
Major? Kommen Sie nicht fo, wie Sie da find, in Stiefeln,
kaum frifiert. Sie find zu entfchuldigen; Sie haben uns nicht
vermutet. Kommen Sie in Schuhen und laffen Sie fich
frifch frifieren. — So fehen Sie mir gar zu brav, gar zu
preußifch aus!

v. Tellheim. Ich danke dir, Franziska.

Franziska. Sie fehen aus, als ob Sie vorige Nacht
kampiert hätten.

v. Tellheim. Du kannft es erraten haben.

Franziska. Wir wollen uns gleich auch putzen und fo=
dann effen. Wir behielten Sie gern zum Effen, aber Ihre
Gegenwart möchte uns an dem Effen hindern; und fehen Sie,
fo gar verliebt find wir nicht, daß uns nicht hungerte.

v. Tellheim. Ich geh'! Franziska, bereite fie indes ein
wenig vor, damit ich weder in ihren, noch in meinen Augen
verächtlich werden darf. — Komm, Werner, du follft mit
mir effen.

Werner. An der Wirtstafel, hier im Haufe? Da wird
mir kein Biffen fchmecken.

v. Tellheim. Bei mir auf der Stube.

Werner. So folge ich Ihnen gleich. Nur noch ein Wort
mit dem Frauenzimmerchen.

v. Tellheim. Das gefällt mir nicht übel! (Geht ab.)

11. Auftritt.

Paul Werner. Franziska.

Franziska. Nun, Herr Wachtmeister? —

Werner. Frauenzimmerchen, wenn ich wiederkomme, soll ich auch geputzter kommen?

Franziska. Komm Er, wie Er will, Herr Wachtmeister; meine Augen werden nichts wider Ihn haben. Aber meine Ohren werden desto mehr auf ihrer Hut gegen Ihn sein müssen. — Zwanzig Finger, alle voller Ringe! Ei, ei, Herr Wachtmeister!

Werner. Nein, Frauenzimmerchen, eben das wollt' ich Ihr noch sagen: die Schnurre fuhr mir nun so heraus! Es ist nichts dran. Man hat ja wohl an einem Ringe genug. Und hundert und aber hundertmal habe ich den Major sagen hören: Das muß ein Schurke von einem Soldaten sein, der ein Mädchen anführen kann! — So denk' ich auch, Frauenzimmerchen. Verlaß Sie sich drauf! — Ich muß machen, daß ich ihm nachkomme. — Guten Appetit, Frauenzimmerchen! *(Geht ab.)*

Franziska. Gleichfalls, Herr Wachtmeister! — Ich glaube, der Mann gefällt mir! *(Indem sie hereingehen will, kömmt ihr das Fräulein entgegen.)*

---

12. Auftritt.

Das Fräulein. Franziska.

Das Fräulein. Ist der Major schon wieder fort? — Franziska, ich glaube, ich wäre jetzt schon wieder ruhig genug, daß ich ihn hätte hier behalten können.

Franziska. Und ich will Sie noch ruhiger machen.

Das Fräulein. Desto besser! Sein Brief, o sein Brief! Jede Zeile sprach den ehrlichen, edlen Mann. Jede Weigerung, mich zu besitzen, beteuerte mir seine Liebe. — Er wird es wohl gemerkt haben, daß wir den Brief gelesen. — Mag er doch; wenn er nur kömmt. Er kömmt doch gewiß? — Bloß ein wenig zu viel Stolz, Franziska, scheint mir in seiner Aufführung zu sein. Denn auch seiner Geliebten sein Glück nicht wollen zu danken haben, ist Stolz, unverzeihlicher Stolz! Wenn er mir diesen zu stark merken läßt, Franziska —

Franziska. So wollen Sie seiner entsagen?

Das Fräulein. Ei, sieh doch! Jammert er dich nicht

schon wieder? Nein, liebe Närrin, eines Fehlers wegen entsagt man keinem Manne. Nein; aber ein Streich ist mir beigefallen, ihn wegen dieses Stolzes mit ähnlichem Stolze ein wenig zu martern.

Franziska. Nun, da müssen Sie ja recht sehr ruhig sein, mein Fräulein, wenn Ihnen schon wieder Streiche beifallen.

Das Fräulein. Ich bin es auch; komm nur. Du wirst deine Rolle dabei zu spielen haben. (Sie gehen herein.)

Vierter Aufzug.

1. Auftritt.

Die Szene: das Zimmer des Fräuleins.

Das Fräulein (völlig und reich, aber mit Geschmack gekleidet). Franziska (Sie stehen vom Tische auf, den ein Bedienter abräumt.)

Franziska. Sie können unmöglich satt sein, gnädiges Fräulein.

Das Fräulein. Meinst du, Franziska? Vielleicht, daß ich mich nicht hungrig niedersetzte.

Franziska. Wir hatten ausgemacht, seiner während der Mahlzeit nicht zu erwähnen. Aber wir hätten uns auch vornehmen sollen, an ihn nicht zu denken.

Das Fräulein. Wirklich, ich habe an nichts als an ihn gedacht.

Franziska. Das merkt' ich wohl. Ich fing von hundert Dingen an zu sprechen, und Sie antworteten mir auf jedes verkehrt. (Ein andrer Bedienter trägt Kaffee auf.) Hier kömmt eine Nahrung, bei der man eher Grillen machen kann. Der liebe, melancholische Kaffee!

Das Fräulein. Grillen? Ich mache keine. Ich denke bloß der Lektion nach, die ich ihm geben will. Hast du mich recht begriffen, Franziska?

Franziska. O ja; am besten aber wär' es, er erspartе sie uns.

Das Fräulein. Du wirst sehen, daß ich ihn von Grund aus kenne. Der Mann, der mich jetzt mit allen Reichtümern verweigert, wird mich der ganzen Welt streitig machen, sobald er hört, daß ich unglücklich und verlassen bin.

Franziska (sehr ernsthaft.) Und so was muß die feinste Eigenliebe unendlich kitzeln.

Das Fräulein. Sittenrichterin! Seht doch! vorhin ertappte sie mich auf Eitelkeit, jetzt auf Eigenliebe. — Nun, laß mich nur, liebe Franziska. Du sollst mit deinem Wachtmeister auch machen können, was du willst.

Franziska. Mit meinem Wachtmeister?

Das Fräulein. Ja, wenn du es vollends leugnest, so ist es richtig. — Ich habe ihn noch nicht gesehen; aber aus jedem Worte, das du mir von ihm gesagt hast, prophezeie ich dir deinen Mann.

---

2. Auftritt.

Riccaut de la Marliniere. Das Fräulein. Franziska.

Riccaut (noch innerhalb der Szene). Est-il permis, Monsieur le Major?

Franziska. Was ist das? Will das zu uns? (Gegen die Thüre gehend.)

Riccaut. Parbleu! If bin unriftig. — Mais non — If bin nit unriftig — C'est sa chambre —

Franziska. Ganz gewiß, gnädiges Fräulein, glaubt dieser Herr, den Major von Tellheim noch hier zu finden.

Riccaut. Iß so! — Le Major de Tellheim; juste, ma belle enfant, c'est lui que je cherche. Où est-il?

Franziska. Er wohnt nicht mehr hier.

Riccaut. Comment? nof vor vier un swanzif Stund hier logier? Und logier nit mehr hier? Wo logier er denn?

Das Fräulein (die auf ihn zukömmt). Mein Herr, —

Riccaut. Ah, Madame, — Mademoiselle, — Ihro Gnad verzeih —

Das Fräulein. Mein Herr, Ihre Irrung ist sehr zu vergeben und Ihre Verwunderung sehr natürlich. Der Herr Major hat die Güte gehabt, mir, als einer Fremden, die nicht unterzukommen wußte, sein Zimmer zu überlassen.

Riccaut. Ah, voilà de ses politesses! C'est un trèsgalanthomme que ce Major!

Das Fräulein. Wo er indes hingezogen, — wahrhaftig, ich muß mich schämen, es nicht zu wissen.

Riccaut. Jhro Gnad nit wiß? C'est dommage; j'en suis fâché.

Das Fräulein. Jch hätte mich allerdings darnach erkundigen sollen. Freilich werden ihn seine Freunde noch hier suchen.

Riccaut. Jk bin sehr von seine Freund, Jhro Gnad —

Das Fräulein. Franziska, weißt du es nicht?

Franziska. Nein, gnädiges Fräulein.

Riccaut. Jk hätt ihn zu sprek, sehr notwendik. Jk komm ihm bringen eine Nouvelle, davon er sehr frölik sein wird.

Das Fräulein. Jch bedauere um so viel mehr. — Doch hoffe ich, vielleicht bald ihn zu sprechen. Jst es gleichviel, aus wessen Munde er diese gute Nachricht erfährt, so erbiete ich mich, mein Herr —

Riccaut. Jk versteh. — Mademoiselle parle françois? Mais sans doute; telle que je la vois! — La demande étoit bien impolie; Vous me pardonnerés, Mademoiselle. —

Das Fräulein. Mein Herr —

Riccaut. Nit? Sie sprek nit französisch, Jhro Gnad?

Das Fräulein. Mein Herr, in Frankreich würde ich es zu sprechen suchen. Aber warum hier? Jch höre ja, daß Sie mich verstehen, mein Herr. Und ich, mein Herr, werde Sie gewiß auch verstehen; sprechen Sie, wie es Jhnen beliebt.

Riccaut. Gutt, gutt! Jk kann auf mik auf deutsch explicier. — Sachés donc, Mademoiselle, — Jhro Gnad soll also wiß, daß ik komm von die Tafel bei der Minister — Minister von — Minister von — wie heiß der Minister da drauß? — in der lange Straß? — auf die breite Platz? —

Das Fräulein. Jch bin hier noch völlig unbekannt.

Riccaut. Nun, die Minister von der Kriegsdepartement. — Da haben ik zu Mittag gespeisen; — ik speisen à l'ordinaire bei ihm, — und da iß man gekommen reden auf der Major Tellheim; et le Ministre m'a dit en confidence, car Son Excellence est de mes amis, et il n'y a point de mystères entre nous — Se. Excellenz, will ik sag, haben mir vertrau, daß die Sak von unserm Major sei auf den Point zu enden, und gutt zu enden. Er habe gemakt ein Rapport an den Könik, und der Könik habe darauf resolvier, tout-à-fait en faveur du Major. — Monsieur, m'a dit Son Excellence, Vous comprenés bien, que tout dépend de la manière, dont on fait envisager les choses au roi, et Vous me connoissez. Cela fait un très-joli garçon que ce Tellheim, et ne sais-je pas que Vous l'aimez? Les amis de mes amis sont aussi les miens. Il coute un peu cher au roi ce Tellheim, mais est-ce que l'on sert les rois pour rien! Il faut s'entr'aider en ce monde; et quand il s'agit de pertes, que ce soit le roi, qui en fasse, et non pas un honnêt-homme de nous autres. Voilà le principe, dont je ne me départs jamais. — Was sag Jhro Gnad hierzu? Nit wahr, daß iß ein brav Mann? Ah! que Son Excellence a le cœur bien placé! Er hat mir au reste verfifer, wenn der Major nit schon bekommen habe une Lettre de la main — eine Königlifen Handbrief, daß er heut infailliblement müsse bekommen einen.

Das Fräulein. Gewiß, mein Herr, diese Nachricht wird dem Major von Tellheim höchst angenehm sein. Ich wünschte nur, ihm den Freund zugleich mit Namen nennen zu können, der so viel Anteil an seinem Glücke nimmt —

Riccaut. Mein Namen wünscht Jhro Gnad? — Vous voyés en moi — Jhro Gnad seh in mik le Chevalier Riccaut de la Marlinière, Seigneur de Pret-au-val, de la branche de Prensd'or. — Jhro Gnad steh verwundert, mik aus so ein groß, groß Familie zu hören, qui est veritablement du sang Royal. — Il faut le dire; je suis sans doute le Cadet le plus avantureux, que la maison a jamais eu — Jf bien von meiner elfte Jahr. Ein Affaire d'honneur matte mik fliehen. Darauf haben if gedienet Er. Päpstliken Eilifheit, der Republik St. Marino, der Kron Polen und den Staaten=General, bis if endlik bin worden gezogen hierher. Ah, Mademoiselle, que je voudrois n'avoir jamais vu ce pays-là! Hätte man mik gelaß im Dienst von den Staaten=General, so müßt if nun sein aufs wenifst Oberst. Aber so hier immer und ewif Capitaine geblieben, und nun gar sein ein abgedankte Capitaine —

Das Fräulein. Das ist viel Unglück.

Riccaut. Oui, Mademoiselle, me voilà reformé, et par-là mis sur le pavé!

Das Fräulein. Ich beklage sehr.

Riccaut. Vous êtes bien bonne, Mademoiselle. — Nein, man kenn sif hier nit auf den Verdienst. Einen Mann wie mik su reformir! Einen Mann, der sif nof dazu in diesem Dienst hat rouinir — Jf haben dabei sugesetzt mehr als swansif tausend Livres. Was hab if nun? Tranchons le

mot; je n'ai pas le sou, et me voilà exactement vis-à-vis
du rien. —

Das Fräulein. Es thut mir ungemein leid.

Riccaut. Vous êtes bien bonne, Mademoiselle. Aber
wie man pfleg su sagen: ein jeder Unglück schlepp naf sik
seine Bruder; qu'un malheur ne vient jamais seul: so mit
mir arrivir. Was ein Honnêt-homme von mein Extraction
kann anders haben für Ressource als das Spiel? Nun hab
if immer gespielen mit Glück, so lang if hatte nit von nöten
der Glück. Nun if ihr hätte von nöten, Mademoiselle, je joue
avec un guignon, qui surpasse toute croyance. Seit funf=
sehn Tag iß vergangen keine, wo sie mik nit hab gesprenkt.
Nok gestern hab sie mik gesprenkt breimal. Je sais bien,
qu'il y avoit quelque chose de plus que le jeu. Car
parmi mes pontes se trouvoient certaines dames — Jt
will niks weiter sag. Man muß sein galant gegen die Damen.
Sie haben auf mik heut invitir, mir su geben revanche: mais
— Vous m'entendez, Mademoiselle — Man muß erst wiß,
wovon leben, ehe man haben kann, wovon su spielen. —

Das Fräulein. Ich will nicht hoffen, mein Herr —

Riccaut. Vous êtes bien bonne, Mademoiselle —

Das Fräulein (nimmt die Franziska beiseite). Franziska, der
Mann dauert mich im Ernste. Ob er mir es wohl übel
nehmen würde, wenn ich ihm etwas anböte?

Franziska. Der sieht mir nicht danach aus.

Das Fräulein. Gut! — Mein Herr, ich höre, — daß
Sie spielen, daß Sie Bank machen, ohne Zweifel an Orten,
wo etwas zu gewinnen ist. Ich muß Ihnen bekennen, daß
ich — gleichfalls das Spiel sehr liebe —

Riccaut. Tant mieux, Mademoiselle, tant mieux!
Tous les gens d'esprit aiment le jeu à la fureur.

Das Fräulein. Daß ich sehr gern gewinne, sehr gern
mein Geld mit einem Manne wage, der — zu spielen weiß. —
Wären Sie wohl geneigt, mein Herr, mich in Gesellschaft zu
nehmen? Mir einen Anteil an Ihrer Bank zu gönnen?

Riccaut. Comment, Mademoiselle, Vous voulés être
de moitié avec moi? De tout mon cœur.

Das Fräulein. Vors erste nur mit einer Kleinigkeit —
(Geht und langt Geld aus ihrer Schatulle.)

Riccaut. Ah, Mademoiselle, que Vous êtes char-
mante! —

Das Fräulein. Hier habe ich, was ich ohnlängst ge=

wonnen, nur zehn Pistolen — ich muß mich zwar schämen, so wenig —

Riccaut. Donnés toujours, Mademoiselle, donnés. (Nimmt es.)

Das Fräulein. Ohne Zweifel, daß Ihre Bank, mein Herr, sehr ansehnlich ist —

Riccaut. Ja wohl, sehr ansehnlik. Sehn Pistol? Ihr Gnad soll sein dafür interessir bei meiner Bank auf ein Dreiteil, pour le tiers. Swar auf ein Dreiteil sollen sein — etwas mehr. Dok mit einer schöne Damen muß man es nehmen nit so genau. If gratulier mif, su kommen dadurf in liaison mit Ihro Gnad, et de ce moment je recommence à bien augurer de ma fortune.

Das Fräulein. Ich kann aber nicht dabei sein, wenn Sie spielen, mein Herr.

Riccaut. Was brauf Ihro Gnad dabei su sein? Wir andern Spieler sind ehrlife Leut untereinander.

Das Fräulein. Wenn wir glücklich sind, mein Herr, so werden Sie mir meinen Anteil schon bringen. Sind wir aber unglücklich —

Riccaut. So komm if holen Rekruten. Nit wahr, Ihro Gnad?

Das Fräulein. Auf die Länge dürften die Rekruten fehlen. Verteidigen Sie unser Geld daher ja wohl, mein Herr.

Riccaut. Wofür seh mif Ihro Gnad an? Für ein Einfalspinse? für ein dumme Teuf?

Das Fräulein. Verzeihen Sie mir —

Riccaut. Je suis des Bons, Mademoiselle. Savés-vous ce que cela veut dire? If bin von die Ausgelernt —

Das Fräulein. Aber doch wohl, mein Herr —

Riccaut. Je sais monter un coup —

Das Fräulein (verwundernd). Sollten Sie?

Riccaut. Je file la carte avec une adresse —

Das Fräulein. Nimmermehr!

Riccaut. Je fais sauter la coupe avec une dextérité —

Das Fräulein. Sie werden doch nicht, mein Herr?

Riccaut. Was nit? Ihro Gnad, was nit? Donnés-moi un pigeonneau à plumer, et —

Das Fräulein. Falsch spielen? betrügen?

Riccaut. Comment, Mademoiselle? Vous appellés cela betrügen? Corriger la fortune, l'enchaîner sous ses doigts, être sûr de son fait, das nenn die Deutsch betrügen? Be-

trügen! O, was ist die deutsch Sprak für ein arm Sprak!
für ein plump Sprak!

Das Fräulein. Nein, mein Herr, wenn Sie so denken —

Riccaut. Laissés-moi faire, Mademoiselle, und sein Sie
ruhik! Was gehn Sie an, wie ik spiel? — Gnug, morgen
entweder sehn mik wieder Ihro Gnad mit hundert Pistol, oder
seh mik wieder gar nit — Votre très-humble, Mademoiselle,
votre très-humble — (Eilends ab.)

Das Fräulein (die ihm mit Erstaunen und Verdruß nachsieht). Ich
wünsche das letzte, mein Herr, das letzte!

----

3. Auftritt.

Das Fräulein. Franziska.

Franziska (erbittert). Kann ich noch reden? O schön! o
schön!

Das Fräulein. Spotte nur; ich verdiene es. (Nach einem
kleinen Nachdenken und gelassener.) Spotte nicht, Franziska; ich verdiene es nicht.

Franziska. Vortrefflich! da haben Sie etwas Allerliebstes
gethan: einem Spitzbuben wieder auf die Beine geholfen.

Das Fräulein. Es war einem Unglücklichen zugedacht.

Franziska. Und was das Beste dabei ist: der Kerl hält
Sie für seinesgleichen. — O, ich muß ihm nach und ihm
das Geld wieder abnehmen. (Will fort.)

Das Fräulein. Franziska, laß den Kaffee nicht vollends
kalt werden; schenk' ein.

Franziska. Er muß es Ihnen wiedergeben; Sie haben
sich anders besonnen; Sie wollen mit ihm nicht in Gesellschaft
spielen. Zehn Pistolen! Sie hörten ja, Fräulein, daß es ein
Bettler war! (Das Fräulein schenkt indes selbst ein.) Wer wird einem
Bettler so viel geben? Und ihm noch dazu die Erniedrigung,
es erbettelt zu haben, zu ersparen suchen? Den Mildthätigen,
der den Bettler aus Großmut verkennen will, verkennt der
Bettler wieder. Nun mögen Sie es haben, Fräulein, wenn
er Ihre Gabe, ich weiß nicht wofür ansieht. — (und reicht der
Franziska eine Tasse.) Wollen Sie mir das Blut noch mehr in
Wallung bringen? Ich mag nicht trinken. (Das Fräulein setzt sie
wieder weg.) „Parbleu, Ihro Gnad, man kenn sik hier nit auf
den Verdienst." (In dem Tone des Franzosen.) Freilich nicht, wenn
man die Spitzbuben so ungehangen herumlaufen läßt.

Das Fräulein (kalt und nachdenkend, indem sie trinkt). Mädchen, du verstehst dich so trefflich auf die guten Menschen; aber, wann willst du die schlechten ertragen lernen? — Und sie sind doch auch Menschen. — Und öfters bei weitem so schlechte Menschen nicht, als sie scheinen. — Man muß ihre gute Seite nur aufsuchen. — Ich bilde mir ein, dieser Franzose ist nichts als eitel. Aus bloßer Eitelkeit macht er sich zum falschen Spieler; er will mir nicht verbunden scheinen; er will sich den Dank ersparen. Vielleicht, daß er nun hingeht, seine kleinen Schulden bezahlt, von dem Reste, so weit er reicht, still und sparsam lebt und an das Spiel nicht denkt. Wenn das ist, liebe Franziska, so laß ihn Rekruten holen, wenn er will. — (Gibt ihr die Tasse.) Da, setz' weg! — Aber, sage mir, sollte Tellheim nicht schon da sein?

Franziska. Nein, gnädiges Fräulein; ich kann beides nicht, weder an einem schlechten Menschen die gute, noch an einem guten Menschen die böse Seite aufsuchen.

Das Fräulein. Er kömmt doch ganz gewiß? —

Franziska. Er sollte wegbleiben! — Sie bemerken an ihm, an ihm, dem besten Manne, ein wenig Stolz, und darum wollen Sie ihn so grausam necken?

Das Fräulein. Kömmst du da wieder hin? — Schweig; das will ich nun einmal so. Wo du mir diese Lust verdirbst, wo du nicht alles sagst und thust, wie wir es abgeredet haben; — Ich will dich schon allein mit ihm lassen, und dann — — Jetzt kömmt er wohl.

---

4. Auftritt.

Paul Werner (der in einer steifen Stellung, gleichsam im Dienste, hereintritt).
Das Fräulein. Franziska.

Franziska. Nein, es ist nur sein lieber Wachtmeister.

Das Fräulein. Lieber Wachtmeister? Auf wen bezieht sich dieses Lieber?

Franziska. Gnädiges Fräulein, machen Sie mir den Mann nicht verwirrt. — Ihre Dienerin, Herr Wachtmeister; was bringen Sie uns?

Werner (geht, ohne auf die Franziska zu achten, an das Fräulein). Der Major von Tellheim läßt an das gnädige Fräulein von Barn= helm durch mich, den Wachtmeister Werner, seinen unterthänigen Respekt vermelden und sagen, daß er sogleich hier sein werde.

Das Fräulein. Wo bleibt er denn?

Werner. Jhro Gnaden werden verzeihen; wir sind noch vor dem Schlage drei aus dem Quartier gegangen; aber da hat ihn der Kriegszahlmeister unterwegens angeredet; und weil mit dergleichen Herrn des Redens immer kein Ende ist, so gab er mir einen Wink, dem gnädigen Fräulein den Vorfall zu rapportieren.

Das Fräulein. Recht wohl, Herr Wachtmeister. Ich wünsche nur, daß der Kriegszahlmeister dem Major etwas Angenehmes möge zu sagen haben.   .

Werner. Das haben dergleichen Herren den Offizieren selten. — Haben Jhro Gnaden etwas zu befehlen? (Im Begriff, wieder zu gehen.)

Franziska. Nun, wo denn schon wieder hin, Herr Wacht= meister? Hätten wir denn nichts miteinander zu plaudern?

Werner (sachte zu Franziska und ernsthaft). Hier nicht, Frauen= zimmerchen. Es ist wider den Respekt, wider die Subordina= tion. — Gnädiges Fräulein —

Das Fräulein. Jch danke für Seine Bemühung, Herr Wachtmeister. — Es ist mir lieb gewesen, Jhn kennen zu lernen. Franziska hat mir viel Gutes von Jhm gesagt. (Werner macht eine steife Verbeugung und geht ab.)

---

5. Auftritt.

Das Fräulein. Franziska.

Das Fräulein. Das ist dein Wachtmeister, Franziska?

Franziska. Wegen des spöttischen Tones habe ich nicht Zeit, dieses Dein nochmals aufzumutzen. — — Ja, gnädiges Fräulein, das ist mein Wachtmeister. Sie finden ihn ohne Zweifel ein wenig steif und hölzern. Jetzt kam er mir fast auch so vor. Aber ich merke wohl, er glaubte, vor Jhro Gnaden auf die Parade ziehen zu müssen. Und wenn die Soldaten parabieren, — ja freilich scheinen sie da mehr Drechsler= puppen als Männer. Sie sollten ihn hingegen nur sehn und hören, wenn er sich selbst gelassen ist.

Das Fräulein. Das müßte ich denn wohl.

Franziska. Er wird noch auf dem Saale sein. Darf ich nicht gehn und ein wenig mit ihm plaudern?

Das Fräulein. Jch versage dir ungern dieses Vergnügen. Du mußt hier bleiben, Franziska. Du mußt bei unsrer Unterredung gegenwärtig sein! — Es fällt mir noch etwas bei. (Sie zieht ihren Ring vom Finger.) Da, nimm meinen Ring, verwahre ihn und gib mir des Majors seinen dafür.

Franziska. Warum das?

Das Fräulein (indem Franziska den andern Ring holt). Recht weiß ich es selbst nicht; aber mich dünkt, ich sehe so etwas voraus, wo ich ihn brauchen könnte. — Man pocht. — Geschwind gib her! (Sie steckt ihn an.) Er ist's!

---

6. Auftritt.

v. Tellheim (in dem nämlichen Kleide, aber sonst so, wie es Franziska verlangt). Das Fräulein. Franziska.

v. Tellheim. Gnädiges Fräulein, Sie werden mein Verweilen entschuldigen. —

Das Fräulein. O, Herr Major, so gar militärisch wollen wir es miteinander nicht nehmen. Sie sind ja da! Und ein Vergnügen erwarten ist auch ein Vergnügen. — Nun? (indem sie ihm lächelnd ins Gesicht sieht) lieber Tellheim, waren wir nicht vorhin Kinder?

v. Tellheim. Ja wohl, Kinder, gnädiges Fräulein, Kinder, die sich sperren, wo sie gelassen folgen sollten.

Das Fräulein. Wir wollen ausfahren, lieber Major, — die Stadt ein wenig zu besehen, — und hernach meinem Oheim entgegen.

v. Tellheim. Wie?

Das Fräulein. Sehen Sie, auch das Wichtigste haben wir einander noch nicht sagen können. Ja, er trifft noch heut hier ein. Ein Zufall ist schuld, daß ich einen Tag früher ohne ihn angekommen bin.

v. Tellheim. Der Graf von Bruchsall? Ist er zurück?

Das Fräulein. Die Unruhen des Krieges verscheuchten ihn nach Italien; der Friede hat ihn wieder zurückgebracht. — Machen Sie sich keine Gedanken, Tellheim. Besorgten wir schon ehemals das stärkste Hindernis unserer Verbindung von seiner Seite —

v. Tellheim. Unserer Verbindung?

Das Fräulein. Er ist Ihr Freund. Er hat von zu vielen zu viel Gutes von Ihnen gehört, um es nicht zu sein. Er brennet, den Mann von Antlitz zu kennen, den seine einzige Erbin gewählt hat. Er kömmt als Oheim, als Vormund, als Vater, mich Ihnen zu übergeben.

v. Tellheim. Ah, Fräulein, warum haben Sie meinen Brief nicht gelesen? Warum haben Sie ihn nicht lesen wollen?

Das Fräulein. Ihren Brief? Ja, ich erinnere mich, Sie schickten mir einen. Wie war es denn mit diesem Briefe, Franziska? Haben wir ihn gelesen, oder haben wir ihn nicht gelesen? Was schrieben Sie mir denn, lieber Tellheim? —

v. Tellheim. Nichts, als was mir die Ehre befiehlt.

Das Fräulein. Das ist, ein ehrliches Mädchen, die Sie liebt, nicht sitzen zu lassen. Freilich befiehlt das die Ehre. Gewiß, ich hätte den Brief lesen sollen. Aber was ich nicht gelesen habe, das höre ich ja.

v. Tellheim. Ja, Sie sollen es hören —

Das Fräulein. Nein, ich brauch' es auch nicht einmal zu hören. Es versteht sich von selbst. Sie könnten eines so häßlichen Streiches fähig sein, daß Sie mich nun nicht wollten? Wissen Sie, daß ich auf Zeit meines Lebens beschimpft wäre? Meine Landsmänninnen würden mit Fingern auf mich weisen. — „Das ist sie," würde es heißen, „das ist das Fräulein von Barnhelm, die sich einbildete, weil sie reich sei, den wackern Tellheim zu bekommen: als ob die wackern Männer für Geld zu haben wären!" So würde es heißen, denn meine Landsmänninnen sind alle neidisch auf mich. Daß ich reich bin, können sie nicht leugnen; aber davon wollen sie nichts wissen, daß ich auch sonst noch ein ziemlich gutes Mädchen bin, das seines Mannes wert ist. Nicht wahr, Tellheim?

v. Tellheim. Ja, ja, gnädiges Fräulein, daran erkenne ich Ihre Landsmänninnen. Sie werden Ihnen einen abgedankten, an seiner Ehre gekränkten Offizier, einen Krüppel, einen Bettler, trefflich beneiden.

Das Fräulein. Und das alles wären Sie? Ich hörte so was, wenn ich mich nicht irre, schon heute vormittage. Da ist Böses und Gutes untereinander. Lassen Sie uns doch jedes näher beleuchten. — Verabschiedet sind Sie? So höre ich. Ich glaubte, Ihr Regiment sei bloß untergesteckt worden, wie ist es gekommen, daß man einen Mann von Ihren Verdiensten nicht beibehalten?

v. Tellheim. Es ist gekommen, wie es kommen müssen. Die Großen haben sich überzeugt, daß ein Soldat aus Neigung für sie ganz wenig, aus Pflicht nicht viel mehr, aber alles seiner eignen Ehre wegen thut. Was können sie ihm also schuldig zu sein glauben? Der Friede hat ihnen mehrere

meines gleichen entbehrlich gemacht; und am Ende ist ihnen
niemand unentbehrlich).

Das Fräulein. Sie sprechen, wie ein Mann sprechen
muß, dem die Großen hinwiederum sehr entbehrlich sind. Und
niemals waren sie es mehr als jetzt. Ich sage den Großen
meinen großen Dank, daß sie ihre Ansprüche auf einen Mann
haben fahren lassen, den ich doch nur sehr ungern mit ihnen
geteilet hätte. — Ich bin Ihre Gebieterin, Tellheim; Sie
brauchen weiter keinen Herrn. — Sie verabschiedet zu finden,
das Glück hätte ich mir kaum träumen lassen! — Doch Sie
sind nicht bloß verabschiedet: Sie sind noch mehr. Was sind
Sie noch mehr? Ein Krüppel, sagten Sie: Nun, (indem sie ihn
von oben bis unten betrachtet) der Krüppel ist doch noch ziemlich ganz
und gerade, scheinet doch noch ziemlich gesund und stark. —
Lieber Tellheim, wenn Sie auf den Verlust Ihrer gesunden
Gliedmaßen betteln zu gehen denken, so prophezeie ich Ihnen,
daß Sie vor den wenigsten Thüren etwas bekommen werden,
ausgenommen vor den Thüren der gutherzigen Mädchen
wie ich.

v. Tellheim. Jetzt höre ich nur das mutwillige Mädchen,
liebe Minna.

Das Fräulein. Und ich höre in Ihrem Verweise nur das
„liebe Minna". — Ich will nicht mehr mutwillig sein. Denn
ich besinne mich, daß Sie allerdings ein kleiner Krüppel sind.
Ein Schuß hat Ihnen den rechten Arm ein wenig gelähmt.
— Doch, alles wohl überlegt, so ist auch das so schlimm nicht.
Um so viel sicherer bin ich vor Ihren Schlägen.

v. Tellheim. Fräulein!

Das Fräulein. Sie wollen sagen: aber Sie um so viel
weniger vor meinen. Nun, nun, lieber Tellheim, ich hoffe,
Sie werden es nicht dazu kommen lassen.

v. Tellheim. Sie wollen lachen, mein Fräulein. Ich
beklage nur, daß ich nicht mitlachen kann.

Das Fräulein. Warum nicht? Was haben Sie denn
gegen das Lachen? Kann man denn auch nicht lachend sehr
ernsthaft sein? Lieber Major, das Lachen erhält uns vernünftiger
als der Verdruß. Der Beweis liegt vor uns. Ihre lachende
Freundin beurteilt Ihre Umstände weit richtiger als Sie selbst.
Weil Sie verabschiedet sind, nennen Sie sich an Ihrer Ehre
gekränkt; weil Sie einen Schuß in dem Arme haben, machen
Sie sich zu einem Krüppel. Ist das so recht? Ist das keine
Uebertreibung? Und ist es meine Einrichtung, daß alle Ueber=

treibungen des Lächerlichen so fähig sind? Ich wette, wenn
ich Ihren Bettler nun vernehme, daß auch dieser ebensowenig
Stich halten wird. Sie werden einmal, zweimal, dreimal
Ihre Equipage verloren haben; bei dem oder jenem Bankier
werden einige Kapitale jetzt mit schwinden; Sie werden diesen
und jenen Vorschuß, den Sie im Dienste gethan, keine Hoffnung
haben wieder zu erhalten: aber sind Sie darum ein Bettler?
Wenn Ihnen auch nichts übrig geblieben ist, als was mein
Oheim für Sie mitbringt —

v. Tellheim. Ihr Oheim, gnädiges Fräulein, wird für
mich nichts mitbringen.

Das Fräulein. Nichts als die zweitausend Pistolen, die
Sie unsern Ständen so großmütig vorschossen.

v. Tellheim. Hätten Sie doch nur meinen Brief gelesen,
gnädiges Fräulein!

Das Fräulein. Nun ja, ich habe ihn gelesen. Aber was
ich über diesen Punkt darin gelesen, ist mir ein wahres Rätsel.
Unmöglich kann man Ihnen aus einer edlen Handlung ein
Verbrechen machen wollen. — Erklären Sie mir doch, lieber
Major —

v. Tellheim. Sie erinnern sich, gnädiges Fräulein, daß
ich Ordre hatte, in den Aemtern Ihrer Gegend die Kontribution
mit der äußersten Strenge bar beizutreiben. Ich wollte mir diese
Strenge ersparen und schoß die fehlende Summe selbst vor. —

Das Fräulein. Ja wohl erinnere ich mich. — Ich liebte
Sie um dieser That willen, ohne Sie noch gesehen zu haben.

v. Tellheim. Die Stände gaben mir ihren Wechsel, und
diesen wollte ich bei Zeichnung des Friedens unter die zu
ratihabierende Schulden eintragen lassen. Der Wechsel ward
für gültig erkannt, aber mir ward das Eigentum desselben
streitig gemacht. Man zog spöttisch das Maul, als ich versicherte, die Valute bar hergegeben zu haben. Man erklärte
ihn für eine Bestechung, für das Gratial der Stände, weil
ich so bald mit ihnen auf die niedrigste Summe einig geworden
war, mit der ich mich nur im äußersten Notfalle zu begnügen
Vollmacht hatte. So kam der Wechsel aus meinen Händen,
und wenn er bezahlt wird, wird er sicherlich nicht an mich
bezahlt. — Hierdurch, mein Fräulein, halte ich meine Ehre
für gekränkt, nicht durch den Abschied, den ich gefordert haben
würde, wenn ich ihn nicht bekommen hätte. — Sie sind ernsthaft, mein Fräulein? Warum lachen Sie nicht? Ha, ha, ha!
Ich lache ja.

Das Fräulein. O, ersticken Sie dieses Lachen, Tellheim!
Ich beschwöre Sie! Es ist das schreckliche Lachen des Menschen=
hasses! Nein, Sie sind der Mann nicht, den eine gute That
reuen kann, weil sie üble Folgen für ihn hat. Nein, unmög=
lich können diese üble Folgen dauern! Die Wahrheit muß
an den Tag kommen. Das Zeugnis meines Oheims, aller
unsrer Stände —

v. Tellheim. Ihres Oheims! Ihrer Stände! Ha, ha, ha!

Das Fräulein. Ihr Lachen tötet mich, Tellheim! Wenn
Sie an Tugend und Vorsicht glauben, Tellheim, so lachen Sie
so nicht! Ich habe nie fürchterlicher fluchen hören, als Sie
lachen. — Und lassen Sie uns das Schlimmste setzen! Wenn
man Sie hier durchaus verkennen will, so kann man Sie bei
uns nicht verkennen. Nein, wir können, wir werden Sie nicht
verkennen, Tellheim. Und wenn unsere Stände die geringste
Empfindung von Ehre haben, so weiß ich, was sie thun müssen.
Doch ich bin nicht klug; was wäre das nötig? Bilden Sie sich
ein, Tellheim, Sie hätten die zweitausend Pistolen an einem
wilden Abende verloren. Der König war eine unglückliche
Karte für Sie: die Dame (auf sich weisend) wird Ihnen desto
günstiger sein. — Die Vorsicht, glauben Sie mir, hält den
ehrlichen Mann immer schadlos, und öfters schon im voraus.
Die That, die Sie einmal um zweitausend Pistolen bringen
sollte, erwarb mich Ihnen. Ohne diese That würde ich nie
begierig gewesen sein, Sie kennen zu lernen. Sie wissen, ich
kam uneingeladen in die erste Gesellschaft, wo ich Sie zu
finden glaubte. Ich kam bloß Ihrentwegen. Ich kam in dem
festen Vorsatze, Sie zu lieben, — ich liebte Sie schon! — in
dem festen Vorsatze, Sie zu besitzen, wenn ich Sie auch so
schwarz und häßlich finden sollte als den Mohr von Venedig.
Sie sind so schwarz und häßlich nicht; auch so eifersüchtig
werden Sie nicht sein. Aber Tellheim, Tellheim, Sie haben
doch noch viel Aehnliches mit ihm! O, über die wilden, un=
biegsamen Männer, die nur immer ihr stieres Auge auf das
Gespenst der Ehre heften! für alles andere Gefühl sich ver=
härten! — Hierher Ihr Auge! auf mich, Tellheim! (Der indes
vertieft und unbeweglich mit starren Augen immer auf eine Stelle gesehen.) Woran
denken Sie? Sie hören mich nicht?

v. Tellheim (zerstreut). O ja! Aber sagen Sie mir doch,
mein Fräulein, wie kam der Mohr in venetianische Dienste?
Hatte der Mohr kein Vaterland? Warum vermietete er seinen
Arm und sein Blut einem fremden Staate? —

Das Fräulein (erschrocken). Wo sind Sie, Tellheim? — Nun ist es Zeit, daß wir abbrechen. — Kommen Sie! (Indem sie ihn bei der Hand ergreift.) — Franziska, laß den Wagen vorfahren.

v. Tellheim (der sich von dem Fräulein losreißt und der Franziska nachgeht). Nein, Franziska, ich kann nicht die Ehre haben, das Fräulein zu begleiten. — Mein Fräulein, lassen Sie mir noch heute meinen gesunden Verstand und beurlauben Sie mich. Sie sind auf dem besten Wege, mich darum zu bringen. Ich stemme mich, so viel ich kann. — Aber weil ich noch bei Verstande bin, so hören Sie, mein Fräulein, was ich fest beschlossen habe, wovon mich nichts in der Welt abbringen soll. — Wenn nicht noch ein glücklicher Wurf für mich im Spiele ist, wenn sich das Blatt nicht völlig wendet, wenn —

Das Fräulein. Ich muß Ihnen ins Wort fallen, Herr Major. — Das hätten wir ihm gleich sagen sollen, Franziska. Du erinnerst mich auch an gar nichts. — Unser Gespräch würde ganz anders gefallen sein, Tellheim, wenn ich mit der guten Nachricht angefangen hätte, die Ihnen der Chevalier de la Marliniere nur eben zu bringen kam.

v. Tellheim. Der Chevalier de la Marliniere? Wer ist das?

Franziska. Es mag ein ganz guter Mann sein, Herr Major, bis auf —

Das Fräulein. Schweig, Franziska! — Gleichfalls ein verabschiedeter Offizier, der aus holländischen Diensten —

v. Tellheim. Ha! der Lieutenant Riccaut!

Das Fräulein. Er versicherte, daß er Ihr Freund sei.

v. Tellheim. Ich versichere, daß ich seiner nicht bin.

Das Fräulein. Und daß ihm, ich weiß nicht welcher Minister vertraut habe, Ihre Sache sei dem glücklichsten Ausgange nahe. Es müsse ein königliches Handschreiben an Sie unterwegens sein. —

v. Tellheim. Wie kämen Riccaut und ein Minister zusammen? — Etwas zwar muß in meiner Sache geschehen sein. Denn nur jetzt erklärte mir der Kriegszahlmeister, daß der König alles niedergeschlagen habe, was wider mich urgieret worden, und daß ich mein schriftlich gegebenes Ehrenwort, nicht eher von hier zu gehen, als bis man mich völlig entladen habe, wieder zurücknehmen könne. — Das wird es aber auch alles sein. Man wird mich wollen laufen lassen. Allein man irrt sich; ich werde nicht laufen. Eher soll mich hier das äußerste Elend vor den Augen meiner Verleumder verzehren —

Das Fräulein. Hartnäckiger Mann!

v. Tellheim. Ich brauche keine Gnade; ich will Gerechtig=
keit. Meine Ehre —

Das Fräulein. Die Ehre eines Mannes wie Sie —

v. Tellheim (hitzig). Nein, mein Fräulein, Sie werden von
allen Dingen recht gut urteilen können, nur hierüber nicht.
Die Ehre ist nicht die Stimme unsers Gewissens, nicht das
Zeugnis weniger Rechtschaffnen —

Das Fräulein. Nein, nein, ich weiß wohl. — Die Ehre
ist — die Ehre.

v. Tellheim. Kurz, mein Fräulein, — Sie haben mich
nicht ausreden lassen. — Ich wollte sagen: wenn man mir
das Meinige so schimpflich vorenthält, wenn meiner Ehre nicht
die vollkommenste Genugtuung geschieht, so kann ich, mein
Fräulein, der Ihrige nicht sein. Denn ich bin es in den
Augen der Welt nicht wert, zu sein. Das Fräulein von Barn=
helm verdienet einen unbescholtenen Mann. Es ist eine nichts=
würdige Liebe, die kein Bedenken trägt, ihren Gegenstand der
Verachtung auszusetzen. Es ist ein nichtswürdiger Mann,
der sich nicht schämet, sein ganzes Glück einem Frauenzimmer
zu verdanken, dessen blinde Zärtlichkeit —

Das Fräulein. Und das ist Ihr Ernst, Herr Major? —
(Indem sie ihm plötzlich den Rücken wendet.) Franziska?

v. Tellheim. Werden Sie nicht ungehalten, mein Fräu=
lein —

Das Fräulein (beiseite zu Franziska). Jetzt wäre es Zeit!
Was rätst du mir, Franziska? —

Franziska. Ich rate nichts. Aber freilich macht er es
Ihnen ein wenig zu bunt. —

v. Tellheim (der sie zu unterbrechen kömmt). Sie sind ungehalten,
mein Fräulein —

Das Fräulein (höhnisch). Ich? im geringsten nicht.

v. Tellheim. Wenn ich Sie weniger liebte, mein Fräu=
lein —

Das Fräulein (noch in diesem Tone). O gewiß, es wäre mein
Unglück! — Und sehen Sie, Herr Major, ich will Ihr Un=
glück auch nicht. — Man muß ganz uneigennützig lieben. —
Ebenso gut, daß ich nicht offenherziger gewesen bin! Vielleicht
würde mir Ihr Mitleid gewähret haben, was mir Ihre Liebe
versagt. — (Indem sie den Ring langsam vom Finger zieht.)

v. Tellheim. Was meinen Sie damit, Fräulein?

Das Fräulein. Nein, keines muß das andere weder

glücklicher noch unglücklicher machen. So will es die wahre Liebe! Ich glaube Ihnen, Herr Major; und Sie haben zu viel Ehre, als daß Sie die Liebe verkennen sollten.

v. Tellheim. Spotten Sie, mein Fräulein?

Das Fräulein. Hier! Nehmen Sie den Ring wieder zurück, mit dem Sie mir Ihre Treue verpflichtet. (Ueberreicht ihm den Ring.) Es sei drum! Wir wollen einander nicht gekannt haben.

v. Tellheim. Was höre ich?

Das Fräulein. Und das befremdet Sie? — Nehmen Sie, mein Herr. — Sie haben sich doch wohl nicht bloß gezieret?

v. Tellheim (indem er den Ring aus ihrer Hand nimmt). Gott! so kann Minna sprechen! —

Das Fräulein. Sie können der Meinige in einem Falle nicht sein; ich kann die Ihrige in keinem sein. Ihr Unglück ist wahrscheinlich; meines ist gewiß. — Leben Sie wohl! (Will fort.)

v. Tellheim. Wohin, liebste Minna?

Das Fräulein. Mein Herr, Sie beschimpfen mich jetzt mit dieser vertraulichen Benennung.

v. Tellheim. Was ist Ihnen, mein Fräulein? Wohin?

Das Fräulein. Lassen Sie mich. — Meine Thränen vor Ihnen zu verbergen, Verräter! (Geht ab.)

---

7. Auftritt.

v. Tellheim. Franziska.

v. Tellheim. Ihre Thränen? Und ich sollte sie lassen? (Will ihr nach.)

Franziska (die ihn zurückhält). Nicht doch, Herr Major! Sie werden ihr ja nicht in ihr Schlafzimmer folgen wollen?

v. Tellheim. Ihr Unglück? Sprach sie nicht von Unglück?

Franziska. Nun freilich: das Unglück, Sie zu verlieren, nachdem —

v. Tellheim. Nachdem? was nachdem? Hierhinter steckt mehr. Was ist es, Franziska? Rede, sprich —

Franziska. Nachdem sie, wollte ich sagen, — Ihnen so vieles aufgeopfert.

v. Tellheim. Mir aufgeopfert?

Franziska. Hören Sie nur kurz. — Es ist — für Sie recht gut, Herr Major, daß Sie auf diese Art von ihr losgekommen sind. — Warum soll ich es Ihnen nicht sagen? Es kann doch länger kein Geheimnis bleiben. — Wir sind entflohen! — Der Graf von Bruchsall hat das Fräulein ent= erbt, weil sie keinen Mann von seiner Hand annehmen wollte. Alles verließ, alles verachtete sie hierauf. Was sollten wir thun? Wir entschlossen uns, denjenigen aufzusuchen, dem wir —

v. Tellheim. Ich habe genug. — Komm, ich muß mich zu ihren Füßen werfen.

Franziska. Was denken Sie? Gehen Sie vielmehr und danken Ihrem guten Geschicke —

v. Tellheim. Elende! für wen hältst du mich? — Nein, liebe Franziska, der Rat kam nicht aus deinem Herzen. Ver= gib meinem Unwillen!

Franziska. Halten Sie mich nicht länger auf. Ich muß sehen, was sie macht. Wie leicht könnte ihr etwas zugestoßen sein. — Gehen Sie! Kommen Sie lieber wieder, wenn Sie wieder kommen wollen.   (Geht dem Fräulein nach.)

---

8. Auftritt.

v. Tellheim. Aber Franziska! — O, ich erwarte euch hier! — Nein, das ist dringender! — Wenn sie Ernst sieht, kann mir ihre Vergebung nicht entstehen. — Nun brauch' ich dich, ehrlicher Werner! — Nein, Minna, ich bin kein Ver= räter!   (Eilends ab.)

Fünfter Aufzug.

1. Auftritt.

Die Szene: der Saal.

v. Tellheim von der einen und Werner von der andern Seite.

v. Tellheim. Ha, Werner! ich suche dich überall. Wo steckst du?

Werner. Und ich habe Sie gesucht, Herr Major; so geht's mit dem Suchen. — Ich bringe Ihnen gar eine gute Nachricht.

v. Tellheim. Ah, ich brauche jetzt nicht deine Nachrichten, ich brauche dein Geld. Geschwind, Werner, gib mir, so viel du hast, und dann suche so viel aufzubringen, als du kannst.

Werner. Herr Major? — Nun, bei meiner armen Seele, habe ich's doch gesagt: er wird Geld von mir borgen, wenn er selber welches zu verleihen hat.

v. Tellheim. Du suchst doch nicht Ausflüchte?

Werner. Damit ich ihm nichts vorzuwerfen habe, so nimmt er mir's mit der Rechten und gibt mir's mit der Linken wieder.

v. Tellheim. Halte mich nicht auf, Werner! — Ich habe den guten Willen, dir es wieder zu geben; aber wann und wie? — das weiß Gott!

Werner. Sie wissen es also noch nicht, daß die Hof= staatskasse Ordre hat, Ihnen Ihre Gelder zu bezahlen? Eben erfuhr ich es bei —

v. Tellheim. Was plauderst du? Was lässest du dir weis machen? Begreifst du denn nicht, daß, wenn es wahr wäre, ich es doch wohl am ersten wissen müßte? — Kurz, Werner, Geld! Geld!

Werner. Je nu, mit Freuden! hier ist was! — Das sind die hundert Louisdor, und das die hundert Dukaten. — (Gibt ihm beides.)

v. Tellheim. Die hundert Louisdor, Werner, geh und bringe Justen. Er soll sogleich den Ring wieder einlösen, den er heute früh versetzt hat. — Aber wo wirst du mehr hernehmen, Werner? — Ich brauche weit mehr.

Werner. Dafür lassen Sie mich sorgen. — Der Mann, der mein Gut gekauft hat, wohnt in der Stadt. Der Zahlungs= termin wäre zwar erst in vierzehn Tagen; aber das Geld liegt parat, und ein halb Prozentchen Abzug —

v. Tellheim. Nun ja, lieber Werner! — Siehst du, daß ich meine einzige Zuflucht zu dir nehme? — Ich muß dir auch alles vertrauen. Das Fräulein hier, — du hast sie gesehn, — ist unglücklich —

Werner. O Jammer!

v. Tellheim. Aber morgen ist sie meine Frau —

Werner. O Freude!

v. Tellheim. Und übermorgen geh' ich mit ihr fort. Ich darf fort; ich will fort. Lieber hier alles im Stiche gelassen! Wer weiß, wo mir sonst ein Glück aufgehoben ist. Wenn du willst, Werner, so komm mit. Wir wollen wieder Dienste nehmen.

Werner. Wahrhaftig? — Aber doch wo's Krieg gibt, Herr Major?

v. Tellheim. Wo sonst? — Geh, lieber Werner, wir sprechen davon weiter.

Werner. O Herzensmajor! — Uebermorgen? Warum nicht lieber morgen? — Ich will schon alles zusammenbringen. — In Persien, Herr Major, gibt's einen trefflichen Krieg; was meinen Sie?

v. Tellheim. Wir wollen das überlegen; geh nur, Werner! —

Werner. Juchhe! es lebe der Prinz Heraklius! (Geht ab.)

----

2. Auftritt.

v. Tellheim.

Wie ist mir? — Meine ganze Seele hat neue Trieb= federn bekommen. Mein eignes Unglück schlug mich nieder, machte mich ärgerlich, kurzsichtig, schüchtern, lässig; ihr Unglück hebt mich empor: ich sehe wieder frei um mich und fühle mich willig und stark, alles für sie zu unternehmen — Was ver= weile ich? (Will nach dem Zimmer des Fräuleins, aus dem ihm Franziska entgegen kömmt.)

----

3. Auftritt.

Franziska. v. Tellheim.

Franziska. Sind Sie es doch? — Es war mir, als ob ich Ihre Stimme hörte. — Was wollen Sie, Herr Major?

v. Tellheim. Was ich will? — Was macht dein Fräu= lein? — Komm! —

Franziska. Sie will den Augenblick ausfahren.

v. Tellheim. Und allein? ohne mich? wohin?

Franziska. Haben Sie vergessen, Herr Major? —

v. Tellheim. Bist du nicht klug, Franziska? — Ich habe sie gereizt, und sie ward empfindlich: ich werde sie um Vergebung bitten, und sie wird mir vergeben.

Franziska. Wie? — Nachdem Sie den Ring zurück= genommen, Herr Major?

v. Tellheim. Ha! — das that ich in der Betäubung. — Jetzt denk' ich erst wieder an den Ring. — Wo habe ich ihn hingesteckt? — (Er sucht ihn.) Hier ist er.

Franziska. Ist er das? (Indem er ihn wieder einstedt, beiseite.) Wenn er ihn doch genauer besehen wollte!

v. Tellheim. Sie drang mir ihn auf mit einer Bitter=keit — Ich habe diese Bitterkeit schon vergessen. Ein volles Herz kann die Worte nicht wägen. — Aber sie wird sich auch keinen Augenblick weigern, den Ring wieder anzunehmen. — Und habe ich nicht noch ihren?

Franziska. Den erwartet sie dafür zurück. — Wo haben Sie ihn denn, Herr Major? Zeigen Sie mir ihn doch.

v. Tellheim (etwas verlegen). Ich habe — ihn anzustecken vergessen — Just — Just wird mir ihn gleich nachbringen.

Franziska. Es ist wohl einer ziemlich wie der andere; lassen Sie mich doch diesen sehen; ich sehe so was gar zu gern.

v. Tellheim. Ein andermal, Franziska. Jetzt komm —

Franziska (beiseite). Er will sich durchaus nicht aus seinem Irrtume bringen lassen.

v. Tellheim. Was sagst du? Irrtume?

Franziska. Es ist ein Irrtum, sag' ich, wenn Sie meinen, daß das Fräulein doch noch eine gute Partie sei. Ihr eignes Vermögen ist gar nicht beträchtlich; durch ein wenig eigen=nützige Rechnungen können es ihr die Vormünder völlig zu Wasser machen. Sie erwartete alles von dem Oheim; aber dieser grausame Oheim —

v. Tellheim. Laß ihn doch! — Bin ich nicht Manns genug, ihr einmal alles zu ersetzen? —

Franziska. Hören Sie? Sie klingelt; ich muß hinein.

v. Tellheim. Ich gehe mit dir.

Franziska. Um des Himmels willen nicht! Sie hat mir ausdrücklich verboten, mit Ihnen zu sprechen. Kommen Sie wenigstens mir erst nach. — (Geht herein.)

---

4. Auftritt.

v. Tellheim (ihr nachrufend). Melde mich ihr! — Sprich für mich, Franziska! — Ich folge dir sogleich! — Was werde ich ihr sagen? — Wo das Herz reden darf, braucht es keiner Vorbereitung. — Das einzige möchte eine studierte Wendung bedürfen: ihre Zurückhaltung, ihre Bedenklichkeit, sich als unglücklich in meine Arme zu werfen; ihre Beflissen=heit, mir ein Glück vorzuspiegeln, das sie durch mich verloren hat. Dieses Mißtrauen in meine Ehre, in ihren eignen Wert vor ihr selbst zu entschuldigen, vor ihr selbst — Vor mir ist es schon entschuldiget! — Ha! hier kömmt sie. —

5. Auftritt.

Das Fräulein. Franziska. v. Tellheim.

Das Fräulein (im Heraustreten, als ob sie den Major nicht gewahr würde). Der Wagen ist doch vor der Thüre, Franziska? — Meinen Fächer! —

v. Tellheim (auf sie zu). Wohin, mein Fräulein?

Das Fräulein (mit einer affektierten Kälte). Aus, Herr Major. — Ich errate, warum Sie sich nochmals her bemühet haben: mir auch meinen Ring wieder zurück zu geben. — Wohl, Herr Major; haben Sie nur die Güte, ihn der Franziska einzuhändigen. — Franziska, nimm dem Herrn Major den Ring ab! — Ich habe keine Zeit zu verlieren. (Will fort.)

v. Tellheim (ihr in den Weg tretend). Mein Fräulein! — Ah, was habe ich erfahren, mein Fräulein! Ich war so vieler Liebe nicht wert.

Das Fräulein. So, Franziska? Du hast dem Herrn Major — —

Franziska. Alles entdeckt.

v. Tellheim. Zürnen Sie nicht auf mich, mein Fräulein. Ich bin kein Verräter. Sie haben um mich in den Augen der Welt viel verloren, aber nicht in meinen. In meinen Augen haben Sie unendlich durch diesen Verlust gewonnen. Er war Ihnen noch zu neu; Sie fürchteten, er möchte einen allzu nachteiligen Eindruck auf mich machen; Sie wollten mir ihn vors erste verbergen. Ich beschwere mich nicht über dieses Mißtrauen. Es entsprang aus dem Verlangen, mich zu erhalten. Dieses Verlangen ist mein Stolz! Sie fanden mich selbst unglücklich, und Sie wollten Unglück nicht mit Unglück häufen. Sie konnten nicht vermuten, wie sehr mich Ihr Unglück über das meinige hinaussetzen würde.

Das Fräulein. Alles recht gut, Herr Major! Aber es ist nun einmal geschehen. Ich habe Sie Ihrer Verbindlichkeit erlassen; Sie haben durch Zurücknehmung des Ringes —

v. Tellheim. In nichts gewilliget! — Vielmehr halte ich mich jetzt für gebundener als jemals. — Sie sind die Meinige, Minna, auf ewig die Meinige. (Zieht den Ring heraus.) Hier,

empfangen Sie es zum zweitenmal, das Unterpfand meiner
Treue —

Das Fräulein. Ich diesen Ring wieder nehmen? diesen Ring?

v. Tellheim. Ja, liebste Minna, ja!

Das Fräulein. Was muten Sie mir zu? diesen Ring?

v. Tellheim. Diesen Ring nahmen Sie das erste Mal
aus meiner Hand, als unser beider Umstände einander gleich
und glücklich waren. Sie sind nicht mehr glücklich, aber
wiederum einander gleich. Gleichheit ist immer das festeste
Band der Liebe. — Erlauben Sie, liebste Minna! — (Ergreift
ihre Hand, um ihr den Ring anzustecken.)

Das Fräulein. Wie? mit Gewalt, Herr Major? —
Nein, da ist keine Gewalt in der Welt, die mich zwingen soll,
diesen Ring wieder anzunehmen! — — Meinen Sie etwa,
daß es mir an einem Ringe fehlt? — O, Sie sehen ja wohl
(auf ihren Ring zeigend), daß ich hier noch einen habe, der Ihrem
nicht das Geringste nachgibt? —

Franziska. Wenn er es noch nicht merkt! —

v. Tellheim (indem er die Hand des Fräuleins fahren läßt). Was
ist das? — Ich sehe das Fräulein von Barnhelm, aber ich
höre es nicht. — Sie zieren sich, mein Fräulein. — Vergeben Sie, daß ich Ihnen dieses Wort nachbrauche.

Das Fräulein (in ihrem wahren Tone). Hat Sie dieses Wort
beleidiget, Herr Major?

v. Tellheim. Es hat mir weh gethan.

Das Fräulein (gerührt). Das sollte es nicht, Tellheim. —
Verzeihen Sie mir, Tellheim.

v. Tellheim. Ha, dieser vertrauliche Ton sagt mir, daß
Sie wieder zu sich kommen, mein Fräulein, daß Sie mich
noch lieben, Minna. —

Franziska (herausplatzend). Bald wäre der Spaß auch zu
weit gegangen.

Das Fräulein (gebieterisch). Ohne dich in unser Spiel zu
mengen, Franziska, wenn ich bitten darf!

Franziska (beiseite und betroffen). Noch nicht genug?

Das Fräulein. Ja, mein Herr, es wäre weibliche Eitelkeit, mich kalt und höhnisch zu stellen. Weg damit! Sie verdienen es, mich ebenso wahrhaft zu finden, als Sie selbst
sind. — Ich liebe Sie noch, Tellheim, ich liebe Sie noch;
aber demohngeachtet —

v. Tellheim. Nicht weiter, liebste Minna, nicht weiter!
(Ergreift ihre Hand nochmals, ihr den Ring anzustecken.)

Das Fräulein (die ihre Hand zurückzieht). Demohngeachtet, — um so viel mehr werde ich dieses nimmermehr geschehen lassen; nimmermehr! — Wo denken Sie hin, Herr Major? — Ich meinte, Sie hätten an Ihrem eigenen Unglücke genug. — Sie müssen hier bleiben; Sie müssen sich die allervollständigste Genugthuung — ertrotzen. Ich weiß in der Geschwindigkeit kein ander Wort. — Ertrotzen, — und sollte Sie auch das äußerste Elend vor den Augen ihrer Verleumder darüber verzehren!

v. Tellheim. So dacht' ich, so sprach ich, als ich nicht wußte, was ich dachte und sprach. Aergernis und verbissene Wut hatten meine ganze Seele umnebelt; die Liebe selbst, in dem vollesten Glanze des Glückes, konnte sich darin nicht Tag schaffen. Aber sie sendet ihre Tochter, das Mitleid, die, mit dem finstern Schmerze vertrauter, die Nebel zerstreuet und alle Zugänge meiner Seele den Eindrücken der Zärtlichkeit wiederum öffnet. Der Trieb der Selbsterhaltung erwacht, da ich etwas Kostbarers zu erhalten habe, als mich, und es durch mich zu erhalten habe. Lassen Sie sich, mein Fräulein, das Wort Mitleid nicht beleidigen. Von der unschuldigen Ursache unsers Unglücks können wir es ohne Erniedrigung hören. Ich bin diese Ursache; durch mich, Minna, verlieren Sie Freunde und Anverwandte, Vermögen und Vaterland. Durch mich, in mir müssen Sie alles dieses wiederfinden, oder ich habe das Verderben der Liebenswürdigsten Ihres Geschlechts auf meiner Seele. Lassen Sie mich keine Zukunft denken, wo ich mich selbst hassen müßte. — Nein, nichts soll mich hier länger halten. Von diesem Augenblicke an will ich dem Unrechte, das mir hier widerfährt, nichts als Verachtung entgegensetzen. Ist dieses Land die Welt? Geht hier allein die Sonne auf? Wo darf ich nicht hinkommen? Welche Dienste wird man mir verweigern? Und müßte ich sie unter dem entferntesten Himmel suchen: folgen Sie mir nur getrost, liebste Minna; es soll uns an nichts fehlen. — Ich habe einen Freund, der mich gern unterstützet. —

---

6. Auftritt.

Ein Feldjäger. v. Tellheim. Das Fräulein. Franziska.

Franziska (indem sie den Feldjäger gewahr wird). St! Herr Major. —

v. Tellheim (gegen den Feldjäger). Zu wem wollen Sie?

Der Feldjäger. Ich suche den Herrn Major von Tell=

heim. — Ah, Sie sind es ja selbst. Mein Herr Major, dieses königliche Handschreiben (das er aus seiner Brieftasche nimmt) habe ich an Sie zu übergeben.

v. Tellheim. An mich?

Der Feldjäger. Zufolge der Aufschrift —

Das Fräulein. Franziska, hörst du? — Der Chevalier hat doch wahr geredet!

Der Feldjäger (indem Tellheim den Brief nimmt). Ich bitte um Verzeihung, Herr Major! Sie hätten es bereits gestern erhalten sollen; aber es ist mir nicht möglich gewesen, Sie auszufragen. Erst heute auf der Parade habe ich Ihre Wohnung von dem Lieutenant Riccaut erfahren.

Franziska. Gnädiges Fräulein, hören Sie? — Das ist des Chevaliers Minister. — „Wie heißen der Minister da drauß auf die breite Platz?" —

v. Tellheim. Ich bin Ihnen für Ihre Mühe sehr verbunden.

Der Feldjäger. Es ist meine Schuldigkeit, Herr Major. (Geht ab).

---

7. Auftritt.

v. Tellheim. Das Fräulein. Franziska.

v. Tellheim. Ah, mein Fräulein, was habe ich hier? Was enthält dieses Schreiben?

Das Fräulein. Ich bin nicht befugt, meine Neugierde so weit zu erstrecken.

v. Tellheim. Wie? Sie trennen mein Schicksal noch von dem Ihrigen? — Aber warum steh' ich an, es zu erbrechen? — Es kann mich nicht unglücklicher machen, als ich bin; nein, liebste Minna, es kann uns nicht unglücklicher machen, — wohl aber glücklicher! — Erlauben Sie, mein Fräulein! (Erbricht und lieset den Brief, indes der Wirt an die Szene geschlichen kömmt.)

---

8. Auftritt.

Der Wirt. Die Vorigen.

Der Wirt (gegen die Franziska). Bst! mein schönes Kind! auf ein Wort!

Franziska (die sich ihm nähert). Herr Wirt? — Gewiß, wir wissen selbst noch nicht, was in dem Briefe steht.

Der Wirt. Wer will vom Briefe wissen? — Ich komme des Ringes wegen. Das gnädige Fräulein muß mir ihn gleich wiedergeben. Just ist da, er soll ihn wieder einlösen.

Das Fräulein (die sich indes gleichfalls dem Wirte genähert). Sagen Sie Justen nur, daß er schon eingelöset sei; und sagen Sie ihm nur von wem: von mir.

Der Wirt. Aber —

Das Fräulein. Ich nehme alles auf mich; gehen Sie doch! (Der Wirt geht ab.)

9. Auftritt.

v. Tellheim. Das Fräulein. Franziska.

Franziska. Und nun, gnädiges Fräulein, lassen Sie es mit dem armen Major gut sein.

Das Fräulein. O, über die Vorbitterin! Als ob der Knoten sich nicht von selbst bald lösen müßte.

v. Tellheim (nachdem er gelesen, mit der lebhaftesten Rührung). Ha! er hat sich auch hier nicht verleugnet! — O mein Fräulein, welche Gerechtigkeit! — welche Gnade! — Das ist mehr, als ich erwartet! — Mehr, als ich verdiene! — Mein Glück, meine Ehre, alles ist wiederhergestellt! — Ich träume doch nicht? (Indem er wieder in den Brief sieht, als um sich nochmals zu überzeugen.) Nein, kein Blendwerk meiner Wünsche! — lesen Sie selbst, mein Fräulein; lesen Sie selbst!

Das Fräulein. Ich bin nicht so unbescheiden, Herr Major.

v. Tellheim. Unbescheiden? Der Brief ist an mich, an Ihren Tellheim, Minna. Er enthält, — was Ihnen Ihr Oheim nicht nehmen kann. Sie müssen ihn lesen; lesen Sie doch!

Das Fräulein. Wenn Ihnen ein Gefalle damit geschieht, Herr Major — (Sie nimmt den Brief und liest.)

„Mein lieber Major von Tellheim!

„Ich thue Euch zu wissen, daß der Handel, der mich um Eure Ehre besorgt machte, sich zu Eurem Vorteil aufge= kläret hat. Mein Bruder war des nähern davon unterrichtet, und sein Zeugnis hat Euch für mehr als unschuldig erkläret. Die Hofstaatskasse hat Ordre, Euch den bewußten Wechsel wieder auszuliefern und die gethanen Vorschüsse zu bezahlen; auch habe ich befohlen, daß alles, was die Feldkriegskassen wider Eure Rechnungen urgieren, niedergeschlagen werde. Meldet mir, ob Euch Eure Gesundheit erlaubet, wieder Dienste zu

nehmen. Ich möchte nicht gern einen Mann von Eurer
Bravour und Denkungsart entbehren. Ich bin Euer wohl=
affektionierter König ꝛc."

v. Tellheim. Nun, was sagen Sie hierzu, mein Fräulein?

Das Fräulein (indem sie den Brief wieder zusammenschlägt und zurückgibt).
Ich? nichts.

v. Tellheim. Nichts?

Das Fräulein. Doch ja: daß Ihr König, der ein großer
Mann ist, auch wohl ein guter Mann sein mag. — Aber
was geht mich das an? Er ist nicht mein König.

v. Tellheim. Und sonst sagen Sie nichts? Nichts von
Rücksicht auf uns selbst?

Das Fräulein. Sie treten wieder in seine Dienste; der
Herr Major wird Oberstlieutenant, Oberster vielleicht. Ich
gratuliere von Herzen.

v. Tellheim. Und Sie kennen mich nicht besser? — Nein,
da mir das Glück so viel zurückgibt, als genug ist, die
Wünsche eines vernünftigen Mannes zu befriedigen, soll es
einzig von meiner Minna abhangen, ob ich sonst noch je=
manden wieder zugehören soll als ihr. Ihrem Dienste allein
sei mein ganzes Leben gewidmet! Die Dienste der Großen
sind gefährlich und lohnen der Mühe, des Zwanges, der Er=
niedrigung nicht, die sie kosten. Minna ist keine von den
Eiteln, die in ihren Männern nichts als den Titel und die
Ehrenstelle lieben. Sie wird mich um mich selbst lieben,
und ich werde um sie die ganze Welt vergessen. Ich ward
Soldat aus Parteilichkeit, ich weiß selbst nicht für welche
politische Grundsätze, und aus der Grille, daß es für jeden
ehrlichen Mann gut sei, sich in diesem Stande eine Zeitlang
zu versuchen, um sich mit allem, was Gefahr heißt, vertrau=
lich zu machen und Kälte und Entschlossenheit zu lernen. Nur
die äußerste Not hätte mich zwingen können, aus diesem Ver=
suche eine Bestimmung, aus dieser gelegentlichen Beschäftigung
ein Handwerk zu machen. Aber nun, da mich nichts mehr
zwingt, nun ist mein ganzer Ehrgeiz wiederum einzig und
allein, ein ruhiger und zufriedner Mensch zu sein. Der werde
ich mit Ihnen, liebste Minna, unfehlbar werden; der werde
ich in Ihrer Gesellschaft unveränderlich bleiben. — Morgen
verbinde uns das heiligste Band; und sodann wollen wir um
uns sehen und wollen in der ganzen weiten bewohnten Welt
den stillsten, heitersten, lachendsten Winkel suchen, dem zum
Paradiese nichts fehlt als ein glückliches Paar. Da wollen

wir wohnen; da soll jeder unsrer Tage — Was ist Ihnen, mein Fräulein? (die sich unruhig hin und her wendet und ihre Rührung zu verbergen sucht.)

Das Fräulein (sich fassend). Sie sind sehr grausam, Tellheim, mir ein Glück so reizend darzustellen, dem ich entsagen muß. Mein Verlust —

v. Tellheim. Ihr Verlust? — Was nennen Sie Ihren Verlust? Alles, was Minna verlieren konnte, ist nicht Minna. Sie sind noch das süßeste, lieblichste, holdseligste, beste Geschöpf unter der Sonne, ganz Güte und Großmut, ganz Unschuld und Freude! — Dann und wann ein kleiner Mutwille; hier und da ein wenig Eigensinn — desto besser! desto besser! Minna wäre sonst ein Engel, den ich mit Schaudern verehren müßte, den ich nicht lieben könnte. (Ergreift ihre Hand, sie zu küssen.)

Das Fräulein (die die Hand zurückzieht). Nicht so, mein Herr! — Wie auf einmal so verändert? — Ist dieser schmeichelnde, stürmische Liebhaber der kalte Tellheim? — Konnte nur sein wiederkehrendes Glück ihn in dieses Feuer setzen? — Er erlaube mir, daß ich bei seiner fliegenden Hitze für uns beide Ueberlegung behalte. — Als er selbst überlegen konnte, hörte ich ihn sagen: es sei eine nichtswürdige Liebe, die kein Bedenken trage, ihren Gegenstand der Verachtung auszusetzen. — Recht; aber ich bestrebe mich einer ebenso reinen und edeln Liebe als er. — Jetzt, da ihn die Ehre ruft, da sich ein großer Monarch um ihn bewirbt, sollte ich zugeben, daß er sich verliebten Träumereien mit mir überließe? daß der ruhmvolle Krieger in einen tändelnden Schäfer ausarte? — Nein, Herr Major, folgen Sie dem Wink Ihres bessern Schicksals. —

v. Tellheim. Nun wohl! Wenn Ihnen die große Welt reizender ist, Minna, — wohl! so behalte uns die große Welt! — Wie klein, wie armselig ist diese große Welt! — Sie kennen sie nur erst von ihrer Flitterseite. Aber gewiß, Minna, Sie werden — Es sei! Bis dahin, wohl! Es soll Ihren Vollkommenheiten nicht an Bewundrern fehlen, und meinem Glücke wird es nicht an Neidern gebrechen.

Das Fräulein. Nein, Tellheim, so ist es nicht gemeint! Ich weise Sie in die große Welt, auf die Bahn der Ehre zurück, ohne Ihnen dahin folgen zu wollen. — Dort braucht Tellheim eine unbescholtene Gattin! Ein sächsisches verlaufenes Fräulein, das sich ihm an den Kopf geworfen —

v. Tellheim (auffahrend und wild um sich sehend). Wer darf so

sprechen? — Ah, Minna, ich erschrecke vor mir selbst, wenn
ich mir vorstelle, daß jemand anders dieses gesagt hätte als
Sie. Meine Wut gegen ihn würde ohne Grenzen sein.

Das Fräulein. Nun da! Das eben besorge ich. Sie
würden nicht die geringste Spötterei über mich dulden, und
doch würden Sie täglich die bittersten einzunehmen haben. —
Kurz, hören Sie also, Tellheim, was ich fest beschlossen, wo=
von mich nichts in der Welt abbringen soll. —

v. Tellheim. Ehe Sie ausreden, Fräulein, — ich be=
schwöre Sie, Minna! — überlegen Sie es noch einen Augen=
blick, daß Sie mir das Urteil über Leben und Tod sprechen! —

Das Fräulein. Ohne weitere Ueberlegung! — So ge=
wiß ich Ihnen den Ring zurückgegeben, mit welchem Sie mir
ehemals Ihre Treue verpflichtet, so gewiß Sie diesen näm=
lichen Ring zurückgenommen: so gewiß soll die unglückliche
Barnhelm die Gattin des glücklichern Tellheims nie werden!

v. Tellheim. Und hiermit brechen Sie den Stab, Fräulein?

Das Fräulein. Gleichheit ist allein das feste Band der
Liebe. — Die glückliche Barnhelm wünschte nur für den glück=
lichen Tellheim zu leben. Auch die unglückliche Minna hätte
sich endlich überreden lassen, das Unglück ihres Freundes durch
sich, es sei zu vermehren oder zu lindern. — Er bemerkte es
ja wohl, ehe dieser Brief ankam, der alle Gleichheit zwischen
uns wieder aufhebt, wie sehr zum Schein ich mich nur noch
weigerte.

v. Tellheim. Ist das wahr, mein Fräulein? Ich danke
Ihnen, Minna, daß Sie den Stab noch nicht gebrochen. —
Sie wollen nur den unglücklichen Tellheim? Er ist zu haben.
(Kalt.) Ich empfinde eben, daß es mir unanständig ist, diese
späte Gerechtigkeit anzunehmen; daß es besser sein wird, wenn
ich das, was man durch einen so schimpflichen Verdacht ent=
ehret hat, gar nicht wiederverlange. — Ja, ich will den Brief
nicht bekommen haben. Das sei alles, was ich darauf ant=
worte und thue! (Im Begriff, ihn zu zerreißen.)

Das Fräulein (das ihm in die Hände greift). Was wollen Sie,
Tellheim?

v. Tellheim. Sie besitzen.

Das Fräulein. Halten Sie!

v. Tellheim. Fräulein, er ist unfehlbar zerrissen, wenn
Sie nicht bald sich anders erklären. — Alsdann wollen wir
doch sehen, was Sie noch wider mich einzuwenden haben!

Das Fräulein. Wie? in diesem Tone? — So soll ich,

so muß ich in meinen eignen Augen verächtlich werden? Nimmermehr! Es ist eine nichtswürdige Kreatur, die sich nicht schämet, ihr ganzes Glück der blinden Zärtlichkeit eines Mannes zu verdanken!

v. Tellheim. Falsch, grundfalsch!

Das Fräulein. Wollen Sie es wagen, Ihre eigne Rede in meinem Munde zu schelten?

v. Tellheim. Sophistin! So entehrt sich das schwächere Geschlecht durch alles, was dem stärkern nicht ansteht? So soll sich der Mann alles erlauben, was dem Weibe geziemet? Welches bestimmte die Natur zur Stütze des andern?

Das Fräulein. Beruhigen Sie sich, Tellheim! — Ich werde nicht ganz ohne Schutz sein, wenn ich schon die Ehre des Ihrigen ausschlagen muß. So viel muß mir immer noch werden, als die Not erfordert. Ich habe mich bei unserm Gesandten melden lassen. Er will mich noch heute sprechen. Hoffentlich wird er sich meiner annehmen. Die Zeit verfließt. Erlauben Sie, Herr Major. —

v. Tellheim. Ich werde Sie begleiten, gnädiges Fräulein. —

Das Fräulein. Nicht doch, Herr Major; lassen Sie mich. —

v. Tellheim. Eher soll Ihr Schatten Sie verlassen! Kommen Sie nur, mein Fräulein, wohin Sie wollen, zu wem Sie wollen. Ueberall, an Bekannte und Unbekannte will ich es erzählen, in Ihrer Gegenwart des Tages hundertmal erzählen, welche Bande Sie an mich verknüpfen, aus welchem grausamen Eigensinne Sie diese Bande trennen wollen. —

---

10. Auftritt.

Just. Die Vorigen.

Just (mit Ungestüm). Herr Major! Herr Major!

v. Tellheim. Nun?

Just. Kommen Sie doch geschwind, geschwind!

v. Tellheim. Was soll ich? Zu mir her! Sprich, was ist's?

Just. Hören Sie nur. — (Redet ihm heimlich ins Ohr.)

Das Fräulein (indes beiseite zur Franziska). Merkst du was, Franziska?

Franziska. O, Sie Unbarmherzige! Ich habe hier gestanden wie auf Kohlen!

v. Tellheim (zu Just). Was sagst du? — Das ist nicht

möglich! — Sie? (Indem er das Fräulein wild anblickt.) — Sag' es
laut; sag' es ihr ins Gesicht! — Hören Sie doch, mein
Fräulein! —

Just. Der Wirt sagt, das Fräulein von Barnhelm habe
den Ring, welchen ich bei ihm versetzt, zu sich genommen; sie
habe ihn für den ihrigen erkannt und wolle ihn nicht wieder
herausgeben. —

v. Tellheim. Ist das wahr, mein Fräulein? — Nein,
das kann nicht wahr sein!

Das Fräulein (lächelnd). Und warum nicht, Tellheim? —
Warum kann es nicht wahr sein?

v. Tellheim (heftig). Nun, so sei es wahr! — Welch
schreckliches Licht, das mir auf einmal aufgegangen! — Nun
erkenne ich Sie, die Falsche, die Ungetreue!

Das Fräulein (erschrocken). Wer? wer ist diese Ungetreue?

v. Tellheim. Sie, die ich nicht mehr nennen will!

Das Fräulein. Tellheim!

v. Tellheim. Vergessen Sie meinen Namen! — Sie
kamen hierher, mit mir zu brechen. Es ist klar! — Daß der
Zufall so gern dem Treulosen zu statten kömmt! Er führte
Ihnen Ihren Ring in die Hände. Ihre Arglist wußte mir
den meinigen zuzuschanzen.

Das Fräulein. Tellheim, was für Gespenster sehen Sie!
Fassen Sie sich doch und hören Sie mich an.

Franziska (für sich). Nun mag sie es haben!

11. Auftritt.

Werner (mit einem Beutel Gold). **v. Tellheim. Das Fräulein. Franziska. Just.**

Werner. Hier bin ich schon, Herr Major —

v. Tellheim (ohne ihn anzusehen). Wer verlangt dich?

Werner. Hier ist Geld, tausend Pistolen!

v. Tellheim. Ich will sie nicht!

Werner. Morgen können Sie, Herr Major, über noch
einmal so viel befehlen.

v. Tellheim. Behalte dein Geld!

Werner. Es ist ja Ihr Geld, Herr Major. — Ich
glaube, Sie sehen nicht, mit wem Sie sprechen.

v. Tellheim. Weg damit! sag' ich.

Werner. Was fehlt Ihnen? — Ich bin Werner.

v. Tellheim. Alle Güte ist Verstellung! alle Dienstfertig=
keit Betrug.

Werner. Gilt das mir?

v. Tellheim. Wie du willst!

Werner. Ich habe ja nur Ihren Befehl vollzogen. —

v. Tellheim. So vollziehe auch den und packe dich!

Werner. Herr Major! (ärgerlich) ich bin ein Mensch —

v. Tellheim. Da bist du was Rechtes!

Werner. Der auch Galle hat —

v. Tellheim. Gut! Galle ist noch das beste, was wir
haben.

Werner. Ich bitte Sie, Herr Major, —

v. Tellheim. Wie vielmal soll ich dir es sagen? Ich
brauche dein Geld nicht!

Werner (zornig). Nun, so brauch' es, wer da will! (Indem
er ihm den Beutel vor die Füße wirft und beiseite geht.)

Das Fräulein (zur Franziska). Ah, liebe Franziska, ich hätte
dir folgen sollen. Ich habe den Scherz zu weit getrieben.
— Doch er darf mich ja nur hören — (Auf ihn zugehend.)

Franziska (die, ohne dem Fräulein zu antworten, sich Wernern nähert).
Herr Wachtmeister! —

Werner (mürrisch). Geh Sie! —

Franziska. Hu! was sind das für Männer!

Das Fräulein. Tellheim! — Tellheim! (Der vor Wut an
den Fingern nagte, das Gesicht wegwendet und nichts höret) — Nein, das ist
zu arg! — Hören Sie mich doch! — Sie betrügen sich! —
Ein bloßes Mißverständnis, — Tellheim! — Sie wollen Ihre
Minna nicht hören? — Können Sie einen solchen Verdacht
fassen? — Ich mit Ihnen brechen wollen? — Ich darum
hergekommen? — Tellheim!

---

12. Auftritt.

Zwei Bediente, nacheinander von verschiedenen Seiten über den Saal
laufend. Die Vorigen.

Der eine Bediente. Gnädiges Fräulein, Ihro Exzellenz,
der Graf! —

Der andere Bediente. Er kömmt, gnädiges Fräulein! —

Franziska (die ans Fenster gelaufen). Er ist es! er ist es!

Das Fräulein. Ist er's? — O nun geschwind, Tellheim —

v. Tellheim (auf einmal zu sich selbst kommend). Wer? wer kömmt?
Ihr Oheim, Fräulein? dieser grausame Oheim? — Lassen

Sie ihn nur kommen; lassen Sie ihn nur kommen! — Fürchten Sie nichts! Er soll Sie mit keinem Blicke beleidigen dürfen! Er hat es mit mir zu thun. — — Zwar verdienen Sie es um mich nicht —

Das Fräulein. Geschwind umarmen Sie mich, Tellheim, und vergessen Sie alles —

v. Tellheim. Ha, wenn ich wüßte, daß Sie es bereuen könnten! —

Das Fräulein. Nein, ich kann es nicht bereuen, mir den Anblick Ihres ganzen Herzens verschafft zu haben! — Ah, was sind Sie für ein Mann! — Umarmen Sie Ihre Minna, Ihre glückliche Minna! aber durch nichts glücklicher als durch Sie! (Sie fällt ihm in die Arme.) Und nun ihm entgegen! —

v. Tellheim. Wem entgegen?

Das Fräulein. Dem besten Ihrer unbekannten Freunde.

v. Tellheim. Wie?

Das Fräulein. Dem Grafen, meinem Oheim, meinem Vater, Ihrem Vater. — — Meine Flucht, sein Unwille, meine Enterbung; — hören Sie denn nicht, daß alles erdichtet ist? — Leichtgläubiger Ritter!

v. Tellheim. Erdichtet? — Aber der Ring? der Ring?

Das Fräulein. Wo haben Sie den Ring, den ich Ihnen zurückgegeben?

v. Tellheim. Sie nehmen ihn wieder? — O, so bin ich glücklich! — Hier Minna! — (Ihn herausziehend.)

Das Fräulein. So besehen Sie ihn doch erst! — O, über die Blinden, die nicht sehen wollen! — Welcher Ring ist es denn? den ich von Ihnen habe, oder den Sie von mir? — Ist es denn nicht eben der, den ich in den Händen des Wirts nicht lassen wollen?

v. Tellheim. Gott! was seh' ich? was hör' ich?

Das Fräulein. Soll ich ihn nun wieder nehmen? soll ich? — Geben Sie her, geben Sie her! (Reißt ihn ihm aus der Hand und steckt ihn ihm selbst an den Finger.) Nun? ist alles richtig?

v. Tellheim. Wo bin ich? — (Ihre Hand küssend.) O, boshafter Engel! — mich so zu quälen?

Das Fräulein. Dieses zur Probe, mein lieber Gemahl, daß Sie mir nie einen Streich spielen sollen, ohne daß ich Ihnen nicht gleich darauf wieder einen spiele. — Denken Sie, daß Sie mich nicht auch gequält hatten?

v. Tellheim. O Komödiantinnen, ich hätte euch doch kennen sollen.

Franziska. Nein, wahrhaftig; ich bin zur Komödiantin verdorben. Ich habe gezittert und gebebt und mir mit der Hand das Maul zuhalten müssen.

Das Fräulein. Leicht ist mir meine Rolle auch nicht geworden. — Aber so kommen Sie doch!

v. Tellheim. Noch kann ich mich nicht erholen. — Wie wohl, wie ängstlich ist mir! So erwacht man plötzlich aus einem schreckhaften Traume!

Das Fräulein. Wir zaudern. — Ich höre ihn schon.

---

13. Auftritt.

Der Graf von Bruchsall, von verschiedenen Bedienten und dem Wirte begleitet. Die Vorigen.

Der Graf (im Hereintreten). Sie ist doch glücklich angelangt?

Das Fräulein (die ihm entgegenspringt). Ah, mein Vater! —

Der Graf. Da bin ich, liebe Minna! (Sie umarmend.) Aber was, Mädchen? (Indem er den Tellheim gewahr wird.) Vierundzwanzig Stunden erst hier, und schon Bekanntschaft, und schon Gesellschaft?

Das Fräulein. Raten Sie, wer es ist?

Der Graf. Doch nicht dein Tellheim?

Das Fräulein. Wer sonst als er? — Kommen Sie, Tellheim! (Ihn dem Grafen zuführend.)

Der Graf. Mein Herr, wir haben uns nie gesehen; aber bei dem ersten Anblick glaubte ich, Sie zu erkennen. Ich wünschte, daß Sie es sein möchten. — Umarmen Sie mich. — Sie haben meine völlige Hochachtung. Ich bitte um Ihre Freundschaft. — Meine Nichte, meine Tochter liebet Sie.

Das Fräulein. Das wissen Sie, mein Vater! — Und ist sie blind, meine Liebe?

Der Graf. Nein, Minna, deine Liebe ist nicht blind; aber dein Liebhaber — ist stumm.

v. Tellheim (sich ihm in die Arme werfend). Lassen Sie mich zu mir selbst kommen, mein Vater! —

Der Graf. So recht, mein Sohn! Ich höre es; wenn dein Mund nicht plaudern kann, so kann dein Herz doch reden. — Ich bin sonst den Offizieren von dieser Farbe (auf Tellheims Uniform weisend) eben nicht gut. Doch Sie sind ein ehrlicher Mann, Tellheim, und ein ehrlicher Mann mag stecken, in welchem Kleide er will, man muß ihn lieben.

Das Fräulein. O, wenn Sie alles wüßten! —

Der Graf. Was hindert's, daß ich nicht alles erfahre? — Wo sind meine Zimmer, Herr Wirt?

Der Wirt. Wollen Jhro Exzellenz nur die Gnade haben, hier herein zu treten.

Der Graf. Komm, Minna! Kommen Sie, Herr Major! (Geht mit dem Wirte und den Bedienten ab.)

Das Fräulein. Kommen Sie, Tellheim!

v. Tellheim. Jch folge Jhnen den Augenblick, mein Fräulein. Nur noch ein Wort mit diesem Manne! (Gegen Wernern sich wendend.)

Das Fräulein. Und ja ein recht gutes; mich dünkt, Sie haben es nötig. — Franziska, nicht wahr? (Dem Grafen nach.)

---

14. Auftritt.

v. Tellheim. Werner. Just. Franziska.

v. Tellheim (auf den Beutel weisend, den Werner weggeworfen). Hier, Just! — hebe den Beutel auf und trage ihn nach Hause. Geh! — (Just damit ab.)

Werner (der noch immer mürrisch im Winkel gestanden und an nichts teilzunehmen geschienen, indem er das hört). Ja, nun!

v. Tellheim (vertraulich auf ihn zugehend). Werner, wann kann ich die andern tausend Pistolen haben?

Werner (auf einmal wieder in seiner guten Laune). Morgen, Herr Major, morgen. —

v. Tellheim. Jch brauche dein Schuldner nicht zu werden, aber ich will dein Rentmeister sein. Euch gutherzigen Leuten sollte man allen einen Vormund setzen. Jhr seid eine Art Verschwender. — Jch habe dich vorhin erzürnt, Werner! —

Werner. Bei meiner armen Seele, ja! — Jch hätte aber doch so ein Tölpel nicht sein sollen. Nun seh' ich's wohl. Jch verdiente hundert Fuchtel. Lassen Sie mir sie auch schon geben; nur weiter keinen Groll, lieber Major! —

v. Tellheim. Groll? — (Jhm die Hand drückend.) Lies es in meinen Augen, was ich dir nicht alles sagen kann. — Ha! wer ein besseres Mädchen und einen redlichern Freund hat als ich, den will ich sehen — Franziska, nicht wahr? (Geht ab.)

15. Auftritt.

Werner. Franziska.

Franziska (vor sich). Ja gewiß, es ist ein gar zu guter Mann! — So einer kommt mir nicht wieder vor. — Es muß heraus! (Schüchtern und verschämt sich Wernern nähernd.) Herr Wacht=meister —

Werner (der sich die Augen wischt). Nu? —

Franziska. Herr Wachtmeister —

Werner. Was will Sie denn, Frauenzimmerchen?

Franziska. Seh' Er mich einmal an, Herr Wachtmeister. —

Werner. Ich kann noch nicht; ich weiß nicht, was mir in die Augen gekommen.

Franziska. So seh' Er mich doch an!

Werner. Ich fürchte, ich habe Sie schon zu viel ange=sehen, Frauenzimmerchen! — Nun, da seh' ich Sie ja! Was gibt's denn?

Franziska. Herr Wachtmeister, — — braucht Er keine Frau Wachtmeisterin?

Werner. Ist das Ihr Ernst, Frauenzimmerchen?

Franziska. Mein völliger!

Werner. Zöge Sie wohl auch mit nach Persien?

Franziska. Wohin Er will!

Werner. Gewiß? — Holla! Herr Major! nicht groß gethan! Nun habe ich wenigstens ein ebenso gutes Mädchen und einen ebenso redlichen Freund als Sie! — Geb' Sie mir Ihre Hand, Frauenzimmerchen! Topp! — Ueber zehn Jahr ist Sie Frau Generalin oder Witwe!